Christi Caldwell

DIE LADY UND IHR LEIBWÄCHTER

Roman

Aus dem Amerikanischen
von Lily Adrian

Montlake
Romance

Die amerikanische Ausgabe erschien 2017 unter dem Titel
»The Lady's Guard« bei Montlake Romance, Seattle.

Deutsche Erstveröffentlichung bei
Montlake Romance, Amazon Media EU S.à r.l.
5 Rue Plaetis, L-2338, Luxembourg
Dezember 2018

Die Übersetzung dieses Buches wurde durch AmazonCrossing ermöglicht.

Umschlaggestaltung: bürosüd° München, www.buerosued.de
Umschlagmotiv: © Zena Holloway / Getty; © Hanna Savich / Shutterstock;
© Kourdakova Alena / Shutterstock; © Dm_Cherry / Shutterstock
Lektorat: Ute-Christine Geiler, Birte Lilienthal, Agentur Libelli GmbH
Gedruckt durch:
Amazon Distribution GmbH, Amazonstraße 1, 04347 Leipzig /
Canon Deutschland Business Services GmbH, Ferdinand-Jühlke-Str. 7,
99095 Erfurt /
CPI books GmbH, Birkstraße 10, 25917 Leck

ISBN: 978-2-919-80731-4

www.montlake-romance.de

Für Rory
Jeden Tag staune ich über deine Resilienz, deinen Mut und deine Kraft im Angesicht von Widrigkeiten. Ich bin so froh und glücklich, dass ich deine Mutter bin …

Prolog

London, Frühling 1822

Lady Diana Verney hielt den Blick nach vorn gerichtet und ging weiter.

Sie wollte nicht hier sein.

Dabei war nicht der schwer in der Luft hängende Gestank von Moder und Tod das Problem, sondern vielmehr … Angst.

Während ein pockennarbiger Wärter sie durch die breiten Korridore von Bedlam führte, herrschte Stille. Ihre Schritte hallten unheimlich von den weiß gekalkten Wänden wider.

Es gibt nichts, wovor man sich fürchten muss. Es ist schließlich nicht so, als ob verlorene Seelen durch diese Flure streifen und vor Wahnsinn heulen …

Ein nicht enden wollender Schrei erklang aus den Tiefen des alten Hospitals, und ihr Herz begann schneller zu klopfen. Diana beschleunigte ihre Schritte, und bei diesem flotten Tempo wallten ihre Röcke wild um ihre Knöchel. Es verriet viel über diese Hölle hier, dass sie bei dem stämmigen Wärter Schutz vor den gedämpften Geräuschen von Schmerz und Qual suchte.

Endlich, nach einem langen Weg über gewundene Flure, blieb der Mann vor einer Holztür stehen, die mit Schrammen und Kratzern übersät war, die ihr Alter verrieten. Es war nur eine Tür, und trotzdem starrte Diana sie wie gebannt an. Wie sehr sich das grob gezimmerte Eichenholz doch von den reich mit Schnitzereien verzierten Türen in den vielen eleganten Herren- und Stadthäusern ihrer Familie unterschied.

»Sie haben zehn Minuten, Mylady«, erklärte der Mann und riss sie damit aus ihren Gedanken.

Zehn Minuten. Feige, wie sie war, wollte sie eigentlich nicht mal eine.

Und dennoch hatte es nichts mit der Tatsache zu tun, dass sie, wenn sie hier entdeckt würde, auf immer ruiniert wäre. Diana war schon lange vor diesem Moment ruiniert worden.

Es war auch keine Sorge um ihren Ruf, die sie erstarren ließ. Es war eine völlig andere Angst. Eine, die daher stammte, dass sie einen flüchtigen Blick in die eigene Zukunft geworfen hatte. Und die, die Diana erwartete, weckte in ihr den Wunsch, zu fliehen. Sie wollte so schnell und so weit wegrennen, wie ihre Beine sie nur tragen konnten, bis dieses Gebäude, die Frau darin und einfach alles zu einer entfernten Erinnerung verblasste, die jemand anderem gehörte.

Mit bebenden Fingern steckte sich Diana das Taschentuch, das sie verkrampft in der Hand gehalten hatte, in den Umhang und presste ihre Handflächen in die Röcke.

Es ist Zeit.

Diana kämpfte gegen ihre Panik an, und es gelang ihr, einmal zu nicken.

Der Wärter stieß die Tür auf, und sogleich schlug ihr der Gestank von Urin und Fäkalien entgegen, brannte in ihrer Nase. Sie musste würgen und zerrte das Taschentuch wieder hervor, hielt es sich fest vor die Nase.

Der alte Wärter lachte leise.

Sie wird eingesperrt werden … Genau wie ihre Mutter … Genau wie ihre Mutter.

Dianas Finger zuckten, so heftig war der Drang, sich mit den Händen die Ohren zuzuhalten, um diese geflüsterten Worte – Klatsch, der in ganz London die Runde machte – zu ersticken.

Ihre Augen benötigten einen Moment, um sich an die Dunkelheit im Raum zu gewöhnen. Es gab nur ein ganz winziges Fensterloch hoch oben in der Mauer, und es brannte keine einzige Kerze, um Licht zu spenden.

»Was willst du?«

Die raue Stimme, vertraut und doch ganz anders, ertönte, und Diana suchte nach ihrer Besitzerin. Ihr Herz sank.

Ihre Mutter, früher einmal eine elegante, vornehme und stolze Herzogin, kauerte in einer Ecke der kleinen Zelle. Mit ihrer Haltung, die Knie dicht an die Brust gezogen, und dem langen Haar, das ihr fettig und verfilzt über den Rücken hing, erinnerte nichts an ihr mehr an die weltgewandte Frau, die sie früher gewesen war.

Die einflussreiche, tonangebende Gastgeberin der guten Gesellschaft war verschwunden, aus ihr war dieses erbärmliche Geschöpf geworden, das sich wie ein waidwundes Tier zusammengerollt hatte.

Mit bebenden Fingern schob Diana ihre Kapuze zurück.

»Diana?« Die Herzogin kam mühsam auf die Füße und wagte einen unsicheren Schritt nach vorn. Sie stolperte und fiel, kroch dann wie ein getretener Hund auf allen vieren weiter.

Diana schnürte es bei der Erkenntnis die Kehle zu, dass ihre Mutter nur noch ein trauriges Zerrbild der stolzen Aristokratin von früher war. »M-Mutter«, sagte sie und trat zögernd auf sie zu.

»Diana«, flüsterte die Herzogin. Der Gestank von Schweiß und ihrem ungewaschenen Körper stieg Diana in die Nase. Sie würgte trocken, hasste sich dafür, dass es ihr überhaupt auffiel, hasste sich dafür, dass es ihr etwas ausmachte. In der Sicherheit ihres behüteten Daseins war es so leicht gewesen, ihre Mutter für ihre Verbrechen zu verabscheuen. Nur um jetzt festzustellen, dass das Leid ihrer Mutter sie beschämte und bedrückte.

»Sie ist gekommen.«

»Ja, Mutter.« Schuldgefühle und Bedauern ließen diese Worte heiser klingen. Sie hatte Tage dafür benötigt, den Mut aufzubringen, überhaupt hierherzukommen. Letzten Endes hatte sie es geschafft, weil dies die Frau war, die ihr das Leben geschenkt hatte. Sie schuldete ihr einen Besuch. Sie jetzt so zu sehen erfüllte sie mit einer Trauer, die fast so schwer wog wie das Gefühl, hierzu verpflichtet zu sein.

Diana streckte eine Hand aus, und ihre Mutter ergriff sie sogleich mit ihren schmutzigen Fingern. Diana starrte auf die abgekauten, eingerissenen Fingernägel ihrer Mutter. Ihre Haut war rau und voller Schwielen, so ganz anders als Dianas zuvor makellos saubere Handschuhe. Der Kontrast zwischen der Hand und dem Handschuh erfüllte Diana mit einer weiteren Welle des Schmerzes. Wie rasch man von einem Leben mit allen Annehmlichkeiten aus … hier landen konnte.

»Sie ist hier«, flüsterte die Herzogin. »Sie ist zurückgekehrt.«

War es das, was das Leben in Einsamkeit mit einem Menschen anstellte? Sprach man am Ende mit sich selbst?

»Ich bin da.« Diana drückte leicht die Hand ihrer Mutter. »Es tut mir leid, dass ich nicht eher hergeko…«

»Bist du Herzogin?«, unterbrach ihre Mutter sie und ließ Dianas Hände los, packte sie an den Unterarmen. »Versichere mir, dass du Herzogin bist.« Ihre eingerissenen Fingernägel bohrten sich durch den Stoff in Dianas Haut.

Das war der Grund, weswegen sie sie hatte sehen wollen?

Die aus Bedlam geschmuggelte Nachricht, die Diana zugesteckt und in der sie um einen Besuch gebeten worden war, hatte gar nicht auf dem Wunsch der Herzogin beruht, ihre Tochter wiederzusehen und ihrem Bedauern Ausdruck zu verleihen, ja, sich vielleicht sogar für das zu entschuldigen, was sie getan hatte, sondern einzig auf dem, Diana nach ihrem Ehestand zu fragen? Der Schmerz traf sie wie ein Stich in die Brust.

»Mutter?«, sagte sie vorsichtig. Denn Dianas ganzes Leben lang hatte sich ihre Mutter an die Hoffnung geklammert, dass Diana den Marquis of Westfield, den Sohn und Erben des Duke of Somerset, heiraten würde. Sie war von dieser Idee so besessen gewesen, dass sie versucht hatte, den Tod von Lord Westfields wahrer und einziger Liebe zu arrangieren – Dianas Halbschwester Helena. Das war ihre Motivation gewesen, als sie noch außerhalb dieser Mauern gelebt hatte, und ihre Fragen von eben verrieten, dass es ihr auch hier drinnen keine Ruhe ließ.

»Lord Westfield«, erklärte ihre Mutter in einem Tonfall, der auf unheimliche Weise normal klang und so gar nicht zu der Leere in ihren Augen passte.

»Mutter«, erwiderte Diana langsam. »Erinnerst du dich nicht? Lord Westfield hat Helena geheiratet.« *Bitte beweise Reue. Bitte zeige Scham und Entsetzen und Gewissensbisse wegen dem, was du zu tun versucht hast.*

Ihre Mutter verharrte reglos, wie die makabren Steinfiguren, die die Treppen des Hospitals säumten. »Helena?«, wiederholte sie, als hätte sie den Namen nie zuvor gehört. Den Namen einer Frau, die sie als kleines Kind ihrem Schicksal in den Händen eines verbrecherischen Schuftes überlassen hatte und Jahre später durch denselben Mann hatte töten lassen wollen.

Ihre Mutter hielt den Kopf in einem unnatürlich wirkenden Winkel schief. Dann glomm ein wahnsinniges Glitzern in ihrem Blick auf. »Aber ist sie denn nicht tot?«, erkundigte sie sich flüsternd. Ihre schmutzige Hand schoss vor und packte Diana an ihrem Umhang. Sie zog sie daran mit überraschender Kraft zu sich, schüttelte sie. »Sag mir, dass sie tot ist. Sag mir, dass nicht alles umsonst war und dass du die zukünftige Herzogin bist. Dann wird alles in Ordnung sein. Dann ist die Schuld bezahlt.«

Diana wurde übel, und sie riss sich von der Irren los, die ihr das Leben geschenkt hatte. Sie stolperte rückwärts, stieß gegen das schmale Eisenbett mit den fleckigen weißen Laken. »Ich bin keine Herzogin«, brachte sie atemlos hervor. »Helena hat Lord Westfield geheiratet.«

Ihre Mutter griff sich ins Haar und zerrte daran. »Nein. Nein. Nein«, stöhnte sie und begann in dem engen Raum auf und ab zu laufen. Abrupt fuhr sie herum. Hass und Wahnsinn schimmerten in ihren Augen. »Der Tag der Abrechnung ist gekommen. Muss zahlen. Muss zahlen. Muss zahlen.« Während die verrückt gewordene Herzogin das vor sich hin murmelte, wich Diana langsam zurück zur Tür.

Sie war in der verzweifelten Hoffnung hergekommen, dass sie einen Anflug von Güte in ihrer Mutter sehen würde. Hatte ihn sehen müssen. Aber in der Frau ihr gegenüber war keine Güte. Vielleicht war dort nie welche gewesen.

Während ihre Mutter weiter leise mit sich selbst sprach, trat Diana näher zur Tür, entfernte sich einen Schritt nach dem andern von ihr. Fort von dieser Frau, die ihr das Leben gegeben hatte … und genauso versucht hatte, ein Leben zu nehmen. Zwei sogar. Die von Dianas Halbbruder und ihrer Halbschwester.

Diana klopfte einmal rasch an die Tür, dankbar für den Argwohn des Wärters, der ihn dazu verleitet hatte, in der Nähe zu bleiben, während sie bei der Wahnsinnigen war, die wirr vor sich hin redete und kicherte.

Die Tür öffnete sich.

»Diana?«, rief ihre Mutter ihr hinterher, als sie auf den Flur trat. Diana beschleunigte ihre Schritte, gestattete sich nicht, zurück oder in die anderen Zellen zu schauen, deren Insassen durch den Aufruhr alarmiert waren.

Diana stolperte, fiel fast über ihre eigenen Füße in ihrer Hast, von hier zu entkommen. Sie zitterte am ganzen Körper. *Das ist meine Zukunft.* Die flehenden Rufe der anderen Insassen wurden lauter, verzweifelter und entsetzlicher. Dianas Atem ging stoßweise, während sie in die Freiheit enteilte.

Das Herz klopfte ihr laut in den Ohren, als sie die Stufen hinablief. Sie hielt ihre Kapuze fest und rannte über die Straße, die Augen auf die Kutsche gerichtet, ihren Weg in die Freiheit.

Keuchend blieb sie stehen und sog die Luft in tiefen Zügen in ihre Lungen. Gleich darauf war der Kutscher bei ihr, um ihr beim Einsteigen behilflich zu sein, und brachte sie dann von Bedlam und den Schrecken fort, die sie eines Tages ebenfalls erwarteten.

Diana ließ den Kopf gegen das Rückenpolster sinken.

Ich bin in Sicherheit.

Kapitel 1

St. Giles, London, Frühling 1823

Niall Marksman, einer der gefährlichsten Kämpfer in dem berüchtigten Londoner Stadtteil Seven Dials, verdankte seinen Namen keinem Zufall.

Als ehemaliger Straßenjunge, der sich bis zum Mitbesitzer und Verantwortlichen für die Sicherheit im »Hell & Sin«-Club hochgearbeitet hatte, hatte er sich seinen Namen mit der gleichen wohlüberlegten Sorgfalt ausgewählt, mit der er vornehme Herrschaften um ihre Wertgegenstände erleichtert hatte.

Wenn man der Abkömmling einer billigen Londoner Hure war, auf den Straßen aufgewachsen und schließlich bei einem verbrecherischen Schuft gelandet war, hatte man nicht nur Verpflichtungen, sondern auch bestimmte Rechte.

Sich einen Namen auszusuchen fiel in letztere Kategorie. Sich in den gnadenlosesten Kämpfer der Unterwelt zu verwandeln hingegen in die erste.

Töten oder getötet werden. Diese Worte, in seine Haut und seinen Verstand gebrannt, waren die Basis seines Lebens, und das hatte sich auch nicht geändert, seit er feine Leinenhemden trug.

Niall saß in einer Ecke des Devil's Den, der mit dem »Hell & Sin« rivalisierenden Spielhölle, und hob seinen vollen Alekrug an die Lippen. Die ganze Zeit über, während alle dachten, sein Interesse gelte einzig dem Bier, beobachtete er seine Umgebung genau. Niall war vieles: ein Bastard, ehemaliger Taschendieb und Killer. Aber er war kein Narr. Er wusste es besser, als sich in die Höhle des feindlichen Löwen zu begeben und Alkohol zu sich zu nehmen.

Der durchdringende Geruch von Essig brannte ihm in der Nase, verriet viel über den Abschaum, der diesen Laden führte. Und er legte zudem beredt Zeugnis davon ab, wie sehr sich alles hier von der Art und Weise unterschied, auf die er und seine Brüder ihr eigenes Glücksspiel-Imperium leiteten.

Niall ließ den Blick über das Gedränge um ihn herum gleiten. Ihm entging nichts, angefangen bei den unaufmerksamen Türstehern und Aufpassern, die mehr damit beschäftigt waren, den Dirnen schöne Augen zu machen, als mit ihrer Arbeit, bis hin zu den Kartengebern, die mit flinken Fingern von unten austeilten.

Die vornehmen Herren, die kürzlich begonnen hatten, dieses Etablissement zu frequentieren, waren zu betrunken und zu arrogant, um zu erkennen, dass sie von dem Mann, der die Spielhölle betrieb, systematisch ausgenommen wurden. Und die Aufpasser waren einfach zu dämlich, um zu erkennen, dass sie einen Feind hinter ihre Linien gelassen hatten.

Über den ohnehin bereits erheblichen Geräuschpegel hinweg wurde es noch einmal lauter. Niall verspannte sich am ganzen Körper. Er ließ seinen Blick suchend durch den Raum schweifen. Und dann fand er ihn – Broderick Killoran. Den Schurken, der beinahe die Frau von Nialls Bruder Ryker Black umgebracht hatte und der den »Hell & Sin«-Club unterwandert hatte. Ein goldblonder Teufel, dessen elegante Aufmachung in aufeinander abgestimmten Grüntönen besser zu einem Dandy gepasst hätte.

Der Mann schlenderte durch seinen Club, hob seine Hand grüßend zu den vornehmen Gästen, während er die Matrosen und Schläger ignorierte, die ihm zu seinem Vermögen verholfen hatten.

Brennender Hass strömte durch Nialls Adern, und der Kämpfer, der er immer noch war, verlangte lauthals danach, durch den Saal zu stürmen und sich auf seinen Feind zu stürzen, ihn in der Luft zu zerreißen. Aber als jemand, der auf der Straße aufgewachsen war, hatte er schon früh gelernt, wie wichtig Geduld war. Daher blieb er sitzen, wo er war, den Hut tief in die Stirn gezogen, sodass sein Gesicht im Schatten lag, und verfolgte jede Bewegung von Killoran. Die lässigen Schritte des Bastards sprachen von solch unerschütterlicher Arroganz, dass Niall sich ein Grinsen nicht verkneifen konnte.

Er lag auf der Lauer und wartete auf den Moment, in dem Killoran sich zum Hintereingang seines Clubs begab. Sobald er an ihm vorbeigegangen war, stellte Niall seinen Krug ab und kam auf die Füße. »Ein wirklich schöner Abend, was, Killoran?«

Der andere Mann wirbelte herum, verriet dabei so wenig Finesse, dass ihm das seinerzeit Prügel von Diggory eingetragen hätte. Niall verspürte Befriedigung, als Killoran alle Farbe aus dem Gesicht wich.

Mit dem gleichen bedrohlichen Lächeln, das er aufgesetzt hatte, wenn er hatte töten müssen, um zu überleben, hob Niall grüßend eine Hand. »Killoran.«

Der Besitzer des Devil's Den schaute sich flüchtig um. Unentschiedenheit stand in seinen Augen. Als ein weiterer Bursche aus der Gosse, der von Mac Diggory aufgezogen worden war, würde Killoran wissen, wie schlimm das wirklich war. Dass der Intimfeind so mühelos an den Türstehern vorbeigekommen war und ihn hier zur Rede stellen konnte, verriet

Schwäche. In einer Welt, in der die Leute sich um Schutz an einen wandten, musste man über jeden Zweifel erhaben sein.

Was auch ich nicht gewesen bin … Zuerst war es jemandem gelungen, bis in die Privatgemächer bei ihnen vorzudringen, dann, Penelope beinahe umzubringen. Die Tätowierung auf Nialls Brust pochte bei der Erinnerung an die jüngste Lektion, die das Leben ihm erteilt hatte.

Killoran hatte seine Züge rasch wieder unter Kontrolle. Seine Lippen bildeten eine grimmige Linie. »Marksman.«

Zögern war ein Zeichen von Schwäche. Das war etwas, was dieser Mann ebenfalls wusste. »Steht es um Ihren eigenen Club so schlecht, dass Sie herkommen, um sich bei mir Arbeit zu suchen?«

Niall lachte leise.

»Was wollen Sie?«, fragte Killoran knapp.

»Ich habe nicht vor, diese Unterhaltung mitten zwischen Ihren Spieltischen zu führen, umgeben von Ihren Leuten.« Niall zog seinen Rock ein Stück zur Seite, sodass der andere den Griff der Waffe sehen konnte.

Zwei Straßenschläger, in Dunkelheit geboren und vom König der Sünde erzogen, befanden sie sich nun im Wettstreit um die Vorherrschaft, und Niall würde eher seine bereits geschwärzte Seele dem Teufel verkaufen, als zuzulassen, dass dieser Mann gewann.

Töten oder getötet werden …

Es hallte in seinem Kopf wider, noch genauso wahr wie damals, als sein Lehrmeister ihm den ersten Dolch in die Hand gedrückt und ihm aufgetragen hatte, jemanden zu ermorden. Sein Inneres zog sich zusammen, als er gegen die auf ihn einströmenden Erinnerungen ankämpfte.

»Brodie! Wo zur Hölle bleibst du? Ich hab dir doch gesagt, wir brauchen dich oben. Ophelia und Gert… Oh, Verzeihung.«

Beide Männer blickten hoch zu dem Mädchen mit Brille. Das Kind konnte nicht mehr als vierzehn Jahre alt sein. Da sie so dünn war wie jedes Straßenkind, verriet nur der teure Stoff ihres Seidenkleides, dass sie in besseren Umständen lebte als ihre Altersgenossen in St. Giles. Ein Kleid, das auch ihre gehobene Stellung in dieser Spielhölle betonte.

»Geh nach oben, Cleo«, verlangte Killoran so kurz angebunden, dass das Mädchen die Stirn runzelte.

Niall beobachtete sie, während ihm diese Trumpfkarte ausgeteilt wurde.

Killoran bemerkte Nialls Blickrichtung und stellte sich rasch zwischen ihn und das Mädchen. Mordlust loderte in seinen Augen. Natürlich wollte er Niall loswerden, und zwar endgültig. Das lag ihnen im Blut. Es war Teil des Stoffes, aus dem sie gemacht waren, und man konnte es nicht mehr von ihrem wertlosen Leben trennen.

Aber sie alle hatten Punkte, an denen sie getroffen werden konnten. Das Mädchen und das Devil's Den waren schon mal zwei für Killoran.

Die hochgewachsene, schlanke Gestalt des Spielhöllenbesitzers verströmte Anspannung. »Ich komme gleich nach«, teilte er der Kleinen mit.

»Das hast du vorhin schon gesagt«, hielt sie dagegen. Das merkwürdige Mädchen deutete mit dem Kinn auf Niall. »Wer ist das?«

»Nicht jetzt, Cleo.«

Ein stummer Willenskampf fand zwischen den beiden statt. In ihrer ganzen gemeinsamen Zeit hatte sich niemand auf eine ähnliche Weise Ryker widersetzt, wie es dieses Mädchen mit Killoran tat – noch nicht einmal Helena.

»Na gut«, gab sie schließlich nach. »Aber beeil dich.« Mit einem letzten verächtlichen Blick zu Niall marschierte sie davon.

»Sie haben fünf Minuten.« Der rivalisierende Spielhöllenbesitzer setzte sich in Bewegung.

Glaubte er, Niall machte das erst seit gestern? Er zückte seine Pistole, überwand den Abstand zwischen ihnen und presste Killoran den Pistolenlauf in den Rücken.

Der versteifte sich.

»Keine Aufpasser.«

»Ich habe bessere Manieren, als Sie in meinem eigenen Club umbringen zu lassen«, erwiderte Killoran knapp, während er ihm voraus durch einen schmalen Flur ging, der nur von einer Handvoll Kerzen in Wandhaltern beleuchtet war. »Das wäre außerdem schlecht fürs Geschäft.«

Sie erreichten das Büro, und Killoran drückte die Klinke, machte auf und blieb auf der Schwelle stehen. Niall blinzelte mehrmals, bis seine Augen sich an die Dunkelheit gewöhnt hatten, und suchte den Raum nach Feinden ab. Er versetzte dem anderen Mann einen Stoß zwischen die Schulterblätter, sodass der mehrere Schritt weit nach vorn stolperte.

Killoran fluchte und wirbelte herum. Doch die Worte erstarben ihm auf den Lippen, als er die Mündung der Waffe sah, die Niall auf ihn richtete. Mit dem Fuß trat der die Tür hinter sich zu.

»Ich hab viele Geschichten darüber gehört, wie gefährlich Sie sind, Marksman«, erklärte Killoran, während Niall die Tür von innen zusperrte, »aber noch nie, dass Sie verrückt wären.« Natürlich waren dem Mann, den Diggory zu seinem Erben bestimmt hatte, dem letzten Lehrling, den er sich genommen und letztendlich zu seinem Stellvertreter ernannt hatte, sowohl wahre als auch erlogene Geschichten über Niall und seine Brüder aufgetischt worden.

Ohne die Pistole zu senken, beendete Niall seine Durchsuchung des Raums.

»Sie müssen von Todessehnsucht getrieben sein, wenn Sie einfach so in meinen Club hereinspazieren.«

»Ihre Männer haben Penelope Black wie einen räudigen Hund auf der Straße niedergestochen«, hielt ihm Niall vor. Er selbst war derjenige gewesen, der dabei versagt hatte, sie zu beschützen, und dafür hätte Rykers Frau beinahe mit dem Leben bezahlen müssen. Ein roter Schleier der Wut legte sich erneut über seine Augen, blendete ihn vorübergehend.

Killoran schnippte sich eine kaum sichtbare Staubfluse von seinem Ärmel. »Ich habe Blacks Frau nicht angefasst. Das war keiner von meinen Leuten.«

Töten oder getötet werden … Töten oder getötet werden.

Niall marschierte zu Killoran, der rasch zurückwich.

Niall brachte ihn mit einem gezielten Haken zu Fall.

Der Schuft sank zu Boden.

»Das war für Blacks Ehefrau.« Das war längst überfällig gewesen. Es hätte schon lange Rache genommen werden sollen, bereits vor Wochen, als Killorans Männer Penny beinahe umgebracht hätten.

Killoran rieb sich das Kinn, während er behände wieder auf die Füße kam, sich mit der mühelosen Eleganz eines Gentlemans bewegte, der in einem vornehmen Salon Besucher begrüßte. Er zog ein blassgelbes Taschentuch aus seinem Rock und hielt es sich gegen die Nase. Der Stoff verfärbte sich sogleich blutrot.

Der Mann vor ihm bedrohte die Sicherheit, die Niall und seine Geschwister sich mühsam vom Munde abgespart, hart erkämpft und für die zumindest Niall auch getötet hatte. »Wenn Sie noch einmal in die Nähe der Meinen kommen, werde ich Sie finden«, schwor Niall und deutete mit der Waffe auf ihn. »Dann werde ich Sie jagen, bis ich Sie erwische, werde Ihnen das Gedärm durch die Kehle herausreißen und Sie dann damit erwürgen.«

Man musste Killoran zugutehalten, dass er bei dieser Drohung mit keiner Wimper zuckte. In seiner eleganten Aufmachung lehnte er sich lässig gegen das nächste Möbelstück. »Wenn ich geplant hätte, der Dame etwas anzutun, wäre sie an jenem Tag auf der Straße gestorben.« Das sagte er so beiläufig, als spräche er über das Wetter oder eine Wette.

Jeder andere hätte ein gewisses Maß von Entsetzen bei dieser Äußerung empfunden, aber für Niall war solche Rücksichtslosigkeit Normalität. »Glauben Sie allen Ernstes, ich wäre närrisch genug, Ihnen eine so offensichtliche Lüge abzukaufen?«, höhnte er.

Killorans rechter Mundwinkel zuckte, doch er schwieg.

Niall senkte seine Waffe. »Ihre Leute sind in unseren Club gekommen.«

»Das gebe ich gerne zu«, erwiderte der andere und nickte Niall zu.

Wilde Wut loderte in Niall auf und wuchs. Er versuchte, seine Gefühle unter Kontrolle zu bringen.

Killoran verzog das Gesicht zu einer Grimasse. »Ja, das geht ganz auf meine Kappe«, fuhr er fort und deutete eine spöttische Verbeugung an. »Sehen Sie, Sie und Ihre Bande haben Diggory auf dem Gewissen, und angesichts der Regeln, nach denen Sie spielen, erwarten Sie, dass ich … was? Sie töte? Blacks Ehefrau?« Er ließ seinen Blick über Niall wandern. »Ihre Brüder? Ich spiele nach anderen Regeln.«

Er baute sich vor ihm auf und brachte sein Gesicht dicht vor Nialls. »Sie werden dafür bezahlen, Diggory getötet zu haben.« In seinen braunen Augen stand eine tödliche Drohung. »Es gibt andere Wege, einen Mann zu vernichten. Seine Ehe zu zerstören. Sein Geschäft. Aber Mord?« Er machte eine verächtliche Miene. »Das wäre ein zu leichter Ausweg aus den Verbrechen, derer man schuldig ist.«

Die Verbrechen, derer er schuldig war? Killorans verdrehte Loyalität für einen sadistischen Schuft wie Mac Diggory entzog sich jeglicher Logik. »Diggory war ein fieser Hund«, zischte er.

Weiße Linien bildeten sich um Killorans schmale Lippen.

Niall erkannte dieses Zeichen der Schwäche und setzte nach. »Wenn Sie den Angriff auf Penelope Black nicht angeordnet haben, dann sind die Männer, die Sie geerbt haben, weniger vertrauenswürdig, als Sie meinen.«

Er drückte die Mündung seiner Pistole an den Kopf von Killoran, der krampfhaft schluckte, und Niall bezog Befriedigung aus diesem Anzeichen von Angst. »Lassen Sie sich dies als Warnung dienen, Killoran.« Er schlug sich mit einer Hand auf die Brust über seinem Herzen. »Auge um Auge.« Die Narbe von Diggorys Brandmal wurde unter der Erinnerung an den Schmerz von damals heiß. Das waren die Worte, die Diggory jedem Jungen und jedem Mädchen eingebläut hatte, die Mitglieder seiner Bande geworden waren.

Killoran atmete scharf ein, seine Nasenflügel bebten. »Verschwinden Sie.«

Nachdem früher einmal jede seiner Bewegungen von einem anderen angeordnet worden war, genoss Niall es nun, selbst über sich zu bestimmen. »Erinnern Sie sich an das, was ich heute Nacht gesagt habe«, warnte er den anderen.

Seit er aus Diggorys Klauen entkommen war, hatte er Männer geschlagen und bedroht. Allerdings jedes einzelne Mal, um andere zu beschützen und zu verteidigen. Das war jedoch etwas, das weder Killoran noch irgendein anderer in St. Giles wissen durfte. Nicht, wenn Niall seinen Ruf behalten wollte.

Mit einem verächtlichen Grinsen wich er zurück, ohne den Blick von seinem Gegenüber zu nehmen. Man kehrte seinem Feind niemals den Rücken zu. Nicht, wenn man weiterleben wollte.

Er hatte gerade die Tür erreicht, als Killoran ihm nachrief: »Weiß Black eigentlich, dass Sie hier sind?«

Niall erstarrte. Rykers in letzter Zeit auffällige Nachgiebigkeit rührte von seiner Herkunft als unehelicher Sohn eines Herzogs her. In Nialls Adern hingegen floss lediglich das Blut einer Hure und eines namenlosen Fremden, daher galten für ihn keinerlei Regeln, die das Leben zivilisierter Menschen bestimmten.

»Ich glaube nicht.«

Der andere Mann war noch immer viel zu selbstsicher. Abgesehen von den Jungs, gegen die er in seiner Kindheit hatte antreten müssen, hatte Niall niemals einem Kind etwas angetan. Und damit wollte er auch jetzt nicht beginnen. Er war sich jedoch nicht zu schade, damit zu drohen.

Er hob seine Pistole, und Killoran verharrte reglos. »Ich glaube, Cleo wartet auf Sie?«

Killoran wurde weiß im Gesicht und verkniff sich jede weitere Bemerkung.

Seine Waffe dicht vor sich haltend, riss Niall die Tür auf. Er streckte den Kopf hinaus und schaute sich suchend um. Alles war still, daher trat er auf den Flur und ging entschlossenen Schrittes tiefer ins Gebäude.

Killorans Aufpasser, die an der Tür Wache standen, richteten sich auf. Im Vorbeigehen stieß Niall gleichzeitig mit beiden Ellbogen zu, rammte sie in die Männer, die daraufhin stöhnend zu Boden sanken. Ohne seine Schritte zu verlangsamen, stieg Niall über sie hinweg und schlüpfte in die leere Küche, durchquerte sie rasch und gelangte durch die Hintertür ins Freie.

Das Blut pulsierte heiß durch seine Adern, so wie damals, als er seinen ersten Taschendiebstahl ausgeführt hatte, als er sich davor gefürchtet hatte, am Ende erwischt zu werden, gefolgt von dem Hochgefühl des Erfolgs. Lautlos ging er durch die Gasse.

Ein Junge stand da und hielt die Zügel seines Pferdes.

Niall steckte seine Waffe weg und reichte dem Kind mehrere Münzen, dann schwang er sich in den Sattel von Chance und trieb ihn mit einem Schenkeldruck an.

Kein ehrenwerter Mann hätte die Spielhölle betreten und einen anderen Mann mit einer Pistole bedroht.

Töten oder getötet werden …

Dies waren die gnadenlosen Regeln ihrer Welt. Ryker hatte sie vergessen. Es war jedoch eine Lektion, die Niall von dem Anführer, der ihn zu sich geholt und dann zum Dieb und Mörder geschult hatte, um seinen Einfluss auf der Straße und sein Vermögen zu mehren, nur allzu deutlich vermittelt worden war.

Niall hatte schon vor langer Zeit seine Seele verkauft, um zu überleben, und er würde es mit dem Teufel selbst aufnehmen, um seinen Club, die Angestellten und die Familien, die von ihm abhängig waren, zu beschützen. Selbst wenn das bedeutete, Rykers neu entwickeltem, fehlgeleitetem Ehrgefühl zuwiderzuhandeln.

Niall beugte sich über sein Reittier, ließ es laufen. Erst als er vor dem »Hell & Sin«-Club ankam, zog er an den Zügeln.

Die Fassade des Gebäudes war in hellen Kerzenschein getaucht, während Gäste durch den Eingang hineinströmten, ein Zeichen dafür, wie gut der Spielsalon lief.

Ein schwarz gekleideter Diener trat vor, um ihm die Zügel abzunehmen.

»Marksman«, grüßte der ihn. Seine Augen verweilten kurz auf Nialls angespanntem Gesicht und den verschrammten Fingerknöcheln, aber er war klug genug, nichts dazu zu sagen.

Niall marschierte die Eingangsstufen hoch und trat durch die Doppelflügeltür, die von einem livrierten Türsteher für ihn aufgerissen wurde.

Die Gerüche, Geräusche und der Anblick des Clubs waren vertraut und willkommen heißend. Sein Zuhause. Und Niall wollte verdammt sein, wenn Killoran oder irgendjemand anders das zerstörte. Er bezog seinen Posten am Rande der Fläche mit den Spieltischen und beobachtete das Treiben.

Eine hochgewachsene Gestalt trat in sein Sichtfeld. Adair Thorne, sein Bruder von der Straße, einer der vier Besitzer der Spielhölle, betrachtete ihn forschend. »Du bist spät.« Das war mehr eine Feststellung als etwas anderes.

»Mein Treffen mit dem Weinlieferanten hat länger gedauert«, log Niall. Er musterte einen grell gekleideten Dandy in lila Beinkleidern, der auf dem Weg zu einem Farotisch war, an dem sich betrunkene Aristokraten drängten. »Hat es heute Abend irgendwelche Probleme gegeben?«

»Keine.«

»Kommt bestimmt noch«, erwiderte Niall.

»Du machst dir grundlos Sorgen«, widersprach Adair. »Die Zahlen sind beinahe wieder so gut wie vorher«, fügte er hinzu.

Nialls Antwort darauf bestand lediglich aus einem unverbindlichen Laut. Nachdem Ryker Black eine Dame der guten Gesellschaft geheiratet hatte, waren die Besucherzahlen bei ihnen gestiegen. Aber Zahlen hatten nichts mit Gefahr zu tun. Jetzt erregten zwei Gentlemen seine Aufmerksamkeit, und er beobachtete sie eindringlich, ohne es sich anmerken zu lassen. Sie nickten immer wieder und deuteten auf einen Tisch.

Dandys waren alle miteinander Narren und Trinker. Doch die unbeteiligt wirkenden Gestalten, die sich jetzt so angelegentlich umschauten, gehörten nicht zu dieser Gruppe.

»Was ist los?« Adairs leise Frage drang durch das Stimmengewirr im Club zu ihm.

Das jahrelange Leben auf der Straße hatte Nialls Sinne geschärft. Das war allerdings nur ein Grund für sein Geschick im Kampf.

Die zwei Männer, die sich eben unterhalten hatten, entfernten sich. *Da kommt es.* »Probleme«, sagte er leise.

Weiter hinten im Club wurde ein Ruf laut. »Betrug!«

Niall hatte sich schon in Bewegung gesetzt. »Achte darauf, dass die Privatsuiten sicher sind«, befahl er, und Adair eilte fort. Zu oft war im letzten Jahr jemand zu den Privaträumen vorgedrungen. Er würde nicht zulassen, dass sie den gleichen Fehler noch einmal begingen. Niall drängte sich nach vorn, während die Spieler an dem Farotisch aufsprangen.

»Es ist unehrenhaft, einem Mann in die Karten zu schauen«, schrie ein junger Lord mit unordentlichen blonden Locken einen Mann an, der links neben ihm saß.

Der kam ebenfalls auf die Füße. »Beim Jupiter, ich verlange Genugtuung.« Er versetzte seinem Gegner einen schwächlichen Hieb ins Gesicht.

Selbst mit Messer und Pistole bewaffnet hätte der Mann in Seven Dials niemals auch nur einen Tag heil überstanden. Niall beschleunigte seine Schritte. Ohne den Blick von dem Unruhestifter in lila Hosen zu wenden, hob er seine linke Faust als Zeichen für Calum, den anderen Clubbesitzer, der ihm am nächsten war. Calum war schon lange der ruhige Gegenpol zu Nialls auflodernden Temperament. Aus dem Augenwinkel bemerkte Niall, dass er die aufgebrachten Gäste trennte.

Wut strömte durch Nialls Adern. Selbst die Betrunkenen verfügten über genug Verstand, um ihm aus dem Weg zu gehen. Er lief zu dem Mann, der für das Chaos am Tisch verantwortlich war. Niall, Ryker, Calum, Adair und jeder Angestellte hier hatten zu große Opfer gebracht, um jetzt tatenlos mit anzusehen, wie Mac Diggory noch aus dem Grab heraus ihr Reich vernichtete. Niall biss die Zähne zusammen und stürmte weiter.

Der verschlagen dreinblickende Mann entdeckte ihn und stolperte.

»Du verdammter Hurensohn«, fauchte Niall und stürzte sich mit ausgestreckten Armen auf ihn.

Der Mann schrie auf, stolperte zurück, aber Nialls Faust traf ihn auf die Nase, sandte ihn mit dem einen Schlag zu Boden.

Laute Rufe hallten durch den Club, und in der Hitze des Gefechts packte Niall den Dandy am Kragen. Er zerrte ihn hoch. »Wer hat Sie geschickt?«, verlangte er zu wissen.

»Lassen Sie mich los«, rief der angstschlotternde Lord.

»Ich hab gefragt, wer Sie geschickt hat.« Er schüttelte sein Opfer einmal.

»Bei Gott, lassen Sie mich los. Ich bin ein Earl und Mitglied in diesem Club, und Lord Chatham wird es nicht gefallen, wenn Sie …« Die Warnung des Mannes endete in einem lauten Keuchen, als Niall ihm einen Hieb in den Magen versetzte.

»Das reicht.« Der scharfe Befehl drang durch den Schleier von Nialls Wut, und Ryker Black fasste ihn am Handgelenk, verhinderte einen weiteren Treffer.

Ein Knurren stieg aus Nialls Brust, und er wehrte sich gegen den Griff seines Freundes und Bruders. »Dieser Falschspieler war …«

»Ich sagte, es reicht«, stieß Ryker halblaut hervor, und Wut glitzerte in seinen Augen.

Nialls Brust bewegte sich unter seinem hastigen Atem. Ryker war früher der härteste Anführer in St. Giles gewesen. Bis er vor zwei Monaten geheiratet hatte – und zwar eine vornehme junge Dame, aus den höchsten Kreisen. Niall mochte Lady Penelope. Er achtete sie. Aber Rykers Ehe mit ihr hatte den Mann auf eine Weise geschwächt, die sie alle in Gefahr brachte. Niall riss sich los.

»Dieser Mann hat mich angegriffen«, erklärte der Earl, dessen Selbstvertrauen rasch zurückkehrte. Er presste ein fliederfarbenes Taschentuch an seine blutige Nase und starrte Niall über den Stoff hinweg an. »Ich bin hier nur deswegen Mitglied geworden, weil ich den Berichten Glauben geschenkt habe, dass Ihr Club inzwischen wieder sicher sein soll.« *Wieder.*

Nachdem Diggorys Männer hier Schaden angerichtet und Prügeleien angezettelt hatten, die dafür gesorgt hatten, dass die Besucherzahlen drastisch gesunken waren. Genau wie Diggorys Leute es beabsichtigt hatten.

Ohne den Mann eines Blickes zu würdigen, richtete Niall seine Worte an Ryker. »Er hat einen anderen am Farotisch angestoßen.« Niall deutete auf den entsprechenden Mann. »Sie haben versucht, eine Prügelei anzuzetteln.« Und Niall wollte verdammt sein, wenn er irgendjemandem – sei er aus Seven Dials oder ein Lord direkt aus einem vornehmen Londoner Ballsaal – erlauben würde, in diese heiligen Hallen vorzudringen und sie von innen zu zerstören.

Ryker kniff die Augen zu schmalen Schlitzen zusammen, aber sonst zeigte er keine Reaktion.

»Marksman, in mein Büro«, erklärte er knapp, und Niall spürte, wie ihn eine neue Welle von heißer Wut durchströmte.

Ryker war vielleicht der Hauptanteilseigner der Spielhölle, ein Freund, der während des harten Lebens auf der Straße zu seinem Bruder geworden war, doch Niall hatte es noch nie gemocht, Befehle zu empfangen. Diese Abneigung stammte von der Erfahrung, von dem Mann, der ihn großgezogen hatte, wie ein Hund geschlagen worden zu sein.

Du gehorchst mir besser, Junge … Es sei denn, du willst eine Kugel in den Bauch, also tu es.

Der laute Knall eines Pistolenschusses hallte in seiner Erinnerung, und er zuckte zusammen, war jäh wieder in der Gegenwart.

Er und Ryker waren in einem stummen Kampf gefangen, und er schluckte einen Fluch herunter, zuckte geringschätzig die Schultern und marschierte, gefolgt von lautem Geflüster, davon.

An seinem Augenwinkel zuckte ein Muskel. Ja, den dummen Kerlen, die sich in die berüchtigte Spielhölle wagten, ging es vor allem um ihre Sicherheit und Bequemlichkeit.

Aber andererseits sollte ihn diese Selbstsucht nicht erstaunen. Schließlich war er ein abgemagerter kleiner Bursche gewesen, der auf den Straßen fast verhungert wäre, unsichtbar für genau diese Leute. Das hatte für ihn auch gerechtfertigt, die vornehmen Herrschaften um ihre Börsen zu erleichtern. Und es machte jetzt, wo er ein erwachsener Mann war, die Erfahrung umso süßer, davon zu profitieren, dass ebendiese Aristokraten an seinen Tischen ihr Vermögen verspielten.

Niall erreichte den hinteren Bereich des Clubs, und die Wache Oswyn nickte ihm zu. »Mr Marksman«, grüßte ihn der große, kahlköpfige Mann.

Niall erwiderte den Gruß mit einem Nicken. Er warf einen letzten Blick über seine Schulter, gerade rechtzeitig, um noch zu sehen, wie Ryker den Dandy mit der blutigen Nase an einen Tisch geleitete, an dem er ihn mit einer Flasche Brandy versorgte.

Ein angewiderter Laut entfuhr ihm, und kopfschüttelnd stieg er die Stufen zu den Privatapartments empor, folgte dem Flur. Ryker beschwichtigte einen Mann, der käuflich war. Da er nicht länger gehört werden konnte, stieß Niall eine Reihe übelster Flüche aus. Wann war Ryker so verdammt schwach geworden, dass er es zuließ, dass jeder, der sie ruinieren wollte, einen Platz an ihren Tischen fand?

Er gelangte zum Büro seines Bruders und drückte die Türklinke, trat in den unangemessen fröhlich eingerichteten Raum. Niall ballte und lockerte seine Finger, während er die Veränderungen in dem einst düsteren und überladenen Zimmer betrachtete. Jetzt wirkte alles heiter und aufgeräumt.

Er schüttelte erneut angewidert den Kopf. So weit war es also mit Ryker gekommen. Nachdem er Mac Diggory getötet und dabei einem Herzog das Leben gerettet hatte, war er für den König so etwas wie ein Held geworden und hatte zum Dank selbst einen der eigentlich verhassten Titel erhalten.

Wie durch den Gedanken heraufbeschworen erklangen Schritte auf dem Flur, und Niall versteifte sich. Er drehte sich um, gerade als sich die Tür öffnete und sein Bruder eintrat. Wieder war das vernarbte Gesicht des anderen zu einer harten Miene erstarrt, die nichts verriet, während er zu seinem Schreibtisch ging. »Setz dich.«

Niall schob sein Kinn vor. »Ich …«

»Ich sagte: Setz dich«, befahl Ryker knapp, nahm selbst auf dem Stuhl hinter dem breiten Mahagonimöbelstück Platz. Früher einmal hatten sich hier Rechnungsbücher und Berichte gestapelt, doch dann war alles von der jungen Frau seines Bruders neu eingerichtet und dekoriert worden. Kein Buch stand nicht an seinem Platz, kein Staubflöckchen lag auf den Möbeln. Die junge Dame hatte allerdings nicht nur die Gegenstände in der Spielhölle verändert, sondern auch den Besitzer von allem.

Niall ließ die Arme an seine Seite sinken und setzte sich mit steifen Bewegungen hin. Es war eine Sache, sein Büro zu verändern. Aber etwas völlig anderes, sich selbst neu zu erfinden.

Ryker stützte die Ellbogen auf die Tischplatte und beugte sich vor. »Ich hatte ja bereits mit dir darüber gesprochen. Du kannst nicht rumlaufen und wahllos Gästen die Nase blutig schlagen.«

»Er arbeitet für Diggorys Leute.« Niall sprach das mit einer Überzeugung aus, die aus der genauen Kenntnis der Denkweise solcher Schlägertypen geboren war. Leute auf der Straße würden Satan selbst die Treue schwören, wenn das für sie Sicherheit bedeutete. Diese Treue galt im Leben wie im Tod.

Ryker zuckte leicht die Schultern. »Möglicherweise.«

Das war alles, was er dazu zu sagen hatte? »Ich habe alles genau beobachtet.« Vor Wut verfiel er zurück in den breitesten Cockney-Dialekt.

»Das bezweifle ich nicht«, lautete die gelassene Antwort von Ryker, der sich in seinem Stuhl zurücklehnte. Er legte die

Hände auf die Armstützen. »Aber es sind nun einmal Adlige. Aufgrund ihrer Abstammung und ihrer Sonderstellung in diesem Club steht ihnen Schutz zu.«

Das war in ihrer Welt eben so. Als Junge hatte ihn diese Wahrheit gestört. Sie hatte einen brennenden Hass auf diese eingebildeten Lords und Ladys in ihm geweckt, die sich um nichts und niemanden kümmerten als ihr eigenes Vergnügen, bis sich seine Verachtung in ihm festgefressen und jede Faser seines Wesens durchdrungen hatte.

»Ich werde keinen Mann an unseren Tischen dulden, der uns ruinieren will.«

»Uns bleibt gar keine Wahl«, erwiderte Ryker mit einer unverblümten Offenheit, bei der Niall die Zähne zusammenbiss. Obwohl sie ähnlich getrieben und rücksichtslos waren, würden sie in Bezug auf Nachsicht mit den Aristokraten, die die Spielhölle besuchten, nie einer Meinung sein.

Ryker stieß sich vom Schreibtisch ab. »Der Earl of Dunwithy hat hohe Schulden. Er ist ein Mann, der Geld braucht. Solche Leute können gekauft werden.« Alle Menschen waren käuflich. »Diese Männer spielen an unseren Tischen, und wir können es uns nicht leisten, sie abzuweisen oder gar niederzuschlagen, einfach wegen der Botschaft, die das aussendet.« Ryker beugte sich vor. »Haben wir uns da verstanden?«

Schweigen breitete sich aus, einzig unterbrochen durch das Ticken der Uhr. Seit er ein vier- oder fünfjähriger Junge gewesen war, der sich mit Älteren um die Abfälle in der Gosse geprügelt hatte, hatte Niall nie nachgegeben. Und dennoch, Ryker war nicht nur Haupteigner der Spielhölle, er war auch der Mann, der ihm das Leben gerettet hatte.

»Verstanden«, erklärte er knapp. »Ich kehre dann nach unten zurück.« Niall schob seinen Stuhl so heftig zurück, dass er laut über die Holzdielen scharrte.

»Du bist für den Rest der Nacht von deinen Pflichten entbunden.« Ryker stand auf.

»Ich bin nicht müde.« Er sprach diese Worte so perfekt und kultiviert aus, wie er es geübt hatte. So wie er es tat, wenn er zeigen wollte, wie ruhig er war. Das und die elegante Kleidung, die er angelegt hatte, waren die Zugeständnisse, die er für ihre vornehmen Gäste machte.

Ryker verschränkte die Arme vor der Brust und betrachtete ihn unter seinen dichten schwarzen Wimpern hervor. »Heute geht es nicht darum, ob du müde bist. Wo warst du vorhin?«

Bei diesem abrupten Themenwechsel zuckte Niall mit keiner Wimper. Verdammt. Das konnte der andere unmöglich wissen. »Ich hab unserem Spirituosenhändler einen Überraschungsbesuch abgestattet.« Dem letzten, der ebenfalls begonnen hatte, ihnen vermehrt zerbrochene Flaschen zu schicken.

Ryker betrachtete ihn eine ganze Weile lang, dann nickte er langsam. »Du bist für den Rest der Nacht von deinen Pflichten entbunden.«

Protest lag Niall auf der Zunge.

Ryker beugte sich vor. »Ich bitte dich nicht, deinen Posten für den Abend zu verlassen, ich ordne es an. Du bist nicht ganz klar im Kopf.«

Der war nicht mehr klar gewesen, seit Rykers Frau beinahe gestorben war, während sie sich unter Nialls Obhut befunden hatte. Bei der Erinnerung an sein Versagen ballte er die Fäuste. Dennoch, er würde sich für sein Verhalten nicht entschuldigen. Nicht, wenn es gegen einen eingebildeten Lord gerichtet gewesen war, der mehr verdiente als eine blutige Nase.

»Ist das alles, Mylord?«, fragte er, zog den verhassten Titel in die Länge, ebenden, der Ryker dafür verliehen worden war, dass er den jetzigen Duke of Somerset vor Diggory gerettet hatte.

Leider ließ sich Ryker nicht zu einer heftigen Reaktion verleiten, sondern bewahrte seine Ungerührtheit. Er neigte lediglich den Kopf. »Nein, das ist nicht alles. Dein aufbrausendes Temperament schafft hier Probleme, Niall. In dem Augenblick, in dem wir vier diese Spielhölle gegründet haben, haben wir einen Pakt geschlossen, dass dieser Club immer an erster Stelle stehen muss, vor allem anderen.«

Nialls ganzer Körper spannte sich. Sein Bruder hinterfragte seine Loyalität dem Club gegenüber? »Ich habe das »Hell & Sin« stets vor alles andere gestellt«, presste er hervor. Nichts bedeutete ihm mehr als der Club. Er war das einzige Zuhause, das er je gekannt hatte. Und er hatte ihm die Sicherheit geboten, die Niall früher immer für unmöglich gehalten hatte.

»Nein«, erwiderte Ryker ruhig. »Du hast *unseren Ruf* vor alles andere gestellt. So sehr, dass du, um ihn zu verteidigen, unseren Erfolg riskierst.«

Niall antwortete auf diese Erklärung mit versteinertem Schweigen. Sein Bruder hatte vielleicht die Grundregeln der Straße vergessen, Niall allerdings nicht. Das Wort eines Mannes und seine Ehre kamen vor allem anderen. Jemandem zu gestatten, an dieser Ehre zu zweifeln, zog einem den Boden unter den Füßen weg, was gefährlicher war als die schärfste Klinge.

Niall verkniff sich einen Fluch, verbeugte sich spöttisch und ging zur Tür.

»Niall?«

Er blieb stehen und schaute zurück.

»Du musst nichts beweisen. Fehler passieren.«

Nicht in ihrer Welt. Dort gab es keinen Platz für Fehler. Und auch nicht für Nialls Unfähigkeit, herauszufinden, wer sich seit nahezu einem Jahr Zutritt zum Club verschaffte. Das war Versagen. Penelopes beinahe geglückte Ermordung unter seiner Obhut war Versagen.

Er zwang sich zu einem knappen Nicken, verließ den Raum und machte sich auf den Weg über die Flure. Als er auf der Rückseite des Clubs ankam, winkte er dem Wachmann am Ausgang zu. Er fischte eine Zigarre aus seiner Tasche, knipste ein Ende ab und hielt sie an die Flamme eines Kerzenhalters an der Wand. Dann stieß er die Tür mit seiner freien Hand auf und trat hinaus.

Er lehnte sich mit dem Rücken an die Hauswand, verschränkte die Arme vor der Brust und genoss seine Zigarre. Er atmete tief ein und wieder aus, und der Rauch stand als Wolke vor ihm in der Dunkelheit.

Rufe in der Ferne und das gelegentliche Rattern von Kutschenrädern – vertraute Geräusche – vertrieben einen Teil der Anspannung in ihm. Dies war seine Welt. Dies war es, wo er sicher war. Wohin er gehörte. Diese Straße, auf der er geboren war, wo Huren, Räuber und Mörder regierten und die Schwachen untergingen.

Wenn Calum und Adair als Jungen von einem Leben außerhalb von St. Giles gesprochen hatten, hatte Niall diese närrischen Träume nachsichtig belächelt. Mit der Zeit jedoch hatte er begonnen, daran zu glauben. Seine Lippen verzogen sich zu einer höhnischen Grimasse.

Was für ein verdammter Narr er gewesen war. Die dünne Lackschicht der Zivilisiertheit mochte ihnen zu der erfolgreichen Spielholle verholfen haben, aber sie ließ sie für Londons Unterwelt auch schwach wirken. Die Drohungen gegen ihren Club und Rykers Ehefrau hatten das eindeutig ans Licht gebracht.

Doch man konnte einen Mann elegant kleiden und ihm beibringen, wie ein feiner Herr zu sprechen, aber man konnte nie auslöschen, wer er in Wahrheit war. Und daher hatte Niall sein falsches Lächeln fallen lassen und stattdessen den gnadenlosen

Mann hervorgekehrt, der früher einmal für ein paar Münzen getötet hatte.

Männer wie Calum, Adair und er gehörten nirgendwohin als hierher. Trotz all der Gefahren, die hier lauerten, waren diese Straßen sicherer, weil Niall sie kannte und verstand.

Er zog ein weiteres Mal an seinem Stumpen, ließ den Blick über die stets gefährlichen Gassen schweifen. Letzten Endes war Niall Marksman nichts anderes als ein Bastard, auf der Straße geboren und dazu bestimmt, auch hier zu sterben.

Kapitel 2

Sie erzählten sich, Diana sei verrückt.

Sie behaupteten, das Böse läge ihr im Blut und das Einzige, was die Zukunft für sie bereithielte, wäre ein Leben in Bedlam.

Niemals war dieses Geflüster über Wahnsinn wahrer gewesen als in diesem Moment.

Die Kutschentür öffnete sich, und Diana zuckte zusammen, als der dürre Kutscher den Kopf ins Innere steckte. »Ich hab gesagt, wir sind da.«

Diana, die auf den durchgesessenen Polstern der Mietdroschke hockte, fuhr sich nervös mit der Zunge über die Lippen. So bald schon? Mit bebenden Fingern zog sie den Vorhang vor ihrem Fenster zurück.

Der Mond warf sein weiß schimmerndes Licht auf die Straßen von St. Giles. Straßen voller tödlicher Gefahren. So riskant, dass niemand sie jemals betreten sollte – und schon gar nicht die Tochter eines Herzogs. Und trotzdem war sie hier, obwohl sie vor einem Jahr aus nächster Nähe erlebt hatte, was einem zustoßen konnte, wenn man auf diesem Pflaster unterwegs war. Sie ließ den zerschlissenen Stoff wieder zurückfallen.

»Das ist nicht die Adresse, zu der ich wollte«, widersprach sie und senkte dabei ihre Stimme. Ihr eigentliches Ziel lag nämlich auf der anderen Straßenseite und drei Gebäude weiter. Diese Entfernung würde in Mayfair nicht viel bedeuten, nur waren sie ganz bestimmt nicht in Mayfair.

Der Kutscher winkte ab. »Ich hab gesagt, es ist hier, Bursche.« *Bursche*. Diana senkte den Blick, und Hitze stieg ihr in die Wangen. Offensichtlich war ihre Verkleidung, die sie sich von einem der Stallknechte geborgt hatte, doch überzeugender, als sie zunächst befürchtet hatte. Wie sehr wurde ein Junge in verschlissenen Kleidern anders behandelt als eine Dame in einem Samtumhang! Im Geiste ein Dankgebet für den Schutz der Dunkelheit sprechend, zog sie ihre Mütze tiefer.

Auf die begrenzte – *sehr* begrenzte – Erfahrung, über die sie verfügte, zurückgreifend, ahmte sie den rauen Akzent des Kutschers nach. »Ich steig hier nicht aus. Es war ausgemacht, dass Sie mich zum Club bringen.« Sie riskierte einen weiteren Blick nach draußen. »Und das hier ist er nicht.« Normalerweise hätte sie sich eher einen Finger abgeschnitten, als einen Ausflug nach St. Giles zu unternehmen. Doch jetzt war nicht normalerweise. Und daher würde sie diese Straßen wohl betreten müssen, allerdings zu ihren eigenen Bedingungen.

Mit einem Knurren duckte sich der Droschkenfahrer tiefer in die Kutsche. »Du hast ja schon bezahlt.«

Das war offenbar unüberlegt gewesen. Diana fluchte im Geiste, nur leider zu spät. Ihrem Bruder und ihrer Schwester, die beide hier aufgewachsen waren, wäre niemals ein so dummer Fehler unterlaufen.

Trotzdem blieb sie störrisch. »Ich steige nicht aus, bis Sie nicht getan haben, wofür Sie bezahlt worden sind.« Die Gesellschaft mochte sie als verzogene und verwöhnte Tochter eines Herzogs sehen, die sich auf dem Weg in den Wahnsinn befand, aber sie war kein Feigling.

Der Mann griff nach ihr. »Und ich sage, du steigst aus, oder ich hole dich eigenhändig raus. Ich hab noch mehr Passagiere zu befördern.«

Diana biss sich auf die Innenseite der Wange. Das Gewicht der Münzen in der Tasche ihrer Hose verbrannte sie förmlich. Mit dem kleinen Vermögen vor diesem Mann zu prahlen wäre so klug, wie sich auf einen Tee mit dem Teufel zu treffen.

»Hast du was an den Ohren, Bursche? Raus mit dir.«

»Das Einzige, was hier zu bemängeln ist, sind Ihre Manieren«, entgegnete sie scharf. Sie verkniff sich einen Fluch und starrte ihn finster an. »Aus dem Weg«, brummte sie schließlich und schob sich an ihm vorbei.

Sie sprang zu Boden und geriet kurz aus dem Gleichgewicht, fand es dann jedoch wieder. Der Fahrer kletterte zurück auf seinen Kutschbock und ließ die Peitsche durch die Luft sausen, sodass die Droschke sich mit einem Ruck in Bewegung setzte.

Diana keuchte auf und stolperte rückwärts. Direkt in den Weg eines herangaloppierenden Pferdes.

Erschreckt warf sie sich zur Seite und landete hart auf den Pflastersteinen. Schmerz schoss ihre Hüfte hoch, und sie verzog das Gesicht. Suchend schaute sie sich nach einer anderen Droschke um, aber die Zeit dafür, es sich noch einmal zu überlegen und ihr Vorhaben aufzugeben, war vorbei. Sie konnte es nicht riskieren, einem Stück Papier anzuvertrauen, was sie hier wollte. Ja, sie hatte sich diesen Plan zurechtgelegt, und jetzt würde sie ihn auch durchziehen. Sie schob sich ihre Mütze wieder zurecht und kam auf die Füße. Ein Stück die Straße hoch befand sich die hell erleuchtete Fassade der berüchtigtsten Spielhölle Londons.

Die ihrem Bruder gehörte.

Oder, wenn man genau sein wollte, ihrem Halbbruder.

Diana war schon lange der Überzeugung, dass verwandt nun mal verwandt war, und egal, wie nah oder fern, entscheidend war, *dass* man es war. Er war Familie.

Selbst wenn er dich verabscheut … Selbst wenn er nichts mit dir zu tun haben will.

Dass dem so war, lag auf der Hand, hatte er es doch versäumt, sie zu seiner Hochzeit einzuladen und … Es gab noch jede Menge anderer Hinweise. Doch sie brauchte ihn.

Was hätte ihr Vater unternommen, wenn sie ein weiteres Mal mit ihrem Verdacht zu ihm gekommen wäre, dass ihr jemand etwas antun wollte, dass der Betreffende sich in den herzoglichen Haushalt eingeschlichen hatte? Das Gleiche, was er getan hatte, als sie ihre Sorgen über die doppelt gebrochenen Achsen zum Ausdruck gebracht hatte: Er hätte ihre Ängste als Ausdruck ihres beginnenden Wahnsinns gewertet. Eine Tochter, die Gespenster sah, wie er es hingestellt hatte, als sie zum ersten und zugleich letzten Mal darüber gesprochen hatten.

»Hallo, Bursche. Willst du dir was verdienen?« Das lallend hervorgebrachte Angebot beendete ihre Überlegungen, und sie fuhr herum. Ein Gentleman in einem saphirblauen Mantel stolperte näher. Sein Mund verzog sich zu einem Grinsen, und seine perlweißen Zähne schimmerten hell in der Dunkelheit.

Überrascht schnappte sie nach Luft. Der Earl of Stone? Natürlich wusste sie, dass die Gäste der Spielhölle ihres Bruders aus den vornehmsten Kreisen stammten, aber seine Gegenwart hier verwunderte sie dennoch. Er war ein Gentleman, der einmal zu ihren Verehrern gezählt, sie jedoch wie so viele fallen gelassen hatte, als die Wahrheit über die Geisteskrankheit in ihrer Familie ans Licht gebracht worden war. Er war …

»Komm schon, Bursche«, rief er und näherte sich ihr, machte sich dabei an der Vorderseite seiner Hosen zu schaffen.

Bei Gott, versuchte er etwa … einen Jungen zu verführen? Furcht breitete sich in ihr aus. Mit bebenden Fingern zog sie das

Fischmesser aus ihrem Stiefel, das sie beim Abendessen heimlich an sich genommen hatte. Mit dem beruhigenden Gewicht in der Hand wich sie dem Earl hastig aus. Das Herz klopfte Diana wie wild gegen die Rippen, während sie rasch über die Straße lief.

Sie wand sich geschickt zwischen den Männern hindurch, die allesamt auf dem Weg zu dem hell erleuchteten Haus zu sein schienen. Hier in St. Giles gab es keine Menschlichkeit. Diese Wahrheit ging ihr durch den Kopf, während sie auf die schmale Gasse zwischen dem Club und dem benachbarten Etablissement zuhielt.

War diese Welt rücksichtsloser als die, in der sie zu Hause war? Keuchend kam sie zum Stehen. Sie warf einen letzten Blick hinter sich, um sich zu vergewissern, dass von dem widerlichen Lord Stone nichts mehr zu sehen war. Ihr waren die unbekannten Ungeheuer, die in dieser dunklen Gasse auf sie lauern mochten, lieber, daher schlüpfte sie zwischen die Gebäude.

Gehüllt in die schier undurchdringliche Schwärze, presste Diana ihren Rücken gegen die Wand und wartete, bis ihr Herzschlag sich etwas beruhigt hatte. *Du hast das hier vorher schon einmal getan … bist hierhergekommen. Und du willst London am Ende der Saison ohnehin hinter dir lassen. In sechs Wochen, um genau zu sein. Das hier ist nichts dagegen.*

Diese stummen Ermahnungen erwiesen sich als nutzlos. Ja, sie war schon einmal in diesem Teil von London gewesen, wenn auch am helllichten Tag, und hatte aus erster Hand und mit eigenen Augen sehen können, welche Gefahren einem hier drohten. Was mochte sie heute Nacht an Schlimmerem erwarten?

Von dieser Ermahnung befeuert, bewegte sie sich weiter vorwärts. Die Ledersohlen ihrer Stiefel dämpften ihre Schritte, während sie weiterging. Unvermittelt versank sie mit einem

Fuß in einer tiefen Pfütze, und die eisige Kälte entlockte ihr ein Aufkeuchen.

Sie hob den Fuß aus dem knöcheltiefen Wasser, suchte sich ihren Weg über die Gosse und lief weiter. *Das hier ist Wahnsinn.* Natürlich, diese unwiderlegbare Wahrheit bewies nur, wie recht alle hatten, die sich flüsternd den neuesten Klatsch über sie erzählten. Worte über sie und ihre Familie, die oft genug nicht allzu leise geäußert wurden. Denn es geschah schließlich nicht jeden Tag, dass eine Herzogin den Mord an den unehelichen Kindern ihres Gatten anordnete.

Und damit gab es schwerlich ein Entkommen vor den Behauptungen und Sorgen um Dianas eigene geistige Gesundheit. Nichtsdestotrotz, Wahnsinn war manchmal nicht die schlechteste Lösung. Und dies war eine von diesen Gelegenheiten.

Von irgendwo in der Ferne erklang ein leiser Schrei, gefolgt von Pistolenschüssen, und Dianas Herz klopfte schneller. Sie umfasste das Messer in ihrer Hand fester. *Ich werde hier sterben.* Was reichlich ironisch war, berücksichtigte man, dass der einzige Grund, der sie hierher, in diese düsteren Straßen von St. Giles, führte, darin bestand, ihr vorzeitiges Ableben zu verhindern.

Diana hatte noch nie zu Theatralik geneigt. Sie hatte ausgezeichnete Gouvernanten und Kindermädchen gehabt, die sie alle Haltung gelehrt hatten.

Diese Lektionen waren durch ihre Mutter, die Duchess of Wilkinson, weiter bekräftigt worden, wenn sie sich mal dazu herabgelassen hatte, sich ihrer Tochter zu widmen. Was nicht wirklich der Fall gewesen war, bis Diana ihr Debüt gehabt hatte und in Bezug auf eine Eheschließung für ihre Eltern wichtig geworden war.

Das war auch der Grund, warum nicht einer oder zwei Mordversuche nötig gewesen waren, sondern drei, bis sie begriffen hatte, dass jemand ihr nach dem Leben trachtete.

»Du bist drauf und dran, die Arbeit für sie zu erledigen«, murmelte sie halblaut vor sich hin. Sie presste sich mit dem Rücken enger an die harte Wand des Gebäudes, wagte sich weiter in die Gasse. Ihr Fuß versank in einer weiteren Pfütze, und sie schnitt eine Grimasse.

Ein Ruf erklang, gefolgt von dröhnendem Gelächter und einer betrunkenen Unterhaltung zwischen zwei Fremden auf der Straße. Diana biss sich auf die Unterlippe.

Denk ans Malen und an die Insel St. George's und … daran, zu leben. Denk ans Leben.

Etwas huschte über ihre Füße. Sie schnappte nach Luft und sprang zur Seite. Ein leises, harsches Keuchen füllte die Gasse, und Diana sah sich erschreckt um, als genau in dem Moment etwas gegen die Rückseite ihrer Beine stieß. Entsetzen erfasste sie, und mit dem Messer vor sich wirbelte sie herum.

Eine riesige Gestalt trat aus den Schatten in Dianas Weg, entlockte ihr einen Schreckensschrei. *Trotz all meiner Bemühungen werde ich hier in dieser Gasse sterben.* Die undurchdringliche Dunkelheit verbarg seine Züge. Er griff nach ihr, und sie schrie erneut auf. Mit einem Ruck hob sie das Messer und stach nach ihm. Er schlug ihre Hand beiseite. Dianas Klinge schabte über den Hosenstoff an seinem linken Bein.

Sie hätte ihn genauso gut mit einer Feder stechen können. Der Berg von einem Mann brummte, entriss ihr das Messer und warf es zu Boden. Furcht lähmte sie, während ihre Waffe mit einem Klappern auf den Pflastersteinen landete.

Lauf weg.

Diana machte auf dem Absatz kehrt, aber ein kräftiger Arm schlang sich um ihre Mitte. Hätte der Hüne Drohungen ausgestoßen oder selbst eine Waffe gezückt, es hätte nicht angsteinflößender sein können als sein absolutes Schweigen. »Bitte«, stieß sie hervor. Gnadenlos presste er sie mit dem Bauch gegen die Wand des Gebäudes. Unter der Wucht des Aufpralls wich ihr alle Luft aus den Lungen.

»Wer bist du?«, verlangte er in einem kehligen Cockney zu wissen, und durch den Nebel des Entsetzens kam ihr etwas daran vage vertraut vor.

Sie drehte den Kopf und versuchte, über ihre Schulter zu schauen. Es war über ein Jahr her, dass sie diese Stimme gehört hatte. Durch ihre Angst hindurch erhaschte sie einen Blick auf die schiefe Nase, die viel zu oft gebrochen worden war, um zuzulassen, dass ihr Träger jemals als gut aussehend bezeichnet werden könnte. Doch es waren seine Augen, die sie erstarren ließen. Eine so dunkle Schattierung von Saphirblau, dass es beinahe schwarz wirkte.

Niall Marksman. Der Mann, dem sie vor einem Jahr in die Arme gelaufen war, als sie Hilfe für ihre Schwester Helena hatte holen wollen. In den Tagen und Monaten, die auf sein Eingreifen gefolgt waren, hatte sie noch oft an den rauen Wachmann denken müssen, der sie ohne viel Federlesens gerettet hatte, bis es ihr schließlich, nachdem mehr Zeit verstrichen war, so vorgekommen war, als hätte sie ihn und seine heldenhafte Tat an jenem Tag nur geträumt. Sicherlich erinnerte er sich …

Er wirbelte sie herum, sodass sie ihn anschauen musste. Erleichterung erfasste sie. *Er erkennt mich wieder.* Sie schloss die Lider.

Doch ihre Erleichterung löste sich rasch auf. Niall presste ihr einen Unterarm gegen die Kehle, schnürte ihr die Luft ab. Panik breitete sich in ihr aus. Es war nicht zu übersehen, dass er in der Tat sehr echt war und zudem ganz dicht davor stand, ihrem Leben ein Ende zu setzen.

Sein hartes Gesicht war zu einer gnadenlosen Maske verzogen, während die tiefe Narbe an seinem Mundwinkel, die sich bis zu seinem Hals erstreckte, bewies, dass er völlig anders als irgendeiner der Gentlemen war, die ihr einmal den Hof gemacht hatten.

Die gezackte weiße Narbe an seinem Mund zuckte. »Ich hab dich gefragt, wer du bist, Bursche«, zischte er.

Diana bemühte sich, irgendetwas zu sagen, aber sein rücksichtsloser Griff beraubte sie der notwendigen Luft. Sie zerrte an seinem Arm, der genauso gut aus Granit hätte geschnitzt sein können. Ihre Bemühungen erwiesen sich als vergebens. Sterne tanzten vor ihren Augen, und er nahm ein wenig von dem Druck weg. Sie schnappte nach Luft.

»Ich werde dich nicht ein drittes Mal fragen.« Seine Stimme war ein leises Knurren, das besser zu einem wilden Tier gepasst hätte. Er fasste sie an den Unterarmen, schüttelte sie leicht, und die Nadeln, mit denen sie die Mütze in ihrem Haar befestigt hatte, verrutschten, und der ganze Aufbau geriet in Schieflage.

Der lange geflochtene Zopf fiel ihr über die Schulter nach vorn, verriet sie. »Lady Diana Verney«, gelang es ihr, durch die malträtierte Kehle zu zwängen, dann sank sie gegen die Wand, atmete weiter keuchend und mit schmerzenden Lungen.

Unglaube glomm in den dunklen Tiefen seiner blauen Augen auf.

Ein Gentleman der guten Gesellschaft wäre inzwischen aschfahl vor Entsetzen darüber, in einer Gasse von St. Giles beinahe die Tochter eines Herzogs erwürgt zu haben. Andererseits war Niall Marksman nicht wie die meisten Männer. Mit einer geschmeidigen Bewegung bückte er sich, hob ihre Mütze auf und straffte die Schultern. »Bei Gott. Haben Sie Ihre Lektion nicht beim ersten Mal gelernt, als Sie hergekommen sind?«, zischte er und stülpte ihr die Mütze wieder auf den Kopf.

Beinahe Zeuge der Ermordung ihrer Schwester zu werden? In eine überfüllte Spielhölle zu laufen, was sie ihren Ruf hätte kosten können? Ja, sie wusste sehr gut, was ein Besuch in St. Giles bedeutete. Mit von ihrer soeben überstandenen

Begegnung mit dem Tod bebenden Gliedern zwang sie sich, den Kopf zu bewegen, hoffte dabei, dass es ihr gelang, es wie ein Kopfschütteln aussehen zu lassen. »Ich brauche …«

»Seien Sie verdammt noch mal still. Wo wollen Sie eigentlich hin?« Er schaute sich um.

Ihr Entsetzen wurde von Verlegenheit ersetzt. Sie hatte geglaubt, in den Schatten Monster zu erkennen. Diana rieb sich die wunden Muskeln an ihrem Hals, hatte keine Lust, diese peinliche Tatsache zuzugeben. Er versengte sie mit einem Blick, der eine Antwort verlangte. »Etwas hat mich erschreckt.«

In dem Moment ertönte ein leises Winseln, und gleichzeitig schauten sie nach unten. Sie hob die Augenbrauen.

Ein Hund?

Die Promenadenmischung mit dem schmutzigen Fell knurrte.

Das war es gewesen, was ihr Bein gestreift hatte. Ganz bestimmt kein Monster, nicht mal eine Ratte oder so was.

Sie spürte Niall Marksmans spöttische Musterung und ließ ihren Arm sinken. Sie hatte sich von einem Hund erschrecken lassen – dieses Mal. Verlegen schaute sie sich nach ihrem Messer um und bückte sich, um es aus der Pfütze zu fischen. Ihr Blick glitt zu dem halb verhungerten, etwas an einen Wolf erinnernden Tier, das sie aufmerksam betrachtete. Das arme Ding. Um ihre beanspruchten Nerven zu beruhigen, streckte sie eine Hand aus, um ihm das schmutzige Fell zu tätscheln.

»Sind Sie verrückt, Prinzessin?«, fauchte Niall und riss ihren Arm zurück, woraufhin sie das Messer gleich noch einmal fallen ließ. Bei dieser plötzlichen Bewegung huschte der Hund davon, ließ Diana mit dem Furcht einflößenden Mann allein. Der packte sie am Handgelenk und zog sie mit sich durch die Gasse.

Sie stemmte die Füße in den Boden, zwang ihn, stehen zu bleiben, wenn er sie nicht hinter sich herschleifen wollte. Seine dunklen Augenbrauen bildeten eine durchgehende Linie.

»Mein Messer«, erinnerte sie ihn.

Er schaute sie an.

Diana deutete auf den Gegenstand.

Mr Marksman murmelte etwas vor sich hin, das sich verdächtig nach »Verrückter als ein Insasse von Bedlam« anhörte.

»Das ist kein Messer«, erklärte er.

Er hatte sie inzwischen nicht nur ein-, sondern bereits zweimal verrückt genannt. Er tat das ganz beiläufig, trotzdem störte es sie sehr, erinnerte es sie doch an ihr Erbe. »Sie sind ein ziemlicher Dummerjan, wenn Sie nicht erkennen, dass das sehr wohl ein Messer ist.«

Er kniff die Augen zu schmalen Schlitzen zusammen, und seine Saphiraugen verdunkelten sich beinahe zu Obsidian. Diana befeuchtete sich die Lippen, während ihr unbehaglich wurde. Was wusste sie schon wirklich über den Mann? Der Boss der Türsteher und Wachleute in der Spielhölle ihres Bruders verfügte über solche Körperkraft, dass er einem mit einer einfachen Handbewegung das Genick brechen konnte. Und niemand würde es je erfahren.

Mit einem spöttischen Lachen reichte er ihr die Waffe. Konnte er ihre Gedanken erraten? *Sei kein Feigling. Er betrachtet dich als impulsives Kind, das sich an einen Ort wagt, an dem es nichts verloren hat, und sich vor einem Hund fürchtet.* Sie reckte das Kinn, und als sie dieses Mal sprach, achtete sie darauf, leiser zu sein. »Ich bin hier, um meinen Bruder zu sehen.«

»Ihren Bruder?«, wiederholte er mit einem zynischen Verziehen seiner Lippen, das diese beiden Worte verhöhnte. Dem frisch gekürten Lord Chatham bedeutete sie nichts. *Ich bedeute niemandem etwas.* Sie war nur eine Figur auf dem Schachbrett ihrer Mutter gewesen. Ein nachrangiger Gedanke für einen Vater, der ihre Mutter nie wirklich geliebt hatte.

Sie schob das nutzlose Selbstmitleid beiseite. All diese Männer und ihr verdrehter Familiensinn konnten ihretwegen zum Teufel gehen. »Ja, Mr Black«, bekräftigte sie, stellte sich breitbeiniger hin und stemmte sich die Hände in die Hüften. »Ihren Arbeitgeber.«

»Sie denken, er sei mein Arbeitgeber?« Niemand konnte den amüsierten Unterton in seiner Stimme als echte Erheiterung missverstehen. Dazu klang es zu rau. Spöttisch und verächtlich, alles zusammen, was sie nur noch mehr aus der Ruhe brachte.

Sie zog an dem Stoff ihrer Hosen. Ein unangenehmer Gedanke drängte sich nach vorn, und sie bewegte sich vorsichtig von dem Mann vor ihr weg. »Hat er Sie entlassen?«

»Ich bin einer der Besitzer.«

Sie öffnete den Mund und schloss ihn wieder. »Ach ja?« Seltsam, sie hatte gar nicht gewusst, dass Ryker Black Partner hatte. Das führte ihr lediglich ein weiteres Mal vor Augen, wie wenig sie über den Mann wusste, mit dem sie blutsverwandt war. Warum sollte er ihr überhaupt helfen?

Mr Marksman ließ einen herablassenden Blick über sie wandern. Die Sorte Blick, die zu einem Mann gehörte, der sie betrachtet und für unzulänglich befunden hatte. »Sie denken, bloß der uneheliche Sohn eines Herzogs sei in der Lage, so ein Etablissement zu leiten?«

Angesichts der Tatsache, dass sie in einer dunklen Gasse stand, zu allem Überfluss auch noch in Knabenkleidung, schien es komisch, dass sie mit diesem Mann über den Snobismus der guten Gesellschaft stritt. Trotzdem schmerzte sie seine eisige Verachtung.

Diana ballte die Hände zu Fäusten. Die gute Gesellschaft hatte sie immer nur als Tochter eines Herzogs wahrgenommen. Jetzt jedoch war sie für sie die *verrückte* Tochter eines Herzogs. Und als solcher sollte ihr die schlechte Meinung dieses Mannes nicht das Geringste ausmachen, aber seine Ansicht versetzte ihr dennoch einen Stich. Er konnte sich zum Teufel scheren, zusammen mit allen anderen.

Sie ignorierte seine Frage und wollte um ihn herumgehen. Sie schaffte zwei Schritte.

Mr Marksman baute sich vor ihr auf, und sie schnappte nach Luft. Ihr Mund war plötzlich ganz trocken. Die Gentlemen, die in der guten Gesellschaft zu treffen sie das Pech gehabt hatte, waren armselige, blasse Abziehbilder dieses vom Leben gehärteten Kriegers. Breit gebaut, muskulös, über einen Kopf größer als sie selbst mit ihren ein Meter sechzig, und trotzdem bewegte er sich so behände und lautlos, wie sie es zuvor nur bei einem Kaminkehrer beobachtet hatte, den sie eines Abends leichtfüßig über die Dächer der Stadthäuser in Mayfair hatte laufen sehen.

Der Mann vor ihr musterte sie von Kopf bis Fuß, und sein Blick verweilte auf der in der Hose deutlich sichtbaren Rundung ihrer Hüften.

Unter dieser Musterung wurde Diana warm, aber als er ihrem Blick begegnete, lag in seinen Augen kein Anflug irgendeines Gefühls. Er streckte einen Arm aus, und sie wich zurück. Seine Lippen verzogen sich erneut zu einem verächtlichen Grinsen. »Nach Ihnen, *Prinzessin.*«

Sie ballte die Hände zu Fäusten. Gott, wie sie diesen Spottnamen hasste. Diese höhnische Bezeichnung für sie von einem Mann, der sie wegen ihrer Abstammung verachtete. So wie andere Männer sie verachtet hatten, wenn auch aus völlig anderen Gründen. Nun, wenn ihr andere Möglichkeiten offengestanden hätten, wäre sie jetzt sicherlich nicht hier. Doch ihr blieb nichts übrig, als sich vor Ryker Black zu erniedrigen.

Hoch erhobenen Hauptes marschierte sie an Marksman vorbei.

Kapitel 3

Von allen Leuten, die er dabei erwischen könnte, vor dem Hintereingang des Clubs herumzulungern, musste es ausgerechnet Rykers verdammte Halbschwester sein. Die verwöhnte Tochter des Herzogs, die mit einem silbernen Löffel im Mund auf die Welt gekommen war.

Niall blieb dicht hinter Lady Diana und schüttelte angewidert den Kopf. Die Frau suchte sich sorgsam ihren Weg über Abfall und schlammige Pfützen, als würde sie die komplizierten Schrittfolgen der albernen Gesellschaftstänze ausführen.

Die dämliche gute Gesellschaft und ihr Glaube an ihre Privilegien.

Die feinen Herren, die ihr Vermögen an den Tischen des »Hell & Sin« verloren, und die hochwohlgeborenen Damen, die in ihren mit jeglichem Komfort ausgestatteten Stadthäusern in Mayfair hockten, während ihre Gatten ihren Vergnügungen nachjagten. Und sie alle waren der festen Überzeugung, die Welt gehöre ihnen.

Sein Blick landete unwillkürlich auf der Seitwärtsbewegung ihres herrlich geformten Hinterns, bei dem die eng sitzenden Hosen wenig der Fantasie überließen. Er verweilte bei den gerundeten Hüften und ihren wohlgeformten Schenkeln, die zu einer Frau passten, die gerne und oft ritt.

Er brummte. Vielleicht doch nicht genau wie all die anderen vornehmen Damen der guten Gesellschaft in ihren eleganten Kleidern. Denn wie viele von ihnen würden schon in Knabenkleider schlüpfen, mit einem Fischmesser herumfuchteln und durch die Gassen von St. Giles schleichen?

Er biss die Zähne zusammen. Dies war das zweite Mal, dass die impulsive junge Frau hergekommen war. Zugegeben, das erste Mal hatte sie ihre Schwester Helena begleitet, aber jetzt trug sie zu allem Überfluss Hosen und lief allein hier herum.

In ihrer Unerfahrenheit würde sie noch in ihren Tod laufen.

Lady Diana stolperte, richtete sich jedoch rasch wieder auf. Hitze kroch Niall den Nacken hoch, und er riss seinen Blick von ihrer herrlich weiblichen Figur los. Er wollte verdammt sein, wenn er sie begehrte, sie mochte oder irgendetwas sonst mit einer verdammten Dame zu schaffen haben wollte.

Sie kamen an die Tür, durch die alle Lieferungen für den Club erfolgten. Er griff an ihr vorbei und drückte die Klinke hinunter.

Die Dame zögerte, spähte einen langen Moment hinein, dann sah sie ihn wieder an. Argwohn stand unverkennbar in ihren ausdrucksvollen blauen Augen. Augen, die alles enthüllten und nichts verbargen. Sie hatte Angst. Ein Junge von der Straße, der seine Seele hatte verkaufen müssen, einfach um zu überleben, erkannte dieses Gefühl besser als irgendein anderer. »Es ist jetzt ein bisschen spät für Bedenken, Prinzessin«, spottete er.

»Ich habe keine B-Bedenken.« Das leichte Beben in ihrer Stimme strafte diese Erklärung Lügen. Dann, mit einer Haltung, wie sie der Prinzessin zustand, als die er sie immer bezeichnete, trat sie ein.

Die gedämpfte Geräuschkulisse von den Spieltischen drang bis in den Flur, ein Zeichen für den Erfolg des Abends. Ja, die Gäste waren zurückgekehrt. Er blickte auf das goldene Haar, das sie zu einem Zopf geflochten hatte, der ihr über den Rücken hing. Als das letzte Mal eine Dame mit einem von ihnen erwischt worden war, hätte das dem Club beinahe das Genick gebrochen. Was würden die Besucher wohl davon halten, dass die Tochter eines Herzogs in Jungenkleidern hier war, und zudem noch in Nialls Begleitung?

»Folgen Sie mir«, befahl er knapp, und ohne sich die Mühe zu machen, zurückzuschauen, ob sie es tat, begann er, die Treppe vor ihr hinaufzusteigen. Er bemerkte ihre leichten Schritte hinter sich.

»Ich …«

»Kein Wort«, stieß er hervor.

»Weil ich eine Frau bin«, sprach sie ihre Vermutung aus, woraufhin er jäh stehen blieb. Mit mehreren Stufen Abstand zwischen ihnen ragte er über ihr auf. Sie erwiderte seinen Blick mit einer Direktheit, die er einfach bewundern musste. Lady Diana ließ sich nicht so leicht ins Bockshorn jagen. Sie blieb direkt unter ihm stehen.

»Ich hab kein Problem mit Frauen«, entgegnete er kurz, verwehrte ihr jede weitere Erklärung, die ihre Frage auch gar nicht verdiente. Der Ausdruck in Lady Dianas Augen wurde weicher, und er verkniff sich einen Fluch. »Womit ich ein Problem habe, das sind feine Damen.« Er bedachte sie mit einem finsteren Blick. »Vor allem gelangweilte, die herkommen und meinen Club in Gefahr bringen.« Damit richtete er seine Aufmerksamkeit wieder nach vorn, stieg die Treppe zu Ende hoch und wartete oben, bis sie bei ihm angekommen war.

Lady Diana rang ihre eleganten Hände. »Ich hege nicht die Absicht, Ihren Club …« Angesichts seiner finsteren Miene versagte ihr die Stimme.

Niall wandte sich in den Flur zwischen den Hauptsuiten. Er bedeutete ihr, ihm zu folgen. Sie zögerte, dann lief sie neben ihm her. Sie gingen flott nebeneinander durch den Korridor, wobei sie ihre Schritte seinen längeren anpassen musste. Währenddessen schaute Niall sich immer wieder um.

Ob Ryker es nun wahrhaben wollte oder nicht, Killoran versuchte ihr Imperium zum Einsturz zu bringen. Dass die Tochter des Duke of Wilkinson hier ein und aus ging, war genau die Sorte Gerücht, die jemand wie Killoran benutzen würde, um sie in der guten Gesellschaft schlecht dastehen zu lassen.

Niall verkniff sich ein Knurren.

Falls die Dame hier entdeckt würde, würde sich der Club niemals davon erholen. Nicht ein zweites Mal. Die vornehme Welt hatte keine Vorbehalte, mit den Münzen an ihren Tischen um sich zu werfen und ihr Vermögen zu verprassen. Genau die gleichen vornehmen Herren würden es niemals dulden, dass vier Waisen, die auf der Straße aufgewachsen waren, Kontakte zu ihren Frauen unterhielten.

Ryker hatte den Titel Viscount dem Umstand zu verdanken, dass er seinem Schwager, dem jetzigen Duke of Somerset, das Leben gerettet hatte. Als solcher war er ein Adeliger, und selbst wenn er unehelich geboren war, konnten ihm bestimmte Fehltritte verziehen werden.

Männer wie Niall, Adair und Calum hingegen würden zum Teufel gejagt werden, wenn es auch nur den Hauch einer Affäre mit einer Dame gäbe.

Sie erreichten Rykers Büro. Niall klopfte an die Tür.

Neben ihm wurde Lady Diana unruhig, trat von einem Fuß auf den anderen. Ihre Nervosität strahlte förmlich von ihr ab.

Er klopfte noch einmal. Nichts. Niall zog seine Taschenuhr hervor und kniff die Augen zusammen, um in dem schwachen Licht die Uhrzeit ablesen zu können. Zu dieser Stunde hielt sich sein Bruder oft genug in seinem Büro auf, aber angesichts der überfüllten Salons und der Auseinandersetzung vorhin war er vermutlich unten geblieben. Er steckte die Uhr wieder zurück in seine Tasche.

»Er wird doch mit mir reden, oder?«, platzte Lady Diana heraus.

Irgendwas hatte die unvorsichtige Miss hergeführt. Die meisten Männer würden vermutlich eine gewisse Neugier oder zumindest den Wunsch verspüren, das Mädchen zu beruhigen. Niall hingegen konnte sich so etwas nicht leisten. Er empfand nichts – für niemanden.

Er ignorierte ihre panische Nachfrage, stieß die Tür auf und deutete mit dem Finger auf den gepolsterten Stuhl, den Penelope erst kürzlich bei ihrer Umgestaltung des Büros angeschleppt hatte. »Setzen Sie sich.«

Lady Diana blieb wie angewurzelt stehen, die Stirn gerunzelt, während sie den Stuhl musterte. Schritte ertönten auf dem Flur, und mit einem halblauten Fluch versetzte Niall ihr einen Stoß zwischen die Schulterblätter, sodass sie nach vorn in den Raum stolperte. Rasch warf er die Tür hinter ihr zu und schloss ab.

Calum stand mehrere Schritte entfernt. Der zweite Mann bei der Leitung der Spielhölle besaß eine außergewöhnliche Selbstbeherrschung, um die Niall ihn beneidete, seit er ihn kannte. Jetzt glomm Argwohn in seinen Augen. »Was ist mit deinem Bein passiert?«

Seinem Bein?

Niall folgte der Blickrichtung seines Bruders nach unten und runzelte die Stirn. Ein feuchter Fleck zierte ein dunkelblaues Hosenbein, und das Blut färbte den Stoff schwarz. Himmel, sie hatte ihn allen Ernstes verletzt. Die Frau hatte ihm mit ihrer armseligen Waffe tatsächlich eine Fleischwunde zugefügt.

Er zog rasch ein Taschentuch aus seinem Rock und presste den weißen Stoff gegen seinen Oberschenkel. »Es geht mir gut«, murmelte er. Er würde das Bein eher durch eine Infektion verlieren, als zuzugeben, dass er von einer jungen Dame mit einem Fischmesser verletzt worden war. »Hol bitte Ryker.« Er deutete mit dem Kinn zur Tür. »Er hat Gesellschaft.«

Der andere verspannte sich. »Gesellschaft?«

»Hat in der Gasse herumgelungert.« Als so was das letzte Mal passiert war, hatte Ryker heiraten müssen.

Calum warf einen weiteren Blick zum Büro. »Ryker mag keine Überraschungen.«

Mit einem finsteren Blick verstärkte Niall den Druck auf das Tuch an seinem Bein. »Und ich mag es nicht, fortgeschickt zu werden wie ein unartiges Kind.«

Calum schnaubte abfällig. Dann machte er auf dem Absatz kehrt und marschierte davon. Nachdem Calum fort war, wandte Niall seine Aufmerksamkeit wieder dem sich rasch ausbreitenden Fleck zu.

Die Dame sollte besser einen verdammt guten Grund dafür haben, sich hierhergeschlichen zu haben – zum wiederholten Mal. Gleichgültig, welcherart ihre Verbindung zu Ryker und Helena war, Lady Diana war die Tochter eines Herzogs, nur eine Stufe unterhalb der Mitglieder des Königshauses. Niall richtete seinen finsteren Blick auf die Tür zwischen ihm und dieser makellosen englischen Prinzessin. Den selbstsüchtigen Adeligen konnte man einfach nicht trauen.

Niemals.

* * *

Man hatte sie angewiesen, sich zu setzen.

Man hatte ihr gesagt, sie solle nichts anfassen und wie ein gehorsamer junger Hund auf dem ihr zugewiesenen Platz ausharren. Oder wie eine wohlerzogene junge englische Dame. In dieser gestelzten Gesellschaft, zu der sie nun mal gehörte, war es eigentlich egal, was von beidem.

Früher einmal hätte sie sich diesen Anordnungen gefügt, die der finstere Aufseher über die Wachleute ihr gegeben hatte, der mit seinem zu langen mitternachtsschwarzen Haar aussah wie ein dunkler Engel, der aus dem Paradies verstoßen worden war. Ihr Herz klopfte heftiger. Ein Mann, der auf eine schroffe Art und Weise attraktiver war als irgendeiner der Gentlemen der vornehmen Londoner Gesellschaft.

»Sei nicht albern«, murmelte sie vor sich hin und schüttelte den Kopf, um ihn zu klären. Vor einem Jahr war sie von genau diesem Mann vor einem schlimmen Schicksal bewahrt worden, woraufhin sie ihn auf ein Podest gestellt hatte, wie es junge Mädchen gern mit furchtlosen Männern taten, die sie aus Gefahr gerettet hatten.

Aber sie war nicht länger die romantische, naive Tochter, die sich alle Eltern der guten Gesellschaft wünschten.

Ohne sich weiter um den weich gepolsterten Stuhl zu scheren, schaute sich Diana im ganzen Raum um, der hübsch eingerichtet und ordentlich aufgeräumt war. Wie überaus merkwürdig. Als sie den Club so hastig betreten hatten, hatten die scharlachroten Teppiche und die schweren dunklen Spieltische von Sünde und Verderbtheit gesprochen. Doch Ryker Blacks Büro mit dem breiten Mahagonischreibtisch und den Blumengemälden hätte besser in ein elegantes Stadthaus in Mayfair gepasst als in das gefährlichste Viertel von London.

Rastlos wanderte Diana zu einem mit Rosenintarsien verzierten Tisch und legte ihr Messer neben eine zierliche Vase mit weiß-rosa Pfingstrosen. Fasziniert hob sie das Porzellangefäß an und fuhr mit der Fingerspitze über das daraufgemalte Liebespaar, das sich umarmte. Sie schloss kurz die Augen und hob die Blüten an die Nase, atmete den herrlichen Duft ein. Mit geschlossenen Lidern konnte sie sich beinah vorstellen, dass sie irgendeine junge Dame war und nicht die, über die sich alle Geschichten zuflüsterten und die für halb verrückt gehalten wurde.

»Was tun Sie da?« Niall Marksmans heiserer Bariton erklang von irgendwo hinter ihr, entlockte ihr einen leisen Schrei.

Vor Schreck entglitt die Vase ihren Fingern, fiel zu Boden und zerbarst in zahllose Scherben. Sie hatte ihn noch nicht einmal hereinkommen gehört. Wie konnte sich ein Mann von seiner enormen Größe und Stärke so lautlos bewegen?

Er runzelte die Stirn.

Diana schaute zwischen den Scherben auf dem Boden und den traurig daliegenden Blumen hin und her. Dann sank sie auf die Knie und begann, alles zusammenzusammeln. Es würde keinen guten Eindruck machen, wenn sie das Treffen mit Mr Black begann, während hier noch die stummen Zeugen ihres Missgeschickes herumlagen.

»Lassen Sie das«, herrschte Mr Marksman sie an, und sie zuckte zusammen.

Rasch richtete sie sich wieder auf. »Ich …«

»Ich hab Ihnen doch gesagt, Sie sollen nichts anfassen«, erklärte er scharf.

Sie atmete tief ein. *Lass dich von ihm nicht einschüchtern. Bloß weil er für das Sicherheitspersonal dieses Clubs verantwortlich ist und dich beinah umgebracht hätte, ist er … Ach verdammt.* Es wäre wirklich dumm von ihr, keine Angst vor ihm zu haben.

Dennoch, so herablassend er auch über sie urteilte, sie hatte sich bereits einmal in diesen Straßen behauptet, und sie würde sich nicht von Niall Marksman ins Bockshorn jagen lassen.

»Nein, Mr Marksman«, widersprach sie klar und deutlich mit der kultivierten Stimme, die ihre Kindermädchen, ihre Gouvernante und ihre Lehrerinnen von klein auf geschult hatten. »Sie hatten mich angewiesen, mich hinzusetzen.« Diana wartete. »Wie einen Hund.« Seine schwarzen Brauen senkten sich, und das bedrohliche Funkeln seiner dunklen Augen brachte sie einen Moment lang aus dem Konzept. Ehe der Mut sie vollends verließ, sprach sie rasch weiter. »Und ich versichere Ihnen, ich lasse mich von niemandem herumkommandieren.«

Das leichte Zittern ihrer Stimme ruinierte die Wirkung dieser kühnen Worte. Ein Mann, der mit einem Unbekannten in der Gasse hinter dem Haus einen Kampf begann, würde eine Herausforderung sicher nicht gut aufnehmen. Vor allem nicht, wenn sie von einer Dame kam.

Doch Mr Marksman wandte sich einfach ab, was sie sprachlos machte.

Sie schaute ihn in dem schwach beleuchteten Raum an und trat langsam vor. Dann blieb sie jäh stehen und schlug sich eine Hand vor den Mund. »Mein Gott.«

Er fuhr zu ihr herum.

»Ich habe Sie verletzt«, flüsterte sie. Übelkeit breitete sich in ihr aus. »Sie bluten.« Zuvor hatte sie zwischen Furcht vor dem Mann und stummer Bewunderung für seine wie gemeißelt wirkenden Züge geschwankt, aber jetzt bemerkte sie Dinge, die ihr vorhin entgangen waren.

Ein hartes Grinsen verzog seine Lippen. »Schlägt es Ihnen auf den Magen, Prinzessin?«

Diana ignorierte die Frage und blickte sich verzweifelt um. Sie konnte ja schließlich nicht einfach irgendein Stück Stoff von Mr Black zerreißen. Seine Vase hatte sie ja bereits ruiniert. Rasch schlüpfte sie aus ihrer Jacke und lief zu Mr Marksman.

Er zog seine Augenbrauen bis zum Haaransatz hoch. »Was zur Hölle …«

Diese dummen Gentlemen, die einfach keine Hilfe annehmen wollten. »Sie sind verletzt.« Und zwar ihretwegen.

Ihr Magen krampfte sich zusammen, und Diana ließ sich auf die Knie nieder. Ohne sich um sein wütendes Knurren zu kümmern, schlang sie die Ärmel ihrer Jacke um sein Bein …

Plötzlich senkte sich eine tiefe Stille über den Raum. Sie hob den Kopf und erstarrte.

Ryker Black stand auf der Türschwelle, Calum Dabney dicht hinter ihm. Beide Männer schauten von der zerbrochenen Vase auf dem Boden zu Dianas Händen. Sie folgte ihrer Blickrichtung. Ihre Finger befanden sich unverzeihlich nah an den Knöpfen vorn an Mr Marksmans dunkelblauen Hosen. Sie schnappte nach Luft und ließ rasch die Arme sinken.

Der mürrische Hüne wich vor Diana zurück, als stünde sie in Flammen und als müsste er sich davor in Sicherheit bringen. Mit heißen Wangen erhob sie sich. *Wenn ich schon allein deswegen ruiniert war, weil ich hierhergekommen und hineingegangen bin, um um Hilfe zu bitten, was würde die gute Gesellschaft reden, wenn sie mich jetzt hätten sehen können, mit den Händen auf Mr Marksmans Oberschenkel?*

Konzentriere dich auf den Grund, weshalb du hier bist. Oder, in diesem Fall, auf den Menschen, den zu sehen sie gekommen war. »Ich …« Ihre Stimme brach.

Wie er mit seiner Größe von deutlich mehr als eins achtzig dort stand, dunkel und ruhig alles beobachtete, war Ryker Black ein Mann, der dafür sorgte, dass man sich unbehaglich fühlte.

Und er war ihr Bruder.

Ob ihm das nun passte oder nicht.

Wie begrüßte man einen Mann, mit dem man blutsverwandt war, der aber dennoch nichts mit einem zu tun haben wollte? Sie nagte an ihrer Unterlippe. Zweifellos erforderte die Situation eine gewisse Förmlichkeit. »Mr B-Black«, sagte sie leise, stolperte prompt schon über den Namen. Hastig begann sie sich ihre jetzt mit Blut befleckte Jacke überzustreifen.

Seine Miene war völlig ausdruckslos. Er richtete seinen unergründlichen Blick auf Mr Marksman und hob eine Braue.

»Sei kein Idiot«, knurrte der und brach damit die Stille. »Es ist nicht das, wonach es aussieht.«

Mit großen Augen schaute Diana zwischen den beiden Männern hin und her, die einander musterten. Ja, sie hatte vor Mr Marksman gekniet, und ihre Jacke war um sein Bein gewickelt gewesen, aber ehrlich, wonach hatte es denn ausgesehen?

»Es sah belastend aus«, erklärte Mr Dabney mit gelangweilter Belustigung. »Und wir hätten eigentlich alle aus dem, was«, er deutete mit dem Kinn auf Dianas Bruder, »Black erlebt hat, lernen sollen, was denen passiert, die in solchen ›Es ist nicht das, wonach es aussieht‹-Situationen erwischt werden.«

Mr Marksman trat um Diana herum.

Sie schnappte nach Luft und stellte sich ihm rasch wieder in den Weg. »Daran war nichts belastend«, widersprach sie heftig. »Ich bin sicher, es wirkte nur so, weil …« Sie schien dazu verurteilt, in einem Zustand der andauernden Verlegenheit gefangen zu sein. »Also, weil …« Sie entschied sich dafür, das nicht weiter auszuführen. »Wie auch immer, ich habe bloß versucht, Mr Marksman zu helfen.« Ob der es wollte oder nicht. Was er entschieden nicht tat. »Weil ich ihn …« Rykers stählerner Blick forderte sie auf, weiterzusprechen. »Weil ich ihn«, Diana deutete auf den Blutfleck auf Mr Marksmans Hose und ließ den Arm dann sinken, »mit einem Messer verletzt habe.« Als sie diese Worte über ihre Lippen zwang, zog sich ihr Magen schmerzhaft zusammen.

Sie ist genau wie ihre Mutter.

Ein angespanntes Schweigen hing dröhnend im Raum. Wenn Ryker Black sie zuvor schon verabscheut hatte, wäre er jetzt sicherlich geneigt, sie aus dem Club auf die Straße zu werfen, ohne auch nur zurückzublicken, und er würde ihr ganz bestimmt nicht in der Angelegenheit helfen, die sie hergeführt hatte.

»Sie hat dich verwundet?« Mr Black schaute über ihre Schulter zu dem Mann, der hinter ihr stand. Was passierte mit einer jungen Dame, die einen Mann, der der Boss der Türsteher in einer berüchtigten Spielhölle war, angriff? Ihr Herz klopfte laut in ihren Ohren, und sie wappnete sich für seinen Zorn.

Mr Dabney stieß ein schnaubendes Lachen aus. »Sie hat dir ihr Messer ins Bein gestochen.«

Diana sollte sich auf das Anliegen konzentrieren, das sie hergeführt hatte, aber … »Es war nicht seine Schuld«, verteidigte sie ihn. Niemand, weder Mann noch Frau, gleichgültig welcher Stellung, wüsste es zu schätzen, wenn seine Fähigkeiten in Zweifel gezogen würden. »Ich habe ihn überrascht.«

Darauf folgte wieder dieses dröhnende Schweigen.

Schließlich brachen Mr Dabney und Mr Black in lautes Gelächter aus, bis sich beide Männer die Lachtränen aus den Augen rieben.

»Ach, fahrt zur Hölle«, beschied Mr Marksman den beiden, doch das führte bloß dazu, dass sie heftiger lachen mussten.

Etwas von ihrer Angst verließ Diana. Sie wünschte sich zwar nicht, dass der mürrische Wachmann die Quelle ihrer Erheiterung war, allerdings wollte sie auch nicht auf die Straße geworfen werden, weil sie einen der Männer verwundet hatte.

Mr Blacks Belustigung ebbte schließlich ab. »Raus«, befahl er. »Und Niall, schau, dass dein Bein versorgt wird. Ich will nicht, dass du den Löffel abgibst, weil du verletzt wurdest, und zwar mit einem …« Ryker Black wandte sich erwartungsvoll an Diana.

Ihre Haut prickelte unter dem finsteren Blick, den Mr Marksman auf sie richtete. »Fischmesser«, antwortete sie.

Weiteres Gelächter von Mr Dabney. Er machte eine rasche Verbeugung in Dianas Richtung und verließ das Zimmer. Ohne sie eines Blickes zu würdigen, folgte ihm Mr Marksman und schloss die Tür hinter sich.

Dianas Herz klopfte heftig. Eben war sie noch von zwei lachenden und einem missmutigen Mann umgeben gewesen, jetzt jedoch war sie mit einem Bruder allein, der sie kaum zur Kenntnis nahm.

Aber sicherlich wünscht er sich nicht meinen Tod, oder?

»Mylady«, begann er mit einem knappen, geschäftsmäßigen Tonfall, der dem ihres Vaters so ähnlich war, wenn er mit seinem Verwalter sprach. Mr Black bedeutete ihr, auf dem Stuhl gegenüber seinem Schreibtisch Platz zu nehmen. Als er sich selbst auf der anderen Seite dahintersetzte, beeilte sie sich, seiner Anweisung Folge zu leisten.

»Diana«, verbesserte sie ihn rasch. Warum erwiderte er nichts? Lächelte nicht? Machte nichts anderes, als die unergründliche Miene beizubehalten. Da er weiterhin schwieg, redete sie. »Bitte, nenn mich Diana«, gelang es ihr hervorzubringen, auch wenn es etwas lahm war.

»Diana«, sagte er ausdruckslos.

Sie verschränkte die Finger in ihrem Schoß. Sicherlich war sein Eingehen auf ihre Bitte ein positives Zeichen. Vielleicht würde er sie doch nicht unverrichteter Dinge fortschicken.

Er lehnte sich zurück, und das alte Leder seines Stuhls knarzte, was in der Stille überlaut hallte. Die meisten würden sie mit Fragen bestürmen zu ihrer Anwesenheit hier – zudem zu dieser Stunde. Aber Ryker saß einfach da und wartete.

»Ich wäre nicht gekommen, wenn ich eine andere Möglichkeit gesehen hätte«, erklärte sie, als er weiter schwieg.

»Eine Nachricht zu schicken wäre auf jeden Fall sicherer, als sich auf die Straßen von St. Giles zu wagen, und das auch noch mitten in der Nacht«, bemerkte ihr Bruder trocken.

»Ja«, stimmte sie ihm zu. Sie hatte wirklich kurz mit dem Gedanken gespielt, ihm eine schriftliche Notiz zukommen zu lassen, die Idee jedoch rasch verworfen, weil das bedeutet hätte, alle schrecklichen Einzelheiten zu Papier zu bringen. Schließlich war das Risiko nicht auszuschließen, dass die Nachricht abgefangen wurde. »Unter gewöhnlichen Umständen.«

Helena hätte ihr nicht helfen können. Sie war auf dem Weg aufs Land und hatte Diana bereits auf die einzig mögliche Weise unterstützt: indem sie Diana ihren seefahrenden Verwandten vorgestellt hatte, die für ihren Traum von Freiheit standen.

Und ihr Vater, so nachgiebig er seinen Töchtern und seiner Frau gegenüber gewesen war, betrachtete eine Frau nicht im gleichen Licht wie einen Mann. Das entsprach schließlich auch der verbreiteten Meinung der Gesellschaft, in der sie sich bewegten.

Ich hab kein Problem mit Frauen.

Nun, wie es schien, mit Ausnahme von Mr Niall Marksman. Energisch schob sie alle Gedanken an den grobschlächtigen, stets finster dreinblickenden Mann beiseite und kam wieder auf ihr Anliegen zu sprechen. »Es steht mir nicht zu, von dir irgendwelche Gefallen zu erbitten, vor allem wenn man meine … meine …«

Bei dem gefühllosen Glitzern seiner Augen richtete sie den Blick auf ihre verkrampften Hände. Sie kannte die Einzelheiten über die Beziehung von Ryker Blacks Mutter zu ihrem Vater nicht, hatte allerdings durch Lauschen an Schlüssellöchern und über den Dienstbotenklatsch genug mitbekommen, um zu wissen, dass er die Frau geliebt hatte. Und Dianas Mutter hatte ihn dieses Glücks beraubt. Es presste ihr das Herz ab.

»Was möchtest du, Diana?«

Bei der sanften Frage ruckte ihr Kopf hoch. Ryker würde niemals ein liebevoller oder gar zärtlicher Bruder sein, aber in diesem Fall lag eine stille Ermutigung in seiner Stimme, die all den Schrecken und die Anspannung vertrieb, die schwer auf ihr gelastet hatten, seit sie in die Droschke gestiegen war.

»Ich benötige für die nächsten sechs Wochen Schutz«, antwortete sie leise und atmete dann tief ein.

Seine Miene verschloss sich. »Schutz.«

Diana zögerte. Als sie mit ihrem Vater gesprochen hatte, hatte er ihr nur die Hand getätschelt und ihre Befürchtungen belächelt. »Jemand versucht, mich umzubringen«, erklärte sie und betrachtete Ryker eindringlich, versuchte seine Reaktion abzuschätzen.

Er erstarrte.

Hielt er sie für so verrückt wie ihre Mutter? Ihr Brustkasten fühlte sich mit einem Mal ganz eng um ihre Lungen an, als drückte er ihr die Luft ab. Ihr Blick zuckte umher, und sie schaute zu dem goldgerahmten Gemälde hinter ihm, einer friedlichen Landschaftsszene, die so im Widerspruch zu seiner gnadenlosen Welt stand.

Sie zwang sich, ihre Augen wieder auf ihn zu richten. »Ich weiß, es ist dumm, zu glauben, irgendjemand würde sich meinen Tod wünschen, aber dennoch …« Trotz der Reaktion ihres Vaters bei dem ersten und letzten Mal, dass sie ihm gegenüber diese Sorge geäußert hatte, wusste sie tief innerlich mit einer Sicherheit, die sich nicht erklären ließ, dass sie recht hatte.

»Aber dennoch?«, hakte er in seiner fordernden, knappen Art und Weise nach.

Diana hob die Hände. »Ich glaube, dass es stimmt.«

Ryker spreizte die Finger und klopfte die Spitzen aneinander. »Was glaubt dein Vater?« *Dein Vater.* Der Mann, der sie beide gezeugt hatte. Wie seltsam war es, von ihm zu sprechen, als wäre er ein Fremder, wobei … war es nicht genau das, was der Duke of Wilkinson für Ryker war? Einen Jungen, der den Armen seiner Mutter entrissen und einem Verbrecher von der Straße überlassen worden war, in einer rücksichtslosen Tat, die von Dianas Mutter geplant worden war. Wie konnte er irgendetwas für den Herzog empfinden außer bestenfalls Gleichgültigkeit und schlimmstenfalls Hass?

Sie sprach langsam und stockend weiter. »Mein Vater ist der Meinung, niemand könnte mir ernsthaft etwas antun wollen.«

Wenn man ganz genau sein wollte, hatte er ihr den Kopf getätschelt und auf seine gewohnt joviale Art und Weise gelacht, die erste echte Belustigung, die sie bei ihm gesehen hatte, seit seine Frau nach Bedlam geschafft worden war.

Ryker unterbrach das Trommeln seiner Fingerspitzen. »Du bist anderer Ansicht.«

Sie hatte es ihm erzählt, und auch wenn er weiter Fragen stellte, er hatte weder gelacht noch ihr den Scheitel getätschelt oder ihr gesagt, sie solle sich nicht den hübschen Kopf zerbrechen. »Ja«, antwortete sie mit einer Überzeugung, die er mit einem Stirnrunzeln quittierte. »Als ich mir diesen Winter einmal eine Mietdroschke genommen habe, ist die Achse gebrochen.«

»Du hast eine Mietdroschke genommen?« Seine Augenbrauen bildeten eine durchgehende Linie. »Wozu?«

Sie verfluchte ihre Unaufmerksamkeit. Sie brauchte seine Unterstützung, wollte jedoch ihren Besuch in Bedlam nicht erwähnen. »Für eine Fahrt«, erwiderte sie absichtlich vage.

Er runzelte die Stirn, fragte aber nicht nach.

»Achsen brechen.« Mit diesem beiläufigen Kommentar erwies er sich als ihrem Vater ähnlicher als gedacht.

»Zwei Mal?«

Jetzt schwieg er. Diana begann an ihren Fingern abzuzählen: »Ich habe meine Zimmertüren gewaltsam geöffnet vorgefunden, das Fenster weit offen. Zu drei verschiedenen Gelegenheiten.« Die Erinnerung an den Schreck, den sie verspürt hatte, als sie den Kopf ins Zimmer gesteckt hatte und ihr die eiskalte Luft entgegengeschlagen war, ließ sie nachträglich erschauern. »Jemand hat sich an meinem Sattel zu schaffen gemacht.« Als Ryker sie weiter durchdringend musterte, verschränkte sie die Hände noch fester. »Und manchmal weiß man es einfach.«

Alle frühere Ruhe war fort, und Ryker saß ihr gespannt und aufmerksam gegenüber. »Du hast deinem Vater all das erzählt, und er hat dir dennoch keinen Leibwächter besorgt?«

Damen hatten zu ihrem Schutz kräftige Lakaien, keine mürrischen Wachmänner, die anderen die Kehle zudrückten. Sie schüttelte den Kopf und formulierte sorgfältig. »Als ich das letzte Mal mit meinem Vater darüber gesprochen habe«, nach der ersten gebrochenen Achse, »hat er …« Sie dachte an den schwachen Schatten eines Mannes, zu dem er geworden war. »Er hatte nichts darauf zu sagen.«

Bedachte man die Geschichte ihrer Familie mit Geisteskrankheiten, war das Letzte, was Diana sich leisten konnte, herumzulaufen und überall in den Schatten Verdächtiges zu sehen. Zumindest wenn sie wollte, dass man sie für geistig gesund hielt.

»Wann hat das begonnen?«

Der Druck in ihrer Brust ließ nach. Es gab keinen Zweifel und keine weiteren Fragen. Einfach diese ruhige Hinnahme ihrer Worte als Tatsache. Zum ersten Mal in den vergangenen zwei Monaten wich ihre Furcht etwas. »Gleich nach Helenas Ball«, antwortete sie.

Die ganze Gesellschaft hatte geschwirrt von Gerüchten, als Ryker in kompromittierender Lage mit Lady Penelope erwischt worden war. Diana allerdings war gezwungen gewesen, alles über ihre Schwägerin und Ryker aus den Skandalblättchen zu erfahren. Diana hatte nicht einmal eine Einladung zu seiner Hochzeit erhalten – von der es merkwürdigerweise zwei mit derselben Dame gegeben hatte.

Etwas flackerte in den Augen ihres Bruders, war aber gleich wieder verschwunden. Seine Miene verschloss sich erneut. »Erzähl mir, was du brauchst.«

Er wird mir helfen. Erleichterung erfasste sie. Selbst wenn ihm die Verbindung zwischen ihnen verhasst war, er würde ihr dennoch helfen. »Wirst du mit meinem Vater sprechen? Du kannst ihn dazu bringen, zuzuhören.«

Ryker nickte. »Betrachte es als erledigt.«

Sie legte den Kopf schief. Das war es? Sie hatte sich voller Sorgen gewälzt, war mitten in der Nacht aus dem Haus geschlüpft, um ihn aufzusuchen, und jetzt glaubte er ihr einfach so und versprach ihr Hilfe? Diana betrachtete forschend sein Gesicht. »Warum solltest du mir glauben, einfach, weil ich es sage?«

»Manchmal weiß man es einfach«, erwiderte er mit ihren eigenen Worten von eben. Der Hauch eines Lächelns spielte um seine Lippen, verblasste dann jedoch. Seine Züge nahmen wieder die gewohnte Ernsthaftigkeit an. »Ich habe auf den Straßen von St. Giles überlebt, indem ich auf genau die Intuition vertraut habe, die du da erwähnst, Diana.« Er warf einen Blick über ihre Schulter in die Richtung der tickenden Standuhr. »Aber du solltest nicht hier sein. *Niemals.*« Das Letzte betonte er. »Wenn du mich brauchst, sende mir eine Nachricht. Du begibst dich nicht noch einmal hierher«, fügte er hinzu und glitt dabei in den Cockney-Dialekt seiner Kindheit und Jugend ab. »Ich sorge dafür, dass du sicher nach Hause kommst.« Er erhob sich. »Morgen spreche ich mit dem Herzog.«

Diana sprang auf. Während ihr Bruder sie aus seinem Büro und aus dem Club geleitete, fühlte sie sich zum ersten Mal seit Langem nicht mehr so allein.

Kapitel 4

Die drei Mitbesitzer des »Hell & Sin« wurden nie alle zur gleichen Zeit von ihren jeweiligen Aufgaben weggerufen, außer es gab Ärger. Und als Niall mit Adair und Calum in Rykers Büro eintraf, kündete die angespannte Atmosphäre im Raum von genau dieser einen Sache – Ärger.

Ryker stand vor seinem Schreibtisch, die Hände hinter dem Rücken verschränkt. Es konnte keinen Zweifel geben, dass der Ärger unmittelbar mit der Dame in Männerhosen zusammenhing, die Niall vor einer Stunde in der Gasse hinter dem Club aufgegriffen hatte.

Ryker öffnete gerade den Mund, um etwas zu sagen, als die Tür aufging. Sie drehten sich alle gemeinsam um.

Niall entspannte sich.

Auf der Schwelle war Penelope, nur mit Nachthemd und Morgenmantel bekleidet. Sie verbarg ein Gähnen hinter einer Hand, sah sich um und kam dann herein, ohne auf eine Einladung zu warten. »Nun?«, fragte sie, nachdem sie die Tür geschlossen hatte.

Rykers harte Miene wurde weicher. »Du solltest …«

Penny stemmte die Hände in die Hüften. »Wenn du jetzt ›schlafen‹ oder irgendetwas anderes in der Art von dir gibst, werde ich es durch ›hier sein‹ ersetzen, Ryker.« In ihrer Stimme schwang ein vorwurfsvoller Unterton mit, als sie hinzufügte: »Du warst plötzlich verschwunden.«

Ehemann und Ehefrau kommunizierten kurz wortlos miteinander.

Sie standen einander so nahe, wie Niall es selbst noch mit niemandem erlebt hatte. Nicht mit seinen Geschwistern von der Straße, nicht einmal mit der Frau, die ihn zur Welt gebracht hatte. Diese Art von Intimität zu beobachten war ihm unangenehm, und er wandte den Blick ab.

Ryker seufzte. »Lady Diana ist vorhin hier eingetroffen.«

»Deine Schwester?«, fragte Penelope überrascht und ging zu ihm. Als sie vor ihm stehen blieb, griff Ryker ihre Hand und führte sie an die Lippen. Ihre Wangen färbten sich rosig. »Versuch nicht, mich abzulenken, Ryker Black.«

Der früher so skrupellose, kaltherzige Spielhöllenbesitzer grinste. »Das würde ich niemals wagen.« Er zeigte auf den Stuhl neben seinem. Seine Ehefrau ignorierte ihn einfach und bewies, dass sie immer noch so eigensinnig war wie eh und je, eine Eigenschaft, die sie dazu verleitet hatte, Niall in der Lambeth Street zu Hilfe zu kommen.

Als alle weiter schwiegen, schaute Penelope vom einen zum anderen, bis ihr Blick schließlich an Ryker hängen blieb. »Nun?«, sagte sie auffordernd und hob eine dunkle Braue.

Aus dem Augenwinkel bemerkte Niall Calums und Adairs Grinsen, und wenn er über die Fähigkeit verfügt hätte, sich zu amüsieren, wäre Ryker Black so von seiner kleinen Ehefrau zur Rede gestellt zu sehen ganz sicher ein Grund für Belustigung gewesen. Doch in letzter Zeit hatte das Leben Niall wenig Grund zum Lächeln gegeben und jede Menge dafür, still und vorsichtig zu sein.

»Diggorys Männer sind wieder tätig geworden«, erwiderte Ryker, und sein rauer Ton verriet den Ernst der Lage.

Wie unbedacht Ryker jetzt Informationen an seine Frau weitergab, jede Regel unterlief, dass alle Adeligen rausgehalten werden sollten. Diese Regeln waren an dem Tag außer Kraft gesetzt worden, an dem er Lady Penelope geheiratet hatte. Niall würde nie jemandem so vertrauen, wie Ryker das bei ihr tat.

Penelope legte den Kopf zur Seite. »Aber Killoran hat uns versichert, dass er all seine Männer unter Kontrolle hat.«

»Sie alle haben einst loyal zu Diggory gestanden«, erinnerte Adair sie ruhig.

Der Tag, an dem das Schwein seinen letzten Atemzug getan hatte, war ein guter Tag gewesen. Doch sein Tod hatte einen Krieg auf der Straße zur Folge gehabt, den selbst Diggorys Nachfolger, der Besitzer des Devil's Den, nicht hatte verhindern können. In Londons Unterwelt beendete man das Leben eines Mannes nicht, ohne dass Rache geübt wurde. Niall hätte diesen Preis bezahlt, wenn Penelope nicht eingegriffen hätte.

Penelopes Blick zuckte zu Ryker.

Der nickte leicht. »Es ist ihm gelungen, jemanden in das Stadthaus des Duke of Wilkinson in Mayfair zu schleusen.«

War das der Grund, warum Lady Diana hier gewesen war? Niall kratzte sich die Stirn. Warum hatte sie und nicht der verdammte Herzog selbst sich in diesen Teil Londons gewagt?

Ryker fuhr fort, sein Gespräch mit Diana wiederzugeben.

Nachdem er damit fertig war, trat Adair ans Sideboard und schenkte sich ein Glas Brandy ein. »Wann hat das angefangen?«, fragte er und drehte sich wieder um.

Ryker verschränkte seine Finger mit Penelopes und hob ihre Hand an seine Lippen, um sie zärtlich zu küssen. »Kurz nach Helenas Ball.« Auf dem auch die zufällige, schicksalhafte Begegnung stattgefunden hatte, die dafür gesorgt hatte, dass Ryker eine Dame der Gesellschaft geheiratet hatte.

Niall bewegte sich unbehaglich hin und her. Gefühle waren nichts, womit er sich abgab. Er war als das ungewollte Kind einer Hure geboren und als Kämpfer eingesetzt worden, um das Imperium eines skrupellosen Bandenchefs aufzubauen. Seit seiner Hochzeit war Ryker auf viele Arten weicher geworden, aber sicher glaubte er doch nicht, dass Lady Diana Verney in den Mittelpunkt des Interesses von Diggorys Helfershelfern gerückt war?

Calum verlagerte sein Gewicht. »Und du glaubst, dass sie ihr Augenmerk auf sie gerichtet haben, um Rache zu üben?«, fragte er und sprach damit Nialls Gedanken aus.

Ryker schüttelte leicht den Kopf. »Ich weiß es nicht«, gab er zu und ließ die Hand seiner Frau los.

Adair fluchte, leerte sein Glas in einem Zug und stellte es auf das Sideboard. »Angesichts des Umstands, dass Killoran nicht in der Lage ist, alle ehemaligen Männer von Diggory ruhig zu halten, ist das keine Überraschung.«

Niall schnaubte abfällig. »Weder Killoran noch Diggory, als er noch gelebt hat, hätten sich mit Wilkinsons Tochter abgegeben.« Ganz London wusste nur zu gut, dass Ryker Black die Verneys verachtete.

Penelope verschränkte die Arme vor der Brust und blickte ihn direkt an. »Weil Lady Diana nur Rykers Halbschwester ist?«, fragte sie herausfordernd.

»Nein, sondern weil er weder mit dem Mädchen noch mit dem Vater etwas zu tun hat«, erwiderte Niall. Er würde sich keine Predigt über familiare Loyalität anhören. Selbst von Rykers Ehefrau nicht, die ihm das Leben gerettet hatte.

Ryker presste die Lippen aufeinander. »Es reicht.«.

»Wir diskutieren die Anschläge auf das Leben des Mädchens«, brachte Calum sie zum Grund für dieses Treffen zurück. »Glaubst du, Diggorys Männer sind hinter ihr her?«

Ryker zuckte die Achseln. »Ich weiß es nicht«, antwortete er mit derselben Direktheit, die er schon gezeigt hatte, als er und

Niall sich als Jungs als Mitglieder rivalisierender Straßenbanden geprügelt hatten.

»Zweifelst du an ihrer Aussage, weil sie eine Frau ist?«, wollte Penelope wissen.

Ihr Ehemann lehnte sich mit der Hüfte gegen seinen Schreibtisch. »Ich zweifle an jedermanns Aussage, bis ich die Umstände genau untersucht habe«, entgegnete er. »Aber ich kann es mir nicht leisten, ihre Sorgen zu ignorieren.« Dieses Mal sah er seine drei Freunde an. »Die Frau braucht Schutz.«

Das also war der Grund für das Treffen. Zu entscheiden, wer sich um die Sicherheit der Lady kümmern würde. Das war zumindest einfach, und es war etwas, mit dem Niall sich auskannte. Als Sicherheitschef der Spielhölle wusste er alles darüber, wie man Dinge über jemanden herausfand oder potenzielle Gefahrensituationen erkannte.

Ryker sah Niall an. »Ich habe euch hergerufen, damit ihr Bescheid wisst. Damit ihr euch umhört und aufmerksam seid. Ich möchte mit dir allein sprechen, Niall.«

Calum und Adair verließen den Raum. Niall wartete, während Ryker und Penelope noch leise miteinander redeten. Penelope nickte mehrmals, sagte dann etwas, woraufhin Ryker die Stirn runzelte. Er drückte ihr die Hand, und dann, einen Moment später, machte sie sich auf den Weg zur Tür.

Neben Niall blieb sie stehen. »Du hast mich früher gehasst«, stellte sie fest. »Du wolltest, dass ich von hier verschwinde.«

Bei dieser unerwarteten Bemerkung sah er sie verwirrt an.

»Diggory war ein schrecklicher Mensch«, fuhr sie sanft fort. »Genau wie die Männer, die entschlossen sind, seinen Tod zu rächen.« Sie schaute ihn weiter direkt an. »Aber nicht alle Menschen von der Straße sind böse.«

Penelope war eine verdammte Närrin, wenn sie das glaubte. Auf der Straße erstachen Jungs wie er jeden, den ihr Boss tot sehen wollte.

»Genauso wie man nicht alle Mitglieder der guten Gesellschaft über einen Kamm scheren sollte.« Penelope warf Ryker einen letzten Blick über die Schulter zu und verließ das Zimmer.

Sobald sich die Tür geschlossen hatte, deutete Ryker auf einen Stuhl. »Setz dich.«

Sie hatten mich angewiesen, mich hinzusetzen … Wie einen Hund.

Niall verzog das Gesicht und verdrängte diesen ungewollten Gedanken an die kühne Miss, die ihn in der Gasse mit dem Messer verletzt hatte. Vielleicht würde ein anderer Mann Gewissensbisse verspüren, weil er sie herumkommandiert hatte. Nialls Job war es, genau das zu tun. Das Wohlergehen jedes Mitglieds dieses Etablissements lag in seiner Verantwortung.

Widerstrebend zog er sich den Stuhl heran und ließ sich darauf nieder.

Ryker trat hinter seinen Schreibtisch und nahm ebenfalls Platz. »Die Dame braucht Schutz.« Er stützte die Arme auf die Schreibtischplatte. »Niall, das musst du übernehmen.«

Wovon sprach Ryker da?

Der nickte langsam, und Niall verengte die Augen zu schmalen Schlitzen. Vielleicht hatte er durch die Wunde, die die kleine Wildkatze ihm zugefügt hatte, mehr Blut als vermutet verloren, aber obwohl er es versuchte, konnte er dieses Nicken nicht verstehen. Ryker konnte doch wohl nicht ernsthaft …

»*Was* muss ich übernehmen?«, presste Niall mit zusammengebissenen Zähnen hervor.

»Niall, ich betraue dich mit der Aufgabe, Lady Diana zu beschützen.«

Diese Aussage schien den gesamten Sauerstoff aus dem Raum zu saugen. Die Stille wurde durch das regelmäßige Ticken der Standuhr nur noch betont.

Niall erhob sich und richtete sich zu seiner vollen Größe auf. Er stemmte die Handflächen auf Rykers Schreibtisch und lehnte sich vor. »Du bist vollkommen verrückt«, erklärte er, wobei er sich Mühe gab, die Worte in dem gedehnten, kultivierten Tonfall auszusprechen, den er hasste, jedoch durch unermüdliches Üben perfektioniert hatte, um die Spielhölle aufbauen zu können. »Du willst mich als Kindermädchen für deine Schwester in die gute Gesellschaft schicken. Die verdammte Schwester, mit der du dich selbst nicht abgeben willst?«, fuhr er heftig fort. Wut erfasste ihn, und seine Muskeln zitterten, so sehr beherrschte er sich, um nicht zuzuschlagen.

Mit aufreizender Ruhe lehnte Ryker sich zurück. »Sie ist meine Schwester. Und als solche verdient sie den gleichen Schutz wie Helena.«

Niall schnaubte. »Das fällt dir erst jetzt ein?«

Ryker hob die Hände. »Vorher bestand keine Notwendigkeit.«

Eine solche bestand jetzt vermutlich auch nicht. »Dann nimm Calum oder Adair«, beharrte Niall. Die beiden anderen waren viel verbindlicher und konnten im Umgang mit der Aristokratie ihr Temperament im Zaum halten. Niall hatte seine dahin gehenden Bemühungen eingestellt, nachdem die Bedrohung durch Diggorys Männer aus dem Nichts aufgetaucht war und ihr geordnetes Universum auf den Kopf gestellt hatte. »Sie passen viel besser in diese Welt, als ich das je könnte.«

»Ich weiß«, stimmte Ryker ihm zu. »Genau das ist einer der Gründe, warum ich dich damit betraue.«

Ihn damit betraute. In den Straßen von London zeigte man der Person, die über einem stand, Respekt. Das traf auf Ryker zu. Seinen Bruder. Er würde alles für ihn tun. Und doch … »Ich bin der Chef von allen Wachleuten hier. Verantwortlich für die Sicherheit aller, und du schickst mich weg, damit ich mich um eine einzelne Lady kümmere?« Eine vornehme junge Dame in jeder Hinsicht … bis auf die vollen scharlachroten Lippen, die wie zum Küssen und mehr gemacht waren. Er zuckte zusammen. Wo zur verdammten Hölle kam dieses Verlangen nach dieser englischen Prinzessin her?

»Ich kenne dich schon fast mein ganzes Leben«, erwiderte Ryker ernst. »Ich nenne dich Bruder. Ich weiß, dass du loyal bist. Ich vertraue dir.«

Er betrachtete Ryker eine lange Zeit, betrachtete die harschen Linien seines vernarbten Gesichts. Wenn Ryker Black sich etwas in den Kopf gesetzt hatte, hatte man eine bessere Chance, die Erde aus ihrer Umlaufbahn zu drängen, als ihn von seinem einmal eingeschlagenen Kurs abzubringen. Dennoch unternahm Niall einen letzten Versuch. »Diggorys Männer werden zuschlagen, und du willst mich hierhaben, wenn das passiert. Glaubst du wirklich, dass irgendjemand deiner Halbschwester etwas antun will?«

Der andere Mann hielt seinen Blick. »Wir haben beide überlebt, weil wir überall Gefahr vermuten, Niall. Diesen Instinkt werde ich jetzt nicht aufgeben. Nicht, nur damit du hierbleiben kannst.«

Hierbleiben? Dachte Ryker wirklich, darum ginge es ihm? Nein, ihn störte es, weggeschickt zu werden wie jemand, der seinen Zweck erfüllt und ausgedient hatte. Es stand für Versagen und Schwäche. »Wie lange?«

Ryker legte die Hände auf die Armlehnen seines Stuhls. »Niall …«

»Ich hab gefragt, wie lange?«, beharrte Niall mühsam beherrscht.

»Bis du davon überzeugt bist, dass die Gefahr vorbei ist. Oder sie heiratet, spätestens am Ende der Saison.« Der verdammte Verräter hätte genauso gut »Immer« sagen können.

Niall ballte die Hände zu Fäusten. »Ist das alles, *Mylord*?«, presste er hervor.

Ryker hob eine Hand, was aussah wie bei einem Priester, der seinen Segen gab. »Dann ist es abgemacht.«

Panik durchzuckte Niall, und er kämpfte darum, das zu verbergen, während er sich auf dem Absatz umdrehte und zur Tür ging.

»Niall?«, rief Ryker ihm hinterher, und er blieb stehen. Für einen kurzen Moment regte sich Hoffnung in ihm. Er warf einen Blick zurück.

»Du bist der Einzige hier, der an dir zweifelt. Wir brechen um neun Uhr zu den Wilkinsons auf.« Niall verkniff sich weitere Flüche. »Lady Dianas Verdacht wird unser und ihr Geheimnis bleiben«, fügte Ryker hinzu. Also würden sie die närrischen Hirngespinste des ebenso närrischen Mädchens nicht vor dem verdammten Herzog ausbreiten.

»Natürlich«, erwiderte er, riss die Tür auf und verließ den Raum. Er knallte die Tür hinter sich zu, und das Geräusch hallte durch die stillen Korridore. Niall marschierte den Flur entlang in Richtung Treppe.

Er sollte in einem verdammten Stadthaus in Mayfair hocken, wo seine einzige Aufgabe daraus bestand, auf die verwöhnte Tochter eines Herzogs aufzupassen? Mit einem Knurren beschleunigte er seine Schritte die Treppe hinunter. Mit jeder Stufe wurden der Klang von ausgelassener Heiterkeit und das Klirren von Münzen lauter. Diese Geräusche waren sicher. Beruhigend. Dies war es, wohin er gehörte, nicht der Ort, an den Ryker Black ihn sandte, um ein verwöhntes Kind zu beschützen.

Niall erreichte den Eingang zum Spielsaal und blieb stehen. Schmerz strahlte von seinem Bein aus, wo das verfluchte Mädchen ihn mit dem Messer verletzt hatte. Ein weiteres Knurren stieg ihm die Kehle hinauf.

Oswyn, ein älterer, stämmiger Wachmann, musterte ihn eindringlich. Niall biss die Zähne zusammen. Wehe, er sagte jetzt auch nur ein Wort. Nur *ein* verdammtes Wort darüber, dass er weggeschickt wurde, denn es gab keinen Zweifel, dass sich das schon bis zu den Wachleuten herumgesprochen hatte. Männer, die jetzt Adair unterstanden. Etwas anderes flackerte flüchtig in Oswyns Augen auf – Mitleid.

Das hab ich schon einmal gesehen. Und zwar als Helena gehen musste. Aber jetzt war er es. *Nur über meine verdammte Leiche.*

Adair erschien, vertrat ihm den Weg. Niall machte zwei Schritte um ihn herum. Da Adair fast so groß wie Niall war, konnte er ihm leicht ins Gesicht schauen. »Das ist alles, Oswyn«, erklärte er leise, und die Wache entfernte sich ohne ein weiteres Wort.

Wie rasch der andere in Nialls Rolle geschlüpft war. Niall ignorierte den scharfen Blick seines Bruders und betrachtete das rege Treiben vor sich. Die Tische waren voll besetzt, weitere Gentlemen schoben sich durch die Menge, um irgendwo einen leeren Platz zu ergattern. Er ballte die Hände zu Fäusten, und seine Fingernägel hinterließen halbmondförmige Abdrücke in seinen Handflächen. Das war es, wo er hingehörte. Hier, nirgendwo anders. Und ganz sicher nicht in Mayfair bei irgendwelchen feinen Herrschaften. Eher würde er sich den Oberschenkel mit dem stumpfen Fischmesser amputieren.

Adair stellte sich neben Niall. »Es ist ja nicht für immer«, versicherte er ihm.

»Geh zur Hölle.« Niall fuhr fort, den Raum mit den Augen abzusuchen. Seit er alt genug gewesen war, über die Straßen von St. Giles zu laufen, hatte er stets Ausschau gehalten – nach Bedrohungen, Gefahr. Denn letztendlich lauerte die immer, wartete bloß darauf, dass jemand unachtsam war und einen Fehler beging.

Als Adair schwieg, blickte er zu ihm. Der Hauch eines Lächelns umspielte die Lippen des anderen. Aber so war es immer bei Adair. Während Niall jegliche Form von Erheiterung vermissen ließ, hielt Adair sich in dieser Beziehung nicht zurück. »Man kann nie wissen. Vielleicht wirst du dir noch wünschen zu bleiben, wie Helena.«

Niall machte eine obszöne Geste, und Adair lachte auf. Dann hielt er inne und klopfte Niall auf den Rücken. »Geh ruhig. Ich hab hier alles unter Kontrolle.«

Das stimmte. Adair hatte die Kontrolle über die Sicherheit in der Spielhölle.

In Niall tobte eine Schlacht: Das Verlangen, zu bleiben und um seinen Platz hier zu kämpfen, rang mit dem Gefühl der Resignation.

Sollte er doch das Kindermädchen für die Tochter eines Herzogs spielen?

Er hatte immer gewusst, welches Schicksal ihn am Ende erwartete – die Hölle. Wenn er jetzt tatsächlich nach Mayfair geschickt wurde, nur um auf eine verwöhnte junge Dame aufzupassen, dann war wohl der Teufel persönlich gekommen, um ihn zu holen.

Kapitel 5

Am nächsten Morgen stand Niall mit Ryker schweigend vor dem Schreibtisch des Duke of Wilkinson, die Hände hinter dem Rücken verschränkt, den Blick auf einen Punkt über dem Kopf des korpulenten, breit lächelnden Edelmanns gerichtet.

»Mein lieber Junge, wie schön, dich zu sehen.« Die dünne Stimme des Herzogs drang kaum bis an Nialls Ohren. »Welchem Umstand verdanke ich das Vergnügen deines Besuchs?«

Mein lieber Junge?

Niall starrte ihn ungläubig an. Vielleicht litt auch der Herzog unter dem Wahnsinn, der seine Frau quälte. Sein illegitimer Sohn hatte ihn in seinem ganzen Leben bisher nicht ein einziges Mal aufgesucht. Tatsächlich war das einzige andere Mal, dass Ryker in irgendeiner Form Kontakt zu seinem Vater aufgenommen hatte, vor etwas mehr als einem Jahr gewesen, als er Helena zu ihrem eigenen Schutz hierhergeschickt hatte. Und selbst damals war der Herzog auf Rykers Territorium bestellt worden. Und dennoch begrüßte er ihn, als ginge es hier um einen geliebten Sohn und seinen geschätzten Vater?

Ryker hielt sich nicht mit Höflichkeiten auf. »Ich bin wegen Ihrer Tochter hier.«

Sorge ersetzte das Lächeln des Herzogs, während er den Blick zwischen Ryker und Niall hin- und herwandern ließ. »Helena?«

Interessant. Niall betrachtete den Mann unter halb gesenkten Lidern hervor. Der Herzog sorgte sich nicht um das Kind mit dem reinen blauen Blut, sondern um seinen Bastard. Das sprach Bände darüber, wie viel ihm das Mädchen tatsächlich bedeutete, das sich in die Gassen von St. Giles gewagt hatte.

Als wäre er in seinem eigenen Arbeitszimmer, bedeutete Ryker seinem Vater, sich zu setzen.

Der Herzog ließ seine rundliche Gestalt auf den Sitz sinken und rutschte vor bis auf die Stuhlkante. »Sind diese Männer wieder hinter ihr her?«, presste er hervor. »Ich hatte gehofft, nachdem dieser schreckliche Unmensch tot ist …«

»Helena geht es gut.« Rykers ausdruckslose Bemerkung schien kaum dazu geeignet, andere zu beruhigen. Er setzte sich in einen der Ohrensessel gegenüber dem Schreibtisch.

Niall ließ die Hände hinter dem Rücken verschränkt und blieb stehen. Er war nicht aus einem gesellschaftlichen Anlass hier und wusste es besser, als während irgendeines Treffens seine Verteidigungsbereitschaft aufzugeben.

»Bist du sicher?«, hakte der Herzog nach und rang die Hände.

»Ihre andere Tochter«, warf Niall scharf ein. Er mochte die Prinzessin vielleicht nicht, die mit ihrem Auftauchen letzte Nacht dafür gesorgt hatte, dass er seine Stellung als Sicherheitschef verlor, aber noch weniger gefiel ihm, wie wenig loyal der Herzog ihr gegenüber war. »Wir sind wegen Ihrer anderen Tochter hier«, erklärte er, wobei er mit voller Absicht wieder in seinen rauen Straßendialekt verfiel.

»Diana?« Die Ungläubigkeit in der Stimme des Herzogs war so wenig zu überhören wie die Kirchenglocken von St. Giles.

»Sie haben noch mehr Bastarde?«, erwiderte Niall und ignorierte bewusst den eisigen Blick, den Ryker ihm zuwarf.

Der Herzog verzog verwirrt das Gesicht. »Was? Nein … Ich …«

Ryker unterbrach das Gestammel. »Ich habe Grund zu der Annahme, dass jemand Lady Diana etwas antun will.«

»Diana?«, wiederholte der Herzog wie einer dieser farbigen Vögel, die Niall einmal bei einer Straßenaufführung in Seven Dials gesehen hatte. Dann brach der Aristokrat in Gelächter aus. »Ich versichere dir, es gibt keinen Grund, sich um Diana Sorgen zu machen.«

Niall und Ryker wechselten einen Blick.

Niall gab es nicht gerne zu, wenn er sich geirrt hatte. So etwas auszusprechen wäre ein Zeichen von Schwäche und potenziell gefährlich, daher verzichtete er normalerweise darauf.

Aber in diesem Fall musste er eingestehen, jedenfalls sich selbst, dass er falschgelegen hatte. Völlig falsch. Lady Diana hatte sehr viel mehr Verstand bewiesen, als er ihr zugetraut hatte, als sie sich mit ihrer Sorge an Ryker gewandt hatte, auch wenn der praktisch ein Fremder war, der von ihr bislang kaum Notiz genommen hatte. Ihr Vater war offenbar zu dumm, um zu erkennen, wie berechtigt ihre Sorge war.

Wie völlig anders diese feinen Herrschaften sich durchs Leben bewegten. Sie fürchteten nichts, sahen nirgends Gefahr … und hatten womöglich sogar recht damit. Ihre Leben waren wichtig auf eine Art, wie es das von jemandem, der auf der Straße aufgewachsen war, niemals sein würde.

Verwirrt schüttelte der Herzog den Kopf. »G-ganz sicher nicht. Warum … Was … Wer würde meinem Mädchen schaden wollen?«

Ganz sicher nicht.

Niall sorgte dafür, dass seine Miene ausdruckslos blieb, verbarg seine Abscheu. Auch wenn es unwahrscheinlich war, dass Diggorys Männer oder irgendjemand anders Lady Diana Verney Schaden zufügen wollte, wäre man ein Narr, wie Ryker festgestellt hatte, wenn man eine mögliche Bedrohung einfach ignorierte.

Selbst die unschuldige Lady Diana verstand das, auch wenn ihr eigener Vater das nicht tat.

»Wilkinson«, begann Ryker. »Es gibt Anlass, sich um das Wohlergehen Ihrer Tochter Sorgen zu machen.«

»Aber hier?«, flüsterte der Herzog. »Das ist Mayfair, Ryker. Diese Sorte Leute lebt hier nicht …«

»Dann sagen Sie mir, wo leben sie sonst, Euer Gnaden?«, meldete sich Niall zu Wort, bevor der Herzog weitersprechen konnte. »In den Straßen von St. Giles?« Er schaute seinem Gegenüber herausfordernd ins Gesicht. »Oder in Bedlam?«

Bei dieser kaum verhüllten Anspielung auf seine Frau erblasste der ältere Mann. Er schluckte trocken und senkte den Blick auf seinen Schreibtisch.

Ryker brach die Stille. »Niall wird als Leibwächter für die junge Dame hierbleiben.« Sein Ton duldete keinen Widerspruch. Er war ein Mann, der sowohl die Straßen von St. Giles als auch mächtige Adlige wie den Duke of Wilkinson kontrollierte und ihnen befehlen konnte.

»Ryker«, erwiderte der Herzog in leicht bittendem Tonfall, »du hast nicht viel mit Diana zu tun.« Oder überhaupt irgendetwas. »Nachdem sie damals in deinem Club war«, fuhr er fort und presste die Hände zusammen, »war sie …«

Niall wandte sich an den Herzog. »War sie was?«, fragte er barsch, als offensichtlich wurde, dass der andere nicht weitersprechen würde.

Wilkinson zuckte zusammen. »Ruiniert«, beendete er seinen Satz rau. »Wie würde es jetzt wirken, wenn … wenn … einer deiner Männer …«

»Brüder«, stellte Ryker klar.

Nialls Lippen verzogen sich unwillkürlich zu einem Lächeln. Natürlich würde ein hochwohlgeborener Lord die Verbindung zwischen seinem Bastardsohn und den anderen Besitzern des »Hell & Sin« niemals als so bedeutend wie Familienbande einschätzen.

Der Herzog wandte hastig den Blick ab. »Brüder«, verbesserte er sich. »Wie würde es aussehen, wenn einer deiner Brüder ihr überallhin folgen würde?«

Niall wippte auf seinen Schuhsohlen vor und zurück. Darum ging es also. Äußeren Schein und gesellschaftlichen Rang. Gott, wie abstoßend diese Welt war. Niall war vielleicht ein skrupelloser Kämpfer von der Straße, aber die Männer und Frauen, die er zu seiner Familie gemacht hatte, würden ihr Leben füreinander geben und die gute Gesellschaft zum Teufel schicken, wenn jemand auch nur ein Wort sagte. »Sie würden das Leben Ihrer Tochter riskieren?«, wollte er schneidend wissen.

Der Herzog hob beschwichtigend die Hände. »Bitte, Sie müssen das verstehen.« Da gab es nichts zu verstehen. Das Wohlergehen und die Sicherheit der Familie standen immer und überall an erster Stelle. »Wie, glauben Sie, soll sie einen Ehemann finden, wenn …«, sein Blick wanderte zu Niall, und er schluckte hörbar, »wenn ihr ein Leibwächter folgt?«

Niall gab einen verächtlichen Laut von sich. Niederträchtig und feige waren sie, diese feinen Herren, die über die Gesellschaft herrschten. Ryker schaute ihn warnend an, doch Niall ignorierte ihn.

»Trotz ihrer Herkunft sind Lady Diana und ich Familie, und dadurch schwebt sie in Gefahr«, erklärte Ryker.

»In Gefahr?«, wiederholte der Herzog mit schwacher Stimme.

Endlich hatte Ryker die unangebrachte Naivität des Herzogs durchdrungen.

Er nickte.

Der andere fuhr sich mit beiden Händen über das Gesicht. Seine Finger zitterten. Ein Mann bebte nicht so unverhohlen, außer er war bereit, die ganze Welt seine Schwäche sehen zu lassen. »Bist du sicher?«, fragte er kraftlos und ließ die Hände in den Schoß sinken.

Ryker und Niall blieben stumm. In Seven Dials war das eigene Wort das Wichtigste, was man hatte. Niemand konnte mit absoluter Gewissheit sagen, dass Diana in Gefahr war. Doch das bedeutete nicht, dass sie in Sicherheit war. Der Herzog konnte das nicht verstehen und würde es auch nie tun.

»Komm.« Der alte Edelmann stemmte sich mühsam auf die Füße. »Wir müssen zu Diana.«

Ryker erhob sich ebenfalls.

Doch der Herzog zögerte.

»Was jetzt noch?«, fragte Ryker mit seiner üblichen Ungeduld.

»Es ist nur … Ich möchte nicht, dass Diana beunruhigt wird.«

Das wurde ja immer besser. Niall schnaubte. Der Mann erinnerte sich nicht einmal daran, dass seine Tochter sich mit ihrer Angst an ihn gewandt hatte. Aber Männer, egal welchen Standes, hörten Frauen häufig nicht zu.

»Ich weiß nicht, wie ich ihr erklären soll …« Die Finger des Herzogs zuckten nervös, bevor er auf Niall zeigte.

Nialls Mund verzog sich zu einem höhnischen Grinsen. Er hatte sich vor langer Zeit abgewöhnt, sich wegen der verdientermaßen schlechten Meinung der guten Gesellschaft über ihn den Kopf zu zerbrechen. Er war ein Dieb, der zum Besitzer einer Spielhölle aufgestiegen war, und er entschuldigte sich nicht für das, was er war. Es bereitete ihm im Gegenteil sehr viel Spaß, das Unbehagen der hochmütigen Lords auszukosten.

»Sie werden ihr die Wahrheit sagen«, verlangte Ryker ohne Umschweife. »Sie werden ihr sagen, dass es Grund zu der

Annahme gibt, dass jemand ihr etwas antun will, damit sie vorgewarnt ist.« Das war eine Regel in Seven Dials. Allerdings eine, die allem zuwiderlief, woran Adlige glaubten.

Die Falten um die Augen des Herzogs vertieften sich, aber er nickte widerstrebend. »Ich werde es ihr erklären. Sollen wir?«, fragte er und machte sich dann mit langsamen Schritten auf den Weg zur Tür.

Ryker folgte ihm, und Niall blieb ein Stück hinter Vater und Sohn zurück. Er wartete nur darauf, seinen Dienst anzutreten, damit er beweisen konnte, dass das Mädchen lediglich Gespenster sah, und er endlich wieder aus dieser erstickenden, künstlichen Welt verschwinden konnte.

* * *

Diana stand an der Staffelei, verengte die Augen zu schmalen Schlitzen und versuchte die Zahlen auf der Standuhr zu erkennen.

Ryker war noch nicht eingetroffen.

Es war erst kurz nach neun und damit früh nach den Standards der guten Gesellschaft. Männer wie Ryker Black und der griesgrämige Wachmann, der Diana auf der Gasse gepackt und gegen die Mauer gepresst hatte, schienen jedoch ohne Schlaf auszukommen.

Sie wusste nicht, was sie von dem Treffen zwischen Ryker und ihrem Vater erwarten sollte. In Anbetracht der Aura von Stärke und Macht ihres Bruders hatte sie sich selbst eingeredet, dass ihr Vater wenigstens seine Zimmer verlassen, in die Welt der Lebenden zurückkehren und ihm zuhören würde.

Sie fasste ihren Pinsel fester. Männer vertrauten anderen Männern. Und was war mit den Frauen? Nun, Frauen wie sie wurden zu ihrem eigenen Schutz weggeschlossen und behandelt, als wären sie aus kostbarem Porzellan, nicht wie Menschen, die selbst wussten, was gut für sie war.

Sie schüttelte den Kopf und wandte ihre Aufmerksamkeit wieder ihrem Bild zu.

Seit die Taten ihrer Mutter ans Licht gekommen waren, hatte Diana in einem merkwürdigen Zustand existiert. Sie wurde von ihren Standesgenossen geschmäht, doch von den Menschen in den Diensten des Duke of Wilkinson hoch geachtet. Das Hauspersonal ihres Vaters behandelte sie mit Ehrerbietung, wenn auch nicht mehr.

Es war im besten Fall eine einsame Welt.

Im schlechtesten eine sehr unglückliche.

Auch die Flut von Einladungen war jäh abgerissen, nur vereinzelt trafen noch welche ein, und es hatte ihr seither niemand mehr einen Besuch abgestattet, keine Freundin, keine Bekannte und erst recht kein Verehrer.

Die Ironie entging ihr nicht. Als ihre Mutter noch bei ihnen gewesen war, hatte sie jede Handlung und Entscheidung von Diana so genau verfolgt, dass Diana sich insgeheim nach mehr Privatsphäre gesehnt hatte, damit ihr einfach einmal die ständigen Vorwürfe erspart blieben.

Niemals zuvor wäre sie in der Lage gewesen, sich wegzuschleichen, eine Droschke zu mieten, ohne entdeckt zu werden. Nicht solange ihre Mutter hier gelebt hatte.

Jetzt, da ihre Mutter weg war, gab es keine einzige Person mehr, die ihre Malerei oder ihre Stickerei interessierte – oder sie. Ihre Schwester Helena verbrachte mehr Zeit auf dem Land als in London. Ihr Bruder Ryker hatte zwar versprochen, ihr zu helfen, aber in ihrem ganzen Leben zuvor kein einziges Wort mit ihr gesprochen.

Sie schürzte die Lippen. Nicht dass sie ihrer Mutter wirklich wichtig gewesen wäre. Bestimmt nicht. Ganz im Gegenteil, wenn man genau sein wollte. Diana hatte an genug Schlüssellöchern gelauscht, um zu wissen, dass sie bloß eine Aufgabe zu erfüllen hatte: eine vorteilhafte Ehe einzugehen, die ihrer Familie mehr Reichtum, Macht und Ansehen einbringen würde.

Dann gab es noch Dianas Vater. Der stets lächelnde, freundliche Papa, der, seit die Sünden seiner Frau ans Licht gekommen waren, Diana nicht mehr ansah, sondern nur durch sie hindurch. Und statt Zeit mit ihr zu verbringen, schloss er sich in seinen Räumen ein und verließ sie höchstens für die Mahlzeiten.

Ihr Magen zog sich zusammen. Ihr Vater war untröstlich gewesen, seit herausgekommen war, welche Rolle Dianas Mutter dabei gespielt hatte, seine über alles geliebte Mätresse und die Kinder, die er mit dieser Frau bekommen hatte, loszuwerden.

Verrückt … genau wie die Herzogin. Diese Worte hatte sie zwei Hausmädchen miteinander flüstern gehört, und sie hallten in ihrem Kopf wider.

Ihre Finger umklammerten den Pinsel fester, und sie zwang sich, sie zu lockern. Diana setzte mehrere Striche auf die Leinwand.

Leise köchelnde Verärgerung drang wieder an die Oberfläche. Ganz sicher war da Dunkelheit in ihrer Seele, weil sie ihren Vater hasste. Sie hasste ihn nicht, weil er eine Frau, die nicht seine rechtmäßige angetraute Gemahlin gewesen war, geliebt und mit ihr zwei Kinder gehabt hatte. Sie hasste ihn nicht, weil er diese Kinder jetzt anerkannt hatte, wie er es schon längst hätte tun sollen. Sie hasste ihn nicht einmal für seinen Zusammenbruch im letzten Jahr.

Was sie niemals verstehen oder vergeben konnte, war, dass er seine Frau einfach so und ohne Weiteres nach Bedlam geschickt hatte, das mehr Gefängnis als Hospital war. Als Herzog hätte er die Mittel und den Einfluss gehabt, sie wenigstens in einer Einrichtung unterzubringen, in der sie nicht misshandelt und ordentlich versorgt wurde.

Und deshalb hatte sie keinen Zweifel daran, dass er, wenn sie wirklich an Bord des Schiffes nach St. George's gehen würde, nie wieder auch nur einen weiteren Gedanken an sie verschwenden würde.

Sie gab alle Versuche als fruchtlos auf, heute etwas zu schaffen, und warf den Pinsel auf die Palette. Er landete mit einem befriedigend lauten Klappern und spritzte Farbe auf den Tisch. Diana löste die Bänder ihrer Schürze, streifte sie ab und legte sie auf einen nahen Stuhl. Unruhig griff sie nach dem großen Buch mit Ledereinband, das sich aufgeschlagen neben ihr befand.

Etwas von der Spannung wich aus ihr.

Sie legte eine Hand auf den Tisch und blätterte mit der anderen durch William Gilpins Sammlung von Landschaftsgemälden. Ihr Blick glitt über die Seiten. Sie hielt bei einer wohlbekannten, markierten Stelle inne. Zwei Männer folgten einer langen Straße zu einer beeindruckenden Burg. Sie ließ die Fingerspitzen über den bewegten Himmel gleiten. Die dicken Wolken, die vom Anbruch der Nacht kündeten. Hatte der Künstler seine eigenen niederdrückenden Gedanken eingefangen? Oder wollte er durch die Nähe der beiden Figuren andeuten, dass sie gemeinsam die Dunkelheit am Horizont überstehen würden? Dunkelheit. Gefahr …

Ihre Zofe Meredith kam in den Raum gestolpert. »Mörder. Riesengroße Kerle, dunkel und voller Narben. Und bewaffnet dazu«, keuchte das Mädchen und hielt sich die Seite. »Wir haben Ihnen unrecht getan, als wir Ihnen nicht geglaubt haben.«

»Ich … Was?«, platzte Diana heraus. Sie hatten ihr nicht geglaubt? Eigentlich war es nur ein nebensächliches Detail, aber trotzdem …

»Mylady«, beschwor Meredith sie. »Wir müssen uns verstecken. Bitte. Sie haben verlangt, Seine Gnaden zu sehen, und sind jetzt in seinem Arbeitszimmer.«

Dann begriff sie, was Meredith da gesagt hatte.

Groß. Dunkel. Vernarbt. Bewaffnet.

»Hatte einer der Männer eine Narbe, die von hier«, sie zeigte auf ihre Lippe, »bis nach hier lief?«, fragte sie atemlos und zog ihre Fingerspitze von ihrem Kiefer bis kurz unter ihre Kehle. Ein Mann mit dem Gesicht und Körper eines kampferprobten Kriegers. Wie hatte er eigentlich diese schrecklichen Wunden erhalten?

Meredith nickte hektisch. »Ein hässliches Monster, Mylady«, flüsterte sie und fasste sich an den Hals.

Diana blinzelte überrascht. »Hässlich?« Niall Marksman würde nie den allgemeinen Kriterien von Schönheit genügen, aber er besaß eine schroffe Männlichkeit, die ihm eine Echtheit verlieh, die den Gentlemen der guten Gesellschaft gänzlich abging.

»Seine Augen sind schwarz wie die des Teufels. Und der Mann, der bei ihm ist?« Meredith schluckte hörbar. »Genauso vernarbt. Böse.«

Diana bemerkte eine seltsam geladene Stille hinter sich. Ihr Magen zog sich zusammen, und sie drehte sich um.

Ryker, ihr Vater und der Teufel, vor dem Meredith sie gerade gewarnt hatte, starrten sie an.

Ach herrje …

Dem harschen Glitzern in Nialls blauen Augen nach zu urteilen, dachte er wohl, Diana hätte mit ihrer Zofe Klatsch ausgetauscht.

Die Zofe schrie auf und eilte zu Diana, versteckte sich hinter ihr. *So viel zur Loyalität von Dienstboten*, dachte sie trocken. »Meredith, mein Bruder Ryker und …« Als was sollte sie Niall Marksman bezeichnen? *Du hast keinerlei schwesterliche Gefühle ihm gegenüber gehabt seit dem Tag, an dem er dich im »Hell & Sin« in die Arme geschlossen hat.* Dianas Wangen röteten sich, und sie räusperte sich. »Mr Marksman und mein Bruder sind zu Besuch gekommen. Kümmerst du dich bitte um Erfrischungen?«

Meredith wurde blass, während die drei Männer eintraten. Mit einem hastigen Knicks eilte sie an ihnen vorbei, wobei sie so viel Abstand wie möglich hielt.

Der Herzog schaute Diana verwirrt an, als müsse er überlegen, woher er sie kannte. Er begrüßte sie nicht einmal.

Wann war das letzte Mal gewesen, dass ihr Vater Zeit mit ihr verbracht hatte? Seit ihre Mutter nach Bedlam gebracht worden war und er sich in seine Zimmer zurückgezogen hatte, hatten sie praktisch nicht mehr miteinander gesprochen.

Ryker verbeugte sich leicht, und sie begrüßte ihren Bruder. Niall Marksman hielt sich im Hintergrund und schloss sich der Gruppe nicht an.

Dianas Herz pochte wild.

Gefahr.

Alles an ihm, von den eisigen blauen Augen bis zu den kräftigen Muskeln, über denen sich der Stoff seines perfekt geschnittenen Rocks spannte, sprach davon.

Sie war dankbar, dass ihr Vater die Vorstellung übernahm, und nutzte die Gelegenheit, ihr rasendes Herz zu beruhigen. Ganz sicher war es doch nicht dieser Mann, den Ryker ihr als Leibwächter zugeteilt hatte?

Dem Glitzern in seinen fast schwarzen Augen nach zu urteilen, hatte Niall Marksman ihre Gedanken sehr genau erraten.

»Bitte, bitte, wir sollten uns setzen«, sagte ihr Vater.

Diana wagte einen Seitenblick zu Mr Marksman und ließ sich auf dem vergoldeten Polstersessel nieder, der am weitesten von dem gefährlichen Mann entfernt stand.

Während Ryker und ihr Vater Platz nahmen, bemühte sie sich, ihre gereizten Nerven zu beruhigen.

Es war albern, sich vor Niall Marksman zu fürchten. Nur weil er sie so fest gegen die Steinmauer bei seiner Spielhölle gepresst hatte. Nur weil er sie am ganzen Körper berührt hatte. Auch an ihrem Hals …

Niall stellte sich neben Rykers Stuhl, wobei er wirkte wie ein Lehnsmann, bereit, seinen Herrn mit allem, was er hatte, zu verteidigen. Sie schluckte schwer. Ja, vielleicht war es doch angebracht, ihn zu fürchten. Wenigstens ein bisschen. Sie würde jedoch nicht ständig in diesem Zustand verharren – wegen ihm oder irgendeiner anderen Person. Das war der Grund, warum sie ihn als nichts anderes betrachten würde als Niall, Rykers Bruder.

Nun, vielleicht nicht wirklich als seinen Bruder. Nicht, wenn es nach den Gefühlen ging, die sie vor einem Jahr für den Mann gehegt hatte, als sie noch ein dummes, romantisches Mädchen gewesen war. Sie …

Ihr fiel eine merkwürdige Stille auf.

Hitze stieg ihr in die Wangen, und sie faltete die Hände sittsam im Schoß, so wie man es ihr von klein auf beigebracht hatte.

»Ryker besucht uns heute«, erklärte ihr Vater unnötigerweise, lächelte zum ersten Mal seit über einem Jahr, wirkte ehrlich erfreut, und diese Freude erreichte sogar seine Augen. Er lehnte sich vor und tätschelte seinem Sohn das Knie.

Ihr Herz zog sich zusammen. Bedauern, Schuld und Schmerz, alles miteinander vermischt. Natürlich. Warum sollte ihr Vater nicht in die Welt der Lebenden zurückkehren? Er hatte vor sich einen Sohn, den er liebte, den ihm die Frau geschenkt hatte, die er ebenfalls geliebt hatte. Die Frau, die Dianas Mutter letztendlich ins Verderben gestürzt hatte.

»Ryker«, begrüßte Diana ihn leise. Wie viele Male hatte sie sich als kleines Mädchen nach einem Bruder oder einer Schwester gesehnt, die ihre Freunde sein könnten? Nur um mit diesem distanzierten Fremden konfrontiert zu werden, der nichts mit ihr zu tun haben wollte. Aber egal, was er für sie empfand oder nicht, er war hier. Und das verriet etwas über sein Ehrgefühl und seinen Charakter.

Ihr Vater ließ den Blick zwischen seinen beiden Kindern hin- und herwandern. Den Empfindungen nach zu urteilen, die sie in seinen Augen las, waren sie hier bei einem Familientreffen und nicht bei einer geplanten Zusammenkunft, die Diana eigens eingefädelt hatte.

»Sollen wir Erfrischungen zu uns nehmen?«, schlug ihr Vater vor.

»Das hier ist kein gesellschaftlicher Besuch.« Waren Rykers Worte für Diana gedacht oder für ihren irregeleiteten Erzeuger?

Wie auch immer, sie zeigten wenig Wirkung beim Herzog. »Nein«, stimmte er zu und wandte sich an Diana. »Dein Bruder ist hier …«

Niall schnaubte, und Diana drehte sich zu ihm. »Es tut mir leid, Mr Marksman«, sagte sie scharf. »Geht es Ihnen nicht gut? Vielleicht brauchen Sie doch Tee, um das, was in Ihrer Kehle sitzt, loszuwerden?«

Er schaute sie mit offen stehendem Mund an, und sie freute sich über diesen momentanen Mangel an Kontrolle. Gut. Geschah ihm recht. Er mochte Rykers Verwandtschaft mit einer Herzogstochter belächeln, aber ihr Blut war dasselbe.

»Geht schon«, erwiderte er.

Wie leicht er in seinen kehligen Cockney-Dialekt zurückfiel. Wollte er sie damit aus dem Konzept bringen? Schockieren? Oder kam es einfach daher, dass er in zwei verschiedenen Welten lebte? Diana schob ihre Neugier beiseite und wandte ihre Aufmerksamkeit wieder ihrem Vater zu.

»Wie gesagt«, fuhr der fort, »dein Bruder ist hier, weil du ihm wichtig bist.«

Jetzt verschluckte sich Diana fast, und ihr wurde unter Nialls höhnischem Blick ganz heiß.

»Ich habe immer gewusst, dass die Verbindung zwischen meinen Kindern stark sein würde, wenn …«

»Vielleicht können wir Rykers Befürchtungen diskutieren?«, schlug sie eilig vor, in dem verzweifelten Versuch, diese erniedrigende Wahnvorstellung zu beenden, von der er reden wollte.

»Sie sind ihm wichtig.«

Sie kam sich wie eine Eule vor, die aufgeschreckt worden war, und blinzelte Niall Marksman entgeistert an.

»Ihr Vater hat nicht gesagt, dass Ryker Befürchtungen hat, sondern dass Sie ihm wichtig sind.«

Ein großer Unterschied und auch ein verräterischer Versprecher von ihr. Einer, den Niall ausgenutzt hatte, wofür er sich ein wütendes Funkeln von seinem Bruder einfing. Oh, verflixt. Sie war nicht für solche Heimlichtuerei geschaffen, aber er musste sich nicht auch noch über sie lustig machen.

Diana setzte den heiter gelassenen Ausdruck auf, den regelmäßig vor einem Spiegel einzuüben ihre Mutter sie gezwungen hatte, seit sie acht Jahre alt gewesen war. »Ich bin mir sicher, so war es. Nicht wahr, Papa?« In die Frage ließ sie vorgetäuschte Verwirrung einfließen, die ablenken sollte. Natürlich hatte niemand Diana in den letzten Jahren zugehört. Ihr Vater war damit zufrieden, eine oberflächlich sorglose Miene zu sehen und nichts weiter.

Der Herzog erwiderte ihren Blick zerstreut. »Befürchtungen. Wichtig sein. Das ist alles das Gleiche, oder?«

Nein, war es nicht. Wenn man jemandem wichtig war, beruhte das auf Zuneigung, wenn nicht sogar Liebe. Befürchtungen konnten auch aus Schuld oder Bedauern entstehen. Sie wusste es jedoch besser, als das mit ihrem Vater zu diskutieren. »Natürlich«, murmelte sie.

Nialls mitternachtsblaue Augen verschwanden fast hinter seinen dicken schwarzen Wimpern. Sie zwang sich, seine spöttische Musterung still zu ertragen.

Ryker übernahm die Führung. »Ich habe Grund zu der Annahme, dass es Männer gibt, die dir schaden wollen.«

Drei Paar Augen richteten sich auf sie. Warum konnte sie nicht geschickter täuschen? Und warum hatte sie nicht schon darüber nachgedacht, ob sie Überraschung heucheln sollte? Oder besser Schreck? Sie erwarteten etwas. Oh, verdammt. Was erwarteten sie?

Ryker war der Erste, der sprach. »Ich sehe, du bist schockiert.«

Zu spät ließ sie den Mund auffallen.

Und dann, Wunder über Wunder, verzogen sich Nialls Lippen zu einem Grinsen, nicht spöttisch, sondern echt, und sein vernarbtes, hartes Gesicht verwandelte sich für einen Moment in etwas sehr Schönes. Es war merkwürdig, im Zusammenhang mit ihm an das Wort »schön« zu denken, und doch schienen sein markantes Kinn und die wie gemeißelt wirkenden Wangen besser zu einem griechischen Gott zu passen als zu einem bloßen Sterblichen.

Er bemerkte ihren Blick, und jeder Anflug von Weichheit verschwand wieder hinter dem harschen Äußeren. Wärme kroch ihr in die Wangen, weil er sie beim Starren erwischt hatte. »W-wer würde mir denn Böses wollen?«, stotterte sie, und ihre Verlegenheit machte das Stammeln glaubhaft. Das war auch die Frage, die sie seit der ersten gebrochenen Achse durch schlaflose Nächte und sorgenerfüllte Tage begleitet hatte.

»Ich weiß es nicht«, erwiderte Ryker. »Aber ich habe Feinde. Viele Feinde. Dieselben Leute, die meine Frau auf der Straße niedergestochen haben.« Bei der Erinnerung daran senkte sich Stille über den Raum.

Es war egal, in welchen sozialen Status eine Person hineingeboren wurde. Entweder lebte man auf der Straße und kämpfte gegen Feinde, oder man tanzte in einem Ballsaal, wo man Opfer gehässigen Geflüsters und spitzer Bemerkungen wurde.

»Ich weiß nicht, was ich sagen soll.« Und vielleicht war es die Wahrheit in diesen Worten, die dafür sorgte, dass sie ihr so leicht über die Lippen kamen.

»Rykers Freund …«

»Bruder«, korrigierte Ryker den Herzog erneut.

»Bruder«, wiederholte ihr Vater und nickte. »Mr Marksman wird hier unser Gast sein. Dafür sorgen, dass du in … in …«

»Dass sie in Sicherheit ist«, brachte Ryker den Satz zu Ende.

»Er wird dir Gesellschaft leisten.« Der Herzog tupfte sich die Stirn ab. »Wie ein Freund. Bis die Gefahr vorbei ist. Es wird gut für dich sein, hier einen Freund zu haben.« Niall Marksman entrang sich ein erstickter Laut, und Diana warf ihm einen Blick von der Seite zu. »Mit deinem Mangel an …«

»Vielen Dank«, unterbrach sie ihren Vater hastig und richtete ihre Aufmerksamkeit auf ihn. Es war eine Sache, keine Freunde zu haben. Es war etwas ganz anderes, wenn zwei Fremde das wussten. Diana stand auf, und nachdem ihr Vater und Bruder sich ebenfalls erhoben hatten, hielt sie Ryker die Hand hin. Er zögerte einen Moment, bevor er sie ergriff.

»Vielen Dank für deine Bemühungen.« Nicht »deine Sorge«. Sie schüttelte ihm leicht die Hand, eine kühne Geste, wegen der ihre Mutter sie mit Vorhaltungen überhäuft hätte, und ließ ihn dann los.

Sie wandte sich Niall zu und hielt ihm ebenfalls die Rechte hin. »Vielen Dank, Mr Marksman, dass Sie mir Ihre Dienste anbieten.«

Ein Muskel zuckte an seinem Augenwinkel. Er wollte nicht hier sein.

Überrascht dich das? Hast du gedacht, dass er, der Besitzer einer Spielhölle und der Mann, der für die Sicherheit im Club zuständig ist, es begrüßen würde, hier bei dir wohnen zu müssen, in diesem Haus? Diana fühlte sich hier selbst beengt und eingesperrt.

Dann, mit all der Begeisterung von jemandem, der die Klinge eines brennenden Schwerts anfassen musste, legte er seine bloße Hand in ihre. Die Luft stockte ihr in den Lungen, als sie bei seiner Berührung einen brennenden Blitz spürte. Er zog einen prickelnden Pfad ihren Arm hinauf und ließ ihr Herz schneller schlagen.

Von nicht mehr als einer Berührung. *Das kommt nur daher, dass du noch nie die bloße Hand eines Mannes in deiner eigenen gehalten hast.* Aber trotzdem … Diana zog ihre Hand rasch zurück, senkte sie und machte einen Schritt rückwärts. Sie bemühte sich, seinem Blick auszuweichen, und stand stumm daneben, während ihr Vater und Ryker die Unterredung beendeten.

Kurze Zeit später verabschiedete Ryker sich und ließ ihr einen skrupellosen Leibwächter zurück – Mr Marksman.

Diana hielt nach ihrer Zofe Ausschau, die jedoch schon gegangen war.

»Haben Sie Angst, Prinzessin?«, erkundigte sich Niall spöttisch, und sie keuchte erschreckt auf und presste sich eine Hand auf die Brust.

Niall Marksman war der Mann, den Ryker dazu abgestellt hatte, für ihre Sicherheit zu sorgen. »Unsere Bekanntschaft hat ziemlich schmachvoll begonnen.«

»Sie benutzen gerne feine Worte, was, Prinzessin?«

Sie würde sich von ihm nicht aus dem Konzept bringen lassen. Nicht mehr, als er das ohnehin schon getan hatte. »Dabei sind Sie es gar nicht, wissen Sie?«, erwiderte sie leise.

Er reckte das Kinn, forderte sie schweigend auf, den Gedanken zu Ende zu bringen.

»Hässlich, böse oder g-gefährlich.« Sie stotterte beim letzten Wort ein wenig. »Wie meine Zofe behauptet hat. Sie sind nichts von diesen Dingen.«

Mr Marksman lachte, rau und hart. »Sie sind eine Närrin, wenn Sie das glauben.«

Damit drehte er sich auf dem Absatz um und schritt hinaus auf den Flur, schloss die Tür so nachdrücklich hinter sich, dass das dicke Eichenholz erzitterte.

Diana gaben die Knie nach, und sie sank auf den nächsten Stuhl.

Vielleicht doch gefährlich. Ja, das vielleicht schon.

Kapitel 6

Niall müsste eigentlich eine Schlägerei unterbinden.

Er sollte Falschspiel im »Hell & Sin« verhindern.

Es gab jede Menge Dinge, die er tun müsste.

Stattdessen spielte er Kindermädchen für eine verwöhnte Prinzessin.

Eine Prinzessin, die jetzt glücklich ein ihm unbekanntes Lied summte, während sie den teppichbedeckten Flur des opulent eingerichteten Stadthauses des Duke of Wilkinson entlangspazierte.

Er war seit drei verdammten Tagen hier, und es hatte sich absolut nichts zugetragen, was Anlass zur Sorge gegeben hätte. Nicht ein einziges offen stehendes Fenster. Keine einzige unverschlossene Tür. Nichts. Dennoch sollte Niall hierbleiben, bis die verwöhnte Göre heiratete.

Er folgte Lady Diana, die er bewachen sollte, und betrachtete sie mürrisch.

Wie lange würde es dauern, bis Ryker sich davon überzeugt hatte, dass dem Mädchen kein Unheil drohte? Einen Monat? Zwei? Höchstens drei? Gott mochte ihm beistehen.

Er machte den Fehler, den Blick zu senken. Ein winziges Stückchen und doch genug, dass er auf den wohlgerundeten

Hüften der Dame landete, die sich beim Gehen wiegend hin- und herbewegten. Hüften, die quasi darum bettelten, dass ein Mann seine Finger auf sie legte und …

Er stöhnte auf. Wahnsinn. Nach drei Tagen in diesem gottverdammten Haushalt war es geschehen, er hatte den Verstand verloren. Er würde nach Bedlam transportiert werden müssen, bevor diese Aufgabe zu Ende geführt war.

Lady Diana hielt inne und sah ihn über die Schulter an. Das Lächeln auf ihren rosigen, sanft geschwungenen Lippen war so anders als der berechnende Ausdruck von den Frauen, mit denen Niall bisher im Bett gewesen war oder im Club zu tun gehabt hatte. »Geht es Ihnen …?«

»Ja«, antwortete er barsch. Was eine Lüge war. Es ging ihm nicht gut, ganz und gar nicht, seit er aus seiner Rolle als Sicherheitschef gerissen worden war, aus dem einzigen Zuhause verbannt, das er je gekannt hatte.

Unbeeindruckt nickte Lady Diana ihm freundlich zu, lächelte ihn erneut an und setzte ihren Weg fort. *»Oh, glaub mir, wenn all die bezaubernde Schönheit, die ich heute so glücklich betrachte, morgen aus meinen Armen verschwinden würde, Feengeschenke, die dahingehen …«*, sang sie.

Er strich sich mit der Hand über die Stirn, während sie weitersummte. Adair und Calum würden sich vor Lachen ausschütten, wenn sie ihn jetzt sehen könnten. Niall, der wie ein treues Hündchen hinter einem singenden Mädchen herlief, das kaum mehr als siebzehn oder achtzehn Jahre zählte. Ihre Stimme war nicht makellos oder perfekt ausgebildet, wie man es von der Tochter eines Herzogs erwarten konnte. Stattdessen erklang sie mit einer Freude und Hingabe, die ihn ihren Rang vergessen ließ.

»Hier wären wir also«, stellte sie fest und blieb vor einer geschlossenen Tür in einem steinernen Durchgang stehen. Hier waren sie, genau wie an jedem anderen verdammten Tag, seit er hergekommen war.

Sie verlagerte die Last in ihren Armen und wollte die Tür öffnen.

Sie hatte es immer noch nicht gelernt. »Treten Sie beiseite«, befahl er, und sie schnappte erschreckt nach Luft, während er die Hand ausstreckte und an ihr vorbeigriff. Jeden Tag suchte sie denselben Raum auf. Und jedes Mal wollte sie die Tür selbst öffnen.

»Ich habe Ihnen mindestens zehn Mal«, zweiunddreißig Mal, »gesagt, ich kann die Tür selbst öffnen.«

Genau genommen wollte sie das bei jedem einzelnen Raum, dem sie sich näherten, wollte genau das tun. Er öffnete den Mund, um sie unmissverständlich darauf hinzuweisen, welche Gefahren ihr drohten, wenn sie das trotz ihrer eigenen Sorgen und Ängste selbst übernehmen wollte, aber sie schenkte ihm ein freundliches Lächeln, und er erstarrte.

Irgendwie hatte er es bisher geschafft, Rykers blaublütige Schwester zwar anzuschauen, sie jedoch nie wirklich zu *sehen* – bis jetzt.

Ihre sahneweiße Haut war glatt und makellos. Ihre Augen waren wie große aquamarinfarbene Seen, die ihn an die Geschichte eines Piraten in der Karibik erinnerten, durch die er sich beim Lesenlernen mühsam buchstabiert hatte. Endlose blaue Tiefen, in denen ein Mann sich verlieren konnte.

Er spürte eine kleine Hand auf seinem Arm und blinzelte langsam, folgte mit dem Blick den anmutigen Fingern bis hoch zu dem Gesicht der jungen Dame, die es gewagt hatte, ihn zu berühren. Sorge spiegelte sich in ihren Zügen. »Sind Sie sicher, dass es Ihnen gut geht? Vielleicht sollten Sie sich ausruhen?«

Ausruhen?

Er zuckte zusammen und riss hastig seinen Arm zurück.

Er würde wetten, dass er die einzige verwöhnte Aristokratin neben seiner Schwägerin gefunden hatte, die nicht darauf bestand, dass ein Diener oder ein anderer sozial unter ihr Stehender die Türen für sie öffnete.

»Haben Sie je einen Raum betreten und haben einen Mann vorgefunden, der Sie mit gezogener Klinge erwartete?«, fragte er barsch.

Ihr Mund bewegte sich, aber kein Ton kam heraus.

»Oder sind Sie je in ein dunkles Zimmer gekommen, nur um eine Pistole am Rücken zu spüren?«

Sie schüttelte den Kopf, und eine goldene Locke löste sich aus ihrem Haarknoten und fiel ihr über den Rücken. »N-nein.« Angst spiegelte sich berechtigterweise in ihren zarten Zügen. Sie presste sich gegen die Wand und legte sich eine Hand an die Kehle.

Natürlich hatte sie das nicht getan. Das war ihm klar gewesen, bevor sie es ausgesprochen hatte.

Die meisten Männer würden bei dem Schreck, der ihre unschuldig aufgerissenen Augen verdunkelte, Reue empfinden. Doch Niall war nicht hier, um Lady Diana zu verhätscheln oder ihre Sorgen zu beschwichtigen. Ryker mochte sich ziemlich sicher sein, dass es keine Bedrohung gab, und Niall stimmte ihm da zu, aber er war hier, um sie zu beschützen. Er hatte schon als Junge auf der Straße gelernt, wie gefährlich es sein konnte, in seiner Wachsamkeit nachzulassen – als ein kleines Mädchen ihn um etwas Essen angebettelt und ihm seine Freundlichkeit mit einem Messerstich in seine Seite vergolten hatte.

Eine Hand auf der Hüfte, die Finger nah an der schweren Pistole, die ihm häufiger, als er es verdiente, das Leben gerettet hatte, umfasste Niall die Klinke.

Sonnenlicht fiel in den Korridor, blendete ihn für einen Moment, und er blinzelte, bis sich seine Augen an die Helligkeit gewöhnt hatten. Er zog den Dolch, den er in einem Stiefel trug, und betrat den vollgestellten Salon. In jeder Ecke gab es eine Staffelei, einen Tisch oder einen Stuhl, der mit Kunst und Büchern überladen war.

Kaum die Art Raum, die man im Haus eines Herzogs erwarten würde. Niall hatte nicht lange gebraucht, um zu erkennen, dass dies der Rückzugsort des Mädchens war. Es war das Zimmer, das sie für sich beansprucht hatte, das ihr Vater ihr zugestanden hatte. Jeden Tag arbeitete sie wie eine Besessene, skizzierte und malte, füllte jeden Winkel mit ihrer Kunst.

Als er weiter in den Salon trat, der ihr als Atelier diente, und sich vergewisserte, dass hier kein Angreifer lauerte, blieb sein Blick an einer einzelnen Figur hängen, die auf einer Leinwand auf einer Staffelei zu erkennen war, und er unterbrach kurz seine Durchsuchung des Raums. Er verspürte leichte Neugier. Eine Neugier, die allem widersprach, wofür Niall stand, daher unterdrückte er sie rücksichtslos und widmete seine ungeteilte Aufmerksamkeit der einzigen Aufgabe, die jetzt wichtig war. Er verfluchte sich selbst für die momentane Ablenkung und suchte weiter unter den Sofas und hinter den geschnitzten Polstersesseln.

Er bewegte sich methodisch und präzise und durchkämmte jede Ecke des unaufgeräumten Salons. Als er das letzte bisher nicht überprüfte bodentiefe Fenster erreichte, hielt er seine Klinge bereit und zog den goldenen Samtvorhang zurück. Auffliegende Staubkörner tanzten im morgendlichen Sonnenlicht.

Nichts.

Als er den schweren Stoff losließ, fiel er langsam zurück an seinen Platz.

Er wandte sich um, um Lady Diana zuzurufen, dass sie hereinkommen könne, aber er wurde erneut von der Gestalt gefesselt, die grob auf dem ansonsten blütenweißen Papier skizziert war. Eine einsame Frau in einem freudlosen braunen Kleid.

Sie stand am Ufer eines Meeres, und die Wellen schlugen gegen ihren Rock. Es war Lady Diana gelungen, die leichte Bewegung der Locken der gesichtslosen Figur einzufangen, die in einer sanften Brise tanzten. Niall trat näher und sah genauer hin. Rosafarbener Sand und himmelblaues Wasser? Er schnaubte. *Rosafarbener Sand und himmelblau…*

»Darf ich rein?«, drang Dianas zu lautes Flüstern durch die Stille.

Hastig trat er von dem begonnenen Gemälde weg. »Ja.«

Rykers Schwester schlüpfte durch die Tür. Ihr Blick wanderte von ihm zur Leinwand.

Hitze stieg ihm den Hals hinauf. Er hatte das Bild nicht studiert. Er hatte … Er hatte … Nun, zur Hölle, er hatte es nur zufällig bei seiner Suche bemerkt.

Schweigend ging Diana weiter und lud ihre Last auf einem bereits übervollen Tisch ab. Die Bücher landeten mit einem lauten Klatschen darauf und stießen gegen andere Bände, die ungeordnet herumlagen. Sie holte eine Schürze, die an einem Haken in einer Ecke des Raumes hing.

Niall starrte sie an, für den Moment wie gelähmt, während sie sich das Kleidungsstück über den Kopf zog und ihre schlanke Figur darunter verbarg … Allerdings nicht, bevor er gemerkt hatte, wie ihr rosafarbenes Seidenkleid sich an ihre Kurven schmiegte.

Die Lady hielt mitten in der Bewegung inne und sah ihn an. »Vielleicht könnten Sie …?«

Er erlaubte ihr nicht, die Frage zu Ende zu sprechen oder eine weitere zu formulieren, sondern marschierte aus dem Zimmer und bezog seinen Posten im Flur. Vor seinem erzwungenen Aufenthalt hier hatte Niall geglaubt, dass die einzige Sache, um die sich adlige Damen kümmerten, Einkaufsausflüge und Tand waren. Aber Diana Verney hatte bisher kein einziges

Ereignis der guten Gesellschaft besucht oder sich zu einem Bummel über die Bond Street begeben.

Doch er war nicht hergekommen, um sich mit der Dame anzufreunden. Er war da, um eine Aufgabe zu erledigen. Und sobald er sichergestellt hatte, dass es keine Bedrohung gab, würde er frei sein und endlich an den einzigen Ort zurückkehren können, an dem er sich je zu Hause gefühlt hatte – in den »Hell & Sin«-Club.

* * *

Diana stand vor der Leinwand und betrachtete ihr Gemälde. Sie war entschlossen, sich von Nialls Schroffheit nicht einschüchtern zu lassen. Entschlossen, sich nicht darum zu kümmern, ob er sie mochte oder nicht. Was er ganz eindeutig nicht tat.

Sie setzte einen weiteren Strich in das Bild, das vor ihr Gestalt annahm. Sie beugte sich vor und betrachtete die Gewässer von St. George's mit zu schmalen Schlitzen zusammengekniffenen Augen. Irgendetwas stimmte nicht mit dem Bild. Die Bücher und all die Erzählungen, die sie über die Insel in der Ferne gelesen oder gehört hatte, sprachen von rosafarbenem Sand und himmelblauem Wasser. Diana seufzte.

Achtzehn Jahre ihres Lebens hatte sie das Anwesen ihrer Familie nicht verlassen. Ihre Mutter hatte Dianas Bewegungsfreiheit dermaßen eingeschränkt, dass es ihr nicht erlaubt gewesen war, bei Regen auch nur den Fuß vor die Tür zu setzen ohne einen Bediensteten mit einem Regenschirm. *Ich bin nicht länger dieses Mädchen unter der Fuchtel seiner Mutter.*

Sie gab ihre Versuche auf, das einen Ozean entfernt liegende Paradies einzufangen, warf ihren Pinsel hin und dachte ein weiteres Mal über Niall Marksman nach.

Ungeachtet all ihrer früheren Behauptungen war es ihr nicht egal, dass er sie nicht mochte. Trotz seiner spürbaren Abneigung gegen sie fühlte sie ein unzertrennbares Band zwischen ihnen.

Er war aus dem »Hell & Sin« verbannt worden, um sich um Dianas Sicherheit zu kümmern. Und sie war wegen der Verbrechen ihrer Mutter aus der Gesellschaft ausgeschlossen worden. In dieser Hinsicht unterschieden sich ihre Leben kaum. Und es war schwierig, Angst vor jemandem zu haben, mit dem man etwas gemeinsam hatte, auch wenn die Bediensteten voller Furcht davonhuschten, wann immer er den Gang entlangkam.

Sie seufzte erneut.

Leider blieb dann noch immer das Problem, dass Niall stets arbeitete und zu irgendeinem Zeitpunkt beschlossen hatte, das bedeutete, dass er vor den Zimmern, in denen sie sich aufhielt, stand und wartete. Erst nachdem er die Räume durchsucht hatte natürlich.

Die Dielen vor ihrem Zimmer knarrten, und sie sah rasch auf.

Ihr Herz sank vor Enttäuschung, als ihre Zofe erschien. Genau wie sie es immer tat. Genau zur selben Zeit. Mit demselben Tablett mit Gebäck.

»Ich habe hier eine kleine Stärkung, Mylady«, verkündete Meredith mit einem ehrerbietigen Knicks. »Soll ich sie«, *dort drüben*, »dort drüben abstellen, Mylady? Neben Ihrem«, *letzten Gemälde*, »aktuellen Gemälde?« Diana seufzte. Nah genug.

Die Zofe ordnete alles hübsch an, mit geübten Bewegungen, die daher rührten, dass sie diese immer gleiche Aufgabe wieder und wieder ausführte. Ein ewig gleiches Einerlei mit Blätterteigküchlein und zuckerbestreuten Tartes, das dafür sorgte, dass man mit dem Fuß aufstampfen und schreien wollte, bis man genau dem Wahnsinn anheimfiel, der ohnehin die einzige Zukunft war, die einen erwartete.

Sie kämpfte gegen den Strudel der Frustration in ihrer Brust und zwang sich zu einem Lächeln. »Danke, Meredith.«

»Brauchen Sie sonst noch etwas, Mylady?«, erkundigte die junge Frau sich.

Freiheit. Frische Luft. Freundschaft. »Nein, das wäre alles.« Kaum dass die Worte Dianas Lippen verlassen hatten, wandte Meredith sich zur Tür. Einen Moment später war sie verschwunden und Diana erneut allein. Sie warf einen Blick auf das Silbertablett. Zwei Dutzend Gebäckstücke. Eine Menge, die besser zu einer Lady passte, die Besuch erwartete. Außer wenn Helena zu ihr kam, hatte das Personal seit einem Jahr keinen einzigen Gast in diese Räume vorgelassen. Diana knüpfte die Bänder ihrer Schürze auf, streifte das Kleidungsstück ab und legte es vorsichtig über die Lehne des saphirblauen Louis-quatorze-Sofas.

Sie betrachtete das Tablett und die Zimmertür. Wie still es dort draußen war.

Nicht Mr Marksman, wie Dianas Vater ihn genannt hatte. Auch nicht Marksman, wie Ryker ihn ansprach. Sondern … Niall.

An diesem dritten Tag in ihrem Haushalt war Diana dazu übergegangen, den Leibwächter, der ihr zugeteilt worden war, Niall zu nennen.

»Niall.« Lautlos formte sie die zwei Silben mit den Lippen.

Es war nicht leicht gewesen, sich zu entschließen, auf seinen Nachnamen zu verzichten. Schließlich sprachen wohlerzogene junge Damen Männer nicht einfach mit dem Vornamen an. Die meisten älteren Matronen benutzen selbst bei ihren Ehemännern den Nachnamen. Mr Soundso.

Am Ende waren es nicht Anstand oder Sitte gewesen, die ihre Entscheidung beeinflusst hatten, sondern vielmehr … sein Nachname selbst. Oder wenn man *wirklich* ehrlich sein wollte, war es nichts von alldem gewesen, was dazu geführt hatte, dass sie ihn im Stillen Niall nannte, sondern vielmehr ein Gemälde. Ein eher finster anmutendes Gemälde, um genau zu sein.

Sonnenschein strömte durch die bodentiefen Fenster und tauchte den Raum in sanftes Licht.

Diana setzte sich auf den Stuhl, der dem kleinen Tisch am nächsten stand, und ignorierte das Gebäck zugunsten eines einzelnen Buchs, das bis jetzt vergessen darauf gelegen hatte. Sie nahm es und blätterte rasch die Seiten um, suchte nach einer markierten Stelle.

»Eine Schlacht zu Pferde« von Gerrit Claesz Bleker. Diana ließ den Blick über die Seite wandern. Es war nicht der scharlachrot uniformierte Soldat mit durchgedrücktem Rücken, den Schild erhoben, im Moment seines Todes, der sie faszinierte.

Sie strich mit den Fingerspitzen über die Soldaten, die in der Ferne angedeutet waren. Tatsächlich war es der Schütze – der *Marksman* –, der so völlig unberührt von dem Tumult um ihn herum erschien. Der an dem Mann, der gerade niedergestreckt wurde, vorbei in die Augen seines Opfers sah, das das gleiche Schicksal ereilen würde.

Diana klappte den Lederband entschlossen zu und schob ihn zur Seite.

Er würde für sie einfach nur Niall sein.

Was viel besser war als dieser Ruch des Todes, von dem sein Nachname umgeben war. Indem sie ihn in Gedanken Niall nannte, nahm sie ihm etwas von der Bedrohung, die von einem distanzierten Fremden ausging, der vor dem Zimmer auf sie wartete und sie auf Schritt und Tritt begleitete.

Sie nagte an einem Zeigefinger. Vielleicht war er einer dieser Männer, die sich durch ihre Stellung abgeschreckt fühlten. Wie viele Männer, Frauen und Kinder, egal welchen Standes, behandelten Diana anders, einfach weil sie die Tochter eines Herzogs war? Vielleicht wartete Niall nur auf eine Einladung.

Diana sprang auf. Sie schnappte sich das Tablett, ging zur Zimmertür und blieb dort stehen. Mit einem Lächeln streckte sie den Kopf in den Korridor. Und dann verflüchtigte sich jegliche Vernunft.

Sie hatte ihr Debüt vor über zwei Jahren gehabt und hatte daher genug Gelegenheit gehabt, viele Gentlemen zu beobachten. Kein einziger Mann hatte je wie Niall Marksman ausgesehen.

Er stand vor ihrem Zimmer, dicht an der Wand, wie eine der Leibwachen des Königs, die Hände hinter dem Rücken verschränkt. Sein muskulöser Körper, angespannt wie eine angriffsbereite Schlange, verriet einen Mann, der keine Pause von seiner Aufgabe wollte, brauchte oder auch nur hinnehmen würde, bis zu dem Tag, an dem er seinen letzten Atemzug tat. Und selbst dann würde er vermutlich mit dem Teufel um einen Posten ringen.

Er hatte den stählernen Blick nach vorn gerichtet, und dann wandte er ihn zur Seite und betrachtete sie aus dem Augenwinkel. Diana ließ sich von seiner eisigen Ablehnung nicht einschüchtern, sondern stellte sich direkt vor ihn. Der aromatische Geruch von Zigarre und Bergamotte erreichte sie. Es war eine ungewöhnliche Mischung, sowohl männlich als auch süß, die sie für einen Moment ablenkte …

»Was?«

Aus ihrer Träumerei aufgeschreckt, riss Diana sich zusammen. »Ich habe eine kleine Stärkung.«

Ich habe eine kleine Stärkung?

»Das sehe ich.«

Sie ignorierte seine sarkastische Erwiderung und versuchte es erneut. »Ich dachte, Sie hätten vielleicht Lust, sich mir anzuschließen …«

»Nein.«

»Und leisten mir bei etwas Tee und Gebäck Gesellschaft«, beendete sie über seine Antwort hinweg ihren Satz.

»Ich habe Nein gesagt.«

Das Lächeln auf den Lippen gefror ihr. Die Hände, die das Tablett hielten, begannen zu zittern. Sie betrachtete das Gebäck, das sie ihm anbot, und griff fester zu. Sie wünschte sich vielleicht Gesellschaft, hatte allerdings zu viel Stolz, um diesen Mann, oder irgendjemand anderen, anzubetteln.

Nachdem Diana ein Jahr lang von der Welt um sie herum mit der gleichen Geringschätzung behandelt worden war, riss ihr nun der Geduldsfaden. Sie ließ das Tablett sinken. »Sie mögen mich nicht besonders, Niall.«

Als er nicht sofort widersprach, sondern sie nur unter halb gesenkten Lidern hervor beobachtete, flüchtete sie sich in berechtigte Entrüstung. »Sie kennen mich doch gar nicht. Was sehen Sie, wenn Sie mich betrachten? Eine verwöhnte Prinzessin.«

Das Tablett immer noch in der Hand, trat Diana näher zu ihm. Das Silbertablett schwankte, und sie hielt es schnell wieder gerade. Die ungelenke Bewegung untergrub jedoch alle Versuche, anmutig oder beherrscht zu erscheinen. »Die kostbare Tochter eines Herzogs«, fuhr sie fort. Wie weit entfernt von der Wahrheit das war.

Er verzog das Gesicht, das leichte Senken der Mundwinkel war eine überraschende Andeutung von … was? Missfallen? Verärgerung? Was empfand er? »Es ist egal, ob ich Sie mag«, murmelte er.

Das stimmte. Oder sollte es zumindest tun. Aber verflixt … Es war ihr *nicht* egal.

»Hören Sie, Niall.« Sie machte einen Schritt näher zu ihm, richtete ihre ganze aufgestaute Erbitterung auf diesen Mann. »Ich bin mir sicher, Sie wären lieber in der Spielhölle und würden dort Ihren Aufgaben nachgehen.« Bildete sie sich den Hauch eines Lächelns auf seinen harten Lippen ein? »Und mir würde es besser gefallen, wenn mir kein Leibwächter zugeteilt werden müsste. Muss er aber.« In diesem wie in jedem Fall hatte sie ihr Bedürfnis, am Leben zu bleiben, über alle anderen Wünsche oder Bedürfnisse gestellt. »Das Mindeste, was wir also tun können, ist, freundlich miteinander umzugehen, während wir zu derartiger räumlicher Nähe gezwungen sind … Sir.«

»Ich bin kein Sir, Lord oder auch nur Gentleman«, erwiderte er schroff.

Es war ziemlich gut, dass sie das verflixte Tablett umklammerte, denn bei Gott, sie wollte die Hände in die Luft werfen. Was für ein eigensinniger Dickkopf.

»Die Abstammung bestimmt nicht den Wert eines Menschen, Niall. Wie man andere behandelt und sich selbst verhält, jedoch schon.« Ihre Brust hob und senkte sich rasch, und sie kämpfte darum, ihre Gefühle unter Kontrolle zu bekommen. Es war nicht seine Schuld, dass ihr Leben … nun, ihr Leben war. Doch sie war nicht gezwungen, sich mit ihm abzugeben, während er hier war.

Er bewegte ein paarmal den Kiefer, blieb allerdings stumm. »Ich werde Sie jetzt sich selbst überlassen«, erklärte sie ruhig und kehrte in ihr Zimmer zurück.

Sie stellte das Tablett auf den Tisch und ließ sich auf einen Stuhl fallen, nahm sich ein zuckerbestreutes Kirschtörtchen. Sie aß es mit wenigen Bissen und griff nach dem nächsten.

Die ganze Zeit hatte sie geglaubt, dass Gleichgültigkeit ein Charakterzug wäre, der der Aristokratie vorbehalten war, nur um festzustellen, dass alle Menschen unabhängig von ihrer Stellung im Leben dazu fähig waren.

Sie stützte einen Ellbogen auf den Tisch, schnappte sich ein weiteres Gebäckstück und steckte es sich in den Mund.

Selbst wenn Ryker ihr Niall allein als Leibwächter zugeteilt hatte, hatte Diana schon so lange keine Gesellschaft mehr gehabt, dass sie sich gestattet hatte, närrischerweise von einer Freundschaft mit ihm zu träumen.

Doch wenn man ihre Gespräche in den letzten drei Tagen bedachte, war eine Freundschaft mit ihr das Letzte, was Niall Marksman wollte.

Das war in Ordnung. Sie hatte fast ihr ganzes Leben ohne Freunde verbracht. Sie konnte das auch noch einmal neunzehn Jahre aushalten, wenn das nötig war.

Kapitel 7

Zum ersten Mal in Nialls ungefähr dreißigjährigem Leben war das Unvorstellbare geschehen.

Ihm war die Meinung gesagt worden.

Und das auch noch von einer zierlichen Lady.

Diana hatte ihn nach Strich und Faden runtergeputzt, wenn man genau sein wollte.

Eine unerwünschte Welle des Verlangens nach dieser lebenssprühenden, temperamentvollen Frau erhitzte sein Blut. Diana Verney war nicht das verwöhnte Mädchen, für das er sie gehalten hatte. Niall warf einen raschen Blick zu der Tür, durch die sie wenige Augenblicke zuvor gestürmt war. In diesem Fall war sie eine wütende Frau … und eine begehrenswerte dazu. Niemand forderte Niall heraus, nicht Männer, nicht Frauen, nicht Lords oder Ladys noch Fremde auf der Straße. Bis zu dieser jungen Dame.

Nur war es nicht einfach ihre empörte Wut, die ihn beschäftigte. Es waren Schuldgefühle. Ein unerwünschtes, nutzloses Gefühl, dem er bisher erst ein einziges Mal in seinem Leben nachgegeben hatte, als sein Versagen bei der Aufgabe, Rykers Ehefrau zu beschützen, Penelope beinahe das Leben gekostet hätte. Dennoch bewirkte dieses Gefühl nichts Gutes. Das Leben war ein Kampf. Etwas anderes zu behaupten hieße, sich etwas vorzumachen. Entlang des Weges wurden Leute verletzt, und wenn man angemessene Verteidigungswälle errichtete, um sich zu schützen, dann fühlte man nichts. Was genau richtig war.

Er biss die Zähne zusammen. Während er vor der Tür Wache stand, hinter der sich Lady Diana befand, erinnerte sich Niall einmal mehr an den Umstand, dass es nicht seine Aufgabe war, sich mit ihr anzufreunden. Er war nicht hier, um mit ihr *Gebäck* zu verspeisen. Oder über das Wetter zu plaudern oder worüber sonst eine Herzogstochter sich unterhalten wollte.

Warum also konnte er das Bild ihres verblassenden Lächelns einfach nicht aus seinem Kopf vertreiben?

Was sehen Sie, wenn Sie mich betrachten?

Er hatte nicht lange gebraucht, um zu verstehen, dass Lady Diana anders war als die Vorstellung, die er von jemandem ihres Standes hatte.

Wer war diese Frau, die sich mit Niall, dem rücksichtslosen Bastard von der Straße, nicht nur unterhielt, sondern ihn sogar einlud, neben ihr zu sitzen? Eine junge Frau mit alabasterweißer Haut, die förmlich darum flehte, mit den Lippen erkundet zu werden.

Genug … Niall rieb sich mit den Händen über die Augen und versuchte, auf diese Weise ihr Bild zu vertreiben, aber vergeblich. *Es liegt einfach daran, dass sie Rykers Schwester ist.* Und damit nach dem Kodex ihrer anderen Brüder auch seine.

Sofort drängte er diese Überlegung energisch zurück. Nein, sie war nicht seine Schwester … oder sonst irgendwie verwandt mit ihm.

Sie war schlicht eine Frau. *Eine, die du eingeschüchtert hast.*

Vielleicht war er doch menschlicher, als er gerne glauben wollte, denn, bei Gott, die Erinnerung daran, wie die Fröhlichkeit aus ihrem Gesicht gewichen war, war beinahe schmerzlich.

Verdammte Hölle.

Niall war vieles: Sohn einer Hure, ein gewaltbereiter Junge von der Straße, der geschult worden war, zu töten und zu stehlen, und jetzt ein Spielhöllenbesitzer.

Allerdings war er kein Tyrann. Nicht nachdem er selbst von dem Mann, der ihn bei sich aufgenommen hatte, derart brutal misshandelt und schikaniert worden war.

Also gut. Er würde ihr Gesellschaft leisten, während sie ihre Kuchen verzehrte, und dann konnte er gehen, ohne sich mit Schuldgefühlen herumschlagen zu müssen, weil er nicht besser als der Bandenanführer war, unter dessen Fuchtel er aufgewachsen war. Mit einem leisen Fluch steckte er seinen Kopf in den Raum.

Sein Blick begegnete sogleich Lady Dianas. Mit großen Augen starrte sie ihn an, so wie sie ihn angeschaut hatte, als er sie in der Gasse hinter dem Club entdeckt hatte, ein Stück Kuchen auf halbem Weg zu ihren zuckerbestreuten Lippen, und in diesem Moment hatte sie etwas so … so Liebreizendes.

Sie sah aus wie ein Kind, das mit der Hand in der Keksdose erwischt worden war. Um seine Lippen zuckte es. »Darf ich?«

Lady Diana legte ihren Kopf schief, und sie blickte auf den Kuchen in ihren Fingern.

Er deutete in den Salon.

»Bitte treten Sie ein«, rief sie. Sie sprang so heftig auf, dass ihr Stuhl nach hinten umkippte, während ihr gleichzeitig der Kuchen aus den Fingern glitt. Er landete wieder auf dem Tablett. »Natürlich dürfen Sie«, erklärte sie und bückte sich, um den umgefallenen Stuhl wieder aufzustellen.

Niall kam ihr zuvor, richtete ihn wieder auf.

Erneut hielt ihm Lady Diana das Tablett hin. »Kuchen?«

Beinahe automatisch wollte er ablehnen.

Sie hob es höher. »Ich bestehe darauf.«

Das energische Glitzern in ihren aquamarinblauen Augen war alles, was er sah. Was redete sie da? Der Kuchen. Verärgert von seinen Überlegungen schüttelte Niall leicht den Kopf. »Ich …«

»Ich sagte, ich bestehe darauf«, entgegnete sie und hielt ihm noch mal das Tablett unter die Nase.

Sie besaß die gleiche Hartnäckigkeit wie die abgebrühtesten Straßenkämpfer, die ihm je untergekommen waren. Niall hatte drei Jahrzehnte seines Lebens überstanden, indem er gewusst hatte, wann es an der Zeit war, einzulenken, und wann, sich zu wehren. Jetzt war es an der Zeit, einzulenken. »In Ordnung«, erwiderte er brüsk.

Ehe sie selbst wieder Platz nahm, stellte Lady Diana das Tablett auf den marmornen Tisch zurück, neben die Teekanne, die das Dienstmädchen vorhin gebracht hatte. Er zog die Brauen zusammen. In Nialls Welt galt: Je weniger Worte gesprochen wurden, desto besser. Das war schlicht eine Notwendigkeit gewesen. Was wurde hier von ihm erwartet?

Sie schenkte ihm ein Lächeln.

»Möchten Sie sich nicht setzen?«

Niall zog an seinem Kragen. »Äh, ich …«

»Ich bestehe darauf«, wiederholte sie ein weiteres Mal. Er zögerte, ehe er sich mit steifen Bewegungen auf dem Stuhl niederließ, der am weitesten entfernt von ihrem stand.

In einem Punkt hatte die Dame recht. Wenn sie miteinander Zeit verbringen mussten, konnten sie trotz des gesellschaftlichen Unterschieds zwischen ihnen mindestens höflich miteinander umgehen.

Von seinem eisigen Schweigen unbeeindruckt, griff Diana nach der bemalten Porzellan-Teekanne. Das leise Plätschern, mit dem sie das heiße Getränk in die zierliche Tasse füllte, klang in der Stille überlaut. »Wie möchten Sie Ihren Tee, Niall?«, erkundigte sie sich, ohne die Augen von ihrer Aufgabe abzuwenden.

Niall. Das war der Name, den ihm der Schurke verpasst hatte, der ihn der Frau abgekauft hatte, die ihm das Leben geschenkt hatte. Zwei Silben, an die er nie viel Gedanken verschwendet hatte – bis Lady Diana sie aussprach. Verlangen pulsierte durch ihn.

Sie hielt mitten im Eingießen inne und blickte auf. »Nehmen Sie Sahne und Zucker?« Die kultivierte Stimme hatte auf seine Lust die Wirkung eines Eimers eiskalten Schmutzwassers. »Es heißt zwar, es sei unenglisch, das hineinzutun«, Lady Diana hob den Deckel eines Döschens, in dem sich perfekt geformte Zuckerwürfel befanden, »aber ich mag es lieber so.«

Mit einem Mal überrollte ihn die Erkenntnis wie eine viel zu schnell fahrende Kutsche. Bei Gott, er, Niall Marksman, ausgebildeter Killer aus Seven Dials, saß beim Tee – mit der Tochter eines Herzogs. Er verschluckte sich fast. Früher einmal, als er noch ein kleiner Junge gewesen war, der als Taschendieb auf der Straße unterwegs gewesen war, hatte Diggory ihm aufgetragen, auf keinen Fall mit weniger als fünf gestohlenen Geldbörsen heimzukehren. Niall war zufällig bei einem Puppentheater mit Kasper und Großmutter stehen geblieben. Dieses Gespräch mit Rykers Schwester hatte eine frappierende Ähnlichkeit mit dem Stück von damals.

Es weckte auch Bilder von vornehmen Herrschaften, die allein auf sich achteten, sodass sie den schmalen, halb verhungerten Jungen mit dem dreckigen Haar überhaupt nicht wahrgenommen hatten. »Ich hab noch nie Tee getrunken«, antwortete er knapp. Die meisten Frauen würden sich von der kühlen Erwiderung in dem rauen Cockney-Akzent abschrecken lassen. Nur war Lady Diana nicht wie die meisten Frauen. Das war nur einer der Gründe, warum er diesen Job, der ihm aufgezwungen worden war, so verabscheute. Dabei würde er lieber mit dem Teufel persönlich zu Tische sitzen, als Kuchen und Tee mit einer Lady einzunehmen.

Sie warf ihm einen belustigten Blick zu. »Das kann nicht stimmen. Es ist doch völlig unpatriotisch, keinen zu trinken.«

»Ich bin weder König noch Land verpflichtet.«

Sie schnappte nach Luft und schaute sich verstohlen im Zimmer um. »Sie sind Ihrem eigenen Land gegenüber nicht loyal?«, fragte sie mit einem schockierten Flüstern.

Die meisten Männer wären angesichts des Entsetzens auf ihren feinen Zügen beschämt gewesen. Niall stützte die Ellbogen auf die vergoldeten Armlehnen seines Stuhles. »Ich verspüre keine Loyalität einem Land gegenüber, sondern nur meinen Geschwistern und den Leuten gegenüber, die für uns arbeiten.«

Lady Diana beugte sich auf ihrem Stuhl vor. »Aber das ist Hochverrat«, erwiderte sie und musterte ihn, als wäre er eine bis dato unbekannte Lebensform.

Er würde nicht so tun, als wäre er jemand anders, als er tatsächlich war. Er beugte sich ebenfalls vor, verringerte den Abstand zwischen ihnen. Es war am besten, sie wusste genau, was für einen Schuft sie in ihr Haus geholt hatte. »Wissen Sie, was Hochverrat ist, Prinzessin?«

Sie schüttelte kurz den Kopf.

»Hochverrat ist ein König, der in einem Palast lebt, der mit Gold ausgekleidet ist«, er deutete mit der Hand auf die vergoldeten Bilderrahmen, die überall im Salon an den Wänden hingen, »während Jungen und Mädchen auf den Straßen verhungern und um Abfälle betteln müssen. *Das* ist Hochverrat.«

* * *

Jungen und Mädchen verhungern auf den Straßen.

Das hatte er ihr so hingeworfen wie scharfe Dolche, die ihr Ziel fanden.

War er selbst einmal einer von ihnen gewesen? Das zynische Glitzern in seinen Augen und die Narben in seinem Gesicht sagten Ja. Und nicht zum ersten Mal, seit sie von Helenas Existenz erfahren hatte, verspürte Diana Scham darüber, dass sie früher nie darauf geachtet hatte, wie jene lebten, die nicht zu ihren Kreisen gehörten.

Er sprach weiter, ohne Rücksicht zu nehmen. »Hochverrat ist es, einen Jungen zu hängen, weil er einen Laib Brot gestohlen hat, damit seine Familie nicht verhungert. Reden Sie also nicht mit mir über König und Vaterland. Hab ich mich klar genug ausgedrückt?«, verlangte er mit schneidender Stimme zu wissen.

Er hätte sich nicht klarer ausdrücken können, wenn er ihre Kohlestifte genommen hätte und ein Bild davon auf einen der leeren Zeichenbögen gemalt hätte. »Ja, das war klar genug«, flüsterte sie.

Sie hatte unzählige Unterrichtsstunden von ihren Gouvernanten über die Kunst der Konversation genossen. Keine einzige davon jedoch hatte sie dafür vorbereitet, was man auf solche übelkeiterregenden Geständnisse erwidern sollte. Er sprach mit einer brutalen Aufrichtigkeit, die sie beschämte. *Ich bin in so vielerlei Hinsicht wie meine Mutter.*

Was sie als freundliche, oberflächliche Unterhaltung geplant hatte, war in Dunkelheit abgeglitten. Vielleicht gab es nichts anderes, wenn es um Niall Marksman ging.

Und es verletzte sie auch nicht, dass er so unverblümt und ohne ein Blatt vor den Mund zu nehmen, mit ihr sprach. So hatte sie sich schon ihr ganzes Erwachsenenleben lang mit jemandem zu sprechen gewünscht. Dennoch war sie beunruhigt. Sie schenkte mit bebenden Fingern zwei Tassen Tee ein, fügte jeder zwei Stück Zucker hinzu und rührte um, was leise klirrte. Diana hielt eine der zierlichen Porzellantassen hoch.

»Was ist das?«

Sie schaute sich suchend um, fand aber nichts, was das Entsetzen in seiner Frage gerechtfertigt hätte. Mit gerunzelter Stirn folgte sie seinem starren Blick zu der zierlichen Porzellantasse in ihren Fingern. »Tee?«

»Ich habe Ihnen doch gesagt, ich trinke keinen Tee.«

Diana hob mahnend einen Finger. »Nein. Sie haben gesagt, Sie hätten noch nie welchen getrunken. Daher, wie wollen Sie das wissen, wenn Sie es nicht ausprobieren?«

Selbst einem sturen Mann wie Niall Marksman würde es schwerfallen, dieser Logik etwas entgegenzusetzen. Nichtsdestotrotz starrte er die Teetasse an, die sie ihm hinhielt, als wollte sie ihm darin Gift verabreichen. Diana stellte sie auf dem Tisch zwischen ihnen ab – zum Teil Angebot, zum Teil Herausforderung.

Und wartete.

Die reich verzierte Uhr auf dem Kaminsims tickte, während die Minuten verstrichen.

Als sie ein kleines Mädchen gewesen war, hatte Diana einen halb verhungerten Welpen auf der Straße vor dem Stadthaus der Familie gefunden. Sie hatte den abgemagerten kleinen Kerl ins Haus geschmuggelt und ihm Zuflucht in ihrem Zimmer geboten, sogar einen Platz in ihrem Bett auf den weißen Laken. Der kleine Hund hatte sich jedes Mal gewehrt, wenn sie ihn auf ihr Bett gehoben hatte. Bis sie eines Tages ins Zimmer gekommen war und ihn auf ihrem Kopfkissen erwischt hatte. Sobald er sie bemerkt hatte, war er vom Bett gesprungen. Es war, als hätte er nicht zugeben wollen, dass er irgendeine Form von Bequemlichkeit brauchte oder auch nur wollte. Wie sehr Niall Marksman sie an diesen geliebten kleinen Hund erinnerte.

Trauer erfasste sie, für den Mann genau wie für das Tier. In den vergangenen Jahren hatte sie sich nicht gestattet, an den Hund zu denken, den ihre Mutter schließlich doch entdeckt und wieder auf die Straße gesetzt hatte.

Mit einem Fluch nahm Niall die Tasse, so heftig, dass Tee auf den Tisch kleckerte. Er trank das lauwarme Getränk in einem Zug aus.

Froh über die Ablenkung von den Gedanken an die einsame Kindheit, die ihre Mutter ihr aufgezwungen hatte, verbarg Diana ihr Lächeln hinter ihrer Tasse. »Man nippt nur daran.«

Niall wischte sich mit dem Handrücken über den Mund. »Warum?«

»Warum?«, wiederholte sie wie ein Papagei.

»Zu welchem Zweck?«, fragte er und stellte seine leere Tasse auf dem Tisch neben ihm ab.

»Ich verstehe nicht …«

»Um Durst zu stillen«, half er ihr aus. »Warum dann all dies«, er deutete mit seiner Hand auf das zierliche Porzellanservice, »um so zu tun, als sei das nicht der Fall?«

Diana legte den Kopf schief. Sie hatte nicht viel über den Sinn der Regeln beim Teetrinken nachgedacht. Den kleinen Finger abspreizen. Kleine Schlucke, und kein Geräusch dabei. Wie seltsam, wenn jetzt diese Regeln hinterfragt wurden, wo sie selbst bislang keine einzige davon hinterfragt hatte. Sie betrachtete die Tasse in ihren Fingern und versuchte, sie aus seiner Perspektive zu sehen, der eines Mannes, dem all das, was von Damen der guten Gesellschaft verlangt wurde, völlig fremd war. »Beim Teetrinken geht es nicht darum, den Durst zu stillen«, begann sie langsam.

Er schnaubte und streckte die Beine vor sich aus, legte sie an den Knöcheln übereinander. »Weil es scheußlich schmeckt.« Bei seinem schwachen Lächeln entspannte sie sich ein wenig. So war er ihr am liebsten. Wenn er sie aufzog, statt sich über sie lustig zu machen. Wenn er lächelte, statt finster die Stirn zu runzeln. »Ein Glas Brandy würde das besser bewerkstelligen.« Er blickte sich um, als suchte er nach einer Flasche mit dem widerlichen Zeug.

»Wie Brandy ist auch Tee etwas, an das man sich erst gewöhnen muss.« Nicht, dass er schlecht schmeckte.

Niall hob eine schwarze Augenbraue. »Sie haben Erfahrung mit französischen Spirituosen?«

Ihre Wangen wurden heiß. Sie wusste einiges darüber, nachdem sie eine der Flaschen ihres Vaters stibitzt hatte und genug daraus gekostet hatte, dass es ihr am nächsten Morgen so elend gegangen war, dass sie abwechselnd um einen gnädigen Tod gebetet und den Inhalt ihres Magens von sich gegeben hatte. Ihre Eltern wären entsetzt gewesen, wären sie hinter dieses Geheimnis gekommen. Was hätte dieser Mann dazu gesagt?

Er zog eine einzelne Augenbraue hoch.

Diana räusperte sich. »Wir sprechen über Tee.«

»Ah, ja. Natürlich, Prinzessin«, erwiderte er gedehnt, und zum ersten Mal fühlte sich der verhasste Spitzname nicht wie ein Vorwurf an. »Erklären Sie es mir.«

»Was ist der Zweck Ihres Clubs?« Jenes skandalumwitterte Etablissement, in dem ihre Schwester gearbeitet hatte und in dem ihr Bruder immer noch wohnte. Diana hatte es inzwischen zweimal besucht. Das erste Mal, um Hilfe zu holen. Das zweite Mal, als dieser Mann sie in Rykers Büro gezerrt hatte. Niemals jedoch war sie wirklich dort gewesen und hatte sich in dieser völlig fremden Welt der Ausschweifungen gründlich umsehen können.

Niall schwieg.

Wollte er sie vor der Wahrheit schützen über das, was sich im Club abspielte? Bis vor einem Jahr war sie stets von allen möglicherweise unangenehmen Aspekten des Lebens abgeschirmt und beschützt worden. Nicht zum ersten Mal verspürte sie den Wunsch, schon mal irgendwo anders gewesen zu sein, mehr zu kennen als nur ihr behütetes Leben. *Am Ende der Saison wirst du …*

Als er schwieg, fuhr sie fort. »Gentlemen besuchen Ihren Club und setzen sich zum Whist- und Farospielen an Ihre Tische. Ganz sicher trinken sie Brandy und andere Sachen und unterhalten sich. Das alles dient dem Zweck, gemeinsam mit Freunden und Bekannten Zeit zu verbringen.«

Er verschränkte die Arme. »Sie glauben, das ist der Grund, warum Männer in meinen Club kommen?« Aus der Frage klang Belustigung heraus. »Um Zeit mit Freunden zu verbringen?«

Diana krauste die Nase. Ja, das glaubte sie. »Hab ich das nicht gerade gesagt?«

Seine Lippen verzogen sich wieder an den Mundwinkeln, was ihn sehr viel offener wirken ließ, etwas, was zuvor nie der Fall gewesen war. Es ließ ihre Furcht vor ihm schrumpfen und machte ihn menschlicher. »Das war eine rhetorische Frage, Prinzessin.«

Hm. Menschlicher und spöttisch. »Oh.«

Niall senkte die Stimme zu einem verschwörerischen Flüstern. »Sie glauben doch nicht, ich nenne Ihnen den wahren Grund, warum sie zu uns kommen.«

Ihr Herz klopfte schneller bei diesem verlockenden Köder, den er ihr hinhielt. »Sie könnten es schon tun, wissen Sie?«, erwiderte sie rasch. »Es mir verraten, meine ich. Ich werde auch nicht …«

»Wir haben gerade über die richtige Art und Weise, an einer Teetasse zu nippen, gesprochen.« Er zwinkerte ihr zu. Ihr Puls beschleunigte sich. Kein Mann, gleich welcher Stellung, hatte das jemals zuvor getan. Und mehr noch … Es machte ihn auf eine Weise zugänglich, die sie ihm eigentlich gar nicht zugetraut hätte.

»Ja, Tee«, sagte sie und zwang sich, sich wieder auf das ursprüngliche Thema ihres Gespräches zu konzentrieren. »Damen besuchen keine Clubs. Wenn wir nicht verheiratet sind, ist es uns nicht einmal gestattet, uns an die Spieltische zu setzen, die es bei Abendgesellschaften gibt.« Sie stellte ihre plötzlich verhasste Tasse mit dem Getränk ab, das die Beschränkungen versinnbildlichte, die Frauen auferlegt waren. »Da Frauen so viel verboten ist, wann können wir mal in Ruhe reden und wo?« Diana deutete mit dem Zeigefinger auf die Teetasse.

Niall hob die Augenbrauen.

»Beim Tee«, erklärte sie. Zumindest galt das, wenn man eine Freundin oder eine Gesellschafterin hatte, mit der man reden konnte.

Sie wappnete sich für Herablassung oder Spott. Doch er erhob sich lediglich mit lässiger Eleganz und schlenderte wortlos durch den Raum, blieb immer wieder bei einzelnen Staffeleien mit Werken von ihr stehen. Von seiner stummen Betrachtung beunruhigt, ballte sie die Hände zu Fäusten.

Ihre Mutter hatte Diana verboten, irgendwelche belebten Motive zu malen. Ihr Vater, würde Diana wetten, wusste nicht einmal, dass es ihr Spaß bereitete, zu zeichnen und zu malen. Und dann war da dieser Mann. Bis auf ihre Verbindung über Ryker und Helena war er ein Fremder, dennoch wusste er jetzt, was sie auf ihre Leinwände gebannt hatte. Als er wieder bei dem gleichen unvollendeten Werk stehen blieb, das er vorhin schon betrachtet hatte, fühlte sie sich auf eine Art und Weise entblößt, wie sie es nie zuvor gewesen war.

»Haben Sie das alles selbst gemalt?«, erkundigte er sich, ohne zu ihr zu schauen.

Sie nickte, dann fiel ihr ein, dass er das ja nicht sah. »Ja«, antwortete sie vorsichtig. Was würde er sagen, wenn er wüsste, wofür sie in Wirklichkeit waren? Oder vielmehr für wen?

Niall ließ seine breiten Schultern kreisen, und seine Muskeln dehnten den schwarzen Brokatrock. Es war ein erstaunlich kühnes Kleidungsstück für einen Mann, der so gerne schwieg. Als ob er andere herausforderte, näher zu kommen, damit sie an seiner eisigen Unnahbarkeit zerschellten.

Diana befeuchtete sich die Lippen. Nachdem ihre Mutter fortgebracht worden war, hatte Diana versucht, sich in ihrer Kunst zu vergraben. Alles war besser, als über das Ausmaß der Verderbtheit ihrer Mutter oder die schreckliche Zukunft zu grübeln, die Diana irgendwann ebenfalls in dieser trostlosen Anstalt erwartete. Eines Tages hatte sie die Royal Arcade besucht und ein Buch gefunden, das ein Gemälde nach dem anderen von Männern enthielt, herrlich in ihrer Nacktheit. Endlose Minuten hatte sie darin geblättert, wie gebannt von der Kraft und Macht in den Abbildungen. Jetzt erwachte in einem schamlosen Teil von ihr der Wunsch, Niall die Kleider auszuziehen und seinen kräftigen Körper auf die Seiten ihres Skizzenbuchs zu bannen.

Er warf ihr einen raschen Blick über die Schulter zu, und ihr wurde von den Spitzen ihrer Zehen bis zum Ansatz ihrer Haare heiß. Niall deutete mit dem Kinn in Richtung der Bilder. »Sind Sie je an diesen Orten gewesen?«

Sie war bisher nirgends gewesen, und die Trauer über das inhaltsleere Leben, das sie geführt hatte, ließ sie schweigen. Es war der Käfig, in den ihre Eltern sie eingesperrt hatten, und um aus ihm zu entkommen, hatte sie sich Hilfe suchend an Helena gewandt. Was würde ein Mann wie Niall Marksman von Dianas Plänen halten, diese enge Welt hinter sich zu lassen? Wäre er einer von denen, die glaubten, eine Dame sollte keine Freiheit haben und stattdessen in einen goldenen Käfig gesperrt werden?

Er warf ihr einen fragenden Blick zu.

Diana schüttelte den Kopf. »Nein«, antwortete sie mit einiger Verspätung. »Bin ich nicht.« *Aber ich werde es sein.*

Niall verschränkte die Hände hinter dem Rücken und wippte auf seinen Fußsohlen. »Ich sollte auf meinen Posten zurückkehren.«

Sehnte sie sich so verzweifelt nach Gesellschaft, dass sie sich das Bedauern in seiner Stimme bloß einbildete? »Natürlich«, erwiderte sie und stand auf.

Sein vernarbtes Gesicht war wie versteinert und sein Blick wieder kalt, erinnerte in nichts mehr an den Mann, der ihr nur Augenblicke zuvor zugezwinkert hatte. Sie starrte ihm nach, während er zur Tür ging, und bedauerte das. »Diana«, sagte sie.

Er erstarrte.

»Mein Name ist nicht Prinzessin oder Mylady. Ich heiße Diana.«

Er verriet mit keinem Zeichen, ob er sie gehört hatte oder vorhatte, diese Bitte zu beachten, und dann war sie wieder allein.

So wie sie es immer schon gewesen war.

Kapitel 8

Während der folgenden Tage fanden Diana und Niall zu einer Art angenehmem Waffenstillstand.

Es gab keine tiefgründigen Gespräche mehr über Tee und Hochverrat, aber er bezeichnete sie immerhin nicht mehr als »Prinzessin«, und das wertete Diana als positives Zeichen.

Und zum ersten Mal seit dem Anschlag auf ihr Leben vor zwei Monaten hatte sie keine Angst. Es war auch schwierig, Angst zu verspüren, solange ein Mann wie Niall stets in der Nähe war. Bei seiner Kraft, Größe und Fähigkeit, sich lautlos zu bewegen, würde sie wetten, dass er sich an den Teufel persönlich anschleichen könnte.

Während sie durch den leeren Hyde Park schritt, ihre mit den Malsachen bepackte Zofe ein Stückchen hinter sich, blieb Diana stehen und schaute sich um. Dicke graue Wolken zogen am Morgenhimmel auf.

Niall stellte sich neben sie, so dicht, dass ihre Körper sich berührten. Unter ihrem dünnen Umhang durchliefen sie Schauer hitziger Erregung. Ihr Herz klopfte heftig, und sie blickte hinüber zu Niall. Er fuhr sich mit einer Hand übers Kinn. Die Künstlerin in ihr war von dieser kleinen Bewegung fasziniert. Sogar in Niall Marksmans Körperbau lag Kraft.

Anders als die irgendwie teigig aussehenden vornehmen Gentlemen mit der wattierten Brust und den weichen Wangen verströmte er eine raue, fast primitive Stärke. »Es wird regnen«, bemerkte er, zerstörte den Bann, den er mit seiner Nähe über sie geworfen hatte.

Da ihr wieder der Grund für ihren Besuch im Hyde Park einfiel, schaute Diana nach vorn. Mit genau dieser Hoffnung war sie heute aufgebrochen. »Es wird überhaupt nicht regnen. Es ist ein absolut wunderbarer Tag.«

In der Ferne grollte Donner, schien sie und ihre Worte zu verspotten.

Niall schnaubte, und der fast amüsierte Laut stand in krassem Widerspruch zu der Anspannung in seinen Muskeln, seiner ganzen Haltung. Seine Hand blieb an der vertrauten Position an seiner Taille, die Finger nie weit von seiner Waffe. »Ich schwöre, Sie sind die einzige Herzogstochter, die lieber im Regen spazieren geht«, murmelte er, während sie sich weiter suchend umschaute.

Vor einem Jahr hatte Helena den Duke of Somerset geheiratet. Ryker war kurz darauf vom König zum Viscount Chatham ernannt worden, weil er dem Duke of Somerset das Leben gerettet hatte. Trotz seiner Verbindungen zum Adel hatte Diana Niall noch bei keiner einzigen gesellschaftlichen Veranstaltung gesehen, zu der Helena geladen hatte. »Kennen Sie denn viele Herzogstöchter?«, wollte sie wissen. Ihre Neugier in Bezug auf den rätselhaften Niall Marksman wuchs.

»Nein. Sie sind die einzige.« Seinem trockenen Tonfall nach zu urteilen, war er froh darüber.

Diana runzelte die Stirn. »Helena«, erinnerte sie ihn. Als er seinen Blick fragend auf sie richtete, fügte sie hinzu: »Helena ist auch eine Herzogstochter.« Und zwar eine, die geliebt wurde. Helena und Ryker würden für immer einen besonderen Platz im Herzen ihres Vaters einnehmen, weil sie von der einen Frau geboren worden waren, die der Herzog über alles geliebt hatte. Dabei verübelte Diana ihren Halbgeschwistern die Zuneigung ihres Vaters nicht. Nach all dem Elend, das sie erlitten hatten, verdienten beide ein Leben lang Liebe und ungetrübtes Glück.

»Helena ist keine Herzogstochter.«

Ein weiteres Donnergrollen ließ die Erde erbeben, als wollten die Elemente Nialls ärgerliche Antwort bestätigen.

Diana vergaß ihre Suche nach der idealen Stelle für ihre Skizzen, verschränkte die Arme und erwiderte Nialls Blick unerschrocken.

Jetzt endlich holte auch ihre Zofe Meredith sie ein. Ein Blick auf Dianas kämpferische Haltung genügte jedoch. Sie drehte sich auf dem Absatz um, suchte ihr Heil in der Flucht und blieb erst ein gutes Stück entfernt wieder stehen.

»Wollen Sie damit etwa andeuten, dass Helena und Ryker, obwohl sie von meinem Vater abstammen, nicht wirklich meine Geschwister sind?«, fragte Diana, nachdem das Mädchen fort war.

»Ich sage nur, dass Blut allein noch keine echte Verbindung schafft.« Er schlug sich mit der rechten Faust auf die Brust. »Loyalität schon.«

Seine Meinung war klar: Der Duke of Wilkinson war seinen unehelichen Kindern gegenüber nicht loyal gewesen. Sie schob das Kinn vor. Zur Hölle mit ihm, dafür, dass er in diesem Fall recht hatte. »Es macht uns vielleicht nicht zu einer Familie.« Nicht für Niall. »Aber es lässt sich auch nicht auslöschen, legt fest, wer sie sind.« Niall lag nur teilweise richtig. Blutsverwandtschaft war eine Verbindung. So wie Diana stets durch den Wahnsinn und die Taten ihrer Mutter gezeichnet sein würde, waren Diana und Ryker ebenfalls miteinander verbunden. »Gleichgültig, wie sehr Sie es sich wünschen mögen«, fügte sie leise, halb zu sich selbst, hinzu.

Da sie seinen durchdringenden Blick auf sich spürte, rief Diana ihre Zofe. Sie war nicht hergekommen, um über ihre Vergangenheit zu klagen oder über die Gegenwart oder auch die Zukunft, die sie erwartete. »Meredith?« Ihre Zofe kam hastig herbeigeeilt. »Ich trage das hier selbst«, sagte sie und nahm der Dienerin die Utensilien ab. »Du darfst zur Kutsche zurückkehren.«

Meredith zögerte. »Mylady?« Sie schluckte trocken, und ihr Blick zuckte zu Niall.

Die Ironie der Lage entzog sich Diana nicht. »Er ist Lord Chathams Bruder«, erklärte sie, bemerkte aus dem Augenwinkel, wie sich Niall verspannte. »Und er ist meinetwegen hier. Mir wird kein Leid geschehen.« Trotzdem schien Meredith noch nicht ganz überzeugt. »Geh schon«, wiederholte Diana. »Bevor der Regen kommt.«

»Seine Gnaden …«

»Würde nicht wollen, dass du im Regen sitzt.« Diese aus der Luft gegriffene Behauptung kam ihr leicht über die Lippen. In Wahrheit kümmerte keine von beiden den Herzog, weder Meredith noch Diana. Das war nicht immer der Fall gewesen. Er war früher einmal ein liebevoller, fürsorglicher Vater gewesen. Ihr wurde die Brust eng. »Jetzt mach schon«, forderte sie das Mädchen auf. Dieses Mal klang ihre Stimme ungeduldiger.

Meredith knickste steif, ging in einem weiten Bogen um Niall herum und eilte über den kiesbestreuten Spazierweg zurück.

Eine Windböe fuhr durch den Park. Die kühle Luft ließ die Zweige über ihnen rascheln, und die grünen Blätter tanzten in einem wilden Rhythmus. Während sie Nialls Blick auf sich spürte, setzte sich Diana in Bewegung.

»Ich dachte, Sie hätten gesagt, es würde nicht regnen«, rief er ihr in Erinnerung. Mit jedem seiner ausholenden Schritte spritzten unter den Sohlen seiner schwarzen Lederstiefel kleine

Kiessteinchen hoch. An seinem Schuhwerk war nichts elegant, es verriet vielmehr, dass seinem Träger mehr an Funktionalität und Haltbarkeit lag als an Mode. Es passte perfekt zu ihm.

»Ich hab gelogen«, gestand sie und umklammerte ihre Blöcke fester. Sie verließ den ordentlich eingefassten Weg und begab sich über die Wiese zum Ufer des Sees.

»Sie haben das Mädchen auch in Bezug auf Ihren Vater angelogen.«

Sie blieb stehen.

»Der Herzog würde Sie niemals ohne Begleitung einer Zofe, die über Ihre Tugend wacht, in der Öffentlichkeit wissen wollen.«

Diana verzog verächtlich den Mund. Damit das stimmte, müsste sie einen Vater haben, dem etwas an ihr lag. Und einen Gentleman, der Interesse an ihrer Tugend hatte. »Ich brauche einen Leibwächter, Niall, aber niemanden, der meine Tugend beschützt.« Sobald ihr die bittere Wahrheit über die Lippen gekommen war, wollte sie sie zurücknehmen. Vor Verlegenheit wurden ihre Wangen ganz heiß. *Bitte sag nichts. Bitte lass es auf sich beruhen.*

Und vielleicht war er doch mehr Gentleman, als er behauptete, denn Niall fragte nicht weiter nach. Diana blieb am Ufer stehen, ließ sich auf der Erde nieder, so dicht am Wasser, dass ihr Saum beinahe nass wurde.

Ihren Kohlestift in einer Hand, öffnete sie einen Skizzenblock, blätterte bis zu einer leeren Seite. Dann konzentrierte sie sich auf die kleinen Wellen. Oder versuchte es zumindest.

Mit gerunzelter Stirn legte sie den Kopf in den Nacken. Niall ragte über ihr auf. Es war nahezu unmöglich, einen klaren Gedanken zu fassen, wenn so ein Bär von einem Mann einem im Licht stand. »Möchten Sie sich nicht setzen?«

»Nein.« Er ließ den Blick weiter über die leeren Rasenflächen schweifen. Er war immer wachsam. Wie musste es sein, durchs Leben zu gehen und ständig auf der Hut zu sein? Wie schaffte man es, nicht davon verrückt zu werden, immer und überall hinter jeder Ecke mit Gefahr zu rechnen?

Sie seufzte. »Ich kann mich nicht konzentrieren, wenn Sie so hinter mir aufragen.«

Niall unterbrach seine Suche und funkelte sie finster an. »Ich rage nicht auf. Ich bewache Sie.«

Diana lächelte. »Es ist gerade erst kurz nach sieben am Morgen. Es regnet gleich. Vornehme Herrschaften besuchen den Hyde Park zu dieser Stunde gewöhnlich nicht, und bei drohendem Regen schon gleich gar nicht.« Das war logisch.

»Es sind auch keine feinen Herrschaften, die Ihren Tod wünschen«, sagte er mit so brutaler Offenheit, dass ihr ein eisiger Schauer über den Rücken lief und ihr Lächeln verblasste.

Angesichts der Tatsache, dass es keine weiteren verdächtigen Zwischenfälle gegeben hatte, hatte sie die Bedrohung langsam vergessen, die sie überhaupt erst zu Ryker geführt hatte. Dabei durfte sie das nicht. Dieser Mann, der unablässig zu dicht hinter ihr stand, war der Beweis dafür. Sie hatte sich gestattet, so zu tun, als wäre er ein Freund und nicht der Leibwächter, der er tatsächlich war. »Stimmt«, pflichtete sie ihm bei.

Seine mitternachtsschwarzen Augenbrauen hoben sich.

Dachte er wirklich, sie wäre so unvernünftig, dass sie nicht erkannte, wie berechtigt seine Ermahnungen waren?

»Trotzdem könnten Sie doch vielleicht einen kleinen Schritt zurücktreten.« Diana hielt Zeigefinger und Daumen ein winziges Stück auseinander.

Niall wich mehrere Schritte zurück. Er war noch nah, aber nicht mehr so sehr, sodass sie nun vielleicht imstande wäre, sich ihrem jüngsten Projekt zu widmen.

Sie blickte erneut auf das Wasser, musterte ihre Umgebung. Die Luft war still, ohne Vogelgesang, was auf das Unwetter hinwies, das schwer in der Luft hing.

Eine Dame darf nicht in den Regen geraten, Diana … Regen führt zu Erkältungen. Erkältungen führen zu roten Nasen. Rote Nasen führen dazu, dass kein Gentleman sich für dich interessiert.

Ja, Mama.

Diana schloss die Finger fester um den Stift. All die Jahre, verschwendet an Lektionen, die sie gar nicht brauchte. Lektionen darüber, wie man sich einen Ehemann angelte, wie man nett und höflich war. Damals hatte sie sich heimlich eine Liste mit all den Wesenszügen und Eigenschaften des Mannes gemacht, den sie eines Tages heiraten wollte. Bis ihr das Leben aufgezeigt hatte, wie ehrenwert Männer in Wahrheit waren.

Ihre Mutter hatte oberflächlich betrachtet genau die Züge besessen, die sie Diana hatte eintrichtern wollen. Und alles, was sie erhalten hatte, war eine leere Ehe gewesen. Eine, die sie in eine herzlose Frau verwandelt hatte, die bis zu ihrem letzten Atemzug in Bedlam bleiben würde.

Das habe ich für dich getan, Diana, und ich würde es genauso wieder tun … Du bist meine Tochter. Wir sind gleich … Eines Tages wirst du das begreifen.

Dianas Kohlestift brach mit einem vernehmlichen Knacken in der Mitte entzwei. Sie starrte blicklos auf das übrig gebliebene Stück in ihren Fingern. Ja, sie war wirklich die Tochter der Duchess of Wilkinson, denn sie verspürte weder Bedauern noch Liebe für die Frau, die ihr das Leben geschenkt hatte. Alles, was Diana empfand, war heftiger, erschreckender Hass.

Als sie Nialls Blick auf sich bemerkte, legte sie den Stift weg und griff nach einem neuen. Ein einzelner Regentropfen traf sie auf die Nase, und sie wischte ihn weg.

»Wäre es nicht besser, zurückzukommen, wenn die Sonne scheint?«, erkundigte sich Niall halblaut.

Das würde dem Zweck widersprechen, zu dem sie hier war. »Wir leben in England, Niall«, erinnerte sie ihn, während sie den Stift wieder aufs Papier setzte. »Die Sonne scheint nie.«

Er lachte leise. Bei diesem Laut, rostig, aber volltönend, hob sie den Kopf so rasch, dass ihr der Hut in den Nacken rutschte. In der Woche, seit er in ihren Haushalt gezogen war, hatte sie ihn nie anders als mit abfälligem Spott lachen gehört.

»An zwei der letzten drei Tage hat die Sonne geschienen«, entgegnete er, rückte seinen Hut gerade und ließ seine Hand dann wieder in die Nähe des Griffs seiner Waffe sinken.

Diana zeichnete weiter. »Ich hätte nie gedacht, dass Sie zu den Menschen gehören, die vor ein bisschen Regen Angst haben«, neckte sie ihn.

Ein weiteres fernes Donnergrollen ließ die Erde erbeben.

Seine Augen blitzten gefährlich. »Ich hab vor nichts Angst.«

War er nie aufgezogen worden? Ryker und seine Geschwister von der Straße erschienen ihr grundsätzlich nicht zu Scherzen aufgelegt. Und damit war die eisige Wand zwischen ihnen wieder da. Das Funkeln in seinen Augen würde ausreichen, um die meisten erwachsenen Männer verstummen zu lassen, bloß hatte Dianas Verrücktheit wohl bereits Wurzeln geschlagen, denn sie verspürte keine Angst mehr, was Niall Marksman betraf. »Jeder fürchtet irgendetwas, Niall«, wandte sie leise ein, ohne vor der Herausforderung in seinem mitleidlosen Blick zurückzuscheuen.

Feuer flammte in seinen Augen auf. »Nur schwache Menschen tun das.«

Betrachtete er sie so? Als ein schwaches, armseliges Geschöpf, das sich vor Ryker Black erniedrigte? Sein Tonfall verriet, die Diskussion war vorüber, und nur ein Jahr zuvor, pflichtbewusst und gehorsam in jeder Hinsicht, hätte sie es dabei belassen. Hätte nicht noch einmal die Herausforderung ausgesprochen. Aber sie war nicht länger dieses Mädchen. Und sie war ganz bestimmt nicht schwach.

»Als die Achse meiner Kutsche gebrochen ist, bin ich im Inneren umhergeschleudert worden«, erklärte sie leise. »Ich bin auf dem Boden gelandet, hab mir hier den Kopf angeschlagen.« Sie berührte mit den Fingerspitzen ihre Schläfe, lenkte damit seinen Blick auf die Stelle, wo eine hässliche Beule gewesen war. Seine Augen verdunkelten sich wie das stürmische Meer. »Die Glasscheibe im Fenster zerbrach, die Scherben regneten auf mich herab.« Diana drehte ihre linke Hand um, um die pfeilförmige Narbe zu betrachten. Die leicht aufgeworfene Haut war eine Erinnerung an den Unfall, brachte die Schrecken des Tages zurück. Ihre Schreie hatten sich mit den Rufen des Fahrers gemischt, als die Kutsche außer Kontrolle geriet, sich Momente in die Ewigkeit zogen.

Diana konzentrierte sich darauf, gleichmäßig weiterzuatmen. Sie zwang sich, den Blick von der Narbe zu heben und ihn anzuschauen. »Dass ich Ryker um Hilfe gebeten habe, macht mich nicht schwach. Es zeigt vielmehr meine Klugheit, weil ich mein eigenes Leben über meinen Stolz stelle.«

Bevor sie in den Wahnsinn abglitt, unter dem auch ihre Mutter und ihr Vater litten, das hatte Diana fest vor, würde sie das Leben bis zur Neige auskosten. Und weil sie wusste, wie treulos Gentlemen in Wahrheit waren, würde zu diesem Leben niemals ein Ehemann gehören.

Kapitel 9

Das musste Niall der Dame lassen.

Sie war tapfer und klug, gewitzter, als er ihr noch vor einer Woche zugetraut hätte, als er sie dabei erwischt hatte, wie sie in der Gasse herumlungerte. In ihren Adern floss allerdings auch, wie sie ihn immer wieder zu verschiedenen Gelegenheiten erinnerte, Rykers und Helenas Blut. Sie war vielleicht nicht auf der Straße geboren worden oder in der Lage, dort auch nur einen Tag lang zu überleben, aber sie besaß innere Stärke, und fast gegen seinen Willen wuchs sein Respekt für sie.

Ein weiterer Windstoß erfasste sie, und Niall rückte sich den Hut zurecht, zog die Krempe nach unten.

»Wie ist es?«, fragte sie und blätterte die Seite ihres Skizzenblocks um. »Das Leben in St. Giles«, spezifizierte sie.

Schlimm. Im Sommer stank es gnadenlos. Und warum wollte sie das jetzt überhaupt wissen? »Sie sind doch dort gewesen«, erwiderte er barsch, wollte nicht über sein Zuhause sprechen. Nicht, wenn es ihn bloß daran erinnerte, dass er für sein Versagen verbannt worden war. Sein Versagen dabei, die Leute, die von ihm abhängig waren, zu beschützen.

»Zweimal«, räumte sie ein. »Das erste Mal habe ich praktisch nichts gesehen, nach …« Diggorys Angriff. Ihre Wangen wurden aschfahl, ein Hinweis darauf, wie zartbesaitet sie war. »Und ein weiteres Mal, als ich Ryker besucht habe.«

Besucht habe. Wenn das keine sehr großzügige Umschreibung davon war, dass sie sich in Jungenkleidern heimlich durch die Straßen geschlichen hatte, war er König Georges verrückter Vater, der von den Toten wiederauferstanden war. »Wenn ich es Ihnen verrate, beeilen Sie sich dann, damit wir von hier wegkönnen, Prinzessin?« Diese Bitte rührte nicht nur von dem aufziehenden Sturm her, sondern auch von einer inneren Unruhe, weil er einen Park besuchte, in dem alle möglichen Leute ungehindert umherspazierten.

»Diana«, rief sie ihm in Erinnerung.

Er brummte. »Ich werde Sie nicht Diana nennen.« Die Kleine stand eine Stufe unterhalb des Königshauses, allerdings war es das nicht allein. Wenn er auf die korrekte Anrede verzichtete, würde er damit nur den Abstand zwischen ihnen verringern.

»Aber Sie sind doch Rykers Bruder …« Sie ließ diesen Gedanken unvollendet.

»Und?«, fragte er barsch.

Sie seufzte, und ein neuerlicher Windstoß trug den leisen Laut an seine Ohren. »Und ich bin Rykers Schwester.« Er zog seine Augenbrauen zu einer einzigen Linie zusammen. »Also macht uns das« – sicherlich würde sie das jetzt nicht wirklich sagen – »zu Geschwistern.« Sie hatte es gesagt.

»Sie sind für mich keine Schwester«, beschied er ihr knapp. Nicht wenn er insgeheim den Schwung ihrer Hüften und die Zierlichkeit ihrer Taille bewunderte.

Er hätte genauso gut einen Welpen treten können, so verletzt schaute sie ihn an. Verdammte Hölle, und er hatte sich dem gegenüber, was in den Augen einer Dame stand, immer für immun gehalten. »Schmutzig. St. Giles ist schmutzig«, erklärte er schließlich, wechselte abrupt das Thema zurück zu der Frage, die sie gestellt hatte, bevor sie davon angefangen hatte, dass er für sie wie ein Bruder sei. So, das sollte doch wohl reichen. Nur dass sie keine Anstalten machte, aufzustehen.

Sie rümpfte ihre kecke kleine Nase. »Das ist nicht sehr anschaulich.«

Er kämpfte gegen den Drang an, sie sich einfach über die Schulter zu werfen und sie von diesem verdammten kalten öffentlichen Park wegzubringen, und erwiderte mürrisch: »Sie haben nicht erwähnt, dass es anschaulich sein muss.«

»Das ist doch ganz klar darin enthalten, wenn ich frage, wie es in St. Giles ist.«

»Da ist nichts drin enthalten.« Man sollte nie davon ausgehen, dass andere die Dinge genau so verstanden, wie man sie gemeint hatte. Ihren trotzig gestrafften Schultern nach zu urteilen, hatte sie in etwa so viel Lust, ihren Platz am Ufer des Sees zu verlassen, wie er, seinen Club Killoran anzuvertrauen. Sie wollte einen Blick in seine Welt, dann würde er ihr den gewähren, ohne ihr die Details zu ersparen. »Die Straßen sind vollgestopft mit Bettlern und Huren. Die Türen von Läden und Häusern und die Fenster sind alle geöffnet, um den Gestank innen loszuwerden.« Selbst der ranzige Geruch der Elendsquartiere war besser als der in den Löchern, in denen ungewaschene Diebe und Huren hausten.

Ihre Wangen wurden blass, und sie wandte sich dankenswerterweise wieder ihrem Zeichenblock zu. Hatte er sie mit seiner unverblümten Schilderung entsetzt? Das entsprach teilweise sogar seiner Absicht. Um sie so zu erschrecken, dass sie schwieg, und sie dazu zu bringen, sich zu beeilen, damit sie möglichst schnell wieder fortkamen von dieser verdammten …

»Was ist mit den Häusern?« Sie hielt mitten in der Bewegung inne, den Stift in der Hand, und hob den Kopf. »Woraus sind sie errichtet?«

Sie gab einfach nicht auf. »Ich habe nicht die geringste Ahnung.« Und er hatte auch noch nie darüber nachgedacht. Es war ihm egal, woraus die Wände oder Decken bestanden, solange sie Schutz vor den Elementen boten. »Ich …« Er blickte nach unten und über ihre Schulter, erhaschte einen Blick auf ihre Arbeit.

Die Straßen, die er beschrieben hatte, hatten begonnen, unter ihren meisterhaften Strichen zum Leben zu erwachen. Darum hatte sie nach den Elendsvierteln gefragt, damit sie sie auf Papier bannen konnte. Niall wusste so viel über Kunst wie über feine Manieren, aber er konnte dennoch erkennen, ob jemand ein Talent fürs Zeichnen hatte.

Sie legte den Kopf schief, versperrte ihm den Blick auf das Blatt.

Da begann es zu regnen.

Der Wind zerrte an seinen Kleidern, Tropfen durchweichten den Stoff und sorgten dafür, dass ihm kalt wurde. Es war etwas, das er nicht mehr erlebt hatte, seit er sein auf unredliche Weise erworbenes Vermögen ins »Hell & Sin« investiert hatte. Und das auch noch, nachdem er ironischerweise von einer der Adeligen ins Freie geschickt worden war. »Es regnet«, erinnerte er sie knapp.

»Das ist doch bloß Nieseln«, widersprach sie, ohne ihren Blick von dem Skizzenblock zu nehmen. »Was etwas ganz anderes …« Eine Windböe riss ihr die Worte von den Lippen und wehte sie fort.

Niall hatte seinerzeit auf der Straße eine ganze Reihe merkwürdiger Menschen gekannt. Aber eine Adelige, die in einem Regenschauer sitzen blieb, um zu zeichnen? Er rieb die Hände aneinander, um sich die eiskalten Finger zu wärmen. Wie schaffte sie es überhaupt nur, in dieser Kälte ihre Finger so zu bewegen, dass sie weitermachen konnte? Er biss die Zähne fest zusammen, damit sie nicht klapperten. Gott, die Unannehmlichkeit, schutzlos den Elementen ausgesetzt zu leben, wie er das mehr als elf Jahre lang getan hatte, fehlte ihm ganz bestimmt nicht. Und er würde es auch niemals vergessen. Er genoss die Wärme und Sicherheit, die es mit sich brachte, in seinem Club zu wohnen. Einem Club, den er nicht wiedersehen würde, bis Rykers Schwester einen Ehemann fand, der sich um sie kümmerte.

»Sie könnten es mit Handschuhen versuchen, Niall«, schlug Diana vor und zog eine weitere Linie auf dem Blatt. Sie hielt inne und ließ ihren Blick über seine Gestalt wandern. »Oder wenigstens einen warmen Mantel.«

»Handschuhe und Mäntel behindern.« Eine Dame der guten Gesellschaft wie sie hatte sich niemals auf ihre Reaktionsschnelligkeit und ihr Geschick dabei verlassen müssen, ein Messer zu zücken und auf einen Mann einzustechen, um das eigene Leben zu retten. Selbst wenn sie erkannt hatte, welche Gefahr die gebrochenen Achsen für sie darstellten, hatte sie doch nicht persönlich um das Recht kämpfen müssen, den nächsten Atemzug zu tun.

Wie selbstgefällig die Aristokratie war. Sie hatten vielleicht alle Vorteile in Bezug auf Reichtum, Macht und Ansehen, aber sie wussten absolut nichts darüber, wie man überlebte. Der Wind wurde heftiger. Niall ließ seinen Blick über den grauen Horizont wandern.

Lady Diana machte keinerlei Anstalten, mit dem Zeichnen aufzuhören. Sie beugte sich über ihren Block. Falls der Regen sie bei ihrer Arbeit beeinträchtigte, so ließ sie sich davon nichts anmerken, fuhr einfach unbekümmert fort. Genauso gut hätte sie in dem verdammten Park ein Picknick abhalten können, doch das tat sie natürlich nicht. Sie waren hier, um einer ihrer Launen nachzugehen. Erduldeten den Regen, weil es ihr gefiel.

Der uralte Ärger kochte in ihm hoch, wie er das so oft tat, wenn er mit vornehmen Herrschaften zu tun hatte, die ihre eigenen Wünsche vor die aller anderen stellten. Er öffnete den

Mund, um ihr seine Meinung zu sagen, als sie plötzlich aufhörte und den Block umdrehte.

Der Regen hatte die Linien auf dem Blatt verschwimmen lassen, aber das konnte ihrem Werk nichts von seiner Meisterhaftigkeit nehmen. Sie hatte die Elendsviertel lebendig werden lassen, er konnte beinahe den Lärm hören und wie Huren ihre Dienste betrunkenen Seeleuten anpriesen.

»Natürlich ist es nicht perfekt.« Da irrte sie. Sie hatte alles genau zu Papier gebracht, beginnend bei den unebenen gepflasterten Straßen und bis hin zu den baufälligen Gebäuden. »Eines Tages, wenn ich dort gewesen bin, werde ich in der Lage sein, es besser einzufangen.«

Sie sprach davon, wie jemand über eine zukünftige Reise zum Kontinent redete, nicht über eins der gefährlichsten Viertel Englands. Er verzog die Lippen zu einem zynischen Lächeln. Der Adelige, der sie eines Tages heiraten würde, würde wie seine Standesgenossen diese bedrohliche Gegend nur aufsuchen, um sein Vermögen zu verspielen und mit Huren zu verkehren. Nicht ein Einziger von ihnen würde es seiner hochwohlgeborenen Gattin erlauben, dieses Risiko selbst einzugehen. »Kein Ehemann wird zulassen, dass Sie einen Fuß nach St. Giles setzen.« Ein Ehemann, der ihren Körper besitzen und ihren Geist ersticken und …

Diana klappte den Block zu und begann ihre Materialien einzusammeln. »Kein Grund, sich deswegen den Kopf zu zerbrechen. Ich habe nicht die Absicht, jemals zu heiraten«, erklärte sie halblaut.

Niall ging in die Hocke und half ihr, um möglichst bald wegzukommen. »Hier.« Er stand auf und zog sie hoch. Die Skizzenblöcke und ihre Stifte an sich gedrückt, wartete Diana, während er die Decke aufhob. Niall faltete sie rasch zusammen und klemmte sie sich unter den Arm, dann machten sie sich eilig auf den Weg zur Kutsche.

Da erst drangen ihre Worte zu ihm durch.

Er blieb jäh stehen, versank mit dem Absatz in einer matschigen Stelle.

In dem Moment öffnete der Himmel seine Schleusen, und ein wahrer Wolkenbruch ging nieder, der in seiner Heftigkeit zu den Gefühlen passte, die in seiner Brust tobten. Wasser lief ihm in Strömen übers Gesicht, blendete ihn, und er blinzelte mehrmals. Er ließ die Decke fallen, ging zu ihr und schloss eine Hand um ihren zierlichen Unterarm.

Sie keuchte laut auf. Die Blöcke landeten zwischen ihnen auf dem Boden. »N-Niall.« Das Zittern in ihrer Stimme verriet ihre Angst.

Gut. Das Dummchen sollte ihn besser fürchten. Er verstärkte seinen Griff um ihren Arm. »Was zur Hölle haben Sie da gesagt?«, rief er in den Wind.

Die nassen Locken klebten ihr im Gesicht, betonten die üppigen Lippen, die wie für die Sünde geschaffen waren und sich nun dunkelrot von ihren blassen Wangen abhoben. Erdbeeren. Sie erinnerten ihn an Erdbeeren und das erste Mal, als er diese Köstlichkeit probiert hatte.

Schau nicht auf ihren verdammten Mund. Und er sollte auch besser nicht daran denken, wie dringend er diese Lippen kosten wollte, um herauszufinden, ob sie so süß wie Beeren schmeckten.

Nur … Diana redete, gestattete ihm nicht, den Blick abzuwenden. »Welcher Teil?«

Ihre Verwirrung erstickte seine Leidenschaft. »Das mit der Heirat«, antwortete er knapp.

»Äh …«

Die Wut legte sich wie ein Vorhang über seine Augen, blendete ihn vorübergehend. *Das war alles, was sie dazu zu sagen hat?*

Mit überraschender Kraft nutzte Diana seine Ablenkung zu ihrem Vorteil und entwand ihm ihren Arm. Schnell sammelte sie ihre durchweichten Blöcke auf. »Vielleicht sollten wir diese Diskussion im Schutz der Kutsche fortsetzen.« Mit der Herablassung einer Königin, auch im strömenden Regen, stand sie stolz da.

Tropfen trafen auf seine Wangen, schienen seine Haut zu verbrennen. Er achtete nicht weiter auf das Unbehagen und schaute ihr hinterher, während sie sich von ihm entfernte.

Jetzt wollte sie aus dem verdammten Regen heraus? Jetzt, wo es ihr in den Kram passte?

Sie begann zu rennen. Wer hätte gedacht, dass eine Dame, behindert durch ihre Röcke, so schnell laufen könnte wie ein geschickter Londoner Taschendieb?

Er hatte die vergangene Woche bloß überstanden, indem er sich immer wieder versichert hatte, dass sein Job hier vorübergehend war. Seine Freiheit hing unauflöslich mit der Verheiratung dieser jungen Dame zusammen. Sobald sie unter der Haube war, würde ein anderer Mann die Verantwortung für sie übernehmen. Und Niall stünde es frei, in sein Heim und die Spielhölle zurückzukehren. Nur um jetzt herauszufinden, dass sie gar nicht die Absicht hegte, jemals zu heiraten, was bedeutete, dass er hier festhing – es sei denn, seine Brüder lenkten ein und stimmten für seine Rückkehr. Mit langen Schritten überholte er sie, verstellte ihr den Weg.

Sie schrie auf, presste ihre Zeichenblöcke an ihr durchweichtes Kleid. »Sie haben mich erschreckt …«

»Warum sagen Sie, Sie hätten nicht die Absicht, jemals zu heiraten?« Er befragte sie mit dem gleichen Zorn, mit dem er sich Falschspieler und andere Verräter im Club vorknöpfte. Nur … Sein Blick senkte sich. Der Stoff ihres Umhangs klebte an ihr, zeichnete ihre herrlich gerundete Figur nach, betonte ihre Weiblichkeit. Er schloss kurz die Augen. So lange schon hatte er keine Frau mehr gehabt. Eine andere Erklärung gab es nicht für die Lust, die sie in ihm weckte. Angewidert von sich selbst schüttelte er den Kopf. »Ich habe Ihnen eine Frage gestellt«, erinnerte er sie.

Man musste es der Dame lassen, dieses Mal wich sie nicht aus. Sie stand einfach vor ihm, wie eine Regengöttin, völlig unbeeindruckt von dem Unwetter, das um sie tobte. »Weil ich nicht will«, verkündete sie mit der gleichen nüchternen Sachlichkeit, mit der sie sich nach seiner Vorliebe beim Tee erkundigt hatte. Und damit ging sie um ihn herum und marschierte in Richtung Kutsche davon.

Er atmete tief durch. Wenn sie glaubte, diese vier schlichten Worte würden die Sache entscheiden, dann war sie nicht ganz richtig im Kopf. »Diana Verney, ich bin noch lange nicht fertig mit Ihnen.«

* * *

Diana seufzte, dankbar für den heftigen Wind, der diesen Laut übertönte. Niall hielt sie bereits für schwach und hirnlos. In diesen wenig schmeichelhaften Annahmen wollte sie ihn nicht auch noch bestärken.

Wieder fasste er sie am Arm.

Natürlich würde er die Angelegenheit nicht auf sich beruhen lassen. Es war ihr einfach so herausgerutscht, etwas, das sie eigentlich für sich hatte behalten wollen. Doch dann war sie mit der Wahrheit herausgeplatzt – ausgerechnet diesem Mann gegenüber.

Wut brannte in seinen saphirblauen Augen. Sie zupfte an den tropfnassen Bändern ihres hoffnungslos ruinierten Hutes. Eine Ader pochte an seiner Schläfe. Er war fuchsteufelswild, aber was ging ihn eigentlich ihr Familienstand an? »Sie benehmen sich ja, als wären Sie ein enttäuschter Papa.«

Das war genau die falsche Erwiderung. »Ist das hier ein Spiel für Sie?«

Diana verzog das Gesicht, als er seinen Griff verstärkte, und die Angst, die sie in der Gasse in St. Giles verspürt hatte, kehrte zurück. Denn sie wurde daran erinnert, dass dieser Mann, der sie so rücksichtslos behandelte, nicht wie die zuvorkommenden Gentlemen der guten Gesellschaft war, die es niemals wagen würden, Hand an eine Dame zu legen. Es sei denn, sie wünschten besagte Dame zu heiraten oder sich im Morgengrauen irgendwo zum Duell einzufinden. »Lassen Sie mich los«, verlangte sie, gestattete sich nicht, der Angst nachzugeben.

Überraschenderweise tat er es.

»Und?«

Himmel, er war wirklich gnadenlos. Und weil Diana wusste, er würde sie hier festhalten, bis sie entweder an der Kälte oder dem Regen einging oder ihm antwortete, erklärte sie: »Ich habe nicht die Absicht, zu heiraten.«

Er betrachtete sie weiter, allerdings mischte sich in seinen Zorn Unverständnis. »Alle Damen wollen heiraten.«

»Die meisten vermutlich schon.« Vor allem die naiven und hoffnungsvollen. »Manche auch nicht.« Die praktisch veranlagten, die sich darüber im Klaren waren, wie gefährlich es sein konnte, das eigene Leben und die Zukunft einem Mann anzuvertrauen.

»Und Sie fallen in die Kategorie von ›manche‹.«

Endlich hatte er es begriffen. Sie würde ihm allerdings nicht den schmerzlichen Grund erläutern, der sie zu dieser Entscheidung geführt hatte. Oder die Furcht vor dem, was ihr am Ende bevorstehen mochte. Das waren Dinge, die sie niemandem verraten würde. »Genau.«

Plötzlich ließ er sie los, begann lästerlich und ausdauernd zu fluchen, während er erregt auf und ab lief. Trotz des eisigen Regens, der ihren Umhang durchweichte, wurden Dianas Wangen warm bei den Wörtern, die ihm über die Lippen kamen. Wörter, die kein Mann, keine Frau und kein Kind je hören sollte. »Bedeutet es Ihnen wirklich so viel, ob ich heirate oder nicht?«, wunderte sie sich laut. Ihr eigener Vater machte sich nicht viele Gedanken darüber, seit er herausgefunden hatte, welche Verbrechen seine Ehefrau gegen seine geliebte, inzwischen verstorbene Mätresse begangen hatte.

Niall blieb abrupt stehen. Er nahm seinen nassen Hut ab und schlug ihn wütend gegen sein Bein. »Wissen Sie, warum Ryker mich hergeschickt hat?«

Sie sprachen gleichzeitig.

»Um mich zu beschützen.«

»Um Sie zu beschützen.«

Niall setzte sich den Hut wieder auf seine völlig durchweichten schwarzen Locken. Wasser lief ihm über die rauen Wangen. Es lag ihr schon auf der Zungenspitze, ihn darauf hinzuweisen, dass er ohne die ruinierte Kopfbedeckung besser dran wäre, aber dann fiel ihr Blick wieder auf die vortretende Ader an seiner Schläfe, und sie besann sich eines Besseren.

»Das war eine verdammte rhetorische Frage.«

Diana klopfte mit dem Fuß auf den Boden, musste jedoch feststellen, dass die matschige Erde unter ihren Sohlen verhinderte, dass man ihre Erbitterung hören konnte. Zur Hölle mit ihm und seinen verflixten rhetorischen Fragen. »Stellen Sie keine Frage, wenn Sie keine Antwort erwarten.«

»Ich bin hier, genötigt, meinen Club zu verlassen, um Sie vor einem eingebildeten Feind zu beschutzen.«

Diana hörte auf, mit dem Fuß auf den Boden zu klopfen. Eine Schockwelle durchlief sie. Es sollte sie nicht überraschen, wenn man bedachte, wie gering ihre eigenen Eltern ihre Intelligenz eingeschätzt hatten, dass dieser Mann ebenfalls daran zweifelte. »Warum sollten Sie auch dem Wort einer Frau vertrauen?« Das auszusprechen hinterließ einen bitteren Geschmack in ihrem Mund.

Er schüttelte den Kopf, sodass sie weitere Wassertropfen im Gesicht trafen. »Das ist es nicht. Ich kenne jede Menge Frauen und vertraue ihrem Urteil.«

Diese Bemerkung ließ sie vorübergehend erstarren. In einer Welt, wo kein einziger Mann ihrer Bekanntschaft oder Verwandtschaft der Einschätzung einer Frau Beachtung schenkte, behauptete dieser Mann, genau das zu tun. Er … Er …

Dann drang zu ihrem langsam arbeitenden Verstand durch, was es bedeutete, was er da gesagt hatte. Sie schlug sich eine ihrer eiskalten Hände vor den Mund. »Sie glauben mir nicht«, flüsterte sie. Sie wusste nicht, warum es überhaupt wichtig war, dass er, wie er behauptete, jede Menge Frauen kannte – Frauen, deren Urteil er vertraute –, aber das war es. Zur Hölle mit ihm.

Niall fasste sie am Handgelenk, hielt sie auf, diesmal mit einer Sanftheit, von der sie nie gedacht hätte, dass ein Mann von seiner Größe und Körperkraft dazu imstande wäre. Doch dann sprach er und zerstörte die Illusion. »Es ist völlig gleichgültig, ob ich Ihnen glaube oder nicht.« Er ließ sie los und gab einen unwilligen Laut von sich, ein Knurren, das besser zu einem wütenden Tier als zu einem Mann gepasst hätte. »Es zählt nur das, was Ihr Bruder glaubt. Und solange Sie unverheiratet sind, hänge ich«, er machte eine Handbewegung zwischen ihnen beiden, »hier fest.«

Sie wich zurück und schloss ihre Finger zu einer Faust, damit sie der Versuchung widerstand, ihm eine Ohrfeige zu geben. Oder in Tränen auszubrechen. Was sie wirklich gern getan hätte. Auch wenn es daran lag, dass sie völlig durchweicht war und sich elend fühlte. Es war närrisch, Schmerz über die im Ärger gesprochenen Worte zu empfinden, aber sie kränkten sie tief. Denn letzten Endes war das alles, was sie war – für die Gesellschaft, für ihren Vater, ihren Bruder, für Niall: eine Bürde und Belastung, die sie nicht brauchten. Diana hob ihr bebendes

Kinn. »Meinetwegen können Sie zur Hölle fahren.« Mit dieser bemerkenswert kühnen Äußerung marschierte sie davon.

Ein Blitz zuckte und erhellte den dunklen Himmel mit einem unheimlichen Blauton. »Ich bin noch nicht mit Ihnen fertig, Prinzessin«, rief er ihr hinterher.

Prinzessin. Sie biss die Zähne zusammen. »Aber ich bin mit Ihnen fertig, Sir.« Sie ließ ihn stehen, beschleunigte ihre Schritte.

»Ich hab Ihnen schon gesagt, ich bin kein verdammter Gentleman …«

Sie wirbelte so abrupt herum, dass Niall beinahe mit ihr zusammengeprallt wäre. Mit Mühe kam er gerade rechtzeitig zum Stehen.

»Und ich bin keine verdammte Prinzessin.« Ihr Herz raste. Sie hatte gar nicht gehört oder gespürt, dass er so dicht hinter ihr war. Der Stoff seines tropfnassen mitternachtsschwarzen Rockes schmiegte sich an seine breite Brust und die muskelbepackten Arme. Und sie verwünschte sich dafür, dass sie auf diese raue, starke Männlichkeit reagierte. Der Regen durchweichte sie weiter und lief ihr übers Gesicht, sodass sie nur verschwommen sehen konnte. »Ich heiße Diana«, schrie sie in den Sturm, »und ich habe nicht die Absicht, jemals zu heiraten. Und außerdem schulde ich Ihnen weder Antworten noch Erklärungen. Darüber hinaus …«

Niall legte ihr eine Hand in den Nacken und senkte seinen Mund hart auf ihren.

Wie erstarrt klammerte sich Diana an ihre Skizzenblöcke, während Niall sie leidenschaftlich küsste. Sie küsste, als wollte er sie verschlingen. Mit einem Stöhnen ließ sie die Blöcke und ihre restlichen Zeichensachen los, sodass sie zu Boden fielen. Als sie ein junges Mädchen gewesen war, hatten sich nicht einmal die Dorfjungen getraut, der Tochter des Herzogs einen Kuss zu stehlen. Als junge Frau war sie in London eingetroffen und hatte sich nach Leidenschaft und der Umarmung eines Mannes gesehnt. Nichts in all der Zeit, in der sie gewartet und sich gewundert oder geträumt hatte, hätte sie auf das hier vorbereiten können. Sein schneller Atem strich über ihre Lippen, im Takt mit dem heftigen Heben und Senken seines Brustkorbs.

Sie schob ihm die Finger in die langen, feuchten Locken, überließ sich seiner leidenschaftlichen Inbesitznahme.

Mit einem Stöhnen teilte Niall ihre Lippen und forderte sie für sich. Eine Flut aus Empfindungen brannte sich durch sie angesichts des Drucks der seidenweichen Haut auf ihrem Mund. Versuchsweise berührte sie mit der Zungenspitze seine. Ein tiefes Stöhnen entrang sich seiner Brust, und er umfasste ihre Pobacken, zog sie enger an sich.

Durch den feuchten Stoff ihrer Röcke rieb sich sein harter Schaft nachdrücklich an ihrem Bauch. Sie sollte Scham empfinden. Schließlich stand sie mitten im Hyde Park in einem entfesselten Gewitter und küsste einen Mann, den sie – bis auf ein kurzes Intermezzo im vergangenen Jahr – eigentlich erst eine Woche kannte. In diesem Moment interessierte sie nichts anderes als diese brennende Hitze, die sich zwischen ihren Beinen sammelte. Und dieses Verlangen, ihm näher zu kommen …

Ein Donnerschlag rollte über den Himmel, und Niall löste sich so abrupt von ihr, dass Diana stolperte.

»Das war ein Fehler.«

Bei seinen Worten wich aller Atem aus Dianas Lungen. Wieder durchlief sie ein eisiger Schauer, der jedoch nichts mit dem Regen zu tun hatte, sondern allein von der Gleichgültigkeit in seinem Blick herrührte. Er hatte ihr ihren ersten Kuss gegeben, bis sie nur noch aus Empfindungen und Sehnsucht zu bestehen schien, und jetzt bezeichnete er es so? Als Fehler? *Was erwartest du von einem Mann, der so wütend darüber ist, dass er mit dir geschlagen ist?*, flüsterte eine spöttische Stimme in ihr.

Er sammelte ihre Blöcke auf und reichte sie ihr.

Mit bebenden Fingern griff sie danach.

»Es wird nicht wieder geschehen«, erklärte er, woraufhin sie mitten in der Bewegung erstarrte.

Es wird nicht wieder geschehen. Mit dieser Äußerung verwandelte er einen wunderschönen leidenschaftlichen Moment in einen Fehler. Mit klappernden Zähnen schwieg Diana eisern.

Gleichgültig, wie schlecht die Meinung der Welt über sie war, Diana besaß zu viel Stolz, um einen Mann, der nichts mit ihr zu tun haben wollte, in die Rolle eines Beschützers zu zwingen. Sie hob das Kinn. Ein Mann, der nicht einmal daran glaubte, dass jemand ihr etwas antun wollte.

Niall Marksman wollte nicht ihr Leibwächter sein. Überhaupt nicht. Das war in Ordnung. Er konnte gerne gehen, und Diana würde einfach so weitermachen, wie sie es das vergangene Jahr über getan hatte – allein, und mit sich selbst als dem einzigen Menschen, auf den sie sich verlassen konnte.

Sie war ohne ihn besser dran.

Warum also hatte sie, als sie völlig durchnässt von dem stetigen Regen an der Kutsche ankamen, das Gefühl, als würde sie sich selbst belügen? *Weil er mich geküsst hat. Weil er der erste Mann ist, der sich nie ein Jota für meinen Rang als Tochter eines Herzogs interessiert hat und mich stattdessen als eine Frau behandelt hat, die begehrenswert ist.* Das war eine zu Kopfe steigende Erfahrung.

Oder war es gewesen.

Der Kutscher sprang von seinem Bock und beeilte sich, die Tür zu öffnen. Er hielt ihr eine Hand hin, um ihr behilflich zu sein, aber Niall griff an ihm vorbei, packte Diana um die Taille und hob sie hinein, fast als wäre sie ein Sack Kartoffeln vom Markt. Mit einem erstickten Laut rieb sich Diana das Kreuz, bedachte Niall mit einem finsteren Blick.

Meredith schrie auf. »Mylady, Sie holen sich noch den Tod.« Die Zofe rutschte hastig zur Seite, machte Diana Platz.

Ohne einen Blick zurück schlug Niall die Tür zu.

Einen Moment später neigte sich die geschlossene Kutsche leicht zur Seite, als er neben den Fahrer kletterte.

Er setzt sich lieber dem Gewitter aus, als mit mir hier drinnen zu sein. Sie riss sich den tropfnassen Hut vom Kopf und schleuderte ihn zu Boden. Dann sollte er doch leiden. Sobald ihr der wenig freundliche Gedanke kam, biss sie sich auf die Unterlippe und verfluchte den Teil ihrer Seele, der ihm Unbehagen wünschte. *Genau wie meine verflixte Mutter.*

Ihre Zähne klapperten. Mit tauben Fingern kämpfte sie mit den Häkchen an ihrem Hals.

»O Mylady«, entfuhr es Meredith, und sie beeilte sich, Diana beim Ablegen des nassen Umhangs zu helfen. Endlich hatten sie Dianas inzwischen zitternden Körper daraus befreit, und das Kleidungsstück landete auf dem blumenbesetzten Hut. »Ich weiß, ich hätte Sie nicht allein lassen sollen.« Tränen traten dem Mädchen in die Augen, und trotz Nialls schlechter Behandlung wärmte es Diana das Herz, wie fürsorglich die Zofe sich um sie kümmerte.

Sie beeilte sich, sie zu beruhigen. »Ich bin …«

»Ihr Vater wird mich vor die Tür setzen, Mylady«, heulte Meredith und brach prompt in Tränen aus.

Zitternd hüllte sich Diana fester in ihre nassen Kleider. So verhielt es sich in Wahrheit mit ihr. Sie lebte in einer Welt, in der niemand sie wirklich sah. Sie war eine Verpflichtung. Eine lästige Aufgabe. Und ansonsten allen herzlich egal. Niall eingeschlossen. Vor allem Niall, dem Leibwächter, der es gar nicht erwarten konnte, wieder in seinen Club zurückzukehren, der überhaupt bloß für sie da war, weil Ryker es ihm aufgetragen hatte.

Feuchtigkeit sammelte sich unter ihren Augenlidern, und eine einzelne Träne lief ihr über die Wange. Diana wischte sie wütend weg. *Ich bin nur so unglücklich, weil ich in einen Wolkenbruch geraten und nass geworden bin.*

»O Mylady«, wiederholte Meredith zwischen zwei Schluckaufs. »Weinen Sie etwa?« Damit brach sie selbst in eine weitere Runde Tränen aus. Und so verlief der Rest der langen Fahrt durch London: Diana versuchte, ihre völlig aufgelöste Zofe zu beruhigen, während Meredith sie immer wieder um Verzeihung bat.

Schließlich kamen sie doch vor dem pastellfarbenen Stadthaus mit der stuckverzierten Fassade an. Sobald die Kutsche stehen blieb, stieß Diana die Tür auf und sprang hinab.

Sie keuchte auf, als sie mit den Füßen auf dem Gehweg landete, und Schmerz schoss von ihren Fersen ihre Beine empor.

Niall schwang sich vom Kutschbock. Mit wild klopfendem Herzen eilte Diana voraus.

Der Butler, dem Himmel sei Dank für ihn, stand wartend da und öffnete die Tür.

Sie rauschte ins Innere des Hauses und tropfte dabei den Boden voll. Hastig lief sie die Treppe hinauf, immer zwei Stufen auf einmal. Entschlossenheit beschleunigte ihre Schritte. Sobald sie ihr Zimmer erreicht hatte, schloss Diana die Tür hinter sich. Sie achtete nicht weiter auf die Gänsehaut auf ihrem Körper, begab sich schnurstracks zu dem kleinen Sekretär vor dem Fenster.

Dort zog sie ihren Stuhl hervor, ließ sich darauf nieder, nahm Stift und Papier und begann zu schreiben.

Kapitel 10

Am nächsten Morgen stand Niall seit mittlerweile fast einer Stunde vor Dianas Zimmer und sah auf die Uhr. Zum wiederholten Mal.

Diana war zu spät.

Eine Stunde und fünfzehn Minuten. Er klappte die Uhr zu und steckte sie zurück in seine Westentasche.

Was ihn nicht überraschen sollte. Seit sie gestern von dem Ausflug zurückgekehrt war, bis auf die Knochen durchnässt und viel zu still, war kein weiteres Wort zwischen ihnen gefallen. Sie war auf ihr Zimmer gegangen, und er hatte sich umgezogen, dankbar für die räumliche Distanz zwischen ihnen.

Als er später bei ihr vorgesprochen hatte, hatte ihre Zofe ihn informiert, dass Diana für den Rest des Tages ruhen wolle.

Außer bei seiner allabendlichen Überprüfung ihrer Fenster und Türen hatte er keinen weiteren Blick auf sie erhascht.

Zum zehnten Mal zog Niall seine Taschenuhr heraus und sah aufs Ziffernblatt. Eine Stunde und achtzehn Minuten. Er steckte sie wieder weg, verschränkte die Arme und lehnte sich an die Wand mit der blauen Seidentapete.

Er sollte dankbar sein, dass sie ihn nicht weiter mit Gesprächen über Tee und Kuchen oder die Straßen von St. Giles belästigte. Er war nicht hergekommen, um sich mit ihr anzufreunden, sondern um einen Job zu erledigen. Ein Auftrag, bei dem nach ihren Enthüllungen gestern kein Ende in Sicht war. Also warum war er dann heute Morgen voller Ungeduld aufgewacht, sich wieder mit dem Hitzkopf anzulegen?

War es, weil ihn sonst niemand auf diese Weise herausforderte und es etwas Belebendes hatte, mit der jungen Dame zusammen zu sein, die so kühn war und überhaupt keine Angst vor ihm zu haben schien?

Aber stimmte das wirklich?

Er warf einen weiteren Blick zur Tür. Zwei milde lächelnde Putten, die in die Türfüllung geschnitzt waren, erwiderten seinen Blick spöttisch. Niall funkelte die frechen Engelchen grimmig an.

Zum ersten Mal, seit Diana sich zurückgezogen hatte, zwang er sich, über ihren Kuss nachzudenken. Er hatte ihren Mund mit einer Leidenschaft erobert, die besser für die Huren geeignet war, bei denen er sonst Erleichterung fand. Und angesichts von Dianas anfänglichem Zögern und ihrer Erwiderung am Ende war er sich sicher, dass sie zuvor noch nie in den Armen eines Mannes gelegen hatte.

Das sollte ihm Angst machen. Er, Niall Marksman, ein Mann mit einem erfundenen Nachnamen, der nicht einmal sein Geburtsdatum kannte, hatte eine unschuldige Herzogstochter geküsst. Er hatte einen urtümlichen, ganz männlichen Stolz empfunden, weil er der Erste gewesen war, der ihren üppigen Mund unter seinem gespürt und ihr einen Vorgeschmack auf das gezeigt hatte, was man in der körperlichen Liebe finden konnte.

Die Dame hingegen war jetzt eingeschnappt.

Er schnaubte abfällig und stellte sich anders hin. *Was hast du erwartet? Dass sie sich freut und Vergnügen daran findet, von jemandem aus der Gosse geküsst zu werden?*

Es war eine Umarmung gewesen, die nie hätte stattfinden sollen und, wie er geschworen hatte, auch nie wieder stattfinden würde. Sie war tabu für ihn, nicht nur weil sie eine Dame war, sondern weil sie unter seinem Schutz stand. Und weil sie Rykers Schwester war. Inmitten des Gewitters hatte er seine Schutzschilde fallen lassen und dem Drängen seines Körpers nachgegeben, dem Verlangen, das er für sie empfand, seit er vor über einer Woche die Rundung ihrer Hüften unter den Jungenkleidern bemerkt hatte. Unruhig zog er sein Messer hervor, suchte Trost im Gewicht der schweren Klinge. Das war es, warum Ryker ihn hergeschickt hatte. Warum er hier war.

Er nahm die Waffe von der einen in die andere Hand. Seit Diggorys Männer den Club infiltriert und die Kunden gegen sie aufgehetzt hatten, war Nialls Welt aus dem Gleichgewicht. Doch eher würde er sich selbst die Klinge an die Kehle setzen, als zuzugeben, dass Ryker in dieser Hinsicht recht gehabt hatte. Mit jedem schlechten Wort, das gegen die Angestellten des »Hell & Sin« gesprochen worden war – und jetzt noch dem Eindringen dieser Übeltäter, die Diggory rächen wollten –, hatte Niall sich als ineffektiv erwiesen. Und in einer Welt, in der man seine Aufgaben nicht effektiv erfüllte, war man dem Untergang geweiht. Genau wie die Menschen, für die man verantwortlich war.

Niall streckte die Hand mit dem Messer aus, richtete die Klinge auf Dianas Tür. Er schloss ein Auge und sah über die Waffe hinweg zu dem schweren Eichenholz, das sie trennte. Ob sie es sich nun wünschten oder nicht, Diana war jetzt die Person, für deren Schutz er verantwortlich war. Sie mochte ihn vielleicht für seinen kurzfristigen Kontrollverlust verachten, der dafür gesorgt hatte, dass er sie so gründlich geküsst hatte. Sie mochte ihn hassen, weil er infrage gestellt hatte, dass die Bedrohung gegen sie echt war, aber er hatte eine Aufgabe. Und diese Aufgabe war sie.

Niall ließ seinen Arm sinken.

Obwohl sie so viel Stärke und Mut gezeigt hatte, verriet die Tatsache, dass sie sich vor ihm versteckte, dass sie ihn fürchtete. Er erinnerte sich an ihre wütend funkelnden Augen, als er ihre Sorge um ihre Sicherheit belächelt hatte. Ja, es gab keinen Zweifel, dass die Lady auch deswegen verärgert war.

Er warf einen weiteren ungeduldigen Blick zur Tür. Er hatte keine Ahnung, wie man mit einer aufgebrachten Dame umgehen musste. Die Frauen, mit denen er bisher zu tun gehabt hatte, waren gröber gestrickt, schlugen eher zu, als sich schmollend hinter eine Tür zurückzuziehen. Seine Schwester Helena. Die früheren Prostituierten, die jetzt als Hauspersonal und Croupiers im Club tätig waren. Keine einzige Frau im »Hell & Sin« würde sich derart verhalten.

Er runzelte die Stirn. Nur … wer hätte gedacht, dass Diana Verney zu so einer langen Stille fähig wäre? Es passte nicht zu der summenden, singenden und stets lächelnden Lady, die er in der letzten Woche bewacht hatte.

Er erstarrte.

Es passte *überhaupt* nicht zu ihr.

Warnglocken begannen in den hinteren Regionen seines Gehirns zu schrillen.

Sei nicht albern. Du hast die Fenster und Türen überprüft, bevor du dich schlafen gelegt hast, und warst wie immer ab sechs Uhr morgens vor ihrem Zimmer auf dem Posten.

Dennoch trat Niall näher zur Tür. Er presste sein Ohr gegen das Holz und versuchte, irgendein Geräusch wahrzunehmen. »Diana?« Er ließ das Messer zurück in die Scheide in seinem Stiefel gleiten und klopfte an.

Stille.

Ein irrationales, unbekanntes Gefühl presste ihm die Brust zusammen – Angst. Er schmeckte sie sauer auf seiner Zunge, und sie strömte heiß durch seine Adern. Er konnte sich nicht mehr bewegen.

Das entfernte Knarren von Holzdielen riss ihn aus seiner Erstarrung. Er schüttelte den Kopf. *Sei kein verdammter Narr.* Die Dame hatte ihr Missfallen deutlich kundgetan. Dass sie jetzt nicht reagierte, war nur ein weiterer Beweis dafür. Kindische Spielereien. »Prinzessin?«, fragte er herausfordernd, um sie aus ihrem starrköpfigen Schweigen herauszuholen.

Stille blieb seine einzige Antwort.

Das Blut schoss ihm schneller durch die Adern, wie es das während eines Kampfes auf der Straße tat. Mit langsamen, vorsichtigen Bewegungen zog er seine Pistole. Er runzelte die Stirn und presste die Klinke herunter. Rasch durchsuchte Niall das Zimmer, ging an dem ordentlich gemachten Bett mit Blumenüberwurf und der Frisierkommode mit dem goldgerahmten Spiegel vorbei.

Er hielt die Schusswaffe dicht am Körper und drang weiter in den eleganten, damenhaften Raum vor. Mit den Augen suchte er jede leere Ecke und Nische ab, während er seine wirbelnden Gedanken zu beruhigen versuchte. Sie konnte nicht einfach verschwunden sein. Er blieb an den bodentiefen Fenstern stehen und überprüfte jedes Schloss. In ihm flossen Erleichterung, Wut und Frustration zu einer explosiven Mischung zusammen.

Zur Hölle.

Leise Schritte vom Flur ließen ihn herumwirbeln. Er hob die Pistole und zielte zur Tür, zog den Hahn zurück.

Dianas Zofe blieb abrupt stehen, ihre weit aufgerissenen Augen auf den Lauf der Waffe gerichtet, der auf ihre Brust zeigte. Alle Farbe wich aus ihren Wangen, und sie schluckte trocken.

»Wo ist deine Herrin?«, fuhr Niall sie an, und das Mädchen schrie erschreckt auf.

»Sie malt, Mr Marksman.«

Er sah, dass ihr Tränen in die Augen traten, musterte sie aber ungerührt weiter, versuchte zu erkennen, ob sie log. »Seit wann?«, stieß er hervor und machte einen Schritt auf sie zu.

Die Dienerin stolperte, verhedderte sich in ihrer Eile, von hier wegzukommen, in ihren Röcken. »Seit heute Morgen«, rief sie. »Ich glaube, gegen fünf. Es war früh. Noch dunkel«, presste sie hervor. Sie sprach so schnell, dass er sie kaum verstehen konnte.

Niall musterte sie genau und senkte dann die Pistole. »Warum habe ich sie nicht gesehen?«

Das Mädchen sank gegen den Türrahmen, stützte sich am Holz ab. »Es war, bevor Sie aufgewacht sind, M-Mr Marksman.«

»Unmöglich.« Der schockierte Widerspruch kam ihm fast automatisch über die Lippen. Er hatte sich angewöhnt, mit nicht mehr als drei Stunden Nachtruhe auszukommen, und dann schlief er so leicht, dass ihn selbst das leiseste Knacken einer Diele aufwecken konnte. Er betrachtete die Frau mit erneutem Misstrauen und trat auf sie zu. »Was tust du hier?«

Dianas Zofe senkte den Blick. »S-Seine Gnaden wünscht Ihre A-Anwesenheit in seinem Studierzimmer.« Der Satz endete in einem atemlosen Quieken.

Der Herzog. Dianas Vater. Hitze kroch Niall den Hals hoch. Hatte sie dem dümmlichen Edelmann erzählt, dass Niall sie angefasst hatte? Es war die Art von Übergriff, die die Wut und die Rachegeluste jedes Aristokraten erregen würde. War der »Hell & Sin«-Club nicht beinahe bankrottgegangen, nachdem Ryker in einer kompromittierenden Situation mit seiner jetzigen Ehefrau überrascht worden war? Und Ryker war der Sohn eines Herzogs und trug unterdessen zudem selbst einen Titel.

Es war nicht wichtig, dass Ryker, Niall und Helena einen Bund geformt hatten, der tiefer ging als Verwandtschaft. So eine Verbindung würde einem arroganten Aristokraten nichts bedeuten. Er würde Niall ohnehin niemals als irgendetwas anderes betrachten denn als Abschaum aus der Gosse. Mit einem Fluch, der das Mädchen mehrere Schritte rückwärtstaumeln ließ, steckte Niall die Waffe wieder weg.

Er marschierte aus dem Zimmer. Vielleicht hatte sie dem Herzog gar nichts erzählt. Vielleicht wollte der Mann nur Nialls Beobachtungen aus der Woche, die er hier gewesen war, besprechen. Er schnaubte, während er durch die Korridore lief. Und vielleicht war er, Niall, auch zum neuen Regenten erklärt und auf den Thron gesetzt worden.

Er eilte die Treppe hinunter und machte sich auf den Weg zu Wilkinsons Studierzimmer. Mit jedem Schritt kam er an Porträts von Dianas hochwohlgeborenen Vorfahren vorbei. Selbst für die Ewigkeit auf die Leinwand gebannt blickten sie hochmütig auf ihn herab. Die einflussreichen Verwandten der Dame, ob nun tot oder lebendig, waren es jedoch nicht, deretwegen Niall sich sorgte. Das war nur ein Verwandter: Ryker Black. Der ihn damit betraut hatte, auf Diana aufzupassen, nicht damit, sie zu begehren und über sie herzufallen, wie er es bei einer Dirne von der Straße tun würde.

Er erreichte das Studierzimmer des Herzogs, ballte die Hände und klopfte an. Das laute Geräusch hallte durch die ansonsten stillen Räume. Aber Niall war noch nie einer dieser unterwürfigen Bastarde gewesen, die wie ein verzweifeltes Tier an der Tür kratzen würden.

»Herein.«

Die freundliche Begrüßung klang nicht nach einem Mann, den es nach Nialls Blut dürstete. Niall drückte die Klinke herunter, trat ein und schloss die Tür hinter sich wieder.

Ein erfreutes Lächeln breitete sich über die fülligen Wangen des Herzogs, während er sich mühsam auf die Füße stemmte. »Herein. Immer herein, Mr Marksman«, rief er fröhlich und breitete die Arme aus, lenkte Nialls Aufmerksamkeit damit unbeabsichtigt in eine Ecke des Raums.

Er erstarrte.

Dort standen Seite an Seite Ryker und Calum.

Und Niall, der nie unruhig wurde, wich unwillkürlich zurück. Sie wären nicht hier, wenn nicht einem von ihnen etwas zugestoßen wäre oder etwas im Club nicht stimmte. »Was tut ihr hier?«, brachte er heraus und ging zu ihnen.

»Mr Marksman, bitte. Setzen Sie sich doch zu uns«, forderte ihn der Herzog auf, genau wie es die feinen Herren an den Spieltischen mit ihren Bekannten taten.

Niall öffnete den Mund, um ihm zu sagen, er solle den Mund halten, aber ein harter Blick von Ryker genügte, und die Worte erstarben ihm auf den Lippen.

»Setz dich«, forderte ihn Ryker auf.

Niall ließ sich auf der Kante eines großen Lederohrensessels nieder.

Der Herzog entschied sich für den Stuhl neben ihm. Er faltete die Hände und schaute Niall an. »Ich weiß es zu schätzen, was Sie in dieser letzten Woche getan haben. Wie Sie auf Diana aufgepasst haben.«

Niall verspannte sich und suchte die Gesichter des alten Mannes und der anderen beiden nach irgendeinem Hinweis ab. Nach irgendeinem Hinweis, der verriet, sie alle wussten, dass Niall Diana tatsächlich in der Öffentlichkeit auf die Lippen geküsst hatte, wo jeder Passant es hätte beobachten können. Sie wäre ruiniert gewesen.

»Ich will keine Dankbarkeit«, erwiderte er barsch. »Ich mache nur meine Arbeit.« Das war es allerdings nicht allein. Dianas Plaudern und Singen und Malen hatten ihm gefallen. Doch das war ein Geheimnis, das er mit ins Grab nehmen würde.

Ryker legte eine Hand auf die hohe Lehne von Nialls Sessel und warf seinem Bruder einen kurzen Blick zu.

Der Herzog rückte seinen Stuhl näher, sodass die Holzbeine laut übers Parkett scharrten. »Und Sie haben Ihre Aufgabe bewundernswert erfüllt.« Niall hätte schon taub sein müssen, um die Unaufrichtigkeit hinter diesen abgedroschenen Worten nicht wahrzunehmen. »Ich möchte jedoch nicht von Ihnen verlangen zu bleiben, falls es …«, der Herzog runzelte die Stirn und rieb sich mit der Hand nachdenklich das Kinn, »schwierig für Sie ist.«

Nichts, vom Diebstahl der Börse eines reichen Lords bis hin dazu, das Leben eines Mannes zu beenden, war bisher schwierig für Niall gewesen. »Schwierig für mich?«, wiederholte er wie ein Schauspieler auf der Bühne, der nicht wusste, was seine nächsten Zeilen waren.

Rykers Vater tätschelte Niall mit einer unbeholfenen Geste die Hand, was den bloß wütend machte. Menschen fassten ihn nicht an. Nicht, wenn sie nicht bereit waren, ihre Zähne zum Abendessen zu verspeisen.

Er wollte die weichen Finger gerade fortstoßen, als Rykers Vater weitersprach, so sanft, als versuchte er, ein ängstliches Kind zu beruhigen, und nicht, mit einem skrupellosen Killer zu reden. »Diana hat alles erklärt, Niall.«

Er ignorierte, dass dieser Mann seinen Vornamen benutzte, und konzentrierte sich ganz auf die Worte davor. »Oh?« Er dehnte diese eine Silbe zu dem eiskalten Tonfall, der ihm seinen gefährlichen Ruf eingebracht hatte. »Und was genau hat sie erklärt?«

In der folgenden Stille hielt ihm Ryker einen gefalteten Brief hin.

»Das kann uns allen passieren, Niall«, versicherte ihm der Herzog. »Als ich ein Junge war, war ich auch immer traurig, von Eton weg zu sein.«

Während ihr Vater weiter über merkwürdige Orte und darüber sprach, dass man geliebte Personen vermisste, entfaltete Niall das knisternde elfenbeinfarbene Papier und las.

Lieber Ryker,
bitte lass mich damit beginnen, Dir zu danken. Ich bin Dir unglaublich dankbar, dass Du Dich um meine Sicherheit kümmerst.

Um meine Sicherheit kümmerst. Es war Niall gewesen, der für ihre Sicherheit gesorgt hatte. Es war egal, dass er in dieses verdammte hochherrschaftliche Stadthaus in Mayfair und die Dienste der Dame genötigt worden war. Nicht dass er Dankbarkeit wollte, aber er wollte ebenfalls nicht, dass sie Ryker die ganze Ehre zusprach. Er verkniff sich ein Knurren und las weiter.

Ich weiß es auch zu schätzen, dass Du mir die Dienste von Mr Marksman zur Verfügung gestellt hast …

Er zerknüllte das Papier, während ihn eine Welle der Wut vorübergehend blind machte für die anmutigen Buchstaben von Dianas Handschrift. Nicht »Niall«, wie sie ihn einige Tage nach seiner Ankunft zu nennen begonnen hatte. Sondern »Mr Marksman«. Doch was hatte er nach dem Zwischenfall im Park erwartet?

»Ist was?«, wollte Calum wissen. Ein Anflug von Belustigung blitzte in seinen Augen auf.

Ja. Die Dame sprach von ihm wie von einem verdammten Packesel. »Nein«, murmelte er. Seine Wut wuchs, und er musste sich zwingen, weiterzulesen … und hielt dann inne.

Mr Marksman ist jedoch …

Niall las die Handvoll Sätze mehrere Male und blinzelte dann ungläubig. Ganz sicher hatte er sich das eingebildet. Er blinzelte erneut. Aber egal, wie häufig er es tat, die Worte auf dem Papier ergaben immer den gleichen Sinn. Seine Hand schloss sich reflexhaft fester um die Seite und zerdrückte sie. »Heimweh?«, stieß er heiser aus.

Hinter ihm ertönte Calums unterdrücktes Lachen. Niall drehte den Kopf und funkelte ihn erbost an. Der verräterische Bastard schaffte es, seine Erheiterung unter Kontrolle zu bekommen, doch das spöttische Grinsen auf seinen Lippen blieb.

»Das ist nichts, weswegen man sich schämen müsste, Niall«, tröstete der Herzog ihn und lenkte Nialls Aufmerksamkeit wieder auf sich.

Niall legte den Brief hastig auf den Rand von Wilkinsons Schreibtisch, als würde er ihn sonst verbrennen. »Ich habe kein Heimweh«, presste er heraus und kam schnell auf die Füße. Dann erst wurden ihm die Worte des Herzogs bewusst. »Und ich schäme mich nicht.« In ihm herrschte ein wahres Gefühlschaos: Wut, Ärger, Gewaltbereitschaft. Scham war das Letzte, was ihn gerade beschäftigte. Das lästige Weibsbild. Bei Gott, sie hatte Glück, dass sie jetzt nicht hier war. Nicht nur hatte sie ihn entlassen, sondern sie hatte auch in weniger als drei Absätzen seinen männlichen Stolz und seine Würde vernichtet. Niall entfuhr ein lästerlicher Fluch.

Rote Flecken erschienen auf Wilkinsons fleischigen Wangen, und er blickte Hilfe suchend zu Ryker.

Nach dem Hauch des Lächelns auf seinen schmalen Lippen zu schließen, teilte Ryker Calums Belustigung. Ehrlose Bastarde. Alle beide.

Mit seiner üblichen Anmaßung machte sich Ryker das Studierzimmer des Herzogs zu eigen. »Wilkinson. Würden Sie uns einen Moment allein lassen?«

Der Herzog kam mühsam auf die Beine. Er zog ein besticktes Taschentuch hervor und tupfte sich die feuchte Stirn ab. »Natürlich. Natürlich.« Mit seiner freien Hand klopfte er Niall auf den Rücken. »Denken Sie immer daran, das ist nichts, weswegen man sich schämen müsste, mein Sohn.«

Sohn.

Niall funkelte Calum wütend an, der wieder ein ersticktes Lachen ausstieß.

Offensichtlich hatte Diana mit ihrem erniedrigenden Brief auch die Vorsicht des Herzogs in Bezug auf Niall mit weggefegt. Der Himmel mochte ihm helfen, sie hatte ihn menschlich wirken lassen. Er trat schnell aus Wilkinsons Reichweite. »Ich habe vor nichts Angst.«

»Natürlich. Natürlich.«

Bei den beschwichtigenden Worten des Herzogs machte Niall wütend einen Schritt vorwärts. Wenn der alte Adlige diese Worte noch ein einziges Mal sagte, würde er ihm persönlich …

Bei Rykers wissendem Blick erstarrte er mitten in der Bewegung. Dies war genau der Kontrollverlust, der dazu geführt hatte, dass Ryker Niall aus dem Club fortgeschickt hatte. Niall atmete einmal tief durch. Er zwang sich, die Schultern zu entspannen, lehnte sich in gespielter Nonchalance mit der Hüfte gegen den Schreibtisch und wartete.

In dem Moment, in dem sich die Tür hinter dem Herzog schloss, sprach Ryker. »Heimweh?«, fragte er und hob eine Augenbraue.

Jetzt, da sie unter sich waren, beherrschte sich Calum nicht länger und lachte offen heraus. Er krümmte sich und hielt sich die Seiten, bis ihm Tränen über die Wangen liefen, und er grunzte dazu wie ein Schwein. Und auch wenn es ihm nicht immer gepasst hatte, dass Ryker sich zu ihrem Anführer erklärt hatte, war Niall jetzt doch dankbar für seine Anwesenheit. Denn eine Sache, die sein Bruder nicht tolerierte, war Gelächter …

Rykers kühle Fassade bekam Risse, und dann folgte er Calums Beispiel. Sein lautes Lachen hallte von den Wänden wider. Offensichtlich hatte der furchtlose Anführer einer

Straßengang etwas gefunden, was ihn erheiterte. Auf Nialls Kosten.

Niall machte eine obszöne Geste. »Geht zur Hölle«, zischte er. »Ihr alle beide.«

Sie lachten bloß lauter.

Als sie sich wieder unter Kontrolle hatten, zeigte Ryker auf das Blatt. »Meine Schwester hat deinetwegen geschrieben.«

Ryker hatte Diana länger als ein Jahr ignoriert. Und plötzlich erklärte er sie zu seiner Schwester? Eine Dame, die dunkle Gassen entlangschlich und allein im Regen Parks besuchte, verdiente mehr Loyalität als das. Er zuckte zusammen. Seit wann war es ihm wichtig, was eine Adelige brauchte oder verdiente? *Seit sie dich zu Tee und* Gebäck *eingeladen und die Mauer zwischen euch eingerissen hat.* Das war in diesem Fall der einzige Grund für seine Loyalität. Eine, die sich jetzt als völlig unverdient erwiesen hatte – gegenüber einer Verräterin, die offenbar nur zu glücklich wäre, ihn loszuwerden. »Also jetzt ist sie plötzlich deine Schwester?«, fragte Niall Ryker herausfordernd.

Wut verdunkelte Rykers blaue Augen. Er machte einen Schritt vorwärts, und Niall, der sich auf einen Kampf freute, hob die Fäuste.

Calum trat schnell zwischen sie und legte beiden jeweils eine Hand auf die Brust. »Genug«, rief er, wie immer der Friedensstifter ihrer zusammengewürfelten Truppe.

Die Spannung wich aus Rykers Körper, und er hatte sich rasch wieder unter Kontrolle. Er strich sich kurz mit den Händen über die Vorderseite seines schwarzen Rocks, hielt inne und zeigte auf das Blatt Papier. »Du hast diesen Auftrag nie gewollt.«

Nein. Hatte er nicht. Und er wollte ihn noch immer nicht.

»Dianas Brief deutet an, dass du hier nicht glücklich bist.«

Was stimmte. Gestern im Hyde Park, als sie ihm ihre Absicht – oder vielmehr das Fehlen aller Absichten – in Hinblick auf einen Ehemann mitgeteilt hatte, war er so geschockt darüber gewesen, was das für seine Zukunft bedeuten würde, dass er keinen Versuch unternommen hatte, sein Entsetzen zu verbergen. Er hatte auch nicht darüber nachgedacht, ob seine Reaktion ihr irgendwie wichtig sein würde.

Er hatte viele Menschen verletzt. Sie verstümmelt. Einige getötet. Diese skrupellosen Verbrechen hatten ihn gegen Gefühle immun gemacht.

Oder das hatte er zumindest geglaubt.

Ich habe ihr wehgetan.

Die Wahrheit traf ihn wie ein Tritt in den Magen.

Er spürte Calums und Rykers Blicke auf sich, ging zum Fenster und starrte auf die Straße unten. Er umklammerte das Fensterbrett und lehnte sich vor, betrachtete geistesabwesend das Kopfsteinpflaster. Seit er sie in der Gasse entdeckt hatte, war er zu dem geworden, was er schon immer gehasst hatte – ein totaler Tyrann.

Nur vor wenigen Tagen wäre es ihm völlig egal gewesen, ob er irgendjemanden aus dem Adel verletzte oder ihm wehtat. Aber Diana war völlig anders als die feinen Damen in ihren Seidenkleidern, die auf den dreckigen bettelnden Straßenjungen herabgeblickt hatten, der er einst gewesen war.

In der Scheibe vor ihm erschien Rykers Spiegelbild. Er stand direkt hinter Niall. »Es war nicht fair von mir, dich zu bitten, in diese Welt zu kommen, die du so hasst«, begann er. »Weder für dich noch für Diana.« Ja, das stimmte. »Du wirst abgelöst. Calum wird ab jetzt Dianas Leibwächter sein.«

Das war genau das, was er sich gewünscht hatte, seit Ryker ihm seine Pläne verkündet hatte – Freiheit von der ungewollten Aufgabe und die Möglichkeit, in den Club zurückzukehren.

Niall drehte sich auf dem Absatz um. »Calum?« Das Herz hämmerte ihm in der Brust. »Du willst, dass Calum auf sie aufpasst?«

Rykers Stellvertreter ließ die Knöchel knacken. »Was soll das bitte heißen?«, fragte er herausfordernd und machte einen bedrohlichen Schritt auf ihn zu.

Niall betrachtete den großen Mann mit dem kastanienbraunen Haar, den er kannte, seit sie kleine Jungs gewesen waren, die auf der Straße um dieselben Essensreste gekämpft hatten, und er entdeckte immer noch Spuren des aufbrausenden Jungen in ihm. Die so mühsam beherrschte Wut passte nicht zu einem Mann, der allein rational entschied. »Es heißt, dass du sie nicht bewachen kannst.«

Calum senkte die Lider, aber nicht bevor Niall den Zorn in seinen Augen gesehen hatte. Letztendlich war es egal, wie sehr ein Mann sich beherrschte. Wenn jemand seine Fähigkeiten infrage stellte, hatte er die Verpflichtung, seine Stärke und seinen Wert zu beweisen. »Ach tatsächlich?« Und Calum wollte sich wirklich gerne mit ihm prügeln.

Niall ballte die Hände zu Fäusten, ebenfalls nur allzu bereit, sich irgendwo abzureagieren, selbst wenn es im höhnischen Gesicht seines Bruders war. Er trat einen Schritt nach vorn.

»Genug«, verkündete Ryker in einem Ton, der keinen Zweifel daran aufkommen ließ, dass die Sache erledigt war. »Ich habe gleich ein Treffen mit Mrs Smith.« Die neue Buchhalterin. Eine prüde, ernst aussehende Frau, die nach einer Reihe von erfolglosen Versuchen mit anderen Besetzungen für den Posten die Buchführung übernommen hatte. »Du«, er zeigte auf Calum, »wirst dich um Diana kümmern. Niall«, er deutete mit dem Kopf zur Tür, »du kannst mit mir kommen.«

Damit begab er sich zur Tür.

Geh mit ihm. Er lässt dich in die Welt zurückkehren, in die du gehörst.

Sein Bruder griff nach der Klinke.

Nialls Panik wuchs. »Ich habe noch nie einen Auftrag nicht ordnungsgemäß beendet«, presste er hervor. Sein Widerstand entsprang seinem Bedürfnis, sich selbst und seine Gefühle in den Griff zu kriegen und der Verantwortung, die ihm übertragen worden war, gerecht zu werden. Nichts anderem.

Ryker wandte sich um und betrachtete ihn mit einem prüfenden Blick. Dann sah er zu Calum. Der zuckte ratlos die Schultern.

Ryker rieb sich das Kinn. »Du hast ihr Grund zu der Annahme gegeben, dass du nicht hier sein willst.«

Niall blieb stumm. Er wollte nicht in Mayfair leben und würde es auch nie freiwillig tun. »Ich stelle mich meiner Verantwortung.«

»Geht es darum? Deine Verantwortung?« Calum stürzte sich auf die Frage, über die Niall selbst lieber gar nicht so genau nachgrübeln wollte.

Er nickte unbehaglich, wusste natürlich, dass er log.

Ryker betrachtete ihn nachdenklich. »Also gut. Das hier ist ja nicht für immer. Entweder bis du Dianas Sicherheit garantieren kannst oder bis sie heiratet.«

Kein Grund, sich deswegen den Kopf zu zerbrechen. Ich habe nicht die Absicht, jemals zu heiraten.

Das war etwas, das Ryker als ihr Bruder wissen sollte. Aber aus irgendeinem Grund behielt Niall es für sich. Das Gefühl, dass er ein Geheimnis verraten würde, das allein Dianas war … selbst wenn es dazu führte, dass er weiter in ihrer Welt festsaß. »Hältst du mich für einen feinen Herrn, der dazu geeignet ist, sich um sie zu kümmern?«, wollte er barsch von Ryker wissen.

Ryker bewegte die Schultern. »Ich glaube, ich möchte deine Versicherung, dass es keine Bedrohung gibt. Ich habe auch Bow Street Runner angeheuert, um Dianas Befürchtungen nachzugehen.« Runner. Als wenn diese grobschlächtigen Ermittler irgendeine Ahnung von der Unterwelt hätten. »Ihre Bemühungen haben nichts erbracht.« Er sah zu der großen

Standuhr in der Ecke hinüber. »Hast du irgendetwas finden können?«

Das war ein sicheres Thema. Eines, das dafür sorgte, dass Niall nicht mehr darüber nachdachte, warum er unbedingt als Leibwächter für die Dame hierbleiben wollte, statt in den Club zurückzukehren. »Habe ich nicht.« Er fuhr fort, seine systematische Durchsuchung des Stadthauses und Dianas tägliche Routine zu beschreiben. Zu keinem Zeitpunkt hatte es auch nur den Hauch eines Hinweises auf eine Gefahr gegeben.

Ryker nickte. »Also, wie lange?«

Niall sah ihn fragend an. »Wie lange was?«

»Bis du eine fundierte Einschätzung zu ihrer Sicherheit abliefern kannst«, stellte Calum für Ryker klar.

Nialls Gehirn erstarrte. Wenn Killorans oder Diggorys Männer Diana etwas antun wollten, dann hätte es in der Woche, in der Niall jetzt hier war, doch sicher irgendeinen Hinweis darauf gegeben. Aber da war nichts gewesen. Kein Vorhang, der schief hing. Kein verdächtig offenes Fenster und keine unverschlossene Tür. Kein unbekannter Bediensteter, keine Drohbriefe. Nichts.

»Niall?«, hakte Ryker nach.

»Es ist zu früh, das zu beurteilen«, erwiderte er schließlich und wich damit der Antwort aus, die das Ende seiner Zeit hier besiegeln würde. »Ich werde nicht vorzeitig gehen, und dann geschieht Diana ein Leid.« Sowohl Rykers als auch Calums Augenbrauen schossen hoch. »Deiner Schwester«, verbesserte er sich zu spät.

Ryker nickte langsam. »Also gut. Wenn … *Falls* du feststellst, dass es keine Gefahr gibt, kannst du zurückkehren.«

Mit diesen Worten schlenderte Ryker davon. Calum folgte ihm.

Sobald sie sich verabschiedet hatten, wandte Niall sich zur Tür. Jetzt musste er nur noch die hitzköpfige Dame finden, die versucht hatte, ihn loszuwerden.

Kapitel 11

Niall würde gehen, und Diana wusste das, weil sie es selbst so arrangiert hatte. *Es ist meine Schuld.*

Sie stand am Fenster und beschattete ihre Augen gegen die helle Morgensonne. Sie zwang sich, ihren Blick auf die Straße zu richten, zu der schwarz lackierten Kutsche dort unten, die das Wappen ihres Bruders trug.

Zwei Löwen, die gegeneinander kämpften. Es erinnerte an Tod und Macht und Dunkelheit – das perfekte Symbol für die Männer, die die Unterwelt von London regierten. Diana fuhr mit dem Finger gedankenverloren den Weg eines einzelnen Regentropfens nach, der von dem Gewitter übrig geblieben war.

Was musste Niall als Junge erlebt haben, und dann als junger Mann, dass er so voller Hass war? Seine Verachtung für die Aristokratie war fast körperlich spürbar. Er betrachtete Diana als eine von ihnen und hasste sie deshalb, ohne zu ahnen, dass sie selbst ausgeschlossen und eine Außenseiterin war. Und dass sie nicht wünschte, jemals in die gute Gesellschaft zurückzukehren. Aber es war müßig, über ihn nachzudenken, weil er nicht mehr lange hierbleiben würde.

Ryker und Calum waren vor einiger Zeit eingetroffen und in das Studierzimmer ihres Vaters geführt worden.

Das hatte sie so erwartet. Nachdem sie ihrem Bruder gestern Abend den Brief geschickt hatte, musste er gekommen sein, um Niall von seinen Pflichten hier zu erlösen. Sie seufzte und ließ den goldfarbenen Vorhang los. Er fiel zurück an seinen Platz und verbarg die Straße vor ihrem Blick.

Es war besser, nicht darüber nachzudenken. Niall würde gehen, und genauso, wie Bedienstete in diesem Haushalt kamen und ihn wieder verließen, so würde es auch der Mann tun, den Ryker ihr nun zuteilte. Sie hatte Calum gesehen, als er das Haus betreten hatte, und wusste, er würde Nialls Platz einnehmen.

Eine Diele des Parketts knarrte, und Diana drehte sich um, stieß gegen eine muskulöse Gestalt. Sie schrie auf und holte unwillkürlich mit der Faust aus.

Niall fing den Schlag mühelos ab, bevor er ihn treffen konnte. *Er ist hier.* »Niall?«, hauchte sie. War er gekommen, um sich zu verabschieden?

»Haben Sie jemand anderen erwartet, Prinzessin?«

Prinzessin. Es war dieser verhasste Spottname, der sein Missfallen verriet.

Rasch ließ er sie los. Ein Muskel zuckte an seinem linken Augenwinkel.

Wieso war er so verärgert? Ganz sicher hatte Ryker ihm doch nicht ihre Bitte abgeschlagen, ihm die Rückkehr in den Club zu ermöglichen? Sie fuhr sich mit der Zunge über die Lippen, und seine Augen richteten sich auf ihren Mund. Seine Iris wurden dunkel und stürmisch. Diana hörte sofort damit auf. »Sind Sie hier, um sich zu verabschieden?«, wollte sie wissen. Er schien ihr kein Mann zu sein, dem das wichtig wäre.

»Komme ich Ihnen wie ein Mann vor, der Wert darauf legt, der Höflichkeit Genüge zu tun und sich zu verabschieden?«, wollte er mit einem seidigen Flüstern wissen.

»Äh … nein.« Er kam ihr wie ein Mann vor, der sich über nichts Gedanken machte. Doch die Gesellschaft behauptete dasselbe von Diana, und sie wusste, dass es nicht stimmte.

»Nein«, bestätigte er. Mit langsamen, irgendwie bedrohlich wirkenden Schritten, die sie unwillkürlich an einen Tiger direkt vor dem Sprung erinnerten, näherte er sich ihr.

Oje. »Sie sind wütend«, stellte sie fest und eilte um den Mahagonitisch herum, um das gepolsterte Sofa zwischen sich und ihn zu bringen. Es war nicht so, dass sie Niall fürchtete, aber sie hatte aus erster Hand die Heftigkeit seiner Wut erfahren und würde sich ihr lieber nicht ohne Not aussetzen.

»Ich bin in der Tat wütend.«

Diese Erklärung steigerte ihre Nervosität nur, und mit einem trockenen Schlucken setzte Diana ihren hastigen Rückzug fort.

»Und wissen Sie auch, warum, Prinzessin?«

»Diana«, korrigierte sie ihn rasch und wich weiter zurück. »Äh … nein.« Seine Augenbrauen senkten sich. »Oder doch?« Sie hatte tatsächlich keine Ahnung, konnte bloß raten.

Er blieb stehen, ließ kaum drei Schritt Abstand zwischen ihnen. »Was denn nun, Prinzessin?« Niall verschränkte die Arme vor der Brust und wartete.

Und plötzlich ergab seine Wut Sinn.

»Ryker hat es abgelehnt, Ihnen die Rückkehr in den Club zu gestatten.«

Das war offensichtlich falsch gewesen. Die falsche Vermutung, um genau zu sein. Ein weiteres Keuchen kam über ihre Lippen, als er mit einem Satz bei ihr war, und sie stolperte fast in ihrer Eile, wieder etwas Distanz zwischen sie zu bringen.

»Oh, er hat es nicht abgelehnt«, knurrte Niall, und ihr wurde das Herz schwer.

Er hatte zugestimmt. Was bedeutete, dass Niall nicht länger hierbleiben würde. »Dann sind Sie also doch gekommen, um sich zu verabschieden.« Ihr Inneres zog sich schmerzhaft zusammen. Was albern war. Es war unausweichlich gewesen, dass sie irgendwann getrennte Wege gehen würden. Wenn es nicht passiert wäre, weil er denjenigen dingfest gemacht hätte, der ihr Böses wollte, dann wäre es in fünf Wochen passiert, wenn sie das Schiff bestieg, um den Atlantik zu überqueren, aber verflixt noch mal … sie hatte seine Anwesenheit hier genossen. Er war der einzige Mensch, der mehr in ihr sah als ein hirnloses Dummchen, das beschützt werden musste. Sie kämpfte gegen die Tränen und das Bedauern an und streckte ihm zitternd ihre Hand hin.

Niall drückte ihr etwas in die Handfläche.

Verwirrt blinzelnd schaute sie auf das zerknüllte Papier, strich es langsam glatt und hielt einen Brief in der Hand. Sie hob ihren Blick zu Nialls.

Ihren eigenen Brief, um genau zu sein.

Ah, das war also der Grund für seine Wut. Diana legte das Blatt auf ein Rosenholztischchen in der Nähe. »Oh.«

Seine harten Augen glitzerten. »Ist das alles, was Sie zu sagen haben?«

Diana befeuchtete sich die Lippen. Offensichtlich war das wieder einmal das Falsche gewesen.

»Sie haben meinem Bruder geschrieben …«

»Er ist auch *mein* Bruder«, erinnerte sie ihn.

Sein Mund öffnete und schloss sich wie der eines Fisches, der aus der Themse gezogen worden war. »Sie sind *nicht* meine Schwester«, stotterte er.

»Das habe ich auch gar nicht behauptet.« Ein Mann, dessen Kuss ihren Körper in Flammen aufgehen ließ und der am Tag ihre Gedanken und in der Nacht ihre Träume beherrschte, war ganz sicher niemand, für den sie geschwisterlich empfand. »Ich habe nur darauf hingewiesen, dass Ryker mein Bruder ist und Sie und Ryker Brüder …«

»Ich habe gesagt, Sie sind *nicht* meine Schwester.«

»Die über keine Blutsbande verfügen«, beendete sie ihren angefangenen Satz.

Er presste sich die Hände auf die Augen. Sein Mund bewegte sich, als würde er lautlos beten. Dann ließ er die Arme sinken. Der stoische, stets beherrschte Mann aus St. Giles war wieder zurück. »Sie haben ihm geschrieben, dass ich mein Zuhause vermisse.«

Augenscheinlich war das Thema Geschwister beendet. Diana seufzte. »Ich denke, wir sind uns beide des Inhalts meines Briefes bewusst.« Sie hob einen Finger. »Außerdem vermissen Sie Ihr Zuhause tatsächlich«, fühlte sie sich verpflichtet festzustellen. Es war nicht so, als hätte sie dabei gelogen. Schämte er sich dafür?

Diana betrachtete Niall forschend und bemerkte den eisigen Ausdruck in seinen Augen. Sie schluckte trocken und machte einen Schritt von ihm fort. »Sie sollten erleichtert sein.« Ihr Bein stieß gegen die Sofakante, und sie verzog das Gesicht, setzte aber ihren Rückzug fort. »Sie können gehen.«

»Stimmt. Das sollte ich.«

Erfreut, dass sie endlich zu ihm durchgedrungen war, lächelte sie und prallte gegen eine Staffelei. Das hölzerne Gestell wackelte und kippte zur Seite. Hastig fing Diana es auf, bevor es umfallen konnte, und brachte es zwischen sie.

Niall hob eine Augenbraue.

Sie schluckte hörbar. Wer hätte gedacht, dass eine Augenbraue so einschüchternd wirken konnte? Schließlich hatte jeder welche. Allerdings verströmte alles an diesem Mann Gefahr. »Sie vermissen den Club, oder?« Die schwarze Augenbraue senkte sich langsam wieder. »Also war es nicht wirklich eine Lüge.«

Er kam langsam näher, und sie hastete wieder rückwärts, bis sie gegen die Tür stieß, was ihre Flucht sehr wirkungsvoll beendete.

Niall streckte eine Hand aus, und sie atmete scharf ein. Aber er griff nur um sie herum und sperrte ab.

Er hatte sie hier eingeschlossen. Allein. Mit ihm. Und er starrte sie weiter an.

Ach du liebe Güte.

Er würde bis ans Ende der Zeit bleiben. »Sie wollen doch gar nicht hier sein«, versuchte sie vernünftig mit ihm zu reden.

»Nein.«

Diana runzelte die Stirn. Sie sollte diese Direktheit schätzen. »Sie mögen mich nicht«, erinnerte sie ihn. Auch wenn er sicher keine Erinnerung in dieser Hinsicht benötigte. Mit einem Mal hatte sie einen bitteren Geschmack auf der Zunge, und sie blickte über seine Schulter hinweg.

Er strich mit seinen breiten, vernarbten Knöcheln über ihre Kinnpartie, zwang sie, ihn wieder anzusehen. Die Geste war überraschend zärtlich. Der aromatische Hauch von Zigarre und Bergamotte, der ihn immer umgab, überflutete ihre Sinne, und ihre Wimpern flatterten wild. Es war eine ungewöhnliche Mischung, sowohl männlich als auch süß, und es erweckte Bilder in ihr, wie er mit der Klinge diese hohen Wangenknochen von den dunklen Bartstoppeln befreite, die in den späten Abendstunden auf seinen Wangen zu erkennen waren.

»Ich mag niemanden, Diana.«

Diana. Endlich benutzte er ihren Namen, seine Stimme rau und so wunderschön. So anders als die der vornehmen Herren, die ihr früher den Hof gemacht hatten. Männer, die sich als rückgratlos entpuppt hatten, die nicht mehr in ihr sahen als ihren Rang. Und jetzt eine Frau mit verdorbenem Blut. Während dieser Mann hier genau wusste, was ihre Mutter getan hatte, Diana jedoch trotzdem nicht anders als jeden anderen behandelte.

Diana konzentrierte sich darauf, weiterzuatmen, und sank gegen die Tür. Sie legte den Kopf in den Nacken, um seinem stechenden Blick begegnen zu können. »Das ist nicht wahr, Niall.« Ihre Worte klangen atemlos. »Da sind Helena und Ryker und Calum und Adair. Und zweifellos die Angestellten im Club. Die mögen Sie doch bestimmt.«

Er fuhr mit seiner zärtlichen Berührung fort, die köstliche Schauer über ihre Haut sandte. »Die sind Familie.«

Ihr Herz zog sich schmerzhaft zusammen. Familie. Und sie, Diana, bedeutete ihm nichts. Sie drehte den Kopf zur Seite, beendete so die Berührung. Sie wollte sich aus seinem Griff befreien, aber er hob den Arm und blockierte ihren Fluchtweg.

Ihr stockte der Atem. Sie hatte in Somerset hundertjährige Eichen gesehen, die schmaler waren als Niall Marksmans mächtiger Körper.

»Haben Sie Angst?« Sein Atem strich über ihre Haut.

»Ich habe keine Angst vor Ihnen, Niall.« Das leichte Beben in ihrer Stimme beraubte ihre Behauptung jeglicher Glaubwürdigkeit.

Er lachte leise, und diese leichte Bewegung brachte ihre Körper zusammen. Ganz sicher fühlte er den Schlag ihres Herzens an seiner Brust. »Ja, ich glaube tatsächlich, Sie haben vor nichts Angst, Prinzessin.« Der Name, den er einst so spöttisch benutzt hatte, wirkte nun wie ein Kosewort. »Ich habe nichts gegen Sie, Diana.«

Ihre Lippen verzogen sich zu einem Lächeln. »Ich glaube fast, von einem Mann wie Ihnen sind das Komplimente.« Um ihre zitternden Finger zu beruhigen, presste sie ihre Handflächen auf seinen mitternachtsschwarzen Rock, und die Kaschmirwolle fühlte sich unter ihren Fingern ganz weich an.

Er legte seine Stirn gegen ihre. »Ich kann Sie sogar ziemlich gut leiden.« Dieses raue Geständnis kam ihm fast gegen seinen Willen über die Lippen. Etwas, von dem sie stark vermutete, dass Niall Marksman es noch nie zu jemandem von ihrer gesellschaftlichen Stellung gesagt hatte.

»Ist das der Grund, warum Sie mein Leibwächter bleiben wollen?«

Er brachte seine Lippen dicht an ihr Ohr, sein Atem war eine leichte Berührung, die die Sehnsucht in ihr weckte, ihm noch sehr viel näher zu sein. »Wie kommen Sie darauf, dass ich bleibe?«

Diana wandte leicht den Kopf, und ihre Lippen berührten sich beinahe. »Sie verabschieden sich nicht«, flüsterte sie an seinem Mund. »Oder sind Sie gekommen, um mich auszuschimpfen, bevor Sie gehen?«

* * *

Er hatte Diana nur aus einem einzigen Grund aufgesucht: um ihr die Bedingungen mitzuteilen, die den Rest ihrer gemeinsamen Zeit regeln würden. Kein stillschweigender Waffenstillstand. Sondern ein richtiger. Einer, bei dem Niall Diana mit der angemessenen Höflichkeit behandelte. Es war etwas, das ihm in seiner Rolle als Sicherheitschef im »Hell & Sin« seit fast zehn Jahren gegenüber der Aristokratie gelang.

Er war fähig zu verbindlichem Lächeln und belanglosen Gesprächen. Aber all diese Kenntnisse hatten sich ihm plötzlich entzogen, als er mit der Gefahr und dem Verrat konfrontiert worden war, die ihren Weg in ihr Reich gefunden hatten. Jetzt hatten diese drei Worte ihn aus dem Konzept gebracht.

Um mich auszuschimpfen.

Es waren bloß drei Worte. Doch in Dianas heiserem Alt gesprochen, lag Leidenschaft in ihnen. Worte, die Bilder heraufbeschworen, wie er die Knopfreihe auf der Rückseite ihres Kleides öffnete, es ihr herunterschob und sie seinem Blick enthüllte. Den hellgrünen Stoff tiefer zog, über ihre Brüste bis zu ihren Hüften.

Niall schloss kurz die Augen. Ein betörender Hauch von Jasmin haftete ihrer Haut an.

»Niall?«, flüsterte sie und zwang ihn damit, die Augen zu öffnen.

Das war ein Fehler.

Ihre Lippen bebten und zogen so seine Aufmerksamkeit auf sich. Sie schluckte. Was als Ansage der neuen Regeln für ihre Beziehung begonnen hatte, war zu etwas Gefährlichem und Unberechenbarem geworden.

Ihre rosige Zungenspitze erschien und strich über die verführerischen Lippen. »Was ist …?«

Ich bin verloren. Mit einem Stöhnen presste Niall seinen Mund auf ihren. Ihr Rücken wurde gegen die Tür gedrückt, als er ihre Lippen wieder und wieder nahm. Es bewies, wie schwarz seine Seele war, dass er mit seinen narbenübersäten Händen Rykers Schwester berührte … sie begehrte. Aber Niall hatte nie vorgegeben, jemand anders zu sein als er selbst, nämlich ein Mann, der sich nahm, was er brauchte, und in diesem Fall war sie das. Er verlor nie den Kontakt mit ihren Lippen, strich mit den Händen über ihren Körper, erkundete die Kurven ihrer Hüften und prägte sie sich ein.

Durch den glatten Stoff ihres Seidenkleides hindurch umfasste er ihre Brüste und übte Druck aus.

Diana entschlüpfte ein atemloses Wimmern, und er eroberte ihren Mund mit seiner Zunge. Sie schmeckte nach Pfirsich und Honig, das süße Aroma war berauschender als Opium. Er ließ von ihren Lippen ab und zog einen Pfad von Küssen über ihre Kinnpartie und weiter hinab, fand die Stelle, an der ihr Puls genauso wild schlug wie sein eigener.

»Du bist so verdammt weich«, flüsterte er an ihrer Kehle. »Wie Seide.« Sosehr er immer über den feinen und kostbaren Stoff gehöhnt hatte, wollte er sie jetzt daraufbetten und sie für seine Eroberung vorbereiten.

»Niall«, stöhnte sie und grub die Finger in sein Haar.

Der heisere Laut erfüllte ihn mit seltsamer Befriedigung. Sie, eine vornehme junge Dame in all ihrer Reinheit und Unschuld, verzehrte sich nach ihm, Niall, einem Niemand von der Straße, von niedriger Geburt und ohne Nachnamen. Das erhitzte sein Blut und nährte seine Leidenschaft.

Er legte seine Hände auf ihre Hüften und presste sich gegen ihren Bauch. Sie wurde schwach in seinen Armen, und er drückte sie gegen die Tür, zog sie dicht an sich. Er war schon schmerzhaft hart. Er sehnte sich danach, ihr die Röcke hochzuschieben und sich in sie zu versenken. Er strich mit den Lippen über ihr Dekolleté, hauchte Küsse auf die weiche Haut, atmete ihren blumigen Duft ein. Subtil, mit einem Anflug von Sommer, und so anders als das widerlich starke Parfüm der anderen Frauen, mit denen er zuvor zusammen gewesen war.

Das Geräusch von Schritten auf der anderen Seite der Tür drang durch seinen momentanen Wahnsinn. Der Puls hämmerte ihm laut in den Ohren, er trat von Diana weg und beeilte sich, ihr Kleid wieder zurechtzuziehen.

Ihre Augen verschleiert vor Leidenschaft, blinzelte Diana langsam. »Was …?«

Er legte ihr eine Fingerspitze auf die Lippen und brachte sie so zum Schweigen, strich ihr eine einzelne goldene Locke hinters Ohr, schloss die Tür auf und begab sich schnell auf die andere Seite des Zimmers.

Die Tür öffnete sich, und Dianas Vater trat ein. Entweder bemerkte er Nialls Anwesenheit nicht, oder es war ihm egal. Ein Lächeln breitete sich auf dem runden Gesicht des Mannes aus. »Diana.«

»Vater«, stammelte sie.

Man musste nur einen Blick auf ihre geröteten Wangen und geschwollenen Lippen werfen, um zu wissen, was sie gerade getan hatte. Doch dem Herzog fiel offenbar nichts auf. Er zog ein dickes Blatt Büttenpapier aus der Tasche und wedelte damit herum. »Du wirst nicht glauben, was ich hier habe.«

Die Hände auf dem Rücken gefaltet und den Blick nach vorn gerichtet in der Position, die er sich im »Hell & Sin« angewöhnt hatte, spürte Niall Wut in sich aufsteigen. Der Herzog sollte ihn aus dem eleganten Mayfair-Haus hinauswerfen, und das erst, nachdem er ihn blutig geschlagen hatte. Schuldgefühle drohten ihn zu überwältigen. Welcher Wahnsinn hatte ihn überkommen? Nicht nur einmal, sondern zweimal hatte er Diana angefasst. Eine Lady, die tabu war, nicht bloß wegen ihrer gesellschaftlichen Stellung, sondern auch wegen des Blutes, das in ihren Adern floss – sie war Helenas und Rykers Schwester.

Sie warf einen verstohlenen Blick in seine Richtung. Mit ihrem armseligen Täuschungsversuch hätte die Lady in Seven Dials keinen einzigen Tag überlebt. Es war eine deutliche Erinnerung daran, wer sie war und was Niall getan hatte.

In diesem Moment hatte Diana bewiesen, dass sie vor einer Woche recht gehabt hatte, als sie in die Gasse hinter dem »Hell & Sin« gekommen war, um Schutz zu suchen. Nur dass sie nicht unbedingt vor einem unsichtbaren Feind geschützt werden musste, sondern vielmehr vor der Ahnungslosigkeit, Unbedarftheit und Pflichtvergessenheit ihres eigenen Vaters. Der Herzog war nicht dazu geeignet, sich um sie zu kümmern.

»Du hast mich nicht gefragt, was ich hier habe«, sagte der Herzog und wedelte seiner Tochter wieder mit dem Papier vor der Nase herum.

»Was …?«

»Eine Einladung.«

Eine Einladung? Als Herzog bekam der Mann ganz bestimmt eine wahre Flut von Einladungen zu all den langweiligen Veranstaltungen, die die gute Gesellschaft so liebte. *Doch in der Woche, in der du jetzt hier warst, sind weder Diana noch ihr Vater zu irgendeiner gegangen.* Es war ein Umstand, über den er bisher kaum nachgedacht hatte. Er war einfach dankbar gewesen, dass er nicht gezwungen gewesen war, diesen gesellschaftlichen Ereignissen beizuwohnen. Aber jetzt begann er sich Gedanken zu machen.

Diana griff mit zitternden Fingern nach dem Blatt. »Eine Einladung?« Die Worte klangen, als würden sie mühsam aus ihr herausgezogen. Aus dem Augenwinkel bemerkte er einen weiteren heimlichen Blick in seine Richtung.

»Lord und Lady Milford geben einen Ball.« Der Herzog tätschelte Diana die Hand. »Ich habe dir ja prophezeit, dass du über kurz oder lang wieder Einladungen erhalten wirst. Und dann wird es Verehrer und schließlich auch einen Ehemann für dich geben.« Während er weiterredete, wandte Diana ihre Aufmerksamkeit dem Blatt Papier zu.

Das war also der Grund für ihr einsames Leben. Es war nicht Arroganz oder Hochmut, sondern vielmehr ein Mangel an Einladungen von den Menschen aus ihrer Gesellschaftsschicht. Und er, der so stolz darauf war, nichts zu fühlen, empfand ein schmerzliches Ziehen in seiner Brust bei der Vorstellung von Diana – der summenden, singenden, freundlichen jungen Dame, die im Regen malte –, die von ihresgleichen gemieden wurde. Narren, alle miteinander.

Während der Herzog weiterredete, schüttelte Niall angewidert den Kopf. So war die Aristokratie. Selbstherrlich. Gefühllos. Kaltherzig. Sie kannten keine Loyalität ihrer Familie oder Mitgliedern ihrer eigenen Gesellschaftsschicht gegenüber.

»Genau wie früher, Mädchen.« Ihr Vater tätschelte Diana die goldenen Locken, als wäre sie ein Kind von neun Jahren und nicht eine Frau von neunzehn. »Ich überlasse dich jetzt wieder deiner Stickerei.«

Stickerei? Niall runzelte die Stirn. Er war jetzt eine Woche und einen Tag hier, und selbst er wusste, dass Diana niemals einen Stickrahmen in die Hand nahm.

»Mr Marksman«, wandte sich der Herzog jetzt an ihn. »Ich freue mich, dass Sie beschlossen haben, hierzubleiben und Diana zu beschützen.«

Seine Antwort bestand aus eisernem Schweigen. Die Zufriedenheit und die Wünsche des Herzogs waren das Letzte, woran Niall gedacht hatte, als er sich dafür eingesetzt hatte, seinen Posten hier zu behalten. Der wahre Grund lag vielmehr in seiner Hartnäckigkeit und seinem Widerwillen, eine Niederlage einzugestehen. *Außerdem ist die Vorstellung, dass Calum statt deiner ihr Leibwächter wird, unerträglich.*

Er schob diesen unwillkommenen Gedanken beiseite und verschränkte die Arme vor der Brust.

Endlich verließ Wilkinson den Raum, sodass Niall und Diana allein waren.

Sie betrachtete weiter die Einladung in ihrer Hand, als hätte sie sie nicht schon dreimal gelesen. Als wüsste sie nicht, was auf diesem teuren cremefarbenen Papier stand. Sie legte es auf einen ihrer vielen in Leder gebundenen Skizzenblöcke.

Hätte Niall sie nicht so genau beobachtet, wäre ihm das leichte Zittern ihrer anmutigen Finger entgangen. Aber das hatte er, und ihm missfiel dieses Anzeichen von Schwäche. Es verriet ihre Angst und ihr Unbehagen, und vielleicht hätte es ihn vor einer Woche noch nicht interessiert, was sie empfand. Doch das war gewesen, bevor er sie als Frau kennengelernt hatte. Und ob es ihm gefiel oder nicht, ihr verdammtes Zittern war ihm wichtig. »Sie wollen nicht gehen?«

Diana tat nicht so, als verstünde sie ihn nicht. Sie schüttelte leicht den Kopf und fuhr mit den Fingerspitzen über den verzierten Rand des Tisches. »Wissen Sie, dass mein Vater seit über einem Jahr nicht mehr gelächelt hat?«, fragte sie.

Die Arme weiter verschränkt, lehnte sich Niall mit der Schulter gegen die Wand. »Jedes Mal, wenn ich ihn sehe, lächelt er.«

»Es ist ein Unterschied zwischen Lächeln und *Lächeln*, Niall.«

Er würde Dianas Logik nie verstehen.

Sie kam zu ihm und blieb dicht vor ihm stehen. So nah, dass ihr Sommerblütenduft ihn einhüllte. Welches Parfüm benutzte sie? Ein Lord, der ihrer Gesellschaftsschicht angehörte, würde es vermutlich kennen. Aber Niall hätte noch nicht einmal eine Rose von einem Unkraut unterscheiden können, wären da nicht die Blumenmädchen auf der Straße gewesen, die ihre kleinen Sträußchen verkaufen wollten.

Dianas Lippen verzogen sich leicht, und in ihren Wangen bildeten sich Grübchen, doch das Lächeln erreichte nicht ihre traurigen Augen. »Es ist ein falsches Lächeln, Niall«, erklärte sie sanft. »Das zeigt mein Vater, seit ...« Seit ihre Mutter versucht hatte, Helena umzubringen.

»Das ist der Grund, warum Sie nicht zu den Veranstaltungen der guten Gesellschaft gehen«, erwiderte er, als er es endlich verstand. Es war der Grund, warum es keine Besucher oder Verehrer oder Ausflüge in die Stadt gab. Diana hatte sich selbst eingesperrt.

»Denken Sie, die Aristokratie wäre so herzlos, einer Frau zu verzeihen, dass sie die unehelichen Kinder ihres Ehemanns verkauft und dann versucht hat, eines von ihnen umbringen zu lassen?«

Es stand ein so nackter Schmerz in ihren Augen, dass sich die Muskeln in seinem Magen zusammenzogen.

»An den Verbrechen Ihrer Mutter tragen Sie keine Schuld«, erwiderte er barsch. Die irre Herzogin, die sich selbst zur Komplizin von Mac Diggory gemacht und einen Mord versucht hatte, hatte nichts mit ihrer Tochter gemein.

Diana ging zu einer Staffelei in der Nähe. »Nein«, stimmte sie zu. »Aber ihr Blut fließt durch meine Adern.« Diese geflüsterten Worte drangen kaum an seine Ohren, doch er war von der Wiege an darauf trainiert worden, kaum merkliche Bewegungen und Laute wahrzunehmen – manchmal, um zu stehlen, manchmal, um sich auf einen ahnungslosen Gegner zu stürzen. Und jetzt hatte er Diana gehört.

Über die Jahre hatte Niall als Leibwächter gedient. Er hatte für seine Geschwister und mit Bandenmitgliedern in St. Giles gekämpft und hatte diesen Kampf im »Hell & Sin« fortgesetzt. Nicht ein Mal in den dreißig oder einunddreißig oder wie viel Jahren auch immer, die er jetzt wohl alt war, hatte er versucht, jemanden zu trösten.

Und das hatte auch nie jemand von ihm erwartet. Denn alle waren klug genug, zu wissen, dass Niall Marksman zu nichts anderem fähig war als zu brutaler Gewalt.

Diana, mit ihren hängenden Schultern und der erstickten Stimme, war unbekanntes Terrain. Genau wie die Unterhaltung über Tee und Verrat, die sie an seinem dritten Tag hier mit ihm geführt hatte, nur tiefer, denn damit begab er sich auf die Ebene der Gefühle.

Niall zerrte an seinem gestärkten Halstuch. Er würde lieber eine Klinge ziehen und einen Mann bis zum Tod bekämpfen, als sich auf dieses Terrain vorzuwagen. Und bei jedem anderen Menschen, inklusive seiner Geschwister, hätte er sich nicht einmal die Mühe gemacht, es zu versuchen.

»Wissen Sie, Sie sind die einzige Person, die mich nicht fürchtet«, bemerkte er. Seine Worte brachten Diana dazu, sich langsam umzudrehen. »Das schließt sogar meine Brüder oder Helena mit ein«, stellte er klar. »Die Leute, die für uns arbeiten. Die Gäste im Club. Fremde auf der Straße.« Unabhängig von Rang oder Stellung, alle beeilten sich, ihm aus dem Weg zu gehen, und so mochte er es.

»Sie haben mir keinen Grund geliefert, Sie zu fürchten«, erwiderte sie.

Sie war eine Närrin, wenn sie das glaubte. »Ich habe Sie in der Gasse beinahe umgebracht.« Wie leicht hätte er sie erwürgen können. Das kleinste bisschen Druck, falsch angewendet, und er hätte ihr Lebenslicht ausgelöscht. Ein eiskalter Schauer überlief ihn.

»Das zählt nicht«, widersprach sie und riss ihn aus seinen schmerzhaften Überlegungen. »Sie haben geglaubt, dass ich Ihnen etwas tun wollte.«

Die Mundwinkel ihrer üppigen Lippen zuckten, und ihm stockte der Atem. Das war es, wovon sie gesprochen hatte. Diese Wärme, die sich über ihr herzförmiges Gesicht breitete und ihre Augen aufstrahlen ließ wie eine Handvoll Sterne, die durch die Rauchschwaden und die Wolken am Londoner Nachthimmel funkelten. Dies war der Unterschied, den sie gemeint hatte.

Schon an dem Tag, an dem er geboren worden war, war er nicht zu solcher Reinheit fähig gewesen. Es war eine unnötige Erinnerung daran, wie verschieden sie auf jede nur mögliche Weise waren.

»Der Mann, der mich aufgezogen hat … Diggory«, begann er und nannte den Namen des Mannes, mit dem ihre Mutter, die Herzogin, zusammengearbeitet hatte. Diana wurde still, und ihr Lächeln verschwand. Wie merkwürdig, zu wissen, dass Niall und Diana so früh schon auf eine so unwahrscheinliche Weise miteinander verbunden gewesen waren. »Er war ein Killer. Ein Mörder.« Wie Niall.

Töte ihn … Töten oder getötet werden, Niall.

Diesen widerlichen Befehl meinte er wieder zu hören, und die Erinnerung kam zurück – die Schärfe des Dolches auf seiner zerlumpten Kleidung. Schweiß trat ihm auf die Stirn. Er hatte sich schon sehr lange nicht erlaubt, an diese Tage zu denken. Er hatte sie sorgfältig und sehr bewusst verbannt. Bis jetzt. *Hör nicht auf ihn – er ist nicht mehr hier.* Tot und in der Hölle, beim Teufel persönlich. Niall zwang die nächsten Worte über seine Lippen. »Diggory war ein Dieb. Ein Vergewaltiger.«

Dianas Wangen wurden blass, aber sie blieb still, weinte nicht oder fiel in Ohnmacht, wie jede andere Frau das sicher getan hätte, hätte er so etwas vor ihr erwähnt.

»Bin ich wie Diggory?«, fragte er. Ein Teil seiner Seele war von Mac Diggory beschmutzt worden. Es war egal, wer Niall geworden war, was zählte, war, was er früher getan hatte.

»Natürlich nicht.« Sie sprach mit solcher Vehemenz, dass sein bis jetzt gefühlloses Herz schwoll.

»Er hat mich aufgezogen, hat mich als unschuldiges Baby zu sich geholt.« Auch wenn in Wahrheit niemand, der auf der Straße geboren war, je wirklich unschuldig war. Sie betraten die Welt inmitten von harten Steinen und Dreck und wurden böse. »Denken Sie, meine Verbindung mit Ryker sei wertlos? Durch unsere Adern fließt nicht dasselbe Blut, und doch nenne ich ihn Bruder.«

»Natürlich ist sie nicht wertlos.« In dem Moment, in dem ihr die Worte über die Lippen kamen, erstarrte sie.

Er zwinkerte ihr zu.

»Es ist nicht das Gleiche, Niall«, beschied sie ihm kurz.

Niall schüttelte leicht den Kopf. »Es ist genau das Gleiche, Süße. Zumindest bei Ihren Ansichten darüber, ob man verantwortlich ist für die Verbrechen eines anderen.« Er würde ihr nicht die Wahrheit sagen. Er war nur allzu sehr Diggorys Sohn. Er hatte getötet, gestohlen und Leute fast totgeschlagen. Diana hingegen? Ihre Seele war rein.

Er hielt ihr die Hand hin, und Diana musterte sie mit einer gesunden Dosis Misstrauen. »Ein Waffenstillstand«, erklärte er knapp. »Diesmal ein echter, für die Zeit, in der ich hier bin. Sie werden keine Briefe mehr schreiben, um mich loszuwerden, und ich …« Sie legte den Kopf zur Seite. Niall hustete. »Und ich werde nicht jedes Mal, wenn wir zusammen sind, so ein fürchterlicher Bastard sein.«

Ein kleines Lachen kam über ihre Lippen, während sie ihre Finger in seine legte. »Waffenstillstand«, sagte sie leise.

Er schloss seine Hand um ihre.

Kapitel 12

Die nächsten zwei Wochen vergingen wie im Flug.

Dieser Umstand vermochte Diana ein wenig zu trösten, während sie am Rand des Ballsaals des Marquis und der Marchioness of Milford saß. Denn wenn diese vierzehn Tage so schnell vorbei sein konnten, dann konnte das auch ein Abend im Hause einer der wichtigsten Gastgeberinnen der Gesellschaft.

Das war es, woran sie sich auf der nicht enden wollenden Kutschfahrt klammerte, was sie sich immer wieder sagte, während sie in der Schlange stand und darauf wartete, von der Gastgeberin begrüßt zu werden.

Nur dass die Zeit im Schneckentempo dahinkroch.

Sie verkniff sich ein Seufzen, betrachtete das Gedränge um sich herum.

Wobei sie der Fairness halber zugeben musste, die rundliche Gastgeberin, die die Verachtung der Gesellschaft in Kauf genommen hatte, indem sie Diana eine Einladung geschickt hatte, war wirklich freundlich. Die Marchioness und deren ihr in Liebe ergebener Ehemann begrüßten Diana herzlich und so, als wäre sie eine ganz normale junge Dame und nicht die Tochter einer Wahnsinnigen, die finstere Ränke gesponnen hatte und nicht einmal vor Anstiftung zum Mord zurückgeschreckt war.

Nein, nicht das Gastgeberpaar war für Dianas Elend verantwortlich, sondern die anderen Gäste, die unentwegt über sie klatschten. Die gleichen Gäste, die Diana seit dem Moment angestarrt hatten, in dem ihre Ankunft verkündet worden war. Sie starrten sie an, als ob sie eine Monstrosität wäre, die aus dem Zirkus entkommen war. Was allerdings, wie nicht ganz von der Hand zu weisen war, nicht allzu weit von der Wahrheit entfernt war.

Mit einer Irren als Mutter und einem Vater, der uneheliche Kinder gezeugt und diese dann verloren hatte, konnte Diana einfach aufgrund ihrer Verwandtschaft nie etwas anderes sein als merkwürdig.

Und jetzt gab es auch noch einen finster blickenden Leibwächter, der in einer Ecke des Ballsaals Position bezogen hatte und jede Bewegung von Diana genauestens verfolgte, was die Gerüchte nur weiter anfachte.

Obwohl sie zugeben musste, während sie auf einem Stuhl inmitten der Handvoll anderer junger Frauen ohne Partner saß, dass Nialls Anwesenheit eine beruhigende Wirkung auf sie hatte. Irgendwie fühlte sie sich weniger allein.

Er stand mit im Rücken verschränkten Händen da, die rauen Züge zu einer harten Maske verzogen, als wolle er jeden einzelnen der Anwesenden herausfordern, sich in seine Nähe zu wagen. Diana musterte ihn. Ihre Mutter hatte oft behauptet, dass die adelige Oberschicht in London alle Macht und allen Einfluss hatte. Wenn man jedoch sah, wie Niall in dem Ballsaal voll ebendieser eingebildeten Männer Furcht verbreitete, konnte niemand daran zweifeln, dass in Wahrheit er der Herr jeden Raumes war, den er betrat.

Lady Milfords Gäste machten jedenfalls einen weiten Bogen um ihn, was Diana leicht belustigt verfolgte.

Nicht einmal drei Wochen zuvor hatte sie die gleiche Angst in Nialls Gegenwart verspürt. Doch es war nicht nur Furcht gewesen, die ihr Herz schneller hatte klopfen lassen, sondern auch die Tatsache, dass ihr Körper sich seiner als Mann sehr bewusst war.

Sie spähte um die Tänzer herum, die die komplizierte Schrittfolge einer Quadrille ausführten, um ihn weiter beobachten zu können. Fast zehn Zentimeter größer als die allermeisten anderen Gäste, fiel er im Ballsaal nicht nur wegen seiner Körpergröße oder wegen des scharlachroten Halstuchs auf, das geschickt zu einem komplizierten Knoten gebunden war, sondern wegen seiner machtvollen Ausstrahlung. Er war der lebende, atmende Grund, warum Bildhauer Statuen von Männern anfertigten.

In dem Moment ging ein modebewusster Geck zu dicht an Niall vorbei, ließ seinen Blick über ihn gleiten und stolperte vor Schreck fast über seine eigenen Füße. So schnell wie möglich enteilte er in die entgegengesetzte Richtung. Niall setzte unbeeindruckt seine Beobachtung fort.

Es gab keinen Zweifel daran, dass der Mann am Rande des Saales kein Gast war, sondern ein Leibwächter. Über den mächtigen Muskeln seiner Arme und Schultern spannte sich der Stoff seines eleganten Abendrocks, verriet ganz klar, dass dieser Mann sich für einen Kampf wappnete. Gelegentlich verzogen sich seine Lippen unverhohlen verächtlich wegen der Frivolität, die rings um ihn herrschte. Er wollte unverkennbar nichts mit der guten Gesellschaft zu tun haben, und darin fühlte Diana sich ihm verbunden. Er wollte nicht mehr hier sein als sie selbst. Trotz seiner Behauptung des Gegenteils hatte er sich mehr wie Diana erwiesen, als er sicherlich je geglaubt hätte oder ihm lieb wäre.

Über die Tanzfläche hinweg begegneten sich ihre Blicke. In seinem stand ein kühner, in keiner Weise entschuldigender

Ausdruck, und Hitze breitete sich in ihr aus. Niall drehte leicht den Kopf und unterbrach damit die Verbindung. Diana ließ ihre Schultern gegen die unbequeme Lehne ihres Stuhls sinken.

Von Rechts wegen dürfte kein Mann über ein so gefährliches Funkeln in den Augen verfügen. Ein Schimmer, der die Macht hatte, sie mit dem bloßen Versprechen dessen, was zuvor geschehen war, in Brand zu setzen.

Dianas Herz begann schneller zu klopfen, als die Erinnerungen an den leidenschaftlichen Kuss mit Macht zurückfluteten. An seine Berührung. An die Umarmung, die nicht der eine gestohlene Moment im Park gewesen war, gefolgt von Gewissensbissen. Seine muskulösen Arme hatten sie sicher gehalten, und Diana hatte nicht an die trostlose Zukunft denken müssen, die sie erwartete, oder all das Elend des vergangenen Jahres. Stattdessen hatte sie es einfach genossen, am Leben zu sein. Während Nialls eindringlicher Blick weiter durch den Ballsaal glitt, verschlang Diana ihn mit den Augen. *Ich möchte mehr mit ihm erfahren.* Sie verzehrte sich nach der Berührung seiner rauen Hände. Denn in seinen Armen war Diana nicht »die Wahnsinnige« oder »Lady Wahnsinn«, sondern einfach eine Frau, die lebendig und frei war.

Jemand trat zwischen sie, und Diana schnappte nach Luft. Sie schaute hoch und erschrak, als sie eine ihr vage vertraute junge Frau direkt vor sich entdeckte. Penelope, Lady Chatham, war zu Beginn der Saison in einen Skandal verwickelt worden, in dessen Folge sie Dianas Halbbruder geheiratet hatte.

Als Diana das geduldige Lächeln auf ihren Lippen bemerkte, sprang sie rasch auf. »Mylady«, begrüßte sie sie und versank in einem Knicks. Sie suchte in der Miene der anderen Frau nach einem Hinweis auf Niedertracht, aber sie konnte nichts als Herzlichkeit in ihren Zügen erkennen.

Dianas Haut fühlte sich heiß an, weil sie so jäh ins Zentrum der allgemeinen Aufmerksamkeit gerückt war. Schließlich geschah es nicht jeden Tag, dass zwei entfremdete Schwägerinnen sich in einem überfüllten Ballsaal begegneten.

»Sollen wir ihnen neuen Gesprächsstoff liefern?«, erkundigte sich Lady Chatham mit hochgezogenen Brauen und einem fast unmerklichen Nicken zu den Anwesenden hin, ehe sie Diana den Arm bot.

Diana betrachtete sie vorsichtig. Während Diana mit Helena rasch Freundschaft geschlossen hatte, hatte Ryker keinen Hehl daraus gemacht, wie wenig er von der ehelich geborenen Tochter des Duke of Wilkinson hielt. Er wollte nichts mit Diana zu tun haben. Darum war es auch so schwierig und erniedrigend gewesen, sich um Hilfe an ihn zu wenden. Diana war nicht einmal zu seiner Hochzeit eingeladen worden, obwohl die Feier sogar zweimal stattgefunden hatte. Was also wollte jetzt seine Ehefrau von ihr, der Tochter der Frau, die es vor vielen Jahren eingefädelt hatte, dass Ryker bei dem Schurken Diggory gelandet war?

Lady Chathams Lächeln zitterte leicht. »Ich kann jedenfalls gut verstehen, warum Sie zögern.«

Diana versteifte sich und wappnete sich für den verdienten Vorwurf gegen die Verneys.

»Ich bin nicht die beste Schwägerin gewesen.«

»Verzeihung?« Diana meinte sich verhört zu haben.

»Bitte schließen Sie sich mir doch an«, sagte Lady Chatham diesmal, hielt ihr wieder den angewinkelten Arm hin.

Nach der Ablehnung, die sie sowohl von der Gesellschaft als auch von ihrer eigenen Familie erfahren hatte, würde Diana nie jemanden mit Absicht in ähnlicher Weise beschämen, wie es ihr selbst passiert war. Daher hakte sie sich bei der anderen unter.

Das Stimmengewirr im Ballsaal wurde lauter.

»Wie ich gerade schon erwähnte«, fuhr Lady Chatham leise und mit funkelnden Augen fort, beugte sich dabei dicht zu Diana. »Neuer Gesprächsstoff.«

Obwohl sie sich bei dieser Veranstaltung von Lord und Lady Milford weiter unbehaglich fühlte, gelang Diana ein Lächeln.

»So ist es viel besser.« Ihre Schwägerin zwinkerte ihr zu. »Verwirren wir sie mit einem Lächeln. Und dann sollten wir gleich lachen, damit wir sehen können, wie ihnen der Mund offen steht.«

Während sie die Länge des Ballsaals entlangschlenderten, musterte Diana Rykers Ehefrau aus dem Augenwinkel. Ungefähr in ihrem eigenen Alter, verriet sie eine erstaunliche Offenheit und Lebhaftigkeit, die in scharfem Kontrast zu der steinernen Maske stand, die ihr Ehemann der Welt zeigte. Diana schaute sich suchend um und entdeckte ihren Bruder mühelos in der Menge. Er befand sich bei Niall, eher am Rand des Geschehens. Beiden Männern konnte man ansehen, wie wenig begeistert sie davon waren, diesem Ball beiwohnen zu müssen. Niall jedoch verfolgte jede von Dianas Bewegungen wie ein Jäger seine Beute. Sie erschauerte, hatte Mitleid mit dem Mann, der dumm genug wäre, sich Niall Marksman entgegenzustellen.

»Lass dich von seinem Stirnrunzeln nicht narren. Er ist in Wahrheit ganz herzlich und sehr liebevoll«, unterbrach Lady Chatham ihre Überlegungen, und Diana schaute sie erschreckt an.

»Mylady?«, brachte sie hervor.

»Mein Ehemann«, erklärte die Viscountess.

Erleichterung erfasste Diana. Einen schrecklichen Moment lang hatte sie geglaubt, Lady Chatham wäre aufgefallen, dass Diana immer wieder zu Niall schaute. Dann drang die

Bedeutung der Worte zu ihr durch. Herzlich und liebevoll? Diana hob die Augenbrauen. Sie war sich sicher, in der Armee des Königs gab es unter den rücksichtsloseren Soldaten eine Reihe von Männern, die herzlicher als Ryker Black waren.

Lady Chatham tätschelte ihr die Hand. »Du darfst ihm allerdings nicht verraten, dass ich das gesagt habe. Ihm ist sein Ruf sehr wichtig.«

Bei jedem Schritt folgte ihnen Geflüster, aber dennoch ließ sich Dianas Schwägerin durch nichts anmerken, dass sie es bemerkte oder sich dafür interessierte, was da geredet wurde. Seit der Skandal die Gesellschaft erschüttert hatte, war Diana eigentlich davon überzeugt gewesen, dass ihr das ganze Gerede nichts mehr ausmachte. Als sie allerdings Arm in Arm mit Rykers Ehefrau hier umherging und unbekümmert lächelte, musste sie sich eingestehen, dass sie sich selbst belogen hatte. Während die Viscountess sie an den gaffenden Gästen vorbei in eine Ecke des Ballsaals dirigierte, wuchs Dianas Unbehagen. Vielleicht wollte die andere sie doch zur Rede stellen, weil sie es gewagt hatte, Ryker um einen Gefallen zu bitten. Denn welches Recht hatte Diana eigentlich, ihn überhaupt um irgendetwas zu bitten?

Sobald sie stehen geblieben waren, stieß Diana hervor: »Gibt es einen Grund, weswegen Sie mit mir sprechen möchten, Mylady?«, und entschied sich für eine Unverblümtheit, die mehrere sauertöpfische Gouvernanten ihr auszutreiben versucht hatten, allerdings mit zweifelhaftem Erfolg.

Lady Chatham schaute sie an. Bedauern schimmerte in ihren hübschen blauen Augen. »Da wir Schwägerinnen sind, würde ich mich freuen, wenn wir auf jede Förmlichkeit verzichten könnten und du mich einfach Penelope nennen würdest.«

Diana nagte an ihrer Unterlippe, suchte nach einem Fallstrick.

Rykers Ehefrau betrachtete sie. »Ich habe es versäumt …«, begann sie leise. »Ich habe kaum einen Versuch« – *keinen* – »unternommen, dass wir einander vorgestellt werden, dabei bist du Rykers Schwester.«

Das Orchester beendete den lebhaften Ländler und begann mit dem nächsten Stück, während Diana sich ihre Antwort überlegte. »Warum hättest du das wünschen sollen?«, erwiderte sie. Nachdem sie sich umgeblickt hatte, um sich zu vergewissern, dass niemand in der Nähe war, sprach Diana weiter. »Meine Mutter hat Ryker und Helena großes Leid angetan, und ich erwarte nicht, dass du Freundschaft mit mir schließt.« Zwischen ihren Familien war zu viel geschehen. Helena hatte verziehen, Ryker nicht. Und daher würden Diana und ihr älterer Bruder niemals Frieden finden.

Kummer verdunkelte flüchtig Lady Chathams Züge, und sie fasste Diana an den Händen, drückte sie fest. »Es war falsch von Ryker und mir, dich auszuschließen, weil …« Sie schnitt eine Grimasse. »Wegen der Sache mit deinen Eltern.«

Diana wollte widersprechen und sich von ihr lösen.

Lady Chatham ließ das jedoch nicht zu. »Das hier ist nicht der geeignete Ort, um Unrecht gutzumachen, aber ich bitte dich noch einmal, lass uns als Schwägerinnen von vorn anfangen.«

Diana nickte. »Das würde mir sehr gefallen«, antwortete sie leise, und Lady Chathams Lächeln kehrte zurück.

Dianas Schwägerin räusperte sich. »Ryker und ich würden uns freuen, wenn du uns bei einer kleinen Dinnerparty Gesellschaft leistest.« Eine Dinnerparty? »Ryker dachte, du könntest vielleicht …« Lady Penelope schloss den Mund, wurde rot.

Was dachte Ryker? »Es wäre mir eine Ehre«, sagte Diana vorsichtig. Hinter dem Angebot verbarg sich mehr.

Penelopes Lächeln wurde breiter. »Ausgezeichnet.« Wieder bot ihre Schwägerin ihr den Arm.

Diana hakte sich sogleich unter und ließ sich durch den Ballsaal führen. Penelope krauste die Nase. »Furchtbar langweilig«, bemerkte sie leise. »Früher habe ich mich immer so auf Bälle gefreut«, gestand sie.

»Ich auch«, verriet Diana. Ja, es hatte eine Zeit gegeben, als sie hoffnungslos romantisch gewesen war, von Liebe und Hochzeit und einem »glücklich bis an das Ende ihrer Tage« geträumt hatte, wie man es nur in Büchern fand. Obwohl … Wieder sah sie zu Rykers Ehefrau. Das stimmte nicht wirklich. Ryker und seine Frau schienen sehr verliebt zu sein, genau wie es bei Helena und ihrem Ehemann der Fall war. Und beide Paare verdienten ihr Glück natürlich.

Sie wechselten einen Blick, und Penelope übte leichten Druck auf Dianas Arm aus, schien sie wortlos zu verstehen, und Diana fühlte sich plötzlich nicht mehr so allein. Leise vor sich hin summend schaute sich die Viscountess im Ballsaal um. »Dir geht es mit Mr Marksman gut, hoffe ich?«

Diana stolperte, dann richtete sie sich rasch wieder auf, und ihre Wangen wurden warm. »Wie bitte?«, fragte sie, von diesem jähen Themenwechsel überrascht.

Penelope sah sich erneut um und fand Niall mit dem Blick, winkte ihm unauffällig zu. Sein Stirnrunzeln vertiefte sich nur.

»Soweit ich es verstanden habe, hast du meinem Ehemann geschrieben, und ich wollte mich vergewissern, dass du mit Mr Marksmans Anwesenheit keine Schwierigkeiten hast.« Ah, also war auch das ein Motiv für ihre Schwägerin und nicht bloß der Wunsch, Frieden zwischen ihren Familien zu stiften.

»Glaubst du, das ist der Grund, weswegen ich Ryker geschrieben habe?«, erkundigte sich Diana vorsichtig. »Weil ich möchte, dass er Mr Marksman abzieht, da ich Angst vor ihm habe?« Mr Marksman, der in ihrem Haus und ihrem Kopf nur Niall war.

»Ist das nicht der Fall?«, hakte Lady Penelope nach. Und Diana erkannte, mit ihrer Direktheit war diese Frau die einzig Richtige für Ryker Black.

»Das war es nicht«, erwiderte Diana und schüttelte den Kopf. Sie mochte den Tod fürchten und dass sie wahnsinnig werden würde. Doch niemals einen ihrer Mitmenschen, sei es Mann oder Frau – Niall Marksman eingeschlossen. »Ich habe keine Angst vor Mr Marksman.«

»Ehrlich?« Penelope schaute sie mit neuer Billigung an.

»Ehrlich«, bestätigte Diana und sah hinüber zu der Stelle, wo Niall stand und sich leise mit Ryker unterhielt. Während er zu etwas nickte, was der andere Mann sagte, fanden Nialls Augen ihre. Ihr Herz klopfte schneller.

Penelope strahlte. »Ich mag dich immer lieber, Diana.« Dann fasste sie Diana wieder an der Hand und forderte sie auf, mit ihr weiterzugehen. »Komm, lass uns ein paar der netteren Mitglieder der guten Gesellschaft suchen. Ich verspreche dir, die gibt es.«

Während Nialls Blick sich in ihren Rücken bohrte, ließ sich Diana von ihrer Schwägerin wegziehen.

* * *

Aus schmalen Augen verfolgte Niall, wie Penelope Diana dem Earl of Maxwell vorstellte. Dem Mistkerl mit seinem Wüstlingsgrinsen und dem narbenfreien Gesicht, der schon viel Geld an Nialls Tischen – und inzwischen auch häufiger an Killorans – verloren hatte.

Ebendieser Kerl bemächtigte sich ihrer Hand und hob sie an seine Lippen, hauchte einen Kuss auf die Innenseite ihres Handgelenks.

Niall entwich ein Knurren.

Der Wunsch, sich quer über die Tanzfläche einen Pfad durch die Menge zu bahnen, packte ihn so heftig, wie er es zuvor nur bei Straßenkämpfen erlebt hatte.

»Und unsere Spirituosenhändler treiben ein unehrliches Spiel mit uns …«

Der Earl kritzelte seinen Namen auf ihre dämliche Tanzkarte, was hieß, dass zum ersten Mal seit mehr als zwei Stunden Diana, die bislang unbeachtet und einsam auf einem der Stühle hinten am Rande des Ballsaals gesessen hatte, einen Tanzpartner haben würde. Und nicht irgendeinen. Den lächelnden, stets zuvorkommenden Lord Maxwell.

»Die Mitgliederzahlen sinken …«

Dass sich die verflixte Penelope auch einmischen musste! Was hatte sie eigentlich Diana einem Adligen vorzustellen, der zu viel trank, noch mehr Geld verspielte, und das zudem oft genug mit einer Dirne auf dem Schoß?

»Calum ist inzwischen Chef der Sicherheitsleute im Devil's Den …«

Niall blinzelte langsam, richtete seinen Blick auf Ryker.

Der schnaubte amüsiert. »Ich sehe, jetzt habe ich deine Aufmerksamkeit.«

»Ach, geh zur Hölle«, erwiderte Niall halblaut, was ihm ein leises Lachen von Ryker eintrug. Er lachte, zog andere auf und wirkte unbeschwert – was zum Teufel hatte Penelope Black mit dem gnadenlosen Lord der Unterwelt von einst angestellt?

»Du hast kein einziges Wort gehört von dem, was ich gesagt habe«, stellte Ryker fest, verschränkte die Arme vor der Brust. Die Anspannung, die er mit seiner Körperhaltung verriet, widersprach dieser nach außen gezeigten Gleichgültigkeit. Ryker Black mochte scherzen und lachen können, aber er war niemand, der sich ignorieren ließ.

»Ich kümmere mich um meine Pflichten«, beschied ihm Niall scharf, und ein Diener, der in Hörweite mit einem Tablett vorbeikam, ließ es vor Schreck beinah fallen. Mit einem lauten Schlucken gelang es dem Lakaien gerade noch rechtzeitig, eine Katastrophe zu verhindern, bevor er sich hastig in die entgegengesetzte Richtung entfernte.

»Diana«, bemerkte Ryker.

Ja, Diana. Die junge Dame, mit der er einen Waffenstillstand geschlossen hatte, deren Wangen jetzt gerade scharlachrot anliefen wegen etwas, was Lord Maxwell zu ihr gesagt hatte. »Es sei denn, es gibt andere Pflichten, von denen ich nichts weiß.«

»Komm ein Stück mit mir«, verlangte Ryker.

Der Earl führte Diana auf die Tanzfläche und legte seine Hand an ihre Taille. Niall kniff die Augen zu schmalen Schlitzen zusammen. Die Hände des Bastards lagen viel zu tief, strichen praktisch über ihren wohlgeformten Hintern. Das war die Sorte Mann, der Penelope und Ryker Diana anvertrauen würden? »Ich muss meine Pflicht erfüllen«, erklärte er scharf. Es war völlig gleichgültig, dass die Dame ihm mitgeteilt hatte, sie wolle niemanden heiraten. Es zählte nur, dass in diesem Fall ihre Wangen so rot wurden wie die Blumen, mit denen Penelope den Club gefüllt hatte, während der eingebildete Schnösel Diana auf der Tanzfläche durch die Schrittfolge eines Walzers wirbelte.

»Calum ist da«, erinnerte ihn Ryker.

»Als Gast«, erwiderte er knapp. Anders als Niall, der hier als Wache angestellt war und dessen Aufgabe es war, auf Diana aufzupassen.

»Das macht keinen Unterschied«, beharrte Ryker.

Niall bemerkte Rykers raue Stimme. Den leisen Anflug von Furcht in seinen harten Augen. Sie alle trugen ihre eigenen Dämonen in sich. Rykers war Angst vor Menschenansammlungen. Niall zögerte noch einen Moment lang, blickte über das Meer vornehmer Gäste, lauter Menschen, die er schon sein ganzes Leben lang verachtete, entdeckte schließlich Diana mitten unter ihnen.

Mit der Geschmeidigkeit der Londoner Taschendiebe, die sie einmal gewesen waren, bewegten sich Niall und Ryker durch das Gedränge und gelangten schließlich in Lady Milfords Garten.

Einmal draußen, holte Ryker tief Luft. Niall griff in seinen Abendrock, zog zwei Stumpen heraus und reichte einen seinem Freund und Partner. Manchmal brauchte ein Mann die Stärkung, die eine Zigarre bot.

Ryker zögerte.

»Sie wird es nicht erfahren«, ermutigte ihn Niall, zündete die Zigarre an einer der brennenden Fackeln entlang der Wege hier draußen an. Es war kein Geheimnis, dass Ryker seiner Frau versprochen hatte, zukünftig nicht mehr zu rauchen. So wie sie die Einrichtung verändert hatte und die Rolle der Prostituierten im Club neu bestimmt hatte, war auch Ryker Black inzwischen nicht mehr die letzte Instanz.

»Sie weiß alles«, murmelte Ryker. Allerdings verriet das leichte Funkeln in seinem Blick, dass seine Brummigkeit bloß aufgesetzt war.

Ein rostiges Lachen rumpelte tief in Nialls Brust, ehe er erneut an seiner Zigarre zog, seine Lungen mit Rauch füllte. Zwischen ihnen entstand ein freundschaftliches Schweigen, während Ryker seine Panik von eben unter Kontrolle bekam.

Niall klopfte seine Asche ab und schaute empor zu der Handvoll Sterne, deren Licht es schaffte, durch den dichten Dunstschleier am Londoner Nachthimmel zu dringen.

»Es hat weitere handgreifliche Auseinandersetzungen im Club gegeben«, bemerkte Ryker plötzlich. Niall drehte den Kopf zur Seite. Die gleiche Wut und Panik, die mit der Erwähnung einer Bedrohung ihrer Sicherheit stets in ihm aufwallte, erfasste ihn jetzt ebenfalls.

»Einer von Killorans Männern«, fuhr Ryker fort. »Er kam mit einer Warnung, dass es, wenn irgendeiner unserer Männer sie noch einmal bedrohen würde, schlimmer werden würde. Weißt du irgendetwas davon?«

Das also war der Grund für Rykers Bitte, ihn zu begleiten. Dass er ihn befragen wollte. Verdammter Killoran. Hitze stieg Niall den Nacken hoch, und mit einem Fluch warf er seinen Stumpen auf den Boden und trat ihn aus. »Er hat eine Schwester. Das ist für uns eine nützliche Information.« Der Besitzer des Devil's Den hatte sich mit der Nachricht und der Herbeiführung eines weiteren Zwischenfalls im Club als mutiger erwiesen, als Niall ihm zugetraut hätte. Oder als wesentlich dümmer.

Sein Bruder versteifte sich. »Du hast die Schwester des Mannes bedroht?«

Niall schob das Kinn vor und schwieg. Er würde sich nicht entschuldigen. Er hatte gehandelt, als die anderen es hätten tun sollen.

Ryker stieß einen ganzen Schwall von Flüchen aus, der von einem uncharakteristischen Mangel an Kontrolle sprach. »Verdammt, Niall. Wir bedrohen keine Frauen. Wir sind nicht wie Diggory und seine Leute.« Er machte eine Handbewegung mit seiner glühenden Zigarre, und die Spitze leuchtete im Dunkeln.

»Er bedroht, was wir aufgebaut haben.« Ihre Sicherheit. Ihre Zukunft. Ihren Frieden. Das alles konnte einfach so fort sein, und was würde dann aus ihnen werden? Black mit seinem Titel und den dazugehörigen Ländereien würde in Wohlstand und Frieden weiterleben können. Niall, Calum und Adair und allen, die von ihnen abhängig waren, drohte der Untergang.

Sein Bruder schwieg eine ganze Weile lang. »Seine Drohung richtet sich gegen unseren Club. Er möchte unsere Mitglieder«, räumte Ryker schließlich ein. »Aber wir begeben uns nicht auf sein Niveau hinab, stellen uns nicht auf die gleiche Stufe wie er mit seiner Niedertracht. Wir bedrohen weder Frauen noch Kinder.« Kalte Wut glitzerte in seinen Augen, während er ein weiteres Mal an seiner Zigarre zog. »Habe ich mich klar ausgedrückt?« So klar wie die mondbeschienene Nacht. Er würde nicht dulden, dass seine Anweisungen missachtet wurden.

Seit er als Kind wie ein Hund zum Gehorsam geprügelt worden war, hatte sich Niall dagegen aufgelehnt, gezwungen zu sein, zu tun, was ihm gesagt wurde. Einzig die Gemeinschaft mit Männern und Frauen, die die gleiche Hölle durchlitten hatten wie er, hatte ihm helfen können, den aufsässigen, reizbaren Jungen hinter sich zu lassen, der auf den nächsten Kampf lauerte. Mit der Logik eines Mannes sah er die Notwendigkeit ein, Befehlen zu gehorchen, die dem Wohl der Gruppe dienten. Er nickte knapp.

Sein Bruder nahm einen letzten Zug von seiner Zigarre und trat sie mit seinem Absatz aus. »Sie haben Penelopes Angreifer gefunden.«

Bei diesem erneuten Themenwechsel richtete Niall sich auf.

Ryker blickte weg, doch nicht bevor Niall ihn wie im Schmerz das Gesicht verziehen sah. Der kürzliche Übergriff hätte beinahe zum Tod seiner Frau geführt. Nachdem sie auf der Straße in die Enge getrieben worden waren, hatte Penelope eine Stichwunde in die Seite davongetragen. Und beide Angreifer waren entkommen.

»Wer?«, wollte er wissen. Er hatte den einen zu Boden gerungen, aber der nutzlose Konstabler hatte nicht aufgepasst und ihn entwischen lassen. Oder, was wahrscheinlicher war, er war von dem Anführer bestochen worden.

»Es waren nicht Killorans Männer«, erklärte Ryker. »Nach Diggorys Tod kam es zu einer Aufspaltung. Einige haben Killoran seine Rolle als Nachfolger streitig gemacht. Sie wollten Diggory rächen.«

Niall setzte die Puzzlestücke zusammen. Das Leben auf der Straße enthielt immer den Kampf um Macht, wenn ein Anführer fiel. »Woher weißt du …?«

»Killoran hat mir einen Besuch abgestattet.«

Das waren die falschen Worte. Sie beschworen das Bild von höflichen Gentlemen herauf, die sich bei Brandy und einer Zigarre trafen. Dass Killoran in ihrem Haus gewesen war, hatte etwas Finsteres und Gefährliches.

Niall ballte seine Hand zur Faust.

Der Teufelssohn hatte das »Hell & Sin« betreten, während Niall in Mayfair gewesen war und den Aufpasser für Diana gespielt hatte, ihre roten Lippen geküsst, sie auf ihre Fahrten durch die Parks begleitet und mit ihr Tee getrunken hatte. Schlimmer noch, er hatte jeden einzelnen verflixten Moment in ihrer Nähe genossen. Scham ballte sich in seiner Kehle zusammen, und er musste sich anstrengen, um die nächsten Worte daran vorbeizuzwängen. »Was wollte er?«

»Ein Abkommen.« Ryker erwiderte seinen Blick. »Einen Schwur, dass, auch wenn die Fehde zwischen den beiden Clubs weitergeht, unsere Familien und Angestellten darunter nicht leiden werden.«

Nialls Mund bewegte sich. Man musste schon sehr dämlich sein, um einem Schwur zu trauen, den Broderick Killoran geleistet hatte. »Und das glaubst du?« Seine Zweifel klangen unüberhörbar in der Stille der Nacht.

Ryker nickte knapp. »Allerdings.«

Wütend ging Niall ein paar Schritte, wollte Abstand zu ihm haben. »Und trotzdem wird er weiter Auseinandersetzungen und Instabilität in unseren Club bringen«, schimpfte er.

Ryker musterte ihn eisig. »Killoran hat darauf hingewiesen, dass das Vergeltung für dein Auftauchen bei ihm gewesen sei und dass es in der Zukunft jedes Mal einen Gegenbesuch geben werde.« Diese Worte enthielten einen kaum verhohlenen Vorwurf.

Niall pfiff leise durch die Zähne. Er hatte den elenden Mistkerl unterschätzt. Killoran war nicht bloß ins »Hell & Sin« gekommen, er hatte auch Nialls Worte und Taten verdreht, um ihn vor seinen Geschwistern und Angestellten anzuschwärzen. Rastlos holte er eine weitere Zigarre hervor und zündete sie an einer Fackel in der Nähe an. Er nahm einen langen, tiefen Zug, ließ zu, dass er seine Lungen füllte. Langsam atmete er aus.

Der Kies unter Rykers Schuhen knirschte, was verriet, dass er sich bewegt hatte.

»Vielleicht kann dich das hier versöhnen.« Immer noch von rastloser Wut erfüllt, atmete Niall tief ein. »Du kannst morgen zurückkommen.« Niall verschluckte sich. Seine Schultern bebten unter dem Hustenanfall, und seine Augen tränten. Er konnte zurückkommen? Natürlich, es lag ja auf der Hand. Die Angreifer waren gefasst und ein Abkommen mit Killoran geschlossen, sodass es nicht länger nötig sein würde, dass Diana nur mit Niall im Schlepptau durch London spazieren durfte. Dennoch regte sich eine merkwürdige Panik in seiner Brust.

Ryker betrachtete ihn seltsam. »Alles in Ordnung mit dir?«

»Hab den Rauch in die falsche Röhre bekommen«, murmelte er, als er wieder sprechen konnte. Was für ein Mist. Er hatte sich schon ewig nicht mehr an Zigarrenrauch verschluckt. »Denkst du nicht, es ist weiter riskant für sie, ohne Leibwächter zu sein?«

Sein Bruder begann an den Fingern abzuzählen, was Niall sich selbst auch schon gesagt hatte. »Killoran hat versprochen, Ruhe zu geben. Die Männer, die dich und Penelope angegriffen haben, sind festgenommen, genau wie die Männer, die mit ihnen zusammenarbeiten.«

Das waren natürlich ausreichende Gründe, seinen Posten an Diana Verneys Seite zu verlassen. Warum also verursachte die Aussicht, in die Spielhölle zurückzukehren, eine so schmerzliche Leere in seiner Brust? Es war vermutlich deswegen, weil sie der einzige Mensch war, der Niall anders behandelt hatte als einen Bastard von der Straße. Selbst seine Brüder sahen in ihm einen gnadenlosen Hurensohn, der einzig zum Bewachen und Beschützen taugte. Was genau dem entsprach, was Niall wollte. Er hatte sein Leben lang daran gearbeitet, sich in diesen erbarmungslosen Herrn der Unterwelt zu verwandeln.

Oder etwa nicht?

»Bist du dir sicher?«, wollte er barsch wissen, während er versuchte, seine Gedanken zur Ordnung zu rufen.

Ryker zuckte die Achseln. »Hat es irgendeinen Vorfall oder einen Hinweis auf einen gegeben, seit du in ihrer Nähe bist?« Das war eine ganz normale Nachfrage von jemandem, der Niall eine Aufgabe übertragen hatte, nicht die besorgten Worte eines Bruders. Niall biss die Zähne zusammen, bis es wehtat. Niemand hielt zu Diana Verney.

Er schüttelte den Kopf.

»Da hast du deine Antwort.« Ryker zog seine Taschenuhr hervor und schaute auf das Ziffernblatt. »Penelope wird nach mir suchen.« Er steckte die Silberkette wieder zurück in seine Westentasche, blieb aber weiter stehen.

Für den Bruchteil eines Wimpernschlags dachte Niall, Ryker würde ihn bitten, mehr Zeit in Dianas Nähe zu verbringen. Doch dann … »Wir werden eine Dinnerparty geben.«

Wieder war Niall verblüfft. »Eine Dinnerparty?« Ryker Black mied gewöhnlich Veranstaltungen der guten Gesellschaft, so gut es ging.

»Penelope ist der Ansicht, dass Diana die Möglichkeit erhalten soll, infrage kommende Verehrer kennenzulernen«, erläuterte sein Bruder. Diese lässig gesprochenen Worte trafen Niall wie ein Tritt in den Magen. Black richtete seinen durchbohrenden Blick auf ihn. »Da du nicht länger bei ihr bist und Wilkinson … abgelenkt ist, würde ihr ein Ehemann guttun.«

Ein Muskel zuckte an Nialls rechtem Augenwinkel. Warum verdammt noch mal erzählte Ryker ihm das? »Penelope glaubt das? Oder du?« Die Frage stieß er schnell und scharf hervor, bevor er sie zurückrufen konnte. Er wollte gar nicht wissen, dass, nachdem er selbst fort war, ein feiner Pinkel seinen Platz einnehmen würde.

»Ich.« Ryker zückte erneut seine Taschenuhr, steckte sie wieder ein und sah Niall ins Gesicht. »Danke«, sagte er mit seinem gewohnten Ernst. »Ich weiß, du hasst diese Welt so sehr wie ich.« Sogar mehr. »Danke, dass du dich dennoch hineinbegeben und dafür gesorgt hast, dass Diana kein Leid geschieht.«

Er dankte ihm.

Eine erfüllte Aufgabe.

Ein vorschriftsmäßig erledigter Auftrag.

Niall starrte Ryker hinterher, noch lange nachdem seine hochgewachsene Gestalt verschwunden war, und rauchte seine Zigarre zu Ende.

Ich gehe heim.

Und obwohl er Ryker dafür zur Hölle gewünscht hatte, dass er ihm diese Aufgabe aufgehalst hatte, wünschte er ihn jetzt dorthin, weil er sie ihm wieder abnahm.

Kapitel 13

Insgesamt betrachtet war der Abend ein rauschender Erfolg gewesen. Ihr Vater hatte gelächelt, *wirklich* gelächelt – zum ersten Mal seit einem Jahr. Diana hatte vorsichtig Freundschaft mit ihrer Schwägerin geschlossen – einer Schwägerin, die sie heute Abend zu einer Dinnerparty gebeten hatte, die sie und Ryker am Ende der Saison geben wollten. Es war ein Zeichen für einen Neuanfang mit ihrer Familie.

Selbst die Mitglieder der guten Gesellschaft hatten sie nicht verächtlich behandelt. Sie war mehrmals zum Tanz aufgefordert worden, einmal von Lord Maxwell, ein anderes Mal von Penelopes Schwager Lord St. Cyr. Natürlich waren beide Male von ihrer Schwägerin eingefädelt worden, damit Diana nicht den ganzen Abend an der Wand sitzen musste.

Aber alles, woran Diana jetzt denken konnte, war eine Kleinigkeit: Niall hatte ihr Zimmer nicht inspiziert.

Da sie einfach nicht einschlafen konnte, saß sie mit an die Brust gezogenen Knien auf dem gepolsterten Sitz am Fenster im Salon, von wo aus man die stillen Londoner Straßen sehen konnte. Die helle Scheibe des Vollmonds lugte immer wieder hinter den Wolken hervor und badete die Pflastersteine in ihrem sanften Schein.

Er hatte sie nicht mal zu ihren Räumen gebracht.

Zum ersten Mal, seit Niall zu Dianas Leibwächter bestimmt worden war, hatte er auf die methodische, gründliche Durchsuchung ihrer Räume verzichtet, nach der er gewöhnlich mit einem knappen »Nacht« gegangen war.

Heute, als sie von Lord und Lady Milfords Ball zurückgekehrt waren, hatte er Abstand zu ihnen gehalten und war dann in den Gästeflügel abgebogen, wo sein Zimmer lag.

Sie legte das vergessene Buch neben sich, stützte ihr Kinn auf die Knie und rieb es über den dünnen Stoff ihres weißen Nachthemds. Niall Marksman war kein Mann, der seine Pflichten vernachlässigte. Das widersprach der Art und Weise, wie er sich auf seinem Posten in Lady Milfords Ballsaal verhalten hatte, als wäre er der Anführer der Armee des Königs, der seine Truppen in die Schlacht führte.

Es ergab einfach keinen Sinn.

Es sei denn, er würde gehen. Dann wäre sein Verhalten erklärbar. Sie unterbrach ihre gedankenverlorene Bewegung, als der nagende Verdacht, der sie seit vorhin plagte, zur Gewissheit wurde. Vielleicht hatte er beschlossen, dass er doch seine Freiheit auskosten wollte. Vielleicht …

Ihr war, als vernähme sie leise, kaum hörbare Schritte vom Flur. Ihr Herz setzte einen Schlag aus, als sie sich wieder an das Entsetzen angesichts offen stehender Türen und Fenster und gebrochener Achsen erinnerte. Vergessene Schrecken. Schrecken, an die sie keinen Gedanken mehr verschwendet hatte, seit Niall in diesem Haus lebte, um über ihre Sicherheit zu wachen.

Sie griff hinter sich, um den Ring zu öffnen, der den Vorhang zusammenhielt. Ihr stockte der Atem, als der schwere Stoff auseinanderfiel.

Stell dich nicht so an. Du bauschst in deiner Fantasie Schatten zu Monstern auf, genau wie dein Vater behauptet hat. Zweifellos war das nur ein Bediensteter, der die Kerzen löschte, bevor er sich für den Rest der Nacht zur Ruhe begab.

Ein Dielenbrett knarrte, und sie biss sich fest auf die Innenseite der Wange. Sie presste sich gegen die Wand, als würde sie versuchen, mit ihr zu verschmelzen. Sie spitzte die Ohren, lauschte angestrengt. Die Standuhr tickte unverhältnismäßig laut, betonte die Stille im Haus. Diana konzentrierte sich auf die Sekunden, und mit jedem Schlag, bei dem kein Feind den Vorhang zurückriss und ihr Versteck entlarvte, ließ ihre Anspannung langsam nach.

»Du bist albern«, sagte sie sich flüsternd. Niall hatte mit seinen Zweifeln recht gehabt. Was sollte ihr irgendjemand schon antun wollen? Ihre Verbindung zu Ryker war bestenfalls schwach, schlimmstenfalls nicht existent. Daher konnte sie niemals als Pfand benutzt werden, um ihn oder irgendjemand anders zu verletzen. Selbst ihr eigener Vater hatte aufgehört, sie zur Kenntnis zu nehmen. Nachdem sie sich beruhigt hatte, steckte Diana den Kopf durch den Spalt in den Vorhängen.

Beinah hätte sie aufgeschrien, schlug sich gerade noch rechtzeitig die Hand vor den Mund. Das unheimliche Licht der Kerze schimmerte auf dem strahlend weißen Hemd eines Gentlemans.

Sie blinzelte mehrmals langsam.

Eines großen Gentlemans.

Eines sehr großen Gentlemans.

Eines ihr bekannten Gentlemans mit unvorstellbar breiten Schultern und Muskeln, die besser zu einem Berufsboxer passen würden.

Niall?, formte sie stumm mit den Lippen.

Diese Figur konnte man nicht verwechseln. Zu irgendeinem Zeitpunkt hatte er seinen Abendrock abgelegt und stand nun in seinen weinroten Hosen, dem weißen Hemd und Stiefeln da. Es juckte sie in den Fingern, ihren Pinsel zu nehmen

– das Verlangen, ihn so festzuhalten, ohne dass er etwas davon ahnte, wie er dastand und ihr den Rücken zukehrte, konzentriert eines ihrer vielen Bilder betrachtete. Diana rutschte vor, hielt die Luft an und steckte den Kopf weiter aus dem Spalt. Der Atem stockte ihr. Es hatte etwas sehr Intimes, einem Mann nahe zu sein – nein, *diesem* Mann –, ohne Weste, Halstuch und Rock. Der fein gewebte Baumwollstoff seines Hemdes betonte das Spiel der Muskeln auf seinem Rücken.

Sie sollte sich bemerkbar machen. Das hätte sie schon in dem Moment tun sollen, als er hereingekommen war. Und ganz bestimmt sollte sie ihn nicht ohne sein Wissen beobachten.

Er bewegte sich, und das Herz schlug ihr bis zum Hals. Rasch zog sie sich in ihr Versteck zurück. Sie kniff die Augen zu und betete leise, dass er sie nicht dabei entdeckte, wie sie ihn einem unartigen Kind gleich heimlich betrachtete. Die Dielenbretter knarrten, und sie fuhr zusammen.

Wieder senkte sich Stille über den Raum, und sie hielt den Atem an, schaute um den Vorhang herum.

Und fluchte im Geiste.

Niall wandte sich der nächsten Staffelei zu, schien nicht willens, den Raum schnell wieder zu verlassen. Der aromatische Duft von Zigarrenrauch kitzelte sie in der Nase. Diana fächelte die Luft. Neugier verleitete sie, sich ein weiteres Mal vorzulehnen.

Die Arme vor der Brust verschränkt, hob Niall immer wieder einen Zigarillo an die Lippen und zog daran.

Sie legte den Kopf schief. Als sie ein kleines Mädchen gewesen war, hatte sie sich oft auf das weiche Ledersofa neben dem Schreibtisch ihres Vaters gesetzt, während der seinen Geschäften nachging. Ab und zu hatte er eine kleine Tabakpfeife zwischen den Zähnen gehabt. Bis Mutter sie eines Tages erwischt hatte. Wutschnaubend hatte sie Diana und ihrem Mann einen Vortrag gehalten, dem Herzog, weil er sich einem so plebejischen

Vergnügen wie Pfeiferauchen hingegeben hatte. Und zudem in ihrem Zuhause.

Es war das letzte Mal gewesen, dass es Diana gestattet worden war, ohne Begleitung einer Zofe oder ihres Kindermädchens herumzustreifen, und das letzte Mal, dass sie Tabakduft gerochen hatte – bis jetzt. Was würde ihre Mutter wohl sagen, wenn sie diesen Mann, der von der Straße stammte, in ihrem Salon sehen könnte, wie er über ihre Tochter wachte und dabei Asche und Qualm hinterließ? Angesichts der Verbrechen, die die Herzogin sich hatte zuschulden kommen lassen, schien es nur angemessen und richtig, dass auch dieser Aspekt ihrer Welt in sich zusammenstürzen sollte.

»Haben Sie vor, auf der Bank dort zu schlafen?«

Nialls tiefer Bariton grollte durch den Raum. Diana schnappte nach Luft und kippte vor Schreck fast zur Seite. Rasch griff sie nach dem Vorhang und rettete sich in letzter Sekunde davor, aus ihrem Versteck zu purzeln.

Ihre Haut wurde vor Verlegenheit heiß, und sie blickte kurz zum Fenster. Es konnten nicht mehr als – sie spähte hinaus in die Dunkelheit und seufzte – dreißig Fuß sein. Sie hatte viele Fehler, war impulsiv und redete gern. Aber sie war kein Feigling.

Mit einem weiteren Seufzen schob Diana die Stoffbahnen zur Seite. »Sie wussten die ganze Zeit, dass ich da drin bin?« Sie schwang ihre Beine über die Kante der Bank, und ihr Nachthemd bauschte sich um ihre Knöchel. *Was für ein Ekel.* Obwohl sie nicht entscheiden konnte, ob sie ärgerlicher auf ihn war, weil er sie gefunden hatte, oder auf sich selbst, weil sie unfähig war, selbst etwas so Simples zustande zu bringen, wie sich wirkungsvoll zu verstecken.

Seine Lippen zuckten auf der einen Seite, und in seiner vernarbten Wange bildete sich ein Grübchen, was ihn gleich viel sanfter erscheinen ließ, auch wenn er sonst vor allem hart und bedrohlich wirkte. »Es ist mein Job, alles zu hören und zu sehen,

Liebes.« *Liebes.* Das war nur einfach so dahingesagt, trotzdem fühlte sie sich, als ob ein ganzer Schwarm Schmetterlinge wild in ihrem Bauch umherflatterte. »Wenn ein Mann es nicht hört, wenn jemand sich an ihn heranschleicht, endet er mit aufgeschlitzter Kehle und einer Klinge im Bauch.«

Seine Worte bewirkten eine unheimliche Kälte im Zimmer. Sie erschauerte und wickelte sich enger in ihren Morgenrock. Wie musste sein Leben gewesen sein? Wieder richtete sie ihre Augen auf seine Narben. Sie fragte sich, wer ihn so gehasst und verletzt hatte, dass er so hatte leiden müssen. Scham erfüllte sie bei dem Gedanken, dass sie dermaßen mit sich selbst beschäftigt gewesen war, ohne an das Leid anderer zu denken. »Da kennen Sie sich aus?«, fragte sie unnötigerweise, von dem Wunsch getrieben, es zu wissen.

Er zog erneut an seinem Zigarillo und atmete den Rauch langsam aus. »O ja«, antwortete er beinahe unwirsch, glitt wieder in den rauen Cockney-Dialekt ab. Und doch schloss er sie mit der vagen Erwiderung aus. Tat er das, um sich selbst zu schützen? Oder glaubte er wie alle anderen, dass Diana zu schwach war, um die Wahrheit über die Welt um sie herum zu verkraften?

Sie beobachtete ihn, während er rauchte, fasziniert von seiner weltverachtenden Lässigkeit. Schon bald würde er gehen, und wer Niall Marksman war oder gewesen war oder auch eines Tages sein würde, wenn Diana nicht mehr hier war und ihre Tage in Bedlam fristen musste, war nicht von Bedeutung. Oder sollte es nicht sein. Er war einfach nur ein weiterer Mensch, der vorübergehend eine Rolle in ihrem Leben spielte und dann weiterzog. Damit unterschied er sich gar nicht so sehr von ihren eigenen Eltern oder den Verehrern, die sie einmal umschwärmt hatten. Aber in den drei Wochen, die sie zusammen verbracht hatten, war er ein unauslöschlicher Teil ihres Lebens geworden. Die eine Person, die offen mit ihr gesprochen und sie nicht behandelt hatte, als müsse sie geschont werden, weil sie die Tochter eines Herzogs war. Dennoch, es war merkwürdig, wie wenig sie über ihn wusste. »Sind Sie so zu ihnen gekommen?«

Er schaute sie mit hochgezogenen Brauen an.

»Ihre«, sie deutete auf seine rechte Wange, »Narben.«

Als ob sie zum Tee höflich Konversation machten und von etwas so Alltäglichem sprächen wie dem Wetter, klopfte er die Asche seines Zigarillos in eine Vase in der Nähe. »Zu einigen.«

Mit dieser beiläufigen Antwort hätte er seinen Wunsch nicht klarer zum Ausdruck bringen können, dass Diana schwieg.

Sie kam langsam auf die Beine, konnte sie allerdings irgendwie nicht weiter bewegen. »Ist es oft passiert?«, hakte sie nach, wollte, bevor Niall Marksman ging, unbedingt wenigstens ein paar der Wälle um ihn einreißen und begreifen, wer er war. »Hat man versucht, Sie zu bestehlen?« Vor ihrem geistigen Auge erschien ein herzerweichendes Bild von Niall als kleinem Jungen mit einem Schopf schwarzer Locken und ängstlich blickenden blauen Augen, der um sein Leben kämpfte, während jemand anders ihn um die paar Besitztümer zu erleichtern versuchte, die er damals sein Eigen genannt hatte.

Niall erstarrte, den Zigarillo auf halbem Weg zum Mund. »Ist es das, was Sie glauben?«, wollte er wissen, und der höhnische Unterton, der sonst in ihren Gesprächen präsent gewesen war, war nach ihrer Frage wieder zurück. »Dass ich ein armer, furchtsamer, unschuldiger Junge war, der auf der Straße geschlafen hat und von älteren, härteren Männern ausgenutzt wurde?«

Die Muskeln in ihrer Kehle arbeiteten, und sie legte sich die Hände an den Hals. »Ich … Ja … Nein …«

Er machte einen Schritt auf sie zu, und die Schnelligkeit dieser Bewegung ließ Diana hastig zurückweichen, wobei sie stolperte. Es gelang ihr, sich auf einem Mahagoni-Beistelltischchen abzustützen, und sie zwang sich, nicht wegzulaufen, eingeschüchtert und stumm, wie er es sicherlich erwartete.

»Ich war der, der andere erstochen hat, während sie schliefen.«

Ein dumpfes Summen war in ihren Ohren. Sie glaubte es nicht. Weigerte sich, die Lügen zu schlucken, die er ihr vorsetzte. Sie schüttelte den Kopf, wie um ihn zu klären, aber das verwirrte Summen verschwand nicht.

Mit einem harten, freudlosen Verziehen des Mundes rauchte Niall weiter, wirkte unheimlich ruhig. »Ich war nicht der arme Straßenjunge, zu dem Sie mich in Ihrem Kopf gemacht haben, Diana. Ich habe auf Befehl getötet.«

Seine Worte enthielten eine Wahrheit, die sie innerlich betäubte, den Schock durchdrang. Er war nach eigener Aussage ein Mörder, und seine Haltung, unnachgiebig, nicht Verzeihung heischend, verriet, dass er keine Skrupel hatte. Doch von all jenen schrecklichen, furchtbaren Worten, die er ausgesprochen hatte, beschäftigten sie vor allem zwei.

Auf Befehl.

Sie löste ihre Finger von der Tischkante. »Wer würde so etwas wollen?«, fragte sie leise und näherte sich ihm.

Er beobachtete sie argwöhnisch, wie er ein Gespenst um Mitternacht betrachten mochte, das gekommen war, um ihn wegen der Verbrechen zu verfolgen, die er begangen hatte, die er soeben gestanden hatte. »Was meinen Sie?« Die groben, rau hervorgestoßenen Worte waren kaum verständlich.

Diana blieb vor ihm stehen und berührte mit der Fingerspitze ihres Zeigefingers die hässliche weiße Narbe, die neben seiner Nase begann und sich über seine gesamte rechte Wange zog. Er zuckte zusammen, wandte allerdings den Kopf nicht ab, versuchte nicht, ihrer zarten Berührung auszuweichen. »Sie sagen, Sie wären zum Töten gezwungen worden.« Das war ein Unterschied. Ein kleiner, aber doch ein so überaus bedeutungsvoller. War ihm das überhaupt selbst klar?

Er versteifte sich, drückte dann hastig den Zigarillo aus. »Sie haben gehört, was Sie hören wollten.«

»Ich habe genau gehört, was Sie gesagt haben«, stellte sie ruhig richtig, und ihr Blick blieb an dem kleinen weißen Kreis gleich über seiner Augenbraue hängen. Wie kam jemand zu einer so kleinen, scharf umrissenen Narbe?

Seine Kiefer arbeiteten, und sie sah, welchen Kampf er in sich ausfocht. Den Kampf darum, sie auszuschließen, wie er das zweifellos bei allen anderen zuvor getan hatte. Denn obwohl es ein elendes Leben war, allein in einer einsamen Welt, hatte es etwas wesentlich Gefährlicheres, wesentlich Herzzerreißenderes, wenn man sich unter Menschen aufhielt, die einen verhöhnten.

Trotz des Standesunterschiedes zwischen ihnen waren sie sich dennoch in den grundlegenden Punkten, denen, auf die es ankam, sehr ähnlich.

»Wie alt waren Sie?«, erkundigte sie sich leise, als er weiter schwieg.

»Sieben? Acht? Ich weiß es nicht.«

Sie legte den Kopf schief.

Ein harsches, hässliches, freudloses Lachen brach aus ihm hervor. »Ich weiß nicht, wie alt ich bin, Prinzessin. Meine Mama hat mich Diggory verkauft, als ich praktisch noch ein Baby war.«

Diana ließ die Hand an ihre Seite sinken und verbarg sie in ihren Röcken, damit er nicht sehen konnte, dass sie zitterte. Er würde das als Schwäche werten und als Bestätigung von jeder schlechten Meinung, die er je über sie gehabt hatte. »Diggory«, wiederholte sie. Wieder dieser Name. Ein schwerer Druck legte sich auf ihre Brust.

Niall nickte.

Er sprach von etwas Bösem – dem Verkauf eines Kindes an einen brutalen Widerling. Das war etwas, was den Verbrechen ihrer Mutter gleichkam. Denn es war genau das Verbrechen, dessen ihre Mutter schuldig war. Nur dass die Duchess of Wilkinson kein Geld dafür genommen hatte, dass sie erst Ryker und dann Helena dem Unhold überantwortet hatte. Sie hatte das mit nichts anderem im Sinn getan als ihrem gesellschaftlichen Rang.

»Er hat mir beigebracht, wie man die Klinge benutzt. Hat mich gezwungen, Rivalen und Feinde auszuschalten.« In seinen Blick trat ein entrückter Ausdruck, und in diesem Moment hörte er auf, sie wahrzunehmen oder irgendetwas anderes außerhalb dessen, was er vor seinem geistigen Auge sah. Wie sehr sie sich danach sehnte, seine Schlachten für ihn zu schlagen. Seinen Schmerz zu ihrem eigenen zu machen.

»Es gab da einen Jungen«, sagte er, und in seiner Stimme lag eine merkwürdige Distanziertheit. »Ryan.« Seine Lippen verzogen sich wie bei einer bitteren Erinnerung. »Ein winziger Kerl. Er war schneller als eine Ratte im Müllhaufen. Diggory hatte gesehen, wie flink er war, und wollte das nutzen, um die Theaterbesucher rund um Drury Lane um ihre Wertgegenstände zu erleichtern. Hat ihn bei sich aufgenommen. Bloß war er ein schlechter Taschendieb«, fuhr er fort, beinah, als spräche er zu sich selbst. »Ich hab versucht, es ihm beizubringen, aber …«

Aber … Das Wort hing in der Luft zwischen ihnen, unheilvoll und schwer.

»Aber?«, hakte sie sanft nach, legte ihre Hand an seine Wange und zwang ihn, sie wieder anzusehen.

Er blinzelte. Hatte er eben überhaupt noch gewusst, dass sie hier war?

»Ich konnte nicht mehr als Taschendieb arbeiten, weil ich zu groß geworden war. Er hat angeordnet, dass ich stattdessen für ihn töten sollte. Doch das wollte ich nicht.«

Sie nahm ihre Unterlippe fest zwischen ihre Zähne, stellte sich Niall als kleinen Jungen vor. Er hätte stumm dagestanden, mit einem trotzigen Ausdruck in den Augen, während ihm eine dunkle Locke in die Stirn fiel. »Was hat er getan?«, erkundigte sie sich, erkannte, dass es notwendig für ihn war, das hier zu Ende zu erzählen.

»Zwei von Diggorys Leuten hielten einen von seinen Rivalen fest. Einen furchtbaren Schläger. Sein Name war Boyd, und er war ein Kerl, mit dem selbst Satan persönlich nichts hätte zu schaffen haben wollen.«

Seine Stimme wurde rauer, und sie sehnte sich danach, ihn in die Arme zu schließen und an sich zu drücken. Nur wusste sie, dass sie, wenn sie das täte, den Moment zerstören und er nicht weiterreden würde. Dieses Mal hakte sie nicht nach, sondern wartete geduldig.

»Er hat Ryan gepackt«, erzählte er endlich weiter. O Gott. »Er hat eine Klinge an seine Kehle gehalten.« *Nein!* »Hat mir gesagt, ich sollte wählen. Entweder töte ich seinen Rivalen Boyd …« Sein Adamsapfel zuckte, so heftig schluckte er. »Oder er würde Ryan töten.«

Ein Schauder kroch ihr über den Rücken, überzog sie von innen nach außen mit einer Frostschicht. *Nein. Nein. Nein.* Das war eine stumme und nutzlose Litanei in ihrem Kopf. Für ein anderes Ende als das, das sie bereits vorausahnte. *Bitte lass es ihn nicht aussprechen. Bitte …*

»Ich konnte es nicht. Das nächste Mal, hat er mir versprochen, würde ich es sein und nicht Ryan, der an seinem Blut erstickte.« Sie schluckte die Galle herunter, die ihr in der Kehle brannte. »Das war das letzte Mal, dass ich versagt habe«, erklärte er ruhig. »Danach hat er mich gezwungen, meine Morde in dem Loch, das unser Zuhause war, an der Wand mit einer Kerbe zu markieren.« Er berührte geistesabwesend seine Brust, den Blick in die Ferne gerichtet. »Töten oder getötet werden«, sagte er, seine Stimme war leise und irgendwie weit entfernt, bei den Erinnerungen, die nur er sehen konnte.

Ihr Magen hob sich, und Diana konzentrierte sich darauf, weiterzuatmen, damit sie sich nicht übergeben musste. In diesem Fall erwies sie sich ganz als die Tochter ihrer Mutter, denn, Gott mochte ihr helfen, wenn sie jetzt eine Klinge gehabt hätte und wenn Mac Diggory noch am Leben gewesen wäre, hätte sie sie ihm mit Genuss ins Herz gestoßen für das, was er Niall und dem anderen Jungen angetan hatte.

Tränen traten ihr in die Augen, und sie blinzelte sie zurück. Er würde sie bloß als weiteren Beweis ihrer Zartheit werten. »Du warst ein Kind«, erklärte sie leise, als sie es sich wieder zutraute, zu sprechen. »Gleichgültig, ob du acht, neun oder zehn Jahre alt warst. Du wurdest gezwungen …« Bei Gott, sie war so ein Feigling, dass sie sich nicht dazu bringen konnte, diese Worte auszusprechen, aber das wäre diesem Mann gegenüber nicht fair. »Du wurdest gezwungen zu töten, Niall«, gelang es ihr schließlich hervorzubringen. *Wie kann ich so ruhig sein? Wie kann ich so ruhig sein, wo doch mein Herz in tausend Stücke bricht?* »Das, was du getan hast, hast du getan, weil du dazu gezwungen warst«, wiederholte sie, wollte ihn dazu bringen, das zu erkennen. »Diese Grausamkeit liegt dir nicht im Blut.«

Anders als bei Diana, die als Tochter ihrer Mutter für immer an das Böse gebunden war, das durch ihre Adern floss.

* * *

Er hatte diese Geschichte noch niemandem anvertraut. Nachdem Ryker Diggorys Männern entwischt war und dabei Niall mit befreit hatte, hatte der sein früheres Leben hinter sich gelassen und niemals mehr zurückgeschaut. Und dazu hatte gehört, über jene dunklen, bösen Geheimnisse, die ihm von Beginn an einen Platz in der Hölle verschafft hatten, für immer zu schweigen.

Bis jetzt.

Bis zu dieser Frau. Einer zierlichen Lady, die in Seven Dials niemals hätte überleben können und die so naiv war, zu glauben, dass ein schwerer Vorhang sie vor jemandem wie ihm wirkungsvoll verbergen konnte.

Und doch blieb Diana, selbst während er ihr von diesen düsteren Vorkommnissen berichtete, vor ihm stehen. Das leichte Zittern ihrer Hände und das Beben ihrer Unterlippe waren die einzigen Anzeichen dafür, wie aufgewühlt sie war. Er suchte in ihren ausdrucksvollen blauen Augen nach Abscheu, fand aber nichts außer Trauer, Bedauern und – er zuckte zurück und wandte sich ab – Mitleid.

»Ich will dein Mitleid nicht«, fuhr er sie an, wollte einen Streit mit ihr anfangen, brauchte ihn. Was hatte ihn dazu verleitet, ihr davon zu erzählen? Warum jetzt, wo er alle Gedanken an Diggory und die Untaten, die er für ihn hatte begehen müssen, sicher in der hintersten Ecke seines Gedächtnisses verstaut hatte?

Sie schüttelte den Kopf, und ihr ordentlich geflochtener goldblonder Zopf rutschte ihr über die Schulter. »Ich bemitleide dich nicht«, flüsterte sie. Ihre volle Unterlippe bebte wieder.

»Du bist im Lügen genauso schlecht wie beim Verstecken, Diana Verney«, erklärte er.

Sie überwand den Abstand zwischen ihnen, blieb so dicht vor ihm stehen, dass der zarte Blumenduft, der ihrer Haut anhaftete, ihn einhüllte. Er füllte seine Lungen mit diesem reinigenden Hauch von Unschuld. Unschuld in einer Welt, in der nichts als Dunkelheit herrschte.

»Du nimmst die Schuld für Dinge auf dich, die dir als Kind angetan wurden«, stellte sie leise fest.

»Da irrst du.«

Wenn sie die Warnung darin hörte, so ließ sie es sich nicht anmerken. »Ach ja?«, entgegnete sie und bewies damit, dass sie bereit war, ihm zu widersprechen, was mehr Kühnheit erforderte, als die meisten erwachsenen Männer in St. Giles besaßen. »Wann hast du das letzte Mal jemanden getötet?«

Er hatte sein ganzes Leben lang geglaubt, dass feine Damen wie Diana schwach waren und bei jeder Gelegenheit in Ohnmacht fielen, wodurch sie zu wenig nützlichen Mitgliedern der Gesellschaft wurden. Dennoch machte sie keinen Rückzieher und ergriff nach seinen Enthüllungen auch nicht voller Entsetzen die Flucht. Der widerwillige Respekt vor ihr, der seit drei Wochen in ihm wuchs, machte einem Gefühl Platz, das Bewunderung sehr ähnlich war.

Niall schaute weg. »Ich bin dabei erwischt worden, wie ich etwas von der Beute eines Diebes für mich behalten habe. Dafür ist er mit dem Messer auf mich los.« Er rieb mit der Hand über die Stelle, an der die Klinge ihn verletzt hatte.

Diana schlug sich die Hand vor den Mund, erstickte ein Aufkeuchen.

Das Entsetzen dieses lang zurückliegenden Tages wallte in ihm auf. Seine Schreie, als das Messer seine Haut aufschlitzte. Der brennende Schmerz. Schweiß trat ihm auf die Stirn, und er schloss kurz die Lider, zwang die Erinnerung zurück. »Dein Bruder hat mich gerettet«, gelang es ihm, durch die plötzlich enge Kehle zu pressen. Damit sie um die Stärke des Bandes zwischen Niall und dem Mann, der ihr Blut teilte, wusste. Er holte tief Luft und öffnete die Augen. »Und danach?« Niall zuckte die Achseln. »Ich hab das Loch verlassen und geschworen, nie wieder zu töten und niemals mehr an diesen Ort zurückzukehren.« Und diesen Schwur hatte er gehalten.

Die silbernen Flecken in ihren Iris schimmerten, und sie nahm seine Hände in ihre eigenen. »Und das ist der Grund, warum du nicht das Monster bist, für das du dich hältst.«

Nialls Blick fiel auf ihre Finger, die seine berührten. Der Kontrast war nicht zu übersehen. Dianas Haut war lilienweiß, weich wie Seide und makellos und ihre Fingernägel glatt gefeilt, seine eigene dunkel und mit Narben übersät, die Fingernägel rau. Es stand ihm nicht zu, sie mit den Händen anzufassen, an denen auf immer das Blut der Männer klebte, die er umgebracht hatte.

Dennoch verriet sie keinen Anflug von Furcht, und das beunruhigte ihn. Es war viel leichter gewesen und sicherer, als er in ihr bloß die verzogene junge Aristokratin gesehen hatte. Nur um feststellen zu müssen, dass sie sich, ohne mit der Wimper zu zucken, die finsteren Geschichten aus seiner Vergangenheit anhörte, sodass sie sich letzten Endes als stärker erwies als die meisten Männer seiner Bekanntschaft.

»Du machst aus mir jemanden, der ich nicht bin«, beschied er ihr knapp, riss sich von ihr los. »Ich habe danach vielleicht keine Männer mehr getötet, aber ich habe sie geschlagen. Bedroht.« Und andere schlimme Dinge getan, die er ihr nicht sagen konnte. Weil es ihre Unschuld noch mehr zerstören würde als die Sünden, die er ihr bereits gestanden hatte.

Sie wippte auf ihren Fußsohlen. »Ja, und ich denke, diese Männer haben das zweifellos verdient.«

Das war es. Vertrauensvolle Worte, die nur wieder zeigten, wie wenig sie ihn fürchtete … und welche Güte in ihr war.

»Was bist du für eine Frau, Diana Verney?«, rätselte er laut.

»Eine praktisch veranlagte«, antwortete sie. »Eine, die klug genug ist, um zu erkennen, dass du das, was du getan hast, tun musstest, um zu überleben, Niall.« Sie berührte mit den Fingerspitzen die Narbe über seiner Augenbraue, die von einer von Diggorys Zigarren stammte, und er kämpfte gegen die Sehnsucht an, sich in ihre schmetterlingszarte Berührung zu lehnen. »Und eine, die froh ist, dass du deswegen noch am Leben bist«, fügte sie leise hinzu.

Er war verblüfft. Er hatte nie an der Loyalität seiner Geschwister gezweifelt, aber kein einziger Mensch war je »froh« über seine Existenz gewesen. Er erfüllte einen Zweck: für die

Sicherheit von anderen zu sorgen und Arbeit für Leute von der Straße zu schaffen. Außer für seine Aufgabe, die Sicherheit im Club zu gewährleisten, wozu wurde er sonst gebraucht? Voller Unbehagen angesichts von Dianas unverblümter Offenheit und der merkwürdigen Leichtigkeit, die ihr Geständnis in seiner Brust geweckt hatte, löste Niall seine Hände aus ihren. Er marschierte zu ihren Gemälden, blieb neben einem vertrauten Bild stehen.

Selbst mit Aquarellfarben war es ihr gelungen, die elenden Baracken und halb verfallenen Behausungen und den Schmutz auf den Straßen von St. Giles perfekt einzufangen. Und es war nicht einfach irgendein Teil des verrufenen Stadtviertels. Er beugte sich weiter vor.

»Das ist von dem Tag, an dem H-Helena«, sie stotterte leicht, »und ich den Club besuchen wollten.«

Der Tag, an dem Helena Diggory erschossen hatte und Diana Verney auf der Suche nach Hilfe in den Club gerannt und in seinen Armen gelandet war.

Er ging weiter zum nächsten Bild. Dieses zeigte eine andere Szene aus London. Das üppige Grün des Hyde Park vor dem Hintergrund eines aufziehenden Unwetters, Regen, der auf zwei Gestalten niederging – eine schlanke Frau in einem Umhang … und ihn. Er schaute über seine Schulter und fand Diana mit knallroten Wangen, was er selbst in dem schlecht beleuchteten Zimmer erkennen konnte.

Niall richtete seinen Blick wieder auf die Staffelei.

Etwas, was sie mitten in diesem Wolkenbruch gesagt hatte, drängte sich nach vorn.

»Es sind alles Orte, an denen du gewesen bist«, meinte er halblaut, erschloss sich das verbindende Element.

Diana räusperte sich, und er spürte mehr, als dass er hörte, wie sie sich ihm näherte, neben ihm stehen blieb. »Nicht sehr viele«, räumte sie ein und bestätigte damit seinen Verdacht.

Sie trat mit wirbelnden weißen Röcken vor und nahm sich ein Buch. »Aber ich hoffe auf mehr.« Sie kam mit dem Lederband zurück und hielt ihm den hin.

Niall zögerte. Er war kein Mann, der Zutritt zu den Gedanken eines anderen Menschen, seinen Hoffnungen oder Träumen suchte oder auch nur wünschte.

Diana drückte ihm das offene Skizzenbuch in die Hand, traf die Entscheidung für ihn. »Ich möchte dorthin«, erklärte sie entschlossen. Sie deutete auf die Seite, zwang ihn, den Blick von ihren geröteten Wangen loszureißen und dorthin zu richten. Das tiefe Blau des Meeres faszinierte ihn einen Moment lang. Aus dem leuchtend türkisfarbenen Wasser erhob sich ein scharfkantiger Felsen, der mit grünen Sträuchern und Büschen bewachsen war. »Das ist St. George's«, erklärte sie, und ihr Eifer war ansteckend. Er musterte die Seite, während sie sprach. »Man nennt es Neu-London.«

Er schnaubte, als ihm die Ironie darin aufging, und er sah kurz zu ihr. »Da ist nicht eine einzige Sache auf dieser Seite, die an London erinnert.«

»Nun, die Pflastersteine stammen aus Wales«, erklärte sie und deutete auf die graue Straße, die zu sehen war. »Sonst hast du allerdings recht.« Als sie weitersprach, tat sie das wie eine Frau, die Nialls Anwesenheit völlig vergessen hatte, und er stellte fest, dass er den entfernten Ort, von dem sie mit solcher Inbrunst träumte, hasste. »Die Insel ist vulkanischen Ursprungs, und«, sie fuhr mit der Fingerspitze über das Wasser, das sie so sorgsam gemalt hatte, »man sagt, der Sand auf St. George's ist rosa und unter den nackten Füßen ganz fein und weich wie Seide.« Es war auch für ihn schwierig, sich dem Zauber des fantastischen Landes, das sie aufs Papier gebannt hatte, zu entziehen. Ihre Stimme nahm einen sehnsuchtsvollen Unterton an. »Und das Wasser, sagt man, ist himmelblau.« Sie knabberte an ihrer Fingerspitze, musterte ihre Arbeit und riss dann langsam und sorgfältig die Seite aus dem Buch. »Meine Bemühungen wirken immer zu dunkel, und egal, wie oft ich es versuche, ich bekomme es einfach nicht richtig hin. Bis ich es gesehen habe …«

Er schnaubte. Die einzige Insel, die er je gesehen hatte, war England, und das Wasser hier war so schwarz wie die Straßen. »Wer sagt das?«

Sie schaute hoch und stieß dabei gegen seinen Kopf, doch er winkte ihre Entschuldigung weg. Sie öffnete und schloss den Mund mehrere Male. »Wer sagt was?«, wollte sie wissen.

Er deutete mit dem Kinn auf die Skizze in ihren Händen. »Das über das Wasser und den Sand.«

Ihre Haut rötete sich. »Äh …« Er hatte lange genug auf der Straße gelebt, um es zu erkennen, wenn jemand nach Ausflüchten suchte. Sie hatte ihre Geheimnisse. Das hatten sie alle. Aber er wollte verdammt sein, wenn ihn ihre nicht besonders störten. »Helenas angeheiratete Cousinen«, antwortete sie schließlich zögernd. »Sie stammen aus einer Familie von Seefahrern. Der Bruder von Lady Redbrooke ist Händler, und er hat Geschichten über St. George's erzählt.«

Und Niall, der nichts auf irgendetwas oder irgendjemanden gab, musste feststellen, dass er eifersüchtig war auf diesen namenlosen »er«, der Diana Orte beschreiben konnte, die Niall nie besucht hatte und auch nie besuchen würde.

Sie legte das Blatt hin und sprach weiter. »Wegen des weiten Ozeans und der vielen Zedern haben sich die Leute, die dort wohnten, der Freibeuterei verschrieben und …«, sie senkte ihre Stimme zu einem verschwörerischen Flüstern, »der Piraterie.« Eine Locke befreite sich aus ihrem Zopf und rutschte ihr in die Stirn.

Ein wehmütiges Lächeln spielte um seine Lippen, und er strich die einzelne Strähne zurück, steckte sie ihr hinters Ohr. Sie redete von Piraten, als ob das romantische Gestalten wären, die auf die Seiten eines Buches gehörten, und nicht blutrünstige Verbrecher, die rücksichtslos plünderten und schändeten. Wie unterschiedlich ihr Blick auf die Welt doch war. »Du findest Piraten romantisch?« Vor drei Wochen noch hätte ihr das nur seine Verachtung eingetragen. Jetzt war es einfach ein bezaubernder Aspekt dieser unschuldigen jungen Dame, die ihn so völlig in ihren Bann gezogen hatte.

»Nein«, antwortete sie völlig unerwartet. »Aber manchmal macht es Spaß, sich eine aufregende Welt vorzustellen, in der Männer und Frauen über die Meere segeln und sich in Gewässer vorwagen, die so völlig anders sind als das, was wir kennen.« *Was wir kennen.* Wenn sie so redete, entstand eine intime Verbindung zwischen ihnen, weil es etwas war, was sie gemein hatten. Was natürlich eine Illusion war. Sonst nichts. Diana zog sich zurück und nahm den zerbrechlichen Anflug von Wärme mit sich.

Niall beobachtete jede ihrer Bewegungen genau, während sie sich von ihm entfernte, schließlich vor dem Bild von St. George's stehen blieb. »Du willst gehen.«

Das war keine Frage. »Sie haben den Mann gefasst, der versucht hat, Penelope zu töten«, erklärte er fast unwillig, gab ihr damit mehr Informationen, als er das bei jedem anderen getan hätte.

Sie schaute zu ihm zurück. »Ach ja?«

Irgendetwas wurde von ihm erwartet. Er erkannte das anhand des Ausdrucks in ihren blauen Augen, doch er war noch nie ein Mann gewesen, der sich einen Reim auf Gefühle oder Emotionen hatte machen können, daher blieb ihm nichts als ein brüskes Nicken.

»Ich verstehe.« Was genau verstand sie? Vielleicht waren es die frühe Morgenstunde und der Schock über Rykers Enthüllungen, aber Niall konnte sich einfach keinen Reim auf irgendetwas machen. Diana kam vor, die Hand zu ihm ausgestreckt.

Er betrachtete sie einen Moment lang, dann umschloss er sie mit seinen vernarbten Fingern.

»Danke«, sagte sie leise. »Danke, dass du hiergeblieben bist, obwohl du nie hier sein wolltest und auch nicht geglaubt hast, dass es überhaupt eine Bedrohung gibt.« Diana zog ihre Hand zurück, und sofort verspürte er schmerzlich den Verlust dieser Berührung. »Leb wohl, Niall.«

Das war es. *Leb wohl.* Zwei Worte, die für einen Abschluss standen und bedeuteten, dass er hier fertig war.

Sie hob ihre Skizze von St. George's auf und drückte sie ihm in die Hand. »Hier, das ist für dich«, erklärte sie leise. »Ein Geschenk.« In ihren Augen schimmerte etwas, das vielleicht Traurigkeit war. Oder war das nur seine eigene selbstsüchtige Hoffnung? »Damit du dich an mich erinnerst.«

Als ob er sie jemals vergessen könnte. Beunruhigt von dieser Erkenntnis betrachtete er das Geschenk, das sie ihm gemacht hatte.

Ihre leisen Schritte verrieten, dass sie ging, und Panik schnürte ihm die Kehle zu. Das war das letzte Mal, dass er sie sah. Von jetzt an durften sich ihre Pfade nie wieder kreuzen, würde es keine Berührungspunkte mehr in ihrem Leben geben.

Niall folgte ihr. Diana blieb stehen, drehte den Kopf zu ihm.

»Ich werde deine Zimmer kontrollieren«, erklärte er rau. Ein letztes Mal.

Sie schenkte ihm ein weiteres kleines Lächeln. »Ich brauche nicht länger Hilfe dabei, in meine Zimmer zu gehen, Niall. Ich habe vor dir alles selbst kontrolliert, und ich werde damit weitermachen, nachdem du fort bist.«

Und damit entfernte sie sich.

Kapitel 14

Diana schlich den dunklen Flur entlang. Sie atmete rasch und keuchend, und sie kämpfte gegen den Aufruhr ihrer Gefühle, die sie zu überwältigen drohten. Sie hasste es, dass Niall solches Leid kennengelernt hatte. Hasste es, dass er morgen früh aufbrechen und sie ihn nie wiedersehen würde. Seine Worte hatten in ihr Wurzeln geschlagen und würden dort bleiben, für immer, auch lange nachdem er gegangen wäre.

Schmerz drückte ihr das Herz ab. Fort von seinen eindringlichen, wissenden Augen, gab sie der Trauer nach, der Wut und dem Bedauern über all das, was er erlebt hatte. Und etwas Schlimmerem, etwas, das ihr den Atem raubte und jede Faser ihres Wesens ausfüllte – Hass. Hass auf die Männer, die in ihrer Schlechtigkeit Niall zu den Verbrechen gezwungen hatten. Und mit diesem Hass kamen Bitterkeit und Abscheu für die Mitglieder der guten Gesellschaft, denen die Leiden eines kleinen Jungen auf der Straße gleichgültig gewesen waren – und für sie selbst, weil sie sich dieser Gleichgültigkeit genauso schuldig gemacht hatte.

Sie ließ ihren Blick über ihre Umgebung wandern, ein Zuhause, das sie als selbstverständlich betrachtet hatte. Jetzt sah sie alles mit Nialls Augen, die reich verzierten Blattgoldrahmen, die kunstvolle Malachitbox, die ganz beiläufig auf dem geschnitzten Beistelltischchen stand – beides extravagante Zeugnisse von Reichtum und Privilegien. Scham erfüllte sie.

Diana hatte immer nur das Beste von allem gehabt. Sie hatte ein Leben in Hülle und Fülle geführt als geliebte Tochter des Duke of Wilkinson, hatte weder Angst noch Hunger gekannt. Und auch nicht das Böse in der Seele von anderen Menschen. Abgeschirmt von all dem Dunkel, das Niall hatte erdulden müssen. In dem Alter, in dem sie Zeichenunterricht erhalten und elegante Knickse gelernt hatte, war Niall ein Messer in die Hand gedrückt worden. Er hatte sich aus dem Nichts ein Imperium aufgebaut, das Männer, Frauen und Kinder mit einem Lebensunterhalt versorgte. Er hatte angesichts von Widrigkeiten triumphiert und war dabei ein Mann voller Kraft, Überzeugung und Mut geworden. Bewunderung für alles, was er erreicht hatte, erfasste sie.

Und was war mit ihr selbst?

Sie wurde langsamer, blieb vor einem italienischen Rokokospiegel stehen. In der glatten Oberfläche erblickte sie die traurigen Augen der Frau, zu der sie geformt worden war, eine ahnungslose Miss mit nichts im Kopf.

Deine Aufgabe ist es, deine Pflicht zu erfüllen und gehorsam zu sein.

Diese strenge Anweisung, die ihre Mutter ihr unzählige Male eingetrichtert hatte, ging ihr durch den Kopf, und mit einer Grimasse streckte Diana ihrem Spiegelbild die Zunge raus. Kindisch, aber es fühlte sich gut an.

In ihren Adern floss das Blut ihrer Mutter, was bedeutete, dass sie ebenfalls irgendwann dem Wahnsinn erliegen würde, doch auf dem Weg dorthin würde sie ihre Seele nicht für Stellung und Privilegien verkaufen. Es war, als würde sich eine schwere Last von ihren Schultern heben, und sie fühlte sich wie befreit, auch wenn sie in anderer Hinsicht eine Gefangene blieb. Und in dieser dunklen Nacht fand sie darin Trost. Sie zwang sich, sich vom Spiegel abzuwenden, und machte sich auf den langen Weg in ihr Zimmer.

Dort angekommen, schloss sie die Tür hinter sich. Sie stand da und schlang die Arme um sich, lehnte sich dagegen. Freute sich über die kühle Nachtluft, die ihr zärtlich übers Gesicht strich.

Nachtluft?

Sie hielt inne, ließ die Arme langsam sinken. Ihr Blick suchte und fand das offene Fenster am anderen Ende des Zimmers. Eine sanfte Brise bewegte leise raschelnd die mit Blumen gemusterten Vorhänge.

Sie befeuchtete sich die Lippen. Es war dumm, vor einem offenen Fenster Angst zu haben. Es gab eine ganze Reihe von Gründen, weshalb es geöffnet sein könnte.

Aber ebenso eine ganze Reihe, warum es das nicht sein sollte.

Ein Schauer lief Diana über den Rücken, und sie stieß sich langsam von der Tür ab. Die Dielen unter ihren Füßen knarrten, was in der Stille des Zimmers unheimlich klang. »Meredith?«, rief sie mit zitternder Stimme.

»Mylady?«

Diana schrie auf und wirbelte zum Ankleidezimmer herum.

Ihre Zofe kam herausgeeilt. »Verzeihen Sie, Mylady«, bat sie mit schlaftrunkener Stimme, gähnte hinter vorgehaltener Hand.

Alle Anspannung wich aus Diana, und sie legte sich eine Hand auf das heftig schlagende Herz. »Nein, das ist alles. Ich hab mir nur …« *Ungeheuer in den Schatten eingebildet.* Sie verzog das Gesicht. »Danke, das ist alles. Ich brauche keine weitere Hilfe«, erklärte sie, und vor Verlegenheit wurden ihre Wangen ganz warm.

So ein Unsinn.

Meredith eilte zum Fenster.

»Ist schon gut«, hielt Diana sie auf. »Du kannst dich zurückziehen. Du bist für die Nacht entlassen«, erklärte sie.

»Sind Sie sicher, Mylady?« Das Mädchen zögerte, und als Diana nickte, knickste sie und ging, schloss leise die Tür hinter sich.

Sobald sie fort war, atmete Diana langsam aus. »Sei kein Dummkopf«, flüsterte sie. Sie erwies sich gerade als echter Feigling, wie es ihr schon oft vorgeworfen worden war, weil sie dazu neigte, überall Ungeheuer zu vermuten. Lady Penelopes Angreifer waren gefasst worden. Diana ging zum Fenster und hob die Hand.

Dann hielt sie inne. Sie ließ ihren Blick über den von einer Mauer eingeschlossenen Garten auf der Rückseite des Hauses wandern. Der Vollmond verschwand immer wieder hinter dicken Wolken, die den Garten in völlige Dunkelheit tauchten. Diana ließ sich auf die Knie sinken und legte ihre Arme auf das Fensterbrett. Sie stützte ihr Kinn auf die verschränkten Arme und schaute hinab.

Wie oft hatte sie als Mädchen an genau dieser Stelle gesessen? Mit geschlossenen Augen hatte sie versucht, die Blumen am Duft zu erkennen, der zu ihrem Fenster aufstieg. Dieser Garten war die Freude und der Stolz ihrer Mutter gewesen, gehegt und gepflegt mit einer Liebe und Fürsorge, wie sie sonst Eltern ihrem Kind zukommen ließen. Diana sah zu dem nun unordentlichen Rosenbusch, der dringend zurückgeschnitten werden müsste. Diana selbst hatte nie solche Liebe von ihrer Mutter erfahren, so wie es auch niemand anders getan hatte. Die Herzogin hatte sich als unfähig zu diesem Gefühl erwiesen. Stattdessen hatte sie Dianas Kindheit mit Anweisungen und Befehlen und Lektionen zu angemessenem Betragen angefüllt. Es hatte nie Zuneigung, Herzlichkeit oder Stolz gegeben. Bis Diana ihr Debüt gehabt hatte und ihre Mutter in ihr ein

Pfand gesehen hatte, jemanden, den sie bestmöglich verheiraten konnte, um das Vermögen und das Ansehen der Familie zu mehren.

In ihrem Mund war ein bitterer Geschmack, und sie schloss das Fenster mit einem befriedigenden Knall. Sie stand auf, drehte sich um und atmete erschreckt ein.

Ein riesiger Mann mit kahlem Kopf stand vor ihr und grinste. Eine Mischung aus Knoblauch- und Biergeruch schlug ihr entgegen.

Sie schrie auf, aber er hielt ihr sofort den Mund zu, erstickte den Laut. Entsetzen erfasste sie, breitete sich in ihr aus. Sie schrie wieder, doch die Hand des Fremden in dem groben Handschuh dämpfte ihren Hilferuf. »Hast es mir wirklich nich' leicht gemacht, du Miststück«, ertönte seine heisere Stimme an ihrem Ohr.

Ihre Angst drohte außer Kontrolle zu geraten, und Diana begann sich zu wehren, versuchte, sich aus seinem harten Griff zu befreien. Er drehte ihr den Arm auf den Rücken, und Tränen traten ihr in die Augen. Sie riss den Kopf zurück, schaute verzweifelt zur Zimmertür. *Niall …*

»Lass das, und halt bloß die Klappe«, befahl der Mann, zerrte erneut an ihrem Arm, was so wehtat, dass ihr Tränen über die Wangen liefen. »Mein Master ist gar nich' glücklich damit, wie schwierig das hier gewesen ist. Jetz' will er es selber machen.« Er leckte sich die Lippen. »Nur hat's nicht geheißen, dass ich nich' erst noch ein bisschen Spaß mit dir haben kann, Prinzessin.«

Widerwillen durchströmte sie und befeuerte ihre Gegenwehr. Sie biss ihn in die Hand, musste würgen, als sich der metallische Geschmack von Blut in ihrem Mund ausbreitete.

Er grunzte. »Du wirst dir noch wünschen, du hättest das nich' getan.« Sie hörte einen Laut, der klang, als würde ein

Messer aus der Scheide gezogen. Ein jämmerliches Stöhnen entwich ihr, und der Kerl holte mit dem Arm aus.

O Gott. Sie zuckte zurück, krümmte sich. Er versetzte ihr einen Schlag gegen die Schläfe. Sterne explodierten vor ihren Augen, und die Erde wankte unter ihren Füßen. Diana kämpfte sich durch den Nebel, der ihre Sinne einhüllte, nahm vage wahr, wie er sie zur Verbindungstür zog. Ihre Furcht wuchs mit jedem Schritt, den er machte. In dem Moment, in dem er sie aus ihrem Haus schleppte, war sie so gut wie tot.

Nutzlose Tränen brannten unter ihren Lidern, ließen ihr die Sicht verschwimmen. *Ich will nicht so sterben.* Sie erneuerte ihre Bemühungen, sich zu befreien, suchte Halt auf dem dünnen Aubusson-Teppich.

Der Kerl fluchte und wirbelte herum. Dann nahm er wundersamerweise kurz die Hand von ihrem Mund. Diana schnappte panisch nach Luft, wollte das ganze Haus wach schreien. Doch der Schrei endete in einem scharfen Einatmen, als er sie packte und gegen die Wand schleuderte. Schmerz schoss in Wellen über ihr Rückgrat. »Ich hab gesagt, halt die Klappe, du Miststück.« Er legte ihr einen Arm über die Kehle und brachte sein Gesicht dicht vor ihres. »Hab ich mich nicht klar ausgedrückt?« Sie kämpfte darum, Luft in ihre Lungen zu bekommen, würgte und keuchte. Sein gnadenloser Griff sollte ihr wehtun, sie vielleicht töten. Ihre Lungen brannten, während sie an seinen kräftigen Unterarmen zerrte.

Sie schaute sich verzweifelt nach einer Waffe um und entdeckte eine Glasvase auf dem Tisch neben sich. Sie konnte nicht danach greifen, daher trat sie gegen die Tischbeine. Die Vase wankte und fiel zu Boden, wo sie mit einem lauten Knall zersprang.

Während ihr Angreifer seinen Griff um ihren Hals lockerte und sie wieder zur Tür zu zerren begann, betete Diana.

* * *

Nachdem sie gegangen war, blieb Niall noch lange bei Dianas Bildern.

Wie Ryker es ihm vorhin geraten hatte, sollte er erleichtert sein. Penelopes Angreifer waren gefasst, und es stand ihm nun frei, in den Club zurückzukehren.

»Reiß dich verdammt noch mal zusammen«, ermahnte er sich und holte eine weitere Zigarre aus seiner Rocktasche. Er marschierte zu einem Kerzenhalter an der Wand, zündete sie sich an und zog einmal tief daran. Er war einfach müde. Es gab keine andere Erklärung für diese verdammte Schwermut.

Er hätte sich schon vor langer Zeit zurückziehen sollen. Aber Niall war nie jemand gewesen, der viel Schlaf brauchte. Wenn man die Augen schloss und in seiner Wachsamkeit nachließ, ermutigte das bloß die Feinde. Sie schlichen sich an und vergalten einem das bisschen Frieden, das man sich gönnte, mit einem Messer im Bauch – und ewiger Ruhe.

In ein paar Stunden würde er seine Habseligkeiten gepackt haben und aus Londons vornehmem Stadtbezirk Mayfair zurückkehren in die Unterwelt, wo die Sünder bis zu ihrem Tod schmachteten. Als er aus Dianas Salon ging, wie er ihn zu bezeichnen pflegte, warf er einen letzten Blick auf die grimmige Straßenszene aus St. Giles.

Ich gehe heim.

Während er durch die stillen Flure wanderte, erkannte er, dass es gar nicht alte Gewohnheit war, die den Schlaf verhinderte – sondern sie. Diana Verney.

Mit der Zigarre in der Hand marschierte Niall durch die Flure des Stadthauses des Duke of Wilkinson, auf genau die gleiche methodische Art und Weise, wie er das im »Hell & Sin« zu tun pflegte. Bloß dass es hier keine betrunkenen Gäste gab oder grölendes Gelächter.

Vielmehr verspürte Niall einen sanften, stillen Frieden, von dem er zuvor gar nicht geahnt hatte, dass es ihn geben könnte.

Doch der würde ihm nicht fehlen. Nicht im Geringsten.

Du verdammter Lügner.

Teufel auch, die unverschämte Kleine würde ihm fehlen. Er zog noch einmal an seiner Zigarre, blies den Rauch als kleinen weißen Ring aus.

Bis er seine Geschwister der Straße gefunden hatte, waren alle Leute in seinem Leben unzuverlässig gewesen, waren gekommen und gegangen. Leute, die in Newgate gelandet waren oder im Bauch eines Schiffes, deportiert in eine Strafkolonie. Und das waren nur die Unglückseligen, die ihre kriminelle Laufbahn nicht mit dem Leben bezahlt hatten. Somit hatte er auch nie einen Gedanken an die Huren verschwendet oder die Angestellten an den Spieltischen, die plötzlich verschwanden und sich anderen Geschäften zuwandten. Leute gingen. Leute starben. Das waren die Tatsachen des Lebens.

Er betrachtete ein Porträt von Dianas Vorfahren nach dem anderen, mächtige Männer und Frauen, die für die Nachwelt in Ölfarbe festgehalten waren. Männer mit langen, vornehmen Nasen und hoher Stirn. Die Gemälde waren sich alle so ähnlich, dass man hätte meinen können, derselbe Künstler hätte sie über die Jahrhunderte angefertigt. Niall wurde langsamer, blieb immer wieder stehen und musterte die hochmütigen Gesichter, die Verachtung ausstrahlten für alle, die es wagten, sie auch nur anzuschauen. Das waren die Adeligen, in deren Adern blaues Blut floss und die das an ihre ebenso vornehmen Kinder weitergaben.

Vor einem goldgerahmten Bild verharrte er. Es war anders als all die andern. Eine elegante Dame stand mit gerunzelter Stirn und missbilligendem Blick neben einem freundlich wirkenden Mann. Seine untersetzte Figur und die geröteten Wangen verrieten, dass es sich um den Duke of Wilkinson handelte. Er unterschied sich erheblich von seiner gestrengen Ehefrau. Es war allerdings nicht das vornehme Paar, das Niall faszinierte, sondern vielmehr die lächelnde Diana als Kind. Die Grübchen in ihren Wangen und ihre funkelnden blauen Augen hatte der Künstler meisterhaft auf die Leinwand gebannt.

Niall ließ geistesabwesend seine Zigarre verglühen.

Als er noch ein Junge gewesen war, hatte Niall auf dem schmutzigen Boden in Diggorys schäbiger Behausung gelegen. Sein erster Taschendiebpartner Connor war auf Nimmerwiedersehen verschwunden. Er hatte nie wieder etwas von dem Kind gehört oder gesehen, das ungefähr in seinem Alter gewesen war. Niall hatte zu den Ritzen in der Decke hochgestarrt und entsetzt wach gelegen, da ihm gerade eine furchtbare Wahrheit aufgegangen war: Es gab niemanden, den es interessieren würde, wenn Niall Marksman eines Tages ebenso verschwinden würde.

Darin unterschied sich Diana nicht so sehr von allen anderen in seinem Leben. Sie hatte einen Leibwächter benötigt, und er hatte diese Rolle ausgefüllt. Doch jetzt war seine Zeit hier vorbei. Die Brust wurde ihm eng, und Niall zwang seinen Blick von dem Gemälde fort, setzte sich wieder in Bewegung, nach oben in das nächste Stockwerk.

Diese Schwäche war der Grund, warum er besser gehen sollte. Schwäche sorgte dafür, dass man auf der Straße starb. Niall musste nach St. Giles zurückkehren und die dicken Wälle des Hasses auf all die Männer, Frauen und Kinder aus Diana Verneys Gesellschaftsschicht wieder aufbauen, die er vor Jahren errichtet hatte.

Er erreichte den Treppenabsatz. Ungebeten wanderte sein Blick den Flur entlang zu dem Zimmer, in dem Diana bestimmt längst schlief. Es war nur natürlich, dass sie ihm, nachdem er gezwungen gewesen war, einen Monat in ihrer Nähe zu verbringen, nicht völlig gleichgültig war.

Eine Beziehung war entstanden, die dafür sorgte, dass er sich nach ihrer Stimme sehnte und dem Geschmack ihrer weichen Lippen. »Du bist ein verdammter Narr«, murmelte er vor sich hin und schüttelte den Kopf. Er verzehrte sich nach einer Dame der guten Gesellschaft, und das war eine Dummheit, für die er einen Kinnhaken verdiente. Diesem Verlangen nachzugeben, wie er es nicht bloß ein-, sondern zweimal getan hatte – nicht zu vergessen, dass er danach auch noch jede Nacht davon geträumt hatte –, war ein Verrat, für den Ryker ihn liebend gern aufschlitzen würde. Mit all dem Blut, das an seinen Fingern klebte, hatte Niall, wenn überhaupt, dann als Allerletzter das Recht, sie zu berühren.

Niall wollte gerade zu seiner Kammer weitergehen, als ihn etwas innehalten ließ. Die Flammen der Kerzen flackerten und ließen Schatten über den makellosen elfenbeinfarbenen Teppich tanzen. Wobei ... Da waren Flecken auf dem Teppich. Er drehte sich langsam um. Ohne den Blick von den Flecken auf dem Boden zu nehmen, trat er näher. Da passte etwas nicht. Und auf den Straßen von St. Giles hatte die Missachtung solcher Unstimmigkeiten fatale Folgen.

Er ging in die Hocke und fuhr mit den Fingerrücken über den frischen Fleck.

Er hob die Hand dicht vor die Augen und inspizierte die Überreste auf seinen Fingern. Sein Puls klopfte hart, als er sich langsam aufrichtete und sich auf dem Flur umschaute. Er zückte seine Pistole und machte sich auf die Suche.

Sein Blick blieb an der Tür zu Dianas Zimmer hängen. Es war albern. Jetzt sah er schon überall Ungeheuer, genau wie sie. Der Fleck auf dem Teppich stammte von einem achtlosen Diener. Spätestens morgen Vormittag würde sich eine pflichtbewusste Hausmagd der Sache angenommen haben.

Dennoch wandte Niall seine Aufmerksamkeit nicht von ihrer Tür.

Aus ihrem Zimmer drang gedämpft das Geräusch von brechendem Glas. Das Blut rauschte ihm laut in den Ohren, als er die kurze Entfernung überwand. Es konnte viele Gründe für den Fleck oder die Scherben geben. Doch tief innerlich kannte er die Wahrheit, lange bevor sein Verstand sie als logische Erklärung akzeptierte.

Niall stieß die Tür auf und erstarrte. Es war eine winzige Pause, die schon zu viele Menschen das Leben gekostet hatte und Niall zu viele Narben zugefügt hatte. Bis er seinen letzten Atemzug machte, würde er das Entsetzen dieses Moments nie vergessen. Eine blasse Diana im brutalen Griff eines hünenhaften Kerls schaute ihn mit dem Erschrecken und der Furcht an, die man verspürte, wenn man dem eigenen Tod ins Auge blickte. Sein Herz klopfte laut und heftig.

Der Bastard fluchte und hielt Diana die Klinge seines Dolches an den Hals.

O Gott.

»Marksman.« Der Mann kannte ihn. »Mach, verdammt noch mal, dass du reinkommst, und schließ die Tür, aber leise. Beim kleinsten Mucks schneid ich ihr die Kehle durch.«

Dianas Unterlippe bebte, doch sonst ließ sie sich nichts anmerken. Wo jeder andere, gleichgültig welchen Standes, gezittert und geheult hätte, blieb sie stumm. Wie hatte er sie nur für schwach halten können? Mit langsamen Bewegungen, um den anderen nicht zu erschrecken, zog Niall die Tür leise hinter sich zu.

»Und jetzt absperren«, verlangte der Fremde.

Nialls Blick blieb die ganze Zeit auf den anderen gerichtet, während er den Riegel vorschob.

»Gut.« Der Griff des Angreifers lockerte sich genug, dass sie schlucken konnte. Wut erfasste Niall, doch er durfte der Angst um sie nicht nachgeben. Das würde bloß dazu führen, dass ihr die Kehle aufgeschlitzt wurde. Sein Herz klopfte heftig gegen seine Rippen.

»Du solltest nicht hier sein«, erklärte der andere und packte Diana wieder fester.

Ein leises Wimmern entwich ihr, und sie schloss die Augen.

Blutlust regte sich in Niall, verlieh ihm Kraft. Die Minuten ihres Angreifers waren gezählt. Nur fühlte der sich, da er sich im Vorteil wähnte, zu sicher, um das zu bemerken. Um zu erkennen, dass Niall ihn töten würde, genau hier, in diesem Zimmer. Niall zwang seine Lippen in ein gleichgültiges Lächeln. »Ich habe offensichtlich ein ausgezeichnetes Gefühl für die richtige Zeit und den richtigen Ort.«

Der pockennarbige Widerling grunzte. »Halt deine verdammte Fresse, und lass die Waffe fallen.«

»Tu es nicht, Niall«, drängte Diana, und das Zittern in ihrer Stimme durchbohrte ihn wie der Stich mit einer Klinge.

»Klappe halten, Miststück.« Der Dolch zitterte an Dianas Kehle, und sie biss sich auf die Unterlippe. Der Mann schaute sich mit seinen eng stehenden Augen hektisch um. Gut, jetzt begriff er, dass er in der Falle saß. Der Knall der Pistole würde den gesamten Haushalt wecken, und der Kerl würde nicht entkommen können. Wenn er Diana tötete, würde er Niall verschonen, was wiederum seinen Tod bedeuten würde. »Ich hab gesagt, fallen lassen, Marksman«, zischte er.

Verzweifelte Männer neigten jedoch zu verzweifelten Taten.

Niall trat vor, die Waffe nach unten gerichtet.

»Keinen weiteren Schritt«, befahl der Bastard lauter und ritzte Dianas Haut. Ein erstickter Schrei drang aus ihrer Kehle, und ein blutroter Tropfen rann über ihren Hals in den züchtigen Ausschnitt ihres Nachthemdes, hinterließ auf dem weißen Stoff einen Fleck.

Diana blickte flehend zu Niall.

Sein Magen sackte nach unten, und für einen schwindelerregenden Moment wurde er von dem Entsetzen schier überwältigt – betäubt und machtlos wie der verängstigte Junge, der gezwungen worden war, sich zwischen Ryan und seinem eigenen Leben zu entscheiden. Er schaute ihren Angreifer an. »Wer hat dich geschickt?«, fragte er, während er kaum merklich näher trat.

Der Fremde schnaubte abfällig. »Denkste, das sag ich dir? Du solltest sowieso nicht hier sein«, wiederholte er, verriet dabei eine wichtige Information.

»Tja, tut mir leid, bin ich aber nun mal.« Er näherte sich weiter.

»Ich hab gesagt: Halt und runter mit der Waffe«, forderte der Fremde erneut. Das leichte Beben seiner heiseren Stimme warnte Niall, dass der Kerl kurz davor stand, die Beherrschung zu verlieren. Er verstärkte den Druck der Klinge an Dianas Hals, und ein kleines Stöhnen entschlüpfte ihr. »Ich hab gesagt …«

Niall zog blitzschnell seinen Dolch und schleuderte ihn seitwärts. Entsetzt verfolgte der Mann die Flugbahn, und das war ein Fehler. Mit einer geschmeidigen Bewegung riss Niall die Pistole hoch und feuerte. Der Knall verschmolz mit dem Schmerzensschrei, während der Angreifer seine Klinge losließ und nach hinten stolperte, sich die Schulter hielt. Niall war mit einem Satz bei ihm, trotzdem entkam der Mann auf den Balkon und war fort.

Niall folgte ihm und suchte mit den Blicken das Grundstück ab, entdeckte ihn, als er gerade mit einem Stöhnen landete.

Niall drehte sich um und schaute rasch zu Diana, die mit bleichem Gesicht an der Wand lehnte, dann wieder zurück zu dem Angreifer – doch der war verschwunden.

Mit einer Verwünschung für sich selbst, weil er ihn hatte entkommen lassen, fuhr er herum zu Diana, die reglos dastand. Rasch zog er sie in seine Arme, barg ihr Gesicht an seiner Brust.

»Sch«, flüsterte er. Die Gefahr war gebannt, und die Erkenntnis, wie nah sie dem Tod gewesen war, ließ das Blut in seinen Ohren rauschen. Er hörte sie leise weinen. »Dir ist nichts passiert«, erklärte er rau, als Beruhigung für sich so sehr wie für sie.

Sie zuckte am ganzen Körper, während sie an seiner Brust schluchzte. »Niall.« Ihre Tränen durchweichten sein Hemd. Eigentlich hatte er sich immer für immun dagegen gehalten, allerdings belehrte ihn die Frau in seinen Armen eines Besseren. »I-ich dachte …« Ihre Stimme brach, und sie begann erneut zu schluchzen.

Niall legte seine Wange auf ihren Scheitel. »Dir ist nichts passiert«, sagte er noch einmal wie in einer Litanei. Eine Erinnerung daran, dass sie in Sicherheit war. Und weiter bei ihm.

Schritte erklangen auf dem Flur. Jemand rüttelte an der Türklinke, doch der Riegel war vorgeschoben. »Diana«, ertönte der ängstliche Ruf des Herzogs. »Mach auf.« Erneut wurde an der Klinke gerüttelt.

Zögernd entließ Niall sie aus seinen Armen, sammelte die Waffen auf und entriegelte die Tür, bevor er sie einen Spaltbreit öffnete.

Nachdem er einen Blick auf die livrierten Lakaien und den Herzog geworfen hatte, trat er zurück und ließ sie ein.

Mehrere Lakaien kamen herein, dicht gefolgt von dem untersetzten Herzog. »Marksman, was hat das hier zu bedeu…« Die Worte des Herzogs brachen jäh ab, als er das Blut auf dem Boden im Zimmer seiner Tochter entdeckte. Alle Farbe wich aus seinen Wangen, und er zog sie rasch mit sich auf den Flur. Niall juckte es in den Händen, sie zurückzuhalten, an sich zu drücken, um sich zu vergewissern, dass sie in Sicherheit war. Unverletzt.

»Was ist passiert?«, fragte der Herzog flüsternd.

»Ihre Tochter hatte recht.« Niall biss die Zähne zusammen. »Jemand will sie umbringen.«

Kapitel 15

Wenige Stunden nach dem Überfall saß Diana auf dem Ledersofa im Arbeitszimmer ihres Vaters. Sonnenlicht strömte durch die Fenster, die sanften Strahlen bildeten einen starken Gegensatz zu dem Drama, das sich in ihren Räumen abgespielt hatte.

Die Konstabler waren gekommen und wieder gegangen, und jetzt führte der Butler die Männer herein, die Niall Familie nannte: Ryker, Adair und Oswyn. Wie sie Schulter an Schulter in der Tür standen, wirkten sie fast wie eine kleine Armee, bereit zum Kampf. Sie waren ein wilder Haufen. Große, kräftige Gestalten, die in jedem Angst und Schrecken weckten, und vor weniger als vier Wochen hätte sich auch Diana noch vor ihnen gefürchtet.

Hinter seinem Schreibtisch kam ihr Vater auf die Füße. »Gentlemen«, begrüßte er sie, als wäre es ein Höflichkeitsbesuch. Als wäre nicht ein Mann in sein Haus eingedrungen und hätte Diana eine Klinge an die Kehle gesetzt und … Ihr Atem ging schneller. Sie schob die Erinnerungen schnell beiseite und stand leicht verspätet auf.

»Wenn du uns bitte entschuldigen würdest, Diana«, sagte ihr Vater in dem beschwichtigenden Tonfall, den er auch benutzt hatte, wenn sie sich als kleines Mädchen die Knie aufgeschürft hatte.

Fünf Augenpaare richteten sich auf sie. Fünf Männer, die Diana wegschicken wollten, um über ihr Schicksal zu beraten. Ihr ganzes Leben lang hatten andere Entscheidungen für und über sie getroffen. Für das, was sie wollte, hatte sich niemand interessiert, weder Gouvernanten noch Kindermädchen oder ihre eigenen Eltern. Doch sie war diejenige, die letztlich die Verantwortung dafür trug. Sie hatte es zugelassen, dass sie keinen Einfluss auf ihr eigenes Leben hatte. Damit war jetzt Schluss. »Ich werde nicht gehen«, erwiderte sie leise.

»Möchte jemand einen Brandy?« Ihr Vater trat ans Sideboard, als hätte sie überhaupt nichts gesagt. Er fuhr mit der Hand über die Kristallkaraffe, hielt dann inne und drehte sich langsam zurück.

Sie sah kurz zu Niall hinüber. Er stand mit ausdrucksloser Miene neben dem Schreibtisch ihres Vaters, die Hände hinter dem Rücken verschränkt.

»Diana«, fuhr ihr Vater in dem gönnerhaften Ton fort, der sie die Zähne zusammenbeißen ließ. »Das hier ist kein passender Aufenthaltsort für dich.« Er warf einen vorsichtigen Blick zu den Angst einflößenden Männern.

Sie fühlte den Schock bis ins Mark. Auch wenn Ryker sein Sohn war und Niall in seinem Haus gelebt und Diana das Leben gerettet hatte, betrachtete er die Männer, die Ryker mehr Familie gewesen waren als jeder andere, als unter ihm stehend. Und nach all den schlimmen Dingen, die im letzten Jahr ans Licht gekommen waren, fiel jetzt auch die letzte Illusion, der sie sich noch über ihren Vater hingegeben hatte, direkt vor ihren Augen in sich zusammen. »Wo sollte ich denn sein, Papa?«, wollte sie wissen. »Weggeschlossen, sicher in meinen Zimmern?« In dem Raum, in dem Niall gezwungen gewesen war, wieder auf einen Mann zu schießen. *Für mich. Wegen mir.*

Sie biss sich innen auf die Wange.

»Diana«, rief ihr Vater. Fassungslos hob er die weißen Augenbrauen und stellte die Karaffe langsam wieder hin.

Ja, neunzehn Jahre lang war sie die pflichtbewusste, naive Diana gewesen, die von ihrer Mutter durchs Leben manövriert worden war wie eine Schachfigur. Das Mädchen, das sie einst gewesen war, hätte es niemals gewagt, die Wünsche ihres Vaters infrage zu stellen. »Ich werde nicht gehen«, erklärte sie ein weiteres Mal und straffte die Schultern.

Niall stellte sich neben sie. Sie zuckte bei seinem unerwarteten Auftauchen zusammen, und ihr wurde bei dieser Geste der Unterstützung ganz warm ums Herz, was die Kälte vertrieb, die sie seit dem Morgen in jeder Faser spürte. »Sie bleibt«, verkündete Niall in einem stählernen Tonfall, der keine Diskussion zuließ.

Jeder andere Gentleman hätte sie fortgeschickt. Aber sie hatte schon bei ihrem ersten Zusammentreffen begriffen, dass er anders war als alle Männer, die sie je zuvor gekannt hatte.

Der Herzog nickte widerstrebend und deutete zum Sofa. »Also gut«, gab er nach und presste die Lippen zu einer schmalen Linie zusammen.

Während Diana und ihr Vater wieder Platz nahmen, blieben die anderen Männer im Raum angespannt stehen.

Ryker brach die Stille. »Niall?«

Niall fasste die Ereignisse des frühen Morgens zusammen. Während seiner sachlichen Schilderung verschränkte Diana die Hände im Schoß, um ihre zitternden Finger still zu halten. *Du hast darauf bestanden, zu bleiben. Du kannst ihm wenigstens zuhören.*

»Jemand will sie umbringen … bestätigt die vorigen Anschläge …«

Wie konnte er so bemerkenswert ruhig sein nach … nach …? Sie konnte unmöglich darüber nachdenken, was sich in ihrem

Schlafzimmer abgespielt hatte. Aber in seinem rostroten Gehrock aus Wolle und der beigefarbenen Hose hätte er genauso gut ein beliebiger Gentleman sein können, der bei Port und Zigarillos alltägliche Dinge diskutierte.

»Das Haus wurde nach weiteren Angreifern durchsucht?«, unterbrach Ryker Nialls Erzählung.

Niall runzelte die Stirn. Ja, es gefiel ihm nicht, dass jemand seine Arbeit in Zweifel zog. Niemand war vor diesem Missvergnügen gefeit, nicht einmal seine Brüder. »Ich habe Diana befragt.« Niall betrachtete sie mit zu schmalen Schlitzen zusammengekniffenen Augen, und ihre Wangen röteten sich unter seinem prüfenden Blick. Wenn irgendein anderer der anwesenden Gentlemen den vertraulichen Gebrauch ihres Vornamens zur Kenntnis nahm, ließ er es sich nicht anmerken. »Ich habe die Bediensteten zusammengerufen und verhört, habe mit dem Konstabler jeden Raum, jedes Fenster, jede Tür inspiziert. Es gab keine Spuren eines gewaltsamen Eindringens.«

Stille legte sich über den Raum.

Der Angreifer war ungehindert ins Haus gelangt, genauso einfach, wie er wieder verschwunden war. Eigentlich sollte sie tot sein … und wäre es auch, wenn Niall nicht in genau dem Moment zu seinem Zimmer zurückgekehrt und es ihr nicht gelungen wäre, die Vase umzuschmeißen, als der Fremde sie aus ihrem Zimmer hatte zerren wollen.

Schweiß trat ihr auf die Stirn. Sie erinnerte sich an den metallischen Geschmack von Blut in ihrem Mund, und ihr wurde übel. *Denk nicht daran. Denk einfach nicht darüber nach.* Sie schloss kurz die Augen, wollte die Erinnerung verdrängen. Der Schreck, der sie durchzuckt hatte. Der Schrei, als Nialls Kugel ihr Ziel gefunden hatte …

Ich hab das Loch verlassen und geschworen, nie wieder zu töten …

Und doch ist er wieder gezwungen gewesen, die Waffe zu heben … meinetwegen.

Der Atem stockte ihr schmerzhaft in der Brust.

»War es ein Akt der Rache wegen dieses Mannes?«, fragte ihr Vater die Gruppe.

Dieses Mannes. Er sprach wie ein Kind, das vor dem schwarzen Mann gewarnt worden war und jetzt Angst hatte, verschleppt zu werden. Diana sah von ihm zu Niall, der mit seiner Furchtlosigkeit und Kühnheit das genaue Gegenteil des Herzogs darstellte.

Die anwesenden Männer schauten Niall alle erwartungsvoll an. »Ich glaube nicht, dass es einer von Diggorys Männern war.«

Diana runzelte die Stirn. Was bedeuten würde … Sie hatte selbst einen Feind?

Ryker verschränkte die Arme vor der Brust. »Auf was stützt du diese Annahme?«

»Er hatse nich' einfach umgebracht«, stellte Oswyn fest und wischte sich mit der Hand über seine Glatze. »Wenn er gewollt hätte, dasse tot is', wär' sie's jetzt. Also warum hat er sie am Leben gelassen?«

Niall rieb sich das Kinn.

»Er wollte mich zu jemand anderem bringen«, platzte Diana mit dem heraus, was sie in ihrer Panik bis jetzt vergessen hatte.

Alle Blicke richteten sich fragend auf sie.

»Er hat gesagt, ich sei zu schwierig umzubringen, sodass derjenige, für den er arbeitet, es selbst tun wollte.«

»Warum hast du mir das nicht längst erzählt?«, wollte Niall wissen und trat näher.

Sie hob den Kopf. »Ich hatte es vergessen, Niall.«

»Du kannst solche Details nicht einfach vergessen, Diana«, presste er hervor und zog sie auf die Füße. »Ist da noch etwas, das du vergessen hast?«

»Ich weiß es nicht«, erwiderte sie und kämpfte darum, nicht die Fassung zu verlieren, während ihre Gedanken wild durcheinanderwirbelten. »Wenn ich es vergessen habe, kann ich mich ja nicht daran erinnern, oder?«, fuhr sie fort und zwang sich, nicht in die Panik und den Wahnsinn zu verfallen, in die ihr Angreifer sie beinahe gestürzt hatte.

»Niall«, unterbrach Ryker sie, und Niall und Diana schauten gemeinsam zu den anderen Anwesenden, die sie ganz vergessen hatten und die sie jetzt mit merkwürdigem Gesichtsausdruck musterten. »Wer könnte dem Mädchen Böses wünschen?«, fragte Ryker in die Runde und brachte sie damit wieder zum Thema zurück.

Das Mädchen. Das war es, was sie für die Welt war. Für alle außer Niall.

Der runzelte die Stirn. Störte er sich auch an dieser herabsetzenden Bezeichnung?

»Niemand«, antwortete der Herzog entschieden und schüttelte so heftig den Kopf, dass ihm eine Haarlocke in die Stirn fiel. »Wer sollte ihr etwas Böses wünschen?«

Ihre Mundwinkel verzogen sich leicht nach unten. Es gab in der guten Gesellschaft genug Klatsch und unschönes Gerede über Diana. Aber über jemanden zu klatschen war etwas ganz anderes, als zu versuchen, ihn umzubringen.

»Die Dame hat mindestens einen Feind«, stellte Adair unnötigerweise fest.

Oswyn rieb sich die Stirn. »Schade, dass de ihn nur an der Schulter erwischt hast. Ich hätt' ihn getötet.« Wie gedankenlos er dieses Wort vor Niall benutzte, den es so quälte. Diana presste sich die Fingerspitzen gegen die Schläfen.

Niall machte einen Schritt nach vorn. »Willst du kritisieren, wie ich meinen Job erledigt habe?«, fragte er drohend.

Der ältere Mann stellte sich direkt vor ihn. »Jeder weiß, dass du es nich' über dich bringst, noch mal ein Leben zu nehmen«, hielt er ihm vor. »Doch dieser Mann hätte ausgeschaltet werden müssen.«

Adair trat rasch zwischen die beiden.

»Genug«, verkündete Ryker.

Diana sprang auf die Füße und erwies sich damit wieder einmal als Feigling. Sie konnte in diesem Moment nicht bei Niall sein. Sie war sich zu sehr bewusst, wozu er ihretwegen gezwungen gewesen war. »Wenn die Herren mich bitte entschuldigen wollen?«, presste sie hervor und schluckte krampfhaft. Denn letztendlich zeigte sich doch immer wieder ihr Erbe, und das ihrer Mutter verriet sich in jeder von Dianas Taten. Unfähig, Nialls Blick zu begegnen, ging sie an ihm vorbei.

»Diana?«, rief er ihr nach, mit der barschen Sorge in seinem Bariton so anders als der gnadenlose Hüne, als der er hergekommen war. Er streckte eine Hand aus und griff sie am Arm. »Ich werde dich begleiten.«

Diana bemerkte, dass niemandem im Zimmer die besitzergreifende, intime Geste entging.

»Du hast alles überprüft. Ich brauche keine Eskorte.«

Dennoch blickte Niall zu Oswyn. Sie verständigten sich wortlos, und als sie aus dem Raum ging, folgte ihr der ältere Wachmann auf dem Fuß.

Und mit jedem Schritt, den sie zwischen sich und Niall brachte, drückte sie die Last ihrer Schuld schwerer.

* * *

Nach dem Treffen mit dem Herzog begleitete Niall Ryker und Adair in die Eingangshalle.

»Du siehst schrecklich aus«, stellte Ryker fest.

Niall biss die Zähne zusammen, als der Schreck von den Ereignissen vor ein paar Stunden wieder über ihn hereinbrach. Sein Inneres zog sich zusammen, als er das Bild von Diana, die

Klinge an der Kehle, vor seinem geistigen Auge sah. Eine einzige Bewegung des skrupellosen Bastards hätte dafür gereicht, ihr die Kehle durchzuschneiden. Übelkeit machte sich in seinem Magen breit. »Das kommt davon, wenn man mitten in der Nacht auf einen unbekannten Angreifer schießen muss«, bemerkte er flach.

»Vermutlich«, stimmte Ryker ihm zu. »Ist das der einzige Grund?«

Vielleicht war es der Schlafmangel, oder vielleicht war es der Kampf auf Leben und Tod, aber Rykers Worte sorgten dafür, dass Niall den Mund öffnete und schloss, ohne eine Antwort herauszubringen.

»Du hast sie Diana genannt«, stellte Adair wenig hilfreich fest.

»Mehrere Male«, fügte Ryker hinzu.

Niall stolperte beinahe und richtete sich schnell wieder auf. Er bedachte beide Brüder mit einem wütenden Funkeln und sah sich hastig um. Dies war nicht der verdammte Club, wo alle ihnen gegenüber loyal waren. »Verdammt noch mal, seid leise«, zischte er, riss eine Tür auf und bedeutete seinen Brüdern einzutreten.

Er biss die Zähne zusammen. Natürlich musste es genau dieses verdammte Zimmer sein.

Dianas Rückzugsort.

Nur zu bereit für einen Kampf, trat Niall die Tür mit der Hacke seines Stiefels zu und verschränkte die Arme vor der Brust. »Also? Bringen wir es hinter uns. Sagt, was auch immer ihr zu sagen habt.« In ihrer Welt sprach man schonungslos und klar aus, was Sache war. Es gab keine verschleierten Andeutungen oder verborgenen Spitzen.

»Ich denke, das haben wir gerade«, erwiderte Adair mit dem Hauch eines Lächelns auf den Lippen. »Dein Umgang mit ihr wirkt tatsächlich sehr vertraut.«

Sehr vertraut? Niall stotterte: »Sie ist … Sie ist …«

Ryker hob eine Augenbraue.

»Eine Dame?«, beendete Adair den Satz für ihn. Niall runzelte die Stirn. »Rykers Schwester? Viel zu unschuldig?«

»Ja, all das.« Oder sie war es zumindest gewesen. Irgendwann während ihrer gemeinsamen Zeit war Diana so viel mehr geworden als einer dieser Punkte auf Adairs Liste. Er fuhr sich mit einer Hand durchs Haar. »Hätte ich mich ihr gegenüber etwa wie ein verdammter Mistkerl benehmen sollen?«, fuhr er sie an.

Seine Brüder antworteten wie aus einer Kehle: »Ja.«

Ja, gut, das mochte stimmen. Niall hatte im Club nur gute Miene zum bösen Spiel gemacht und den vornehmen Gästen gegenüber, die er so verachtete, Höflichkeit gewahrt. Darüber hinaus hatte er keinen Zweifel daran gelassen, dass er eher mit dem Teufel durch die Flammen der Hölle tanzen würde, als sich weiter in irgendeiner Weise mit der guten Gesellschaft abzugeben.

Eine große Hand legte sich auf seine Schulter, und er sah Ryker an, der seinen Blick offen erwiderte. »Du hast es verhindert.« Niall spannte sich an. Was meinte Ryker? »Dieser Ausdruck in deinen Augen.« Ryker schloss Nialls gesamte Gestalt mit einer Geste ein. »Du musst damit aufhören, dich selbst infrage zu stellen.«

Infrage stellen? Hielt Ryker das für den Grund dafür, dass Niall irgendwie nicht er selbst war? Aber warum auch nicht? Er hatte Niall vor fast vier Wochen fortgeschickt, und Niall war damals so sehr auf seine eigenen Verfehlungen fixiert gewesen, dass er äußerst ungehalten reagiert hatte, als er mit dem neuen Auftrag betraut worden war. Ryker ahnte nicht, dass Niall den Club in den beinahe dreißig Tagen, die er mit Diana verbracht hatte, keine fünf Minuten vermisst hatte. Nein, Nialls schweißbedeckte Hände und sein verknoteter Magen rührten allein daher, dass Diana dem Tod so nahe gekommen war.

»Lass mich wissen, was du brauchst«, wechselte Ryker das Thema und lenkte Niall von seinen turbulenten Gedanken über Dinge ab, die er weder verstand noch kontrollieren konnte.

»Oswyn«, erwiderte er automatisch. Es gab neben Ryker, Calum, Adair und Helena niemanden, dem Niall mehr vertraute. Er war der erste Mann, den sie angestellt hatten, und er hatte sich in all den Jahren seither unzählige Male als loyal bewiesen. Im Geiste ging Niall das Haus des Herzogs durch. Ein Dienstboteneingang in der Küche. Die Vordertür. »Ich brauche außerdem vier weitere Wachen«, erklärte er schließlich, nannte lieber mehr, als er vermutlich benötigen würde. Er hatte Diana zuvor nicht geglaubt. Jetzt würde er nicht mehr so unvorsichtig sein, wenn es um ihr Leben ging.

»In Ordnung«, stimmte Ryker zu. Er sah zu Adair. »Adair wird ebenfalls herkommen. Calum bleibt im Club.«

Falls Adair irgendwelche Probleme oder Ärger darüber verspürte, in die Welt der Aristokratie genötigt zu werden, ließ er es sich nicht anmerken.

»Du wirst auch Helena bewachen lassen wollen«, bemerkte Niall, und Sorge erschien in Rykers Augen. »Ich habe schon einen Brief nach Somerset geschickt.« Da sie sich bereits für den Sommer auf ihren Landsitz zurückgezogen hatten, würden Helena und ihr Ehemann nicht wissen, was hier geschehen war, und wären viel zu leichte Ziele. Und doch … Niall wurde unruhig.

Diana war nicht in ihrem Bett ermordet worden. In Diggorys skrupelloser Welt des »Töten oder getötet werden« war die einzige Rache, die etwas zählte, die, die ein Menschenleben beendete. Es wäre egal, wer es tat oder wie oder wann.

Er blieb vor dem Gemälde von St. George's stehen und starrte das himmelblaue Wasser an. Ein unwirkliches Paradies mit rosafarbenem Sand, so unvorstellbar in der höllischen Realität dieser Welt. Er runzelte nachdenklich die Stirn. So wie die morgendliche Attacke auf Diana sich abgespielt hatte, wollte irgendjemand nicht einfach nur ihren Tod, sondern es auch selbst erledigen.

Ein Schatten fiel auf das Bild.

»Ich bin dir dankbar, dass du Diana gerettet hast.«

Niall straffte die Schultern. »Hast du gedacht, ich würde es nicht tun?«, wollte er wissen, drehte sich jedoch nicht um.

»Ich bin davon überzeugt, dass du dein Leben geben würdest, um jedes einzelne Mitglied unserer Familie zu retten, selbst wenn es nicht zum engsten Kreis gehört.« Wie Diana.

Mit der Klinge an ihrer Kehle, als sie von Niall verlangt hatte, seine Waffe nicht fallen zu lassen, hatte sie mehr Mut bewiesen als so mancher gestandene Mann in Seven Dials. Mit diesem Mut und ihrer inneren Stärke ähnelte sie ihnen mehr, als Ryker es sich je vorstellen konnte, und mehr, als Niall lieb war. Dennoch behandelte Ryker sie, als gehörte sie nicht zu ihrem Kreis.

»Ich weiß, dass dies nicht der Auftrag ist, den du wolltest.« Mittlerweile war er das. Irgendwann hatte sich alles verändert und hatte Nialls einst so logische Welt auf den Kopf gestellt. Jetzt würde er eher sein eigenes Messer benutzen und es sich selbst in die Brust rammen, bevor er Diana der Obhut von jemand anders überlassen würde – und das schloss seine Brüder mit ein. »Wenn du …«

»Mein Platz ist hier«, beschied Niall ihm kurz und wandte sich ab. Er würde Adair oder Calum sein eigenes Leben anvertrauen. Aber hier ging es nicht um ihn – sondern um Diana.

Ryker nickte. Sein Blick wanderte zu einem Punkt jenseits von Nialls Schulter. »Interessantes Bild«, bemerkte er nachlässig, wo es doch niemals irgendetwas Nachlässiges an dem gefühllosen Spielhöllenbesitzer gegeben hatte oder je geben würde.

Niall versteifte sich und folgte seinem Blick. Auf der Leinwand konnte man Dianas Gestalt leicht erkennen, direkt neben Nialls. Hitze stieg ihm in die Wangen, und er zerrte unbehaglich an seinem Halstuch.

»Vielleicht könnten wir es für den Club kaufen?«, schlug Adair vor, in dem ersten Anflug von Humor an diesem Tag.

Niall machte eine obszöne Geste, und seine Brüder lachten.

»Als Nächstes wirst du mir erzählen, dass du mit der Dame den Tee einnimmst.«

Gebäck.

»Was war das?«, wollte Ryker mit überraschter Miene wissen.

Himmel, sprach er jetzt schon laut? Was stellte das Leben in Mayfair mit ihm an?

Verlegene Hitze stieg ihm den Hals hoch, und er räusperte sich. »Im Angesicht dessen, was hier vor einigen Stunden geschehen ist, denke ich, dass es kaum der geeignete Zeitpunkt ist, sich über mich lustig zu machen oder Scherze zu reißen«, erklärte er ungeduldig. Aber so war es in St. Giles immer gewesen. Ein Mensch, der getötet wurde, oder ein Mordanschlag waren dort nichts Ungewöhnliches. Deshalb würde dieser Tag niemandem als etwas Besonderes erscheinen. Niall biss die Zähne aufeinander. Und doch war Ryker, als Penelope beinahe gestorben wäre, nur ein Schatten seiner selbst gewesen.

Ryker warf Adair einen Blick zu. »Natürlich«, erwiderte er ernst. Er wandte sich zur Tür, blieb dann noch einmal stehen. »Falls du irgendetwas anderes brauchst, lass es mich sofort wissen.«

Niall nickte.

Sobald Ryker fort war und Adair sich einer weiteren Befragung der Bediensteten zugewandt hatte, begab sich Niall nach oben. Er musste Diana sehen. Sich vergewissern, dass es ihr tatsächlich gut ging. Er hatte mehr Tote gesehen als jeder Leichenbestatter in London und auch selbst viele Leben genommen. Doch bis zu seinem letzten Atemzug würde er ihre schreckgeweiteten Augen nicht vergessen, als ihr Angreifer sie um die Taille gepackt hatte. Sein Magen zog sich zusammen.

Wenn ich ihre Räume vorher durchsucht hätte … Wenn ich da gewesen wäre, hätte diese ganze Sache niemals so passieren können …

Niall kam vor ihrem Zimmer zum Stehen, gerade als sich die Tür öffnete. Dianas Zofe eilte in den Korridor und an Oswyn vorbei.

»Wie geht es Lady Diana?«, fragte Niall, sobald sie die Tür geschlossen hatte.

Das Mädchen erblasste, wandte den Blick von dem neuen Wachposten ab, der vor dem Zimmer ihrer Herrin stationiert war. »Mylady ruht sich aus«, erwiderte sie mit zitternder Stimme. »Sie möchte heute Morgen gern allein sein.«

Nach den Aufregungen der letzten Stunden war es nur natürlich, dass Diana Schlaf brauchte. Auf einen Kampf folgte, wenn das Herz erst wieder normal schlug und die Realität zurückkehrte, häufig eine tiefe Erschöpfung. Und trotzdem … Niall ließ frustriert den Blick über die Tür gleiten. Er hatte närrischerweise gedacht – gehofft? –, dass sie ihn genauso dringend sehen musste wie er sie.

Das Mädchen trat unbehaglich von einem Fuß auf den anderen.

»Das ist alles«, sagte er brüsk, und sie entfernte sich rasch. Niall stellte sich neben Oswyn.

»Du musst dich ausruhen, Niall.« Der Mann sprach wie ein Vater zu seinem Sohn. Zumindest vermutete Niall das. Er wusste über Vater-Sohn-Beziehungen noch weniger als über die Regeln der guten Gesellschaft.

»Ich werde nicht gehen«, erwiderte er, den Blick nach vorn gerichtet.

»Niall. Ich bin hier. Geh.« Oswyn legte Niall eine schwere Hand auf die Schulter. Eine starke Hand. Und eine fähige, die

Niall häufiger den Hintern gerettet hatte, als er es verdiente. »In den drei Stunden, die du schläfst, wird der Dame nichts geschehen«, drängte Oswyn ihn, der Nialls Unentschlossenheit spürte.

Mit einem letzten unschlüssigen Blick zurück zur Tür machte Niall sich schließlich auf den Weg zu seinem Zimmer.

Kapitel 16

Alle Menschen reagierten unterschiedlich, wenn sie sahen, wie ein Mann angeschossen wurde.

Manche weinten, andere fielen in Ohnmacht. Einige zitterten, wurden blass und ganz still.

Diana hatte sich in sich zurückgezogen.

Oder gab sich nach außen hin völlig unbeeindruckt, summte und malte und tat all das, was sie jeden Tag getan hatte, seit Niall das Haus des Duke of Wilkinson betreten hatte. Und ging jedem verdammten Gespräch mit Niall aus dem Weg.

Es war zwei Tage her, dass der Attentäter ihr in ihrem Schlafzimmer aufgelauert hatte, und trotz Nialls Bemühungen, mit ihr zu sprechen, lächelte Diana zwar, blieb in ihren Antworten aber kurz.

Wäre er ein Mann gewesen, der über Humor verfügte, wäre die Ironie darin sicher ein Anlass gewesen, dem Drang nachzugeben. Seit er den Fuß in das elegante Stadthaus des Herzogs gesetzt hatte, hatte er gewollt, dass Diana Verney ihn mit ihrem unablässigen Redebedürfnis und ihren Fragen und ihrem Interesse an ihm in Ruhe ließ. Jetzt hatte sie genau das getan, und es fehlte ihm.

Niall stand im vorderen Teil des Raumes Wache und beobachtete jede ihrer Bewegungen. Sie hob die Palette und strich mit dem Pinsel über die zuvor weiße Leinwand.

Vielleicht hat sie sich gar nicht in sich zurückgezogen. Vielleicht erkennt sie dich jetzt endlich als das, was du in Wahrheit bist. Er biss die Zähne aufeinander. Es war unvermeidlich gewesen. All ihren Bemühungen zum Trotz, ihn zu einer Art Freund zu machen, blieb er doch immer Niall, der Bastard mit dem selbst gewählten Nachnamen, der nicht einmal seinen Geburtstag kannte. Anders als die feinen Herren mit ihren langen Namen und Titeln. Die Gentlemen, die sie eigentlich verdiente. Er stutzte. Nicht dass er wollte, dass *er* sie verdiente. Er wollte niemanden sonst in seinem Leben haben. Er hatte den Club, und sie würde, trotz all ihrer Proteste, eines Tages einen dieser feinen Lords heiraten, der kein Blut an seinen Händen hatte.

Seine Geduld war am Ende. »Bist du fertig?«

Diana hielt inne, den Pinsel auf der Palette.

Sie konnte ihn nicht einmal ansehen. Seine Verärgerung wuchs, und er freute sich über dieses sehr viel sicherere Gefühl.

»Ich habe ja gerade erst angefangen …«

Er schaute die Zofe finster an, die stets dabei war, wann immer Diana und er allein waren. Das Mädchen kam mit dem Stickrahmen in der Hand auf die Füße und verabschiedete sich rasch. Niall schloss die Tür hinter ihr.

Diana sah sich mit großen Augen im Zimmer um.

Sie hat Angst vor dir. Man erkennt es daran, wie sie deinem Blick ausweicht.

»Mr …?«

»Wenn du mich jetzt Mr Marksman nennst«, presste er hervor, »werde ich dich übers Knie legen.«

Ihr Mund formte ein perfektes O, und sie setzte die Palette ab und platzierte den Pinsel darauf. »Hast du gerade gedroht, mir den Hintern zu versohlen?«

Nur dass sie mit ihren empörten Worten wilde Fantasien in ihm heraufbeschwor, verführerische Bilder von ihr, wie sie sich nackt auf seinem Schoß wand, während er ihre köstlich runden Pobacken streichelte.

»Ich sollte es tun«, erwiderte er, und seine Stimme klang in seinen eigenen Ohren merkwürdig. »Du benimmst dich wie ein Kind.«

Dianas Blick fand seinen. Empörung funkelte in ihren Augen, was ihren Wangen Farbe verlieh und sie wieder in die unerschrockene junge Dame verwandelte, die seine Welt auf den Kopf gestellt hatte. »Wie kannst du es wagen?«, keuchte sie.

Es entging ihm nicht, dass sie keinen Versuch unternahm, von der Leinwand wegzutreten. Niall schlüpfte aus seinem Rock und warf ihn auf das blaue Sofa.

»Was hast du vor?«, quiekte Diana.

Genau das zu tun, was er gleich unmittelbar nach seiner Ankunft hier hätte tun sollen. Nur dass er es damals nicht getan hatte. Er hatte nicht geglaubt, dass es wirklich eine Bedrohung gab, und es hatte sie fast das Leben gekostet. Angst schnürte ihm die Kehle zu. Diesen Fehler würde er nicht noch einmal begehen. Niall zerrte das Sofa zur Wand.

»Niall?«

Ach, jetzt war er also wieder Niall? Die kleine Verräterin. Er traute sich in seiner Wut nicht, sondern hob den Tisch in der Mitte des Raumes an und stellte ihn an den Rand.

»Du musst mich nicht mögen«, informierte er sie, seine Stimme war atemlos von der Anstrengung, während er einen Louis-quatorze-Sessel von seiner angestammten Position schob. »Verdammt, du musst nicht einmal mit mir reden.« Er hielt inne, um sich mit dem Hemdsärmel den Schweiß von der Stirn zu wischen. »Ich habe dir vom ersten Tag an gesagt, dass ich nicht hier bin, um dein Freund zu sein.«

Sie hatte darauf bestanden, es anders zu machen. Sie hatte ihn zum verdammten Tee eingeladen und hatte von ihm verlangt, sich zu ihr zu setzen. Sie hatte ihn zu seiner Vergangenheit befragt und ihm von ihrer erzählt. Und jetzt hatte sie ihn einfach wieder von ihrem Leben abgetrennt, als wäre er ein loser Faden an einem Kleid, der störte.

Als sie weiter schwieg, blickte er auf. Stand da etwa Schmerz in ihren unschuldigen Rehaugen? Oder bildete er sich das nur ein? Denn ihre zarten Gesichtszüge wirkten ernst, so ganz anders als die unbekümmert lächelnde junge Frau, die sie noch vor wenigen Momenten gewesen war.

Ein Muskel zuckte an seinem Augenwinkel. Ihre vorsichtige Miene war eine weitere unnötige Erinnerung daran, dass er einer der Männer war, die unweigerlich alles um sich herum zerstörten. Leben, Glück – das waren Träume, die anderen vorbehalten blieben. Was er bieten konnte, waren Beständigkeit und Stärke – um andere am Leben zu halten. Und so wahr ihm Gott helfe, er würde sie am Leben halten.

Niall zog seinen Dolch, und bei dem leisen Geräusch keuchte Diana auf.

Sie stolperte rückwärts und stieß gegen die Staffelei. Die kippte um und landete laut klappernd auf dem Boden. Das Bild fiel daneben, und die frische Farbe lief wie scharlachrote und smaragdgrüne Tränen über die Leinwand.

Er trat vor, ohne den Blick von ihr zu nehmen. »W-was tust du da?«, flüsterte sie und sah kurz zu den verschobenen Möbeln.

Die Erkenntnis traf ihn wie ein Schlag. Sie suchte nach einem Platz, um sich zu verstecken. Schmerz explodierte in seiner Brust. Sie kannte ihn so wenig, dass sie glaubte, er sei dazu fähig, ihr wehzutun.

Er zeigte mit der ersten Waffe, die er sich besorgt hatte, nachdem sie den Club aufgebaut hatten, direkt auf Diana. »Du musst lernen, dich zu verteidigen. Schließlich werde ich nicht immer hier sein.«

In ihrem Gesicht zuckte es, und auf ihren Zügen spiegelte sich kurz seine eigene innere Besorgnis ob dieser Tatsache wider. *Nein, sie verspürt kein Bedauern. Sie empfindet eine gottverdammt berechtigte Angst vor dem Monster, das du bist. Vor dem Monster, das du immer gewesen bist und immer sein wirst.*

Er war mit drei langen Schritten bei ihr, und Diana trat beiseite. Zu spät. Niall streckte die Hand aus und packte sie am Arm, beendete ihre Flucht, bevor sie wirklich begonnen hatte. Er schob ihr den Griff des Dolches in die Hand.

Sie machte keine Anstalten, ihre Finger darum zu schließen. »Was soll ich damit?«

Es war eine Waffe, die ihm genauso wichtig war wie der Club, die er nie jemand anderem überlassen hatte – nicht einmal seinen Geschwistern. Nur ihr.

»Nimm ihn«, forderte er.

»Ich werde nicht …«

Niall brachte sein Gesicht dicht vor ihres. »Ich habe gesagt: Nimm den Dolch, Diana.«

Ihr Atem ging hastig und unregelmäßig. Er strich über seine Lippen, Pfefferminz und Schokolade und … Angst. Diana schüttelte den Kopf. »Nein, das werde ich nicht, Niall«, flüsterte sie.

Er verengte die Augen zu schmalen Schlitzen. »Nimm den gottverdammten Dolch.«

Trotz des hastigen Hebens und Senkens ihrer Brust blieb sie standhaft. Sie reckte die Schultern, stolz und unerschrocken. In dieser Haltung war sie sowohl atemberaubend als auch unbeschreiblich lästig, und er wusste nicht, ob er sie bis zur Besinnungslosigkeit küssen oder lieber schütteln sollte.

Sie fuhr sich mit der Zunge über die Lippen, und er musste ein Stöhnen unterdrücken. Mit einem Fluch wandte er sich von ihr ab. »Du willst nicht lernen, dich selbst zu verteidigen?« Er versuchte eine andere Herangehensweise, versuchte, an ihre Vernunft zu appellieren. »Du, dieselbe Frau, die in einer gemieteten Droschke nach St. Giles gekommen ist und um einen Leibwächter gebeten hat …«

»Ich habe nicht um einen Leibwächter gebeten«, presste sie hervor. »Ryker hat mir einen verpasst.«

Einen. »Mich.«

Diana legte den Kopf auf bezaubernde Art zur Seite.

Niall drückte ihr den Griff des Dolches gegen die Brust. »Er hat ihn dir nicht verpasst, Prinzessin. Aber du willst kein Blut an deinen Händen«, hielt er ihr vor, woraufhin ihr die Farbe aus den Wangen wich. »Du willst verwöhnt und verhätschelt werden«, fuhr er über ihr empörtes Luftschnappen hinweg fort, forderte sie bewusst heraus. »Du bist es zufrieden, deine verdammten heiteren Bilder zu malen, während andere Menschen …«

Sie streckte jäh die Hand aus. Die schlanken Finger zitterten leicht, ein Anblick, der ihm das Herz abdrückte. *Es ist zu ihrem eigenen Besten.* Niall hatte immer gewusst, wie man jemanden dazu brachte, etwas zu tun. Da war Diana keine Ausnahme. »Gib her«, zischte sie.

Niall drückte ihr den juwelenbesetzten Dolch in die Hand, ehrbar erstanden mit dem ersten Geld, das er im »Hell & Sin« verdient hatte. Damals hatte Niall geschworen, einen Neuanfang zu wagen und niemals mehr für jemand anderen zu arbeiten als sich selbst.

Diana wog das Messer versuchsweise in der Hand, machte sich mit dem Gefühl vertraut. Diese Klinge hatte Nialls wertloses Leben häufiger gerettet, als er es verdiente.

»Es ist ein einfaches Werkzeug«, erklärte er. »Lautlos, und gefährlich nicht nur für denjenigen, den man damit angreift, sondern auch für denjenigen, der es hält.« Er ging hinter ihr in

Position und umfasste ihre Hand. »Wenn schon nicht für dich selbst, so lerne es für die Menschen, die dir am Herzen liegen.«

Sie drehte sich zu ihm um und legte den Kopf in den Nacken. »Ich kann niemanden erstechen, Niall.« Durch ihre dichten goldenen Wimpern sah er das Verlangen in ihren Augen. Fast wie gegen seinen Willen senkte er den Kopf. Er erstarrte. Und dann wurde er hilflos hingezogen für eine weitere Kostprobe von ihr und beugte sich weiter vor.

Diana schloss die Augen und stellte sich auf die Zehenspitzen, bot ihm ihren Mund dar. Sie wollte ihn. Sie mochte ihn für ein Monster halten, aber er war der Mann, den sie noch immer begehrte. Verbitterung durchströmte ihn, während er hastig aus ihren Armen trat.

»Also gut. Dann schlag mich.«

Er hätte genauso gut seine Absicht erklären können, den König zu stürzen, so verwirrt blickte sie ihn an. »Dich schlagen?«, wiederholte sie entsetzt.

Niall unterdrückte seine Lust, nahm ihr den Dolch aus den Fingern und schleuderte ihn zu Boden. Die Spitze bohrte sich in das bis dahin makellos glänzende Parkett, und die Klinge vibrierte unter der Wucht des Einschlags. »Du musst eine Möglichkeit kennen, dich zu verteidigen.«

Mit weit aufgerissenen Augen schaute Diana zwischen Niall und dem Dolch hin und her.

Niall krempelte sich die Ärmel hoch und öffnete den Hemdkragen.

Mit jedem Zentimeter mehr, den er von seinem Arm enthüllte, hoben sich Dianas goldene Augenbrauen.

Niall stand locker da. »Nun?«, drängte er sie.

»Du bist verrückt«, flüsterte sie.

Sie blieb reglos stehen, während er sich im Kreis um sie herumbewegte. »Du musst dein Kinn unten halten.« Er brachte ihren Kopf in Position, seine Finger blieben auf der samtweichen

Haut ihres Nackens, während eine weitere Welle des Verlangens ihn durchlief. »Und jetzt dein Gesicht schützen«, murmelte er, stellte sich direkt vor Diana und brachte ihre Arme in die korrekte Position.

Mit einem Seufzen versuchte Diana sich an einem Schlag, verfehlte ihn jedoch. »Da. Sind wir jetzt fertig?« Ohne auf eine Antwort zu warten, ging sie an ihm vorbei.

Niall packte sie um die Taille, entlockte ihr damit ein atemloses Keuchen, als er sie vor den Spiegel zerrte. »Wir sind noch nicht fertig«, flüsterte er, seine Lippen nur eine Haaresbreite von ihrem Mund entfernt. »Bis ich sage, dass du genug gelernt hast und deine Lektion beendet ist. Haben wir uns da verstanden?« So sprach er auch mit den Wachen, die er im »Hell & Sin« befehligte.

Diana schüttelte den Kopf. Durch die abrupte Bewegung berührten sich ihre Münder beinahe. »Ich lass mich nicht von dir herumkommandieren.«

Er schloss die Augen. Natürlich würde sie das nicht tun. Sie konnte es nicht. Sie war spartanische Kriegerin und Sirene in einer Person, und er und jeder andere Mann wäre ihr hoffnungslos unterlegen.

»Also gut. Würdest du bitte deine Arme hochnehmen?«, forderte er sie auf und zeigte ihr die richtige Stellung.

Sie gehorchte.

»Jetzt schlag mich.«

* * *

Er ist verrückt.

Diana wusste das mit der Gewissheit einer Frau, die später einmal selbst dem Wahnsinn anheimfallen würde, allerdings würde sie sich eher die Hände abhacken, als diesem Mann damit Gewalt anzutun.

Sie ließ ihre Arme sinken. »Ich habe dir schon gesagt«, presste sie hervor, »ich hege nicht die Absicht, jemanden mit dem Messer zu verletzen oder dich zu schlagen.« Er war der Einzige, der sie als auf jede Art gleichberechtigt behandelte. Er hatte sie in seine Welt eingelassen und sie ermutigt, ihre mit ihm zu teilen. Er hatte ihr das Leben gerettet. Sie würde ihn nicht schlagen, egal, wie oft er es von ihr verlangte. Sie machte einen Schritt um ihn herum.

Er verstellte ihr den Weg und unterband ihre Flucht. »Lass es dir endlich von mir beibringen, Prinzessin.«

Jetzt waren sie also wieder bei diesem Prinzessinnen-Unsinn angekommen. Diana biss die Zähne aufeinander. »Also gut.«

Einiges von seiner Anspannung wich aus ihm.

»Solange ich dich nicht schlagen muss«, stellte sie klar.

Ein lästerlicher Fluch entfuhr ihm. Leider konnte man Diana damit schon lange nicht mehr schockieren. Seit einem ganzen Jahr, um präzise zu sein. »Eines Tages werde ich nicht mehr hier sein, und du wirst allein mit diesen Schurken und Schuften fertigwerden müssen, die dir einen Kuss stehlen und dich betatschen wollen.« Ein wildes Glitzern stand in seinen fast obsidianschwarzen Augen.

Ihr Herz setzte einen Schlag aus. Was war der Grund für diese mühsam kontrollierte Wut? Störte ihn die Vorstellung von ihr mit einem anderen Mann? Warum sollte das so sein, wenn sie ihm völlig egal war? Doch was auch immer Niall Marksman für sie empfand oder nicht empfand, es würde nach ihm nie einen Mann geben, dem sie erlauben würde, sie zu liebkosen. »In der Hinsicht brauchst du dir keine Gedanken zu machen, Niall«, sagte sie sanft und strich ihm mit den Händen über den Brustkorb. Das war ein Fehler.

Ihr Mund wurde trocken. Die Hitze seiner Haut verbrannte ihr die Hände selbst durch den Stoff seines Leinenhemdes hindurch.

Seine dichten schwarzen Wimpern senkten sich und verbargen die rohe Kraft, die aus seinen blauen Augen strahlte. »Weil du denkst, dass alle Gentlemen ehrbar sind?« Er schnaubte abfällig.

Schmerz durchzuckte ihre Brust. Glaubte er wirklich, dass sie wie ihr Vater und der Rest der guten Gesellschaft war, die sich allein aufgrund ihres Ranges für etwas Besseres hielten? »Weil sie schon ihren Mangel an Interesse deutlich gemacht haben.« Männer, die keinen zweiten Gedanken daran verschwenden würden, sie in die Irrenanstalt einweisen zu lassen, in dem Moment, in dem sie irgendein Anzeichen von Wahnsinn verriet. Deshalb war sie nicht im Geringsten daran interessiert, sich an irgendeinen dieser treulosen, rückgratlosen Feiglinge zu binden.

Ein wildes Knurren, das besser zu einem wilden Tier gepasst hätte, entstieg seiner Brust und beendete die angespannte Stille. »Um Himmels willen, Diana, wie soll ich dir etwas beibringen, wenn du mich nicht schlagen willst?«

»Ich werde dir nicht wehtun, Niall«, erklärte sie schlicht und zuckte leicht entschuldigend die Schultern. Sie würde ihre Hände niemals gegen einen Mitmenschen erheben, und falls das unumgänglich wäre, dann jedenfalls ganz sicher nicht gegen Niall.

Wie einer dieser wilden Löwen, die sie im königlichen Zoo mit solcher Ehrfurcht betrachtet hatte, machte er einen langsamen, bedrohlichen Schritt auf sie zu, schlich sich an wie ein Raubtier an seine Beute. »Schlag mich«, flüsterte er.

Diana stolperte einen Schritt zurück. »N-nein.« Sie wusste nicht, was sie mit Niall anfangen sollte, wenn er so wütend war.

»Schlag mich«, fuhr er sie an, reckte die Brust, und der Stoff seines Hemdes spannte sich, zeigte definierte Muskeln, die zu einem Mann passten, der auf der Straße gekämpft und es aus eigener Kraft bis ganz nach oben geschafft hatte. Dianas Augen wanderten zu den mitternachtsschwarzen Härchen, die sie im Ausschnitt seines feinen Leinenhemdes erkennen konnte. Ihr Mund wurde trocken.

»Hörst du mir zu?«, fragte er sie barsch.

Ihre Wangen röteten sich, und sie hob den Kopf. »Ich werde es nicht tun, Niall.«

»Du bist ein Feigling.«

Ihr stockte der Atem. So wenig hielt er also von ihr. Der Gedanke sollte nicht so wehtun können und tat es dennoch. »Wie kannst du es wagen?«

»Gefällt dir die Wahrheit nicht?« Ein Lächeln, kalt wie Winterfrost, trat auf seine Lippen. »Dass du nicht mehr bist als eine verwöhnte Prinzessin, die erwartet, beschützt zu werden, aber nicht willens ist, sich selbst in einem Kampf zu behaupten.«

Schmerz durchbohrte sie wie ein stumpfes Messer. Sie rang darum, ihre Lippen zu bewegen und ihm eine empörte Antwort zu geben – doch es kam nichts heraus.

Er machte weiter, nicht bereit, nachzugeben. »Hast du nichts zu sagen?«, forderte er sie mit harschem Spott heraus, ein schreckliches Zerrbild des Mannes, den sie zu kennen geglaubt hatte.

»Ich bin kein Feigling«, flüsterte sie zwischen ihren Fingerspitzen hindurch und hasste es, dass ihre Stimme so zögerlich klang.

»Dann beweis es«, verlangte er und überwand die Entfernung zwischen ihnen. Diana zog sich schnell zurück, schaute sich panisch um. Unwillkürlich ging ihr Blick zur Tür. Niall schnitt ihr schnell diesen Weg ab, und sie keuchte auf. »Schlag mich«, beharrte er mit einem stählernen Flüstern. »Du weißt, dass du es willst.«

Sie ballte die Hände zu Fäusten. Sie würde sich von ihm nicht provozieren lassen. Das war alles, was er wollte. Sie reckte die Schultern und sah durch ihn hindurch.

»Du bist wütend.« Er umkreiste sie langsam. »Das ist gut. Der Zorn fließt durch deine Adern, Prinzessin …«

Sie blickte ihn an. Feuer brannte in den Tiefen ihrer Augen. »Nenn mich nicht Prinzessin.«

»Dann benimm dich nicht wie eine.« Er breitete die Arme aus, präsentierte sich als Ziel. »Schlag mich.«

»Hör auf, Niall«, zischte sie.

»Schlag mich«, schrie er sie an. »Komm schon, ganz sicher fließt doch etwas von dem Blut deiner skrupellosen Mutter durch deine …«

Dianas Faust schoss nach vorn und erwischte ihn am Kinn. Sein Kopf ruckte zurück. Sie schnappte erschreckt nach Luft, und dann flammte Schmerz in ihren Fingerknöcheln auf und ließ die blinde Wut jäh verrauchen. Hastig zog sie die Hand zurück gegen ihre Brust und starrte Niall mit wachsendem Schrecken an. *Ich habe ihn geschlagen.*

Niall lachte leise und rieb sich mit einem trockenen Lächeln auf den Lippen die Stelle, an der sie ihn getroffen hatte. »Beeindruckend, Prinzessin.« Stolz und Anerkennung leuchteten aus seinen Augen, und sie zuckte zurück. »Das …« Seine Worte verklangen, und er runzelte die Stirn. »Diana?«

Sie schluckte krampfhaft.

Jeder Mensch hatte einen Punkt, an dem er oder sie brach.

Das war der Moment, in dem man jegliche Vernunft hinter sich ließ und der Wahnsinn triumphierte und man sich als der Verrückte entlarvte, der man in Wirklichkeit war.

Genau wie sie sich gerade in diesem Moment entlarvt hatte.

O mein Gott. Was habe ich getan?

Übelkeit sammelte sich in ihrem Magen, und Galle stieg ihr die Kehle hoch. Sie schluckte sie wieder herunter. Mit unendlicher Zärtlichkeit, die sie fast vernichtete, zog Niall sie in seine Arme und presste ihren Kopf gegen seine Brust. Sein Herz schlug laut unter ihrem Ohr. Das regelmäßige Klopfen passte zu dem ihres eigenen Herzens.

Ein unterdrückter Schluchzer drang aus ihrer Kehle.

Er streichelte ihr übers Haar. »Ich wollte, dass du mich schlägst.«

Ja, das hatte er gewollt, aber sie hatte es nicht getan, doch letztendlich war ihre Wut außer Kontrolle geraten, hatte Logik und Verstand ausgeschaltet – und bewiesen, dass sie sehr wohl die Tochter ihrer Mutter war. Denn von allen Menschen, die ihre Wut geweckt hatten, war es Niall gewesen, der Mann, der ihr Herz gestohlen hatte, und …

Sie erstarrte. Nein. Sie hatte nicht die Absicht, sich zu verlieben oder zu heiraten oder ihr Herz, ihre Seele oder irgendeinen anderen Teil von sich einem Mann anzuvertrauen. Und doch … *Nein. Nein. Nein. Nein.* Aber selbst wenn sie diese verzweifelte Litanei in ihrem Kopf immer weiter wiederholte, machte es das nicht weniger wahr. Sie, die die Treulosigkeit von Männern aus nächster Nähe erlebt hatte und die versucht hatte, ihr Herz vor Schmerz und die anderen vor ihrem Wahnsinn zu schützen, war hoffnungslos und hilflos in einen Mann verliebt, der sie im besten Fall ein wenig mochte und im schlimmsten verachtete.

Sie schloss die Augen.

»Diana?« Diese rauen, tiefen Töne, die des Nachts, wenn im Haus alles still war, durch ihre Träume hallten, durchdrangen ihren Schrecken. Sie öffnete die Augen wieder und machte sich hastig von ihm los. Panik durchfuhr sie, presste ihr den Magen unnachgiebig zusammen wie in einem Schraubstock.

Diana versuchte Luft in ihre zu engen Lungen zu bekommen. Es war eine riesige Dummheit. Ein Fehler, der nichts mit dem Standesunterschied zwischen ihnen zu tun hatte, sondern allein mit dem zusammenhing, was das Schicksal für Diana bereithielt. Denn selbst wenn Niall, ein Mann, der alles hasste, wofür sie stand, sich eine Zukunft mit ihr wünschte, war da nichts, was sie ihm geben konnte, das irgendetwas wert war. Ein Mann, der an sie gebunden war, würde enden wie ihr Vater, mit einer Ehefrau, die weggesperrt werden musste, und einem Haus voller Bediensteter, das dennoch leer blieb. Diana stolperte von Niall fort.

»Bleib weg«, keuchte sie und streckte die Arme vor sich aus, wie um ihn abzuwehren.

Seine saphirblauen Augen wurden dunkel, blitzten in einem kurzen Schmerz auf. Er ließ sofort die Arme sinken. Natürlich war das alles, wozu sie fähig war – anderen wehzutun. Ihr Blick blieb an dem dunkelroten Bluterguss an seinem Kinn hängen.

Sie warf hilflos die Hände in die Luft. »Warum konntest du mich nicht in Ruhe lassen?«, rief sie. Das panische Beben in ihrer Stimme klang auf schreckliche Weise wie das Kreischen der armen Seelen, die in Bedlam eingeschlossen waren. Sie wollte sich mit beiden Händen fest die Ohren zuhalten, um diese Erinnerungen auszulöschen.

Ein Muskel zuckte an seinem Kiefer und betonte den blauen Fleck, der sich auf seiner Haut bildete.

»Hast du nicht gemerkt, dass ich nicht mit dir reden wollte?«, fragte sie heiser. Sie hatte versucht, sich von ihm fernzuhalten. Hatte aus einem tief sitzenden Schuldgefühl und Scham heraus versucht, Niall auf Abstand zu halten. Doch am Ende hatte er das nicht zugelassen. »Ich habe deine Nähe gemieden.« Er zuckte zusammen, trotzdem sprach sie weiter. »Aber du hast mich nicht in Ruhe gelassen.« Da war eine Dunkelheit in ihrer Seele, von der Niall nichts wusste, und sie würde ihn wegschicken, bevor er sie entdeckte. Ihre Kehle schnürte sich zusammen.

Sie trat um ihn herum.

Niall strich sich mit der Hand übers Gesicht, und diesmal ließ er sie gehen.

Diana atmete laut und abgehackt, während sie aus dem Raum flüchtete und den Korridor mit solcher Geschwindigkeit entlanglief, dass ihre Locken sich aus dem Perlennetz in ihrem Nacken lösten. Die Strähnen fielen ihr ums Gesicht, um ihre Schultern, umwirbelten sie, während sie davonstürmte.

Sie nahm die Treppe, immer zwei Stufen auf einmal, stolperte fast bei ihrem Versuch, zu entkommen. Ein Schluchzen steckte ihr in der Kehle, und sie bemühte sich, ihr Tempo zu steigern.

Sie erreichte ihr Zimmer und erstarrte mit den Fingern auf der Klinke. Oswyn kam heraus und blickte sie verwundert an. Dianas hastiger Atem, die brutalen Drohungen des Angreifers, das Geräusch seines Schreis, als Nialls Kugel ihn getroffen hatte, all das hallte in Dianas Erinnerungen wider. Sie zog ihre Hand zurück. Sie konnte dort nicht hinein.

»Da drin is' alles sicher. Hab's grad für Sie überprüft, Mylady.«

Sein tiefer, bedrohlich wirkender Cockney-Akzent riss sie aus der Erstarrung, und sie drückte die Klinke.

Sie ging um die schwach sichtbaren Überreste des Blutflecks herum, den die Bediensteten nicht völlig aus dem Teppich hatten entfernen können. Er würde jetzt für alle Zeit als Mahnmal dortbleiben. An ihrem Schrank zog sie die Tür auf und holte ihren Umhang heraus.

Ihre Zofe schlüpfte in den Raum, just in dem Moment, in dem Diana sich das Kleidungsstück umlegte. »Mylady?«, fragte sie zögernd.

»Die Kutsche«, wies Diana sie an, während sie eine Geldbörse voller Münzen ergriff.

Das Mädchen zögerte. »Weiß Mr Marksman …?« Ein warnender Blick von Diana brachte Meredith zum Schweigen, und das Mädchen beeilte sich, ihrer Anweisung Folge zu leisten.

Diana trat in den Korridor, nicht weit hinter Meredith. Da sie die Tochter des Herzogs war, wagten es weder Bedienstete noch sonst irgendwer, ihre Handlungen zu hinterfragen. Nur Niall. Er hatte kein Jota auf ihren Status als Herzogstochter gegeben. Stattdessen hatte er sie stets mit direkter Ehrlichkeit behandelt.

Ihre verletzten Fingerknöchel pulsierten. *Und ich habe ihn geschlagen …*

Diana lief schneller und eilte denselben Weg zurück, den sie eben gekommen war.

Kurze Zeit später fuhr sie durch die Straßen von London. Sie starrte blicklos aus dem Fenster, während die mondänen Straßen von Mayfair den dunkleren, weniger belebten von St. Giles wichen. Als die Kutsche zum Stillstand kam, starrte Diana wie betäubt durch den schmalen Spalt zwischen den roten Samtvorhängen auf die andere Straßenseite zum Bedlam Hospital.

Ihre Brust zog sich zusammen, und sie musste sich bemühen, ruhig weiterzuatmen.

Er hatte sie herausgefordert. Hatte es darauf angelegt, sie herauszufordern, und sie hatte das gewusst. Doch obwohl sie es gewusst hatte, hatte sie zugelassen, dass er ihr unter die Haut ging und die brutale Seite ihrer Seele enthüllte.

Tränen traten ihr in die Augen, und sie versuchte, sie wegzublinzeln. Eine fiel, gefolgt von einer weiteren und noch mehr.

Es war unausweichlich gewesen. Schließlich wusste Diana sehr gut, wessen Blut durch ihre Adern floss und wie ihre Zukunft aussehen würde. Eine Zukunft, die niemals ein Leben mit Niall Marksman beinhalten konnte.

Kapitel 17

Niall hatte nie den mühelosen Charme von Adair oder Calum besessen, der auf die Huren und anderen Frauen im Club eine so beeindruckende Wirkung hatte. Während seine Brüder – Ryker einmal ausgenommen – stets eine angeborene Gabe dafür gezeigt hatten, Frauen zu verstehen und zu besänftigen, verfügte Niall nicht über die Geduld, herauszufinden, was diese komplizierten Geschöpfe dachten, und eigentlich war es ihm auch gar nicht wichtig genug. Es war allerdings kein tieferes Gespür für Frauen notwendig, um die offensichtliche Wahrheit über Diana zu begreifen: Sie wollte nichts von ihm wissen.

Ihre Schweigsamkeit bewies das. Seit sie Zeuge geworden war, wie er auf den Angreifer geschossen hatte, hatte sie ihn nicht mehr wie zuvor angesehen. *Hattest du ernsthaft erwartet, sie würde das tun?*

In dem Moment hatte er sich als der Schurke erwiesen, der er, wie sie immer wieder beteuert hatte, angeblich gar nicht war. Jetzt wusste sie es. Die Erinnerung an ihre entsetzte Miene, als er ihr hatte beibringen wollen, wie man zuschlug und eine Waffe benutzte, würde er nie vergessen.

Es war eine Sache gewesen, als er einfach nur ein Mann gewesen war, der vor ihrem Salon Wache stand, solange ihr Gefahr drohte. Es war jedoch etwas völlig anderes, wenn Niall ihr sein Geschick beim Töten demonstrierte.

Er starrte hinab auf das umgekippte Bild mit der inzwischen getrockneten Farbe und konnte drei Figuren erkennen. Zwei Männer. Eine Frau. Ein vertrautes Zimmer. Dianas Schlafzimmer in der Nacht des Angriffs. Sein Magen verkrampfte sich. War es ein Wunder, dass sie nichts mehr mit ihm zu tun haben wollte?

Mit einem Fluch versetzte er der Staffelei einen Tritt, sodass sie über das Parkett schlitterte. Er hasste sich dafür, dass es ihm überhaupt etwas ausmachte, wenn sie in ihm ein Monster sah. In Wahrheit lag sie damit nicht einmal falsch. Er hatte ihre Verwundbarkeit – ihre gesellschaftliche Stellung, ihre Mutter, ihr sanftes Wesen – dafür benutzt, sie über die Grenze zu drängen.

Ein erfinderischer Mann, angetrieben von Logik, nicht von Gefühlen, der Diana eine dringend benötigte Lektion erteilte. Er hatte getan, was getan werden musste, wozu Ryker ihn hergeschickt hatte: Er hatte ihr gezeigt, wie sie sich schützen und verteidigen konnte, hatte ihr Werkzeuge gegeben, mit denen sie sich bewaffnen konnte gegen die Wüstlinge, Schufte und Schläger von der Straße.

Warum also verspürte er diese übelkeiterregende Leere?

Er fuhr sich mit der Hand übers Gesicht. Weil er sich lieber genau die Hand abhacken würde, die so geschickt mit dem Messer umzugehen wusste, als die Quelle ihres Schmerzes zu sein. In dem goldgerahmten Spiegel am andern Ende des Zimmers konnte er sein fahles Gesicht erkennen. Das Entsetzen und die Furcht in ihren hellblauen Augen würden ihn noch lange begleiten, wenn er von hier fortgegangen war und sie nie wiedersehen würde.

Leichte Schritte erklangen vor dem Zimmer, und mit hämmerndem Herzen schaute er zur Tür.

Enttäuschung erfasste ihn.

Dianas Zofe stand auf der Schwelle und steckte den Kopf zur Tür herein. Ihr Gesicht war leichenblass. Sie räusperte sich umständlich. »M-Mr M-Marksman?«

»Ja?«, erwiderte er unwirsch, und die Zofe zuckte sofort zurück, spähte aber unmittelbar darauf wieder in den Raum, wich seinem Blick aus. So wie es jeder Mann und jede Frau, jedes Kind seiner Bekanntschaft klugerweise tat.

Einzig Diana hatte sich ihm mutig entgegengestellt, ihm Paroli geboten. Vorhin erst in genau diesem Zimmer zum Beispiel, als sie das Kinn trotzig gereckt hatte, obwohl sie ihn hassen musste. »Was ist?«, fragte er, bemühte sich um einen sanfteren Tonfall, wie er es bei Calum gehört hatte, wenn er mit den ehemaligen Prostituierten des Clubs sprach. Nialls Bemühungen jedoch hörten sich eher an wie ein ungeduldiges Knurren.

Das eingeschüchterte Mädchen schaute sich in dem Zimmer um, ihr Blick glitt über die umgestoßenen Möbel und die umgekippte Staffelei. »Mylady …« Sie traute sich immer noch nicht in den Raum.

»Ist nicht hier«, antwortete Niall unwirsch, nahm seinen Rock vom Stuhl und schlüpfte hinein.

»Ich weiß, Mr Marksman.« Wieder räusperte sich die junge Frau. »Das ist der Grund, weswegen ich gekommen bin. Sie ist ausgegangen.«

»Ausgegangen?«, wiederholte er und drehte sich langsam um, sah sie an.

»Sie hat die Kutsche kommen lassen, Sir, und ist auf und davon.«

Das Herz erstarrte ihm in der Brust, während er versuchte, die Worte der Zofe im Kopf zu sortieren. »Ist jemand bei ihr, ein Lakai …«

»Nein, niemand, Sir.« Die Zofe sprach schnell und rang dabei die Hände. Sie schrie vor Schreck auf, als er auf sie zusprang und sie an den Schultern packte. »B-bitte, Sir«, flehte sie.

»Wohin?« Gehörte diese heisere, angsterfüllte Stimme tatsächlich ihm?

Dianas Zofe schaute weg, und er schüttelte sie leicht, woraufhin sie erneut aufschrie. »St. Giles, Sir. Sie hat dem Kutscher aufgetragen, sie dorthin zu bringen.«

Er ließ sie jäh los, und sie stolperte in ihrer Hast, von ihm fortzukommen. St. Giles? Was zur Hölle hatte Diana dort zu suchen?

»Bedlam, Sir.« Die geflüsterte Antwort der Zofe drang kaum bis an seine Ohren. »Sie ist auf dem Weg nach Bedlam.«

Was zur Hölle …? Seine Panik wuchs im gleichen Maß, wie sich sein Herzschlag steigerte.

»Sie ist vorher schon einmal dorthin … wegen ihrer … wegen ihrer …«

Ihrer Mutter.

Unter einer wahren Flut von Flüchen stürmte Niall aus dem Zimmer. Er rannte über den Flur, rief, dass ihm jemand sein Pferd bringen solle. Mit jedem Schritt wuchs sein Entsetzen. Er, Niall Marksman, eiskalter Killer aus Seven Dials, war wie betäubt vor Angst.

Er kam an dem Lakaien vorbei, der mit seinem Mantel wartete, schnappte sich das Kleidungsstück und lief weiter durch die Haustür, die der Butler ihm aufhielt, sprang die Eingangsstufen hinab. Ohne sich weiter um die Passanten zu kümmern, die ihn neugierig anstarrten, ergriff er die Zügel und schwang sich in den Sattel.

Mit einem Anfeuerungsruf trieb er Chance zum Galopp. Das rege Treiben auf den Straßen von Mayfair, zu dieser mondänen Stunde überfüllt, hielt ihn auf, und mit jedem Moment, der verstrich, verfluchte er die vornehmen Herrschaften, die ihm den Weg versperrten. Er konzentrierte sich ganz auf diese Wut, war unfähig, der Angst nachzugeben, die auf ihn einstürmte und drohte, ihn wahnsinnig zu machen.

Was hatte sie in Bedlam zu suchen? Besuchte der kleine Dummkopf seine Mutter, die verdammte Mörderin? Diana setzte ihr Leben und ihre Tugend aufs Spiel bei den Wächtern, die sie nur zu gerne um ihre Jungfräulichkeit erleichtern würden.

Ein Laut, halb Knurren, halb Stöhnen, steckte ihm in der Kehle, ließ ihn fast ersticken. Er trieb Chance weiter an und lehnte sich dicht über den Hals des Pferdes, während die vornehmen Straßen in die finstereren, dreckigeren Gassen Londons übergingen, wo Diana nichts verloren hatte – und schon gar nicht allein. Kaum zwei Tage nachdem sie herausgefunden hatten, dass jemand sie tatsächlich umzubringen versuchte.

Bei Gott, er würde sie für das hier selbst umbringen und dann gleich noch einmal dafür, dass sie ihm so eine Heidenangst eingejagt hatte. Er erreichte den Rand von St. George's Fields und zog an den Zügeln, sodass Chance langsamer wurde. Das lebhafte Tier wieherte protestierend und begann zu bocken, aber Niall brachte den Hengst sofort unter Kontrolle. Die ganze Zeit ließ er den Blick über die ruhige Gegend wandern, suchte nach der Kutsche des Herzogs.

O Gott, was hast du dir dabei nur gedacht, du Närrin? Er beschattete seine Augen mit der Hand gegen das grelle Sonnenlicht und schaute sich um. Mit einem Befehl hieß er Chance stehen bleiben.

Und dann entdeckte er sie. Erleichterung erfasste ihn. Rasch änderte er die Richtung, hielt auf das Gefährt mit dem herzoglichen Wappen zu. Er sprang aus dem Sattel, bevor Chance zum Stillstand gekommen war. Niall winkte dem Kutscher und warf ihm die Zügel zu. Der Bedienstete öffnete den Mund, um etwas zu sagen, doch Niall hielt eine Hand hoch, gebot ihm zu schweigen.

Er griff nach oben und riss den Kutschenschlag auf, spähte ins Innere und entdeckte sie. »Bei Gott, Diana Verney, wenn du jemals …« Die scharfe Zurechtweisung erstarb ihm auf den Lippen. Eine unheimliche Stille herrschte in der Kutsche, nur unterbrochen von dem gelegentlichen Rattern der Räder vorbeikommender Gefährte auf dem Kopfsteinpflaster. Ganz in der Ecke saß Diana reglos auf der Bank, verriet durch nichts, dass sie seine Ankunft hier mitbekommen hatte.

»Prinzessin?«, fragte Niall grimmig und stieg ein.

Der Fahrer schloss die Tür wieder. Niall öffnete den Mund, um ihr weiter Vorhaltungen zu machen, als sie ihn leise unterbrach und zu reden begann.

»Glaubst du, es geschieht schnell?«, erkundigte sie sich, ihre Stimme war merkwürdig ausdruckslos. »Oder meinst du, es passiert nach und nach, über eine längere Zeit, sodass man es gar nicht bemerkt, bis es bereits geschehen ist?« Sie stellte diese Fragen in Richtung der Fensterscheibe, auf die auch ihre ausdruckslosen Augen gerichtet waren.

Niall folgte ihrem Blick zu dem Gebäude auf der anderen Straßenseite und runzelte die Stirn. Seine Angst und sein Zorn lösten sich auf, als ihm eine neue Sorge kam. »Liebste?«, fragte er langsam, setzte sich auf die Bank ihr gegenüber.

»Der Wahnsinn.« Endlich schaute sie ihn an, und ihre innere Qual zerriss ihn förmlich. »Werde ich es m-merken?« Ihre Stimme brach, und sie sah wieder zum Bedlam Hospital.

Niall wollte nicht die Geheimnisse von anderen wissen. Noch nicht einmal die seiner Geschwister. Jeder Mensch hatte ein Recht auf die düsteren Befürchtungen und stillen Gedanken, ohne dass sich jemand einmischte. Man hakte nicht nach, weil, offen gesagt, jeder Anspruch auf seine eigenen dunklen Ängste hatte. Niemand konnte einem helfen, und daher war es witzlos, sie zu teilen. Daran hatte er über dreißig Jahre lang geglaubt.

Jetzt hatte sich alles geändert. Sie hatte ihn geändert, nach und nach an den Mauern gekratzt, bis sie eingestürzt waren, sodass er jetzt hilflos vor ihr saß. Er verspürte den verzweifelten Wunsch, ihr Leid zu lindern, das sich auf ihren zarten Zügen zeigte, und das Lächeln zurückzuholen, mit dem sie zuvor stets so freigiebig gewesen war.

Diese leere Hülle eines Geschöpfes hatte keinerlei Ähnlichkeit mit der außergewöhnlichen, lebhaften Frau, die sich nichts dabei dachte, ihn herauszufordern und zu tun, was ihr gefiel. Rastlos angesichts seiner Unfähigkeit, ihre Befürchtungen zu zerstreuen, rutschte Niall näher zu ihrem Platz, bis ihre Knie sich berührten. »Ob du was merken wirst?« Als sie weiter schwieg, streichelte er ihr zart über die Wange, sodass sie ihn wieder anschaute.

Ihre Unterlippe zitterte, und sie nahm sie zwischen die Zähne, unterband das leise Beben. Dachte sie, er würde sie für schwach halten? Vor vier Wochen noch hätte er das getan. Doch seitdem hatte sie ihn dazu gebracht, alles zu hinterfragen, was er zuvor als Tatsache über den Adel angenommen hatte. Sie hatte dem Tod ins Gesicht geschaut und war nicht gebrochen – bis jetzt.

»Wenn ich verrückt werde.«

Er runzelte die Stirn. *Was …?* Sein Herz zog sich schmerzhaft zusammen, dieses verflixte Organ, das mit einem Mal mehr fühlte, als es das die ganze Zeit zuvor in seinem elenden Dasein getan hatte. »O Liebste«, sagte er heiser und rutschte näher. Er nahm ihre Finger in seine Hände. Trotz der frühsommerlichen Wärme waren sie ganz kalt, und er rieb sie. »Warum glaubst du …?« Sein Blick wanderte zum Fenster. Natürlich. Das war auch der Grund, weshalb sie nicht heiraten wollte. Jetzt ergab alles Sinn.

»Du wirst nicht verrückt werden, Liebste«, erklärte er und verzog angesichts dieses völlig unzureichenden Versuchs, sie zu beruhigen, das Gesicht. Sein Herz brach. Niall hatte stets voller Verachtung auf die feinen Herren herabgesehen, die den Club besuchten, hatte sie für unwürdige Vertreter seines Geschlechts gehalten. Und jetzt beneidete er sie auf einmal um ihre Wortgewandtheit, wünschte sie sich, um Diana trösten zu können.

Endlich schaute sie ihn an, und ein trauriges Lächeln spielte um ihre Lippen. »Oh, Niall, du glaubst, du kannst etwas einfach befehlen, und dann wird es so sein, nur kraft deiner Worte.« Sie schluckte trocken. »Aber selbst du kannst nicht verhindern, dass es geschieht. Jeder Mensch wird durch das Blut bestimmt, das in seinen Adern fließt.«

Seine Magenmuskeln verkrampften sich unwillkürlich, und er fluchte. »Das ist nicht das, was ich gemeint habe.«

Sie zupfte an dem Stoff ihres Umhangs. »Doch.« Sie sprach ohne Tadel. »Du siehst dich selbst durch dein Geburtsrecht gezeichnet, Niall, nur hat deine Mutter …« Er versteifte sich. Er hatte schon länger, als er sich erinnern konnte, keinen Gedanken mehr an die Frau verschwendet, die ihm das Leben geschenkt hatte. »Deine Mutter hat das getan, was sie getan hat, um zu überleben. Das macht sie nicht zu einer schlechten Frau. Es macht sie auch nicht zu einer bösen Frau. Sie hatte schlicht keine andere Möglichkeit.«

Seltsam, er hatte gelernt, es zu akzeptieren, dass Menschen alles und jedes taten, was sie konnten, um auf den Straßen von St. Giles zu überleben. Einzig seine Mutter hatte er nie in diesem Licht betrachtet.

»Der Grund dafür, dass sie dich weggegeben hat, war nicht das Böse in ihrer Seele. Und du kannst doch gar nicht wissen, warum sie es getan hat.« Sie erwiderte seinen Blick offen, und der Schmerz in den blauen Tiefen ihrer Augen zerschnitt ihn innerlich. »Meine Mutter hingegen … hat mir nicht allein Abstammung, Rang und Titel vererbt, die Nebensächlichkeiten, die überhaupt nichts über den wahren Wert eines Menschen verraten.« Sie schwieg eine kurze Weile. »Sie hat mir auch ihr verdorbenes Blut und ihren Wahnsinn mitgegeben. Und mein Vater …« Ihre Stimme erstarb in einem heiseren Flüstern.

Er würde nie die richtigen, beschwichtigenden Worte für sie oder sonst jemanden finden. Niall zog sie sich auf den Schoß. Sie saß völlig verspannt da, und er hielt sie liebevoll im Arm, bis sie sich gegen ihn sinken ließ. »Du bist nicht deine Mutter.« Und ebenso wenig der feige Herzog.

»Ich bin mehr meine Mutter, als du Diggory bist«, sagte sie mit gedämpfter Stimme an seiner Brust.

Er runzelte die Stirn. Sein Wesen war unauflöslich mit dem Bastard verknüpft, der ihn zu einem mitleidlosen Mörder geformt hatte. Er hatte das Böse in sich selbst nie hinterfragt. Er hatte sich stets in diesem dunklen, hässlichen Licht betrachtet. Diana hatte all das auf den Kopf gestellt. Er hob ihr Kinn, zwang sie, ihm ins Gesicht zu sehen. »Dass du dir überhaupt Sorgen machst, wie sie zu werden, beweist, dass du ganz anders bist«, entgegnete er mit einer brummigen Aufrichtigkeit, wollte sie allein kraft seiner Überzeugung dazu bringen, das zu glauben.

Tränen traten ihr in die Augen, und diese kristallklaren Tropfen, die noch vor einem Monat höchstens Hohn und Verachtung in ihm geweckt hätten, füllten seine Brust nun mit einem ziehenden Schmerz. Wie hatte Diana es in dieser kurzen Zeit geschafft, jeden Aspekt des Mannes infrage zu stellen, der er war? »Aber ich werde wie sie werden.« Ihre Stimme war nur ein leises Flüstern.

»Du hast mich nie behandelt, als wäre ich anders als du.«

Sie blinzelte verständnislos.

»Seit ich dich getroffen hab«, erklärte er. »Du hast mich nie behandelt, als wäre ich ein rücksichtsloser Bastard von der Straße.«

»Das bist du auch nicht«, beharrte sie und schüttelte energisch den Kopf.

Niall hob ihre verschrammten Fingerrücken an seine Lippen und hauchte einen zarten Kuss darauf. »Und das, Liebste, ist der Grund, warum du nie wie deine Mutter sein wirst.« Oder wie sonst irgendjemand, dem er zuvor jemals begegnet war.

* * *

Im vergangenen Jahr hatte Diana an nichts anderes mehr gedacht als ihr Abgleiten in den Wahnsinn. Sie hatte das Böse in ihrer Mutter mit ihrem eigenen Blut in Verbindung gebracht und erkannte es auch darin, wie leicht ihr Vater gebrochen worden war. Daher hatte sie eine gute Vorstellung davon, was die Zukunft ihr bringen würde.

Hier, vor genau der Irrenanstalt, in der sie eines Tages enden würde, zwang Niall sie, sich selbst zu betrachten. Nur sie allein … getrennt von ihrer Mutter.

Hätte ihre Mutter jemals, gleichgültig in welchem Alter oder an welchem Punkt in ihrem Leben, Niall Marksman oder den Männern, die er Brüder nannte, auch nur einen Blick gegönnt? Nein, die erbarmungslose Frau, die Diana dafür bestraft hatte, dass sie im Regen getanzt hatte, und die eine Dienerin entlassen hatte, bloß weil sie zu freundlich zu ihrer Tochter gewesen war, wäre eher bei lebendigem Leibe verbrannt, als sich mit Leuten aus anderen Gesellschaftsschichten abzugeben. Diese Grausamkeit und Unfreundlichkeit war nicht das Produkt von Wahnsinn, sondern machte vielmehr schlicht den Menschen aus, der die Duchess of Wilkinson immer schon gewesen war.

Ihr stockte der Atem, als eine plötzliche Leichtigkeit sie erfüllte.

Niall hauchte ihr einen weiteren Kuss auf die Finger. »Das ist der Grund, weshalb du nicht heiraten willst.«

Sie nickte, auch wenn es gar keine Frage war.

Niall konnte das nicht verstehen. Nicht wirklich. Die Gesellschaft sah eine Frau und glaubte, dass das einzige Schicksal, das sie anstrebte, eine vorteilhafte Ehe war. Seit ihrer Geburt hatte Dianas Familie erwartet, dass sie eine gute Verbindung einging. Als sie ihr Debüt gehabt hatte, hatte die gute Gesellschaft das Gleiche gedacht. Aber sie hatte für sich selbst stets von einem anderen Leben geträumt.

»Ich hab mich immer danach gesehnt, mich zu verlieben«, erklärte sie jetzt wehmütig. Eine Erinnerung kam ihr: zwei Porzellanpuppen, elegant gekleidet, mit denen sie die Zukunft gespielt hatte, die sie sich als Kind immer ausgemalt hatte. Sie zog an dem Stoff ihres Umhangs, strich ihn glatt. »Beim Schreibenlernen hat mich mein Kindermädchen Verse abschreiben lassen, seitenweise. Während ich das tat, trank sie immer wieder aus einer kleinen Silberflasche. Sie hat nie mehr als die ersten beiden Seiten kontrolliert.«

Niall setzte sich anders hin und verlagerte ihr Gewicht, sodass er ihr ins Gesicht sehen konnte. »Und was stand auf den Seiten, die sie sich nicht angeschaut hat?«

Ihr wurde warm ums Herz. Wie gut er sie kannte. So gut wie sonst niemand. »Ich habe eine Liste aufgeschrieben von all den Eigenschaften, die ich mir bei meinem zukünftigen Ehemann wünschte.«

»Und?« Er hob auffordernd das Kinn, wollte erfahren, was sie zuvor niemandem erzählt hatte.

Der Mann, der sie zu Rykers Büro geschafft hatte, hätte sich nie mit Fragen wie diesen aufgehalten. Er hätte sich nicht für sie interessiert, weil er sie noch nicht mal leiden konnte. Und wie offen er jetzt mit ihr redete.

»Er würde mir erlauben, im Herrensitz zu reiten.« Das eine Mal, als sie etwas derart Skandalöses ausprobiert hatte, war sie dafür einen ganzen Tag lang mit Zimmerarrest bestraft worden, hatte sogar ihre Mahlzeiten dort einnehmen müssen. Niall lachte leise und rieb seine Hand in kleinen Kreisen über ihren Rücken. Sie schloss die Augen, spürte seine Belustigung. »Du würdest niemals um Erlaubnis bitten, Diana. Du würdest es einfach tun.«

Ihr Herz schwoll, bis es beinah barst. Sie war immer nur die pflichtbewusste Tochter des Herzogs gewesen. Außer für Niall. Sie wollte ihm mehr erzählen und fuhr fort: »Er würde gerne Blumen pflücken und malen.«

Ein ersticktes Lachen ließ seinen großen Körper erneut erbeben, und sie schloss sich ihm an, fühlte sich seltsam befreit dadurch. Weil sie mit ihm hier war. Sie dachte zurück an das Mädchen, das sie gewesen war, das die Liste aufgestellt hatte. »Er würde natürlich auch ehrenwert und liebevoll sein. Er würde mich mehr lieben als jede andere«, erklärte sie leise, bezog aus Nialls zärtlicher Berührung Ruhe und Trost. »Wir würden einen ganzen Zwinger voller Hunde haben, und in unserem Haus würde viel gelacht werden.« Alles Sachen, von denen sie als Kind geträumt hatte, ohne sie je wirklich zu kennen. Ein verschlossener Ausdruck trat auf ihre Züge. »Und dann, mit achtzehn, habe ich erfahren, was für ein Mann mein Vater ist.«

Auch seine Miene wurde ernst, alle vorherige Erheiterung verschwand.

»Er war meiner Mutter untreu.« Bitterkeit bohrte sich wie eine Klinge in ihre Brust. Sie hatte ihren Vater verehrt, ihn auf einen Sockel gestellt. »Ein Mann, der eine andere liebte und Kinder mit ihr hatte, um die er sich nie richtig gekümmert hat.«

Es war egal, dass er nichts von Ryker und Helena gewusst hatte. Es zählte, dass er es versäumt hatte, es zu wissen.

»Er hat meine Mutter geheiratet, hat ihr Treue gelobt, obwohl er sie nie geliebt hat. Ich möchte nicht so eine Frau sein, Niall. Eine gute Gastgeberin, die Tee trinkt, während ihr Ehemann seine Clubs besucht und mit anderen Frauen schläft oder sein Vermögen verspielt.« Ihre Stimme bebte, so ernst war ihr das. »Ich werde nicht wie meine Mutter sein, Niall.« Nicht in dieser Beziehung. »Ich werde mich nicht an einen Ehemann fesseln.« Nicht an einen aus der guten Gesellschaft.

Du könntest diesen *Mann lieben.* Dieses gefährliche Flüstern ging ihr durch den Kopf. Sie fuhr mit den Fingerspitzen über eine weiße, halbmondförmige Narbe auf seiner Hand. Wie war er zu dieser Narbe gekommen? Wer hatte ihn getröstet, wenn er verletzt war und litt?

Sie blieben noch eine lange Zeit so sitzen, aus den Sekunden wurden Minuten, und die Minuten verschwammen weiter zu einer unklaren Zeitspanne. Niall unternahm keinen Versuch, die Stille zu füllen oder hübsche Worte oder Versicherungen zu äußern, wie es ein Gentleman der guten Gesellschaft tun mochte. Und sie fand Trost und Frieden darin, etwas, das viel bedeutungsvoller war als leere Plattitüden.

Als er sie von sich schob, verfluchte sie die Mauer, die erneut zwischen ihnen erstand, von der Wirklichkeit erzwungen. »Du solltest nicht hier sein, Diana.« Er hob sie von seinem Schoß und setzte sie auf die gegenüberliegende Bank. »Wir wissen nicht, wer dir« – *nach dem Leben trachtet* – »etwas antun will, und solange ich nicht bei dir bin, darfst du dich nicht davonschleichen.«

Sie betrachtete ihn neugierig. War sie nur eine Aufgabe für ihn? Oder war sie ihm wichtig geworden, wenigstens ein bisschen? Oh, sie gab sich keinen Illusionen hin, denn Niall Marksman würde niemals zulassen, dass ihm etwas an einer

Frau lag, vor allem an einer Frau aus einer Gesellschaftsschicht, die er zu Recht verachtete. Aber gewiss bedeuteten doch die Sorge, die ihn hergebracht hatte, und die Art und Weise, wie er sie gehalten hatte, dass er etwas für sie empfand. *Und wie armselig von mir, dass ich mich nach diesen Brosamen sehne.*

Niall beugte sich vor, und ein metallisches Geräusch erklang, als er den Dolch aus seinem Stiefelschaft zog. Die Saphire, die das Heft zierten, glitzerten im Sonnenschein, der durch das Kutschenfenster strömte. Er hielt ihn ihr hin. »Hier«, sagte er brüsk. Als sie keinerlei Anstalten machte, ihn zu nehmen, drückte er ihn ihr in die Hand. Ihre Finger schlossen sich automatisch um den kühlen Griff.

»Ich weiß nicht …«

»Er gehört dir. Jeder braucht eine Waffe.« Seine Stimme hatte einen barschen Unterton. »Dieser Dolch hat mir in den vergangenen Jahren wertvolle Dienste geleistet. Er ist das Erste, was ich mir von dem Geld gekauft habe, das ich im Club verdient habe. Ich möchte, dass du ihn bei dir hast. Immer.« Sodass sie, wenn er nicht in der Nähe war …

Was er meinte, war klar. Und sie hätte sich genauso gut die Spitze der Klinge gegen den Bauch drücken können, so schmerzhaft war dieser Gedanke.

»Du willst ihn mir überlassen?«, wollte sie wissen, und Gefühle schnürten ihr die Kehle zu. Diese Waffe, die ihm so viel bedeutete. Sie hielt sie ihm hin. »Ich kann das nicht annehmen, Niall.« Diesen Gegenstand, der ihm so wichtig war.

Mit einem unwilligen Laut hob er abwehrend die Hände und vereitelte ihren Versuch, ihn zurückzugeben. »Nimm ihn.«

»Niall …«

»Ich hab gesagt: Nimm ihn.«

Ihre Lippen zuckten, und sie streichelte ehrfürchtig die ovalen Saphire am Griff der Waffe. Sie hatte so viel über Niall gelernt, so viel an ihm lieben gelernt. Das barsche Äußere, das er der Welt zeigte … Sie durchschaute ihn – in ihm gab es eine Güte und eine Sanftheit, die er selbst nicht erkennen konnte. Und auch gar nicht erkennen wollte. Aber sie waren da und echt und so wunderschön. »Danke«, antwortete sie leise und legte den Dolch auf die samtbezogene Bank.

Er nickte einmal knapp. »Und jetzt sollten wir zurückfahren.«

Ja, sollten sie. Zu dem eleganten Stadthaus, das seit beinah einem Jahr ein leerer, einsamer Käfig gewesen war. Niall fasste nach dem Türgriff, hielt dann jedoch noch einmal inne. »Manchmal sind Leute einfach schlecht, Diana. Das hat nichts zu tun mit dem Blut, das in ihren Adern fließt, oder mit Wahnsinn, sondern einfach nur damit, wie sie sind. Und an dir ist nichts schlecht.«

Ohne zurückzuschauen, stieß er die Tür auf und sprang hinaus, ließ sie allein.

An dir ist nichts schlecht. Das waren die Worte, die einem Kompliment am nächsten kamen von dem, was Niall Marksman jemals zu einem anderen sagen würde, und dennoch berührten sie sie tief innerlich mit ihrer ungeschminkten Echtheit. Er umging alle glatten Gemeinplätze, die den Leuten so leicht über die Lippen kamen, fand ihre größte Furcht und zerstreute sie mit einem schlichten Lob.

Auf der Fahrt von St. Giles nach Mayfair zog Diana den Vorhang zurück und starrte auf die Straßen. Niall ritt neben der Kutsche, ein Wachmann, der ihre sichere Heimkehr gewährleistete. Die Lässigkeit, mit der er im Sattel saß, erinnerte sie an einen Krieger, der sich für die Schlacht rüstete, in jeder Ecke Feinde witterte. Sie suchte in ihm nach dem Jungen, der er früher einmal gewesen war. Ein hungerndes, verängstigtes Kind auf den Straßen – wie leicht hätte er wie der Junge Ryan enden können, von einem grausamen Bandenchef getötet, um einem anderen kleinen Jungen eine Lektion zu erteilen.

Trauer füllte jede Faser ihres Wesens. Niall hatte Glück gehabt. Ihm war erlaubt worden, weiterzuleben, aber er hatte wie ein Hund darum betteln müssen und Leben beenden müssen, um zu überleben. *Manchmal sind Leute einfach schlecht …* Trotzdem war Niall weder schlecht noch böse.

Diana hatte im letzten Jahr mit der Überzeugung gelebt, dass sie wie ihre Mutter verrückt werden würde, doch Niall hatte sie gezwungen, das Vorgefallene aus einem anderen Blickwinkel zu betrachten. Vielleicht musste sie wirklich nicht denselben Weg gehen wie ihre Mutter. Sie atmete tief ein, spürte die heilende Wirkung dieses Gedankens bis in jede Faser ihres Wesens.

»Ich bin nicht wie sie.« Sie wiederholte diese Wahrheit flüsternd, sprach sie aus – und glaubte sie –, zum ersten Mal, seit all die schlimmen Sachen ans Licht gekommen waren. So wie Niall nicht Diggory war oder für die Schandtaten verantwortlich, zu denen er als Kind gezwungen worden war. Diana ließ den Vorhang los, und er fiel mit einem leisen Rascheln zurück an seinen Platz.

Sie blickte noch einmal zu Niall. Vielleicht konnte sie ihm, bevor er ging, dazu verhelfen, zu seinem eigenen Frieden zu finden und zu der Erkenntnis, dass er ein starker, mutiger Mann war, der unter den Härten, die er erlitten hatte, nicht gebrochen war, sondern Kraft daraus bezogen hatte. Und das würde reichen müssen … zu wissen, dass er seinen Weg gefunden hatte, frei von Zorn.

Und doch wünschte sie sich selbstsüchtig so viel mehr. Sie wollte ihn in ihrem Leben – für immer.

Kapitel 18

Später in dieser Nacht schaute Diana von der Balkontür in ihrem Salon in den geliebten Garten ihrer Mutter, der inzwischen mit Unkraut überwuchert war und so dringend Pflege und Fürsorge brauchte. Der Mond stand hoch am Himmel, badete das mit einer Mauer umschlossene Stück Land in seinem sanften Schein.

Wäre da nicht das schwache Glühen seiner Zigarre gewesen, hätte Diana ihn übersehen.

Es war das erste Mal, dass sie ihn zu Gesicht bekam, seit sie heute Nachmittag heimgekehrt waren. Einen flüchtigen, hoffnungsvollen Moment lang hatte sie geglaubt, dass er sich ihr vielleicht öffnen würde. Dann erinnerte sie sich jedoch wieder daran, wie er stumm hinter ihr hergegangen war.

Nein, sie hatten in den vergangenen Wochen vielleicht Freundschaft geschlossen und ein Band geknüpft, aber sie war keine Frau, die von Niall Marksman geliebt werden konnte oder würde. Der Standesunterschied zwischen ihnen würde immer zu groß sein für jemanden mit einer so tief sitzenden Verachtung für den Adel. Seine Freundschaft würde reichen müssen.

Sie zog das Fenster auf, und die kühle Luft der Frühsommernacht drang ins Zimmer, brachte den Duft von Rosen mit sich.

Niall blickte auf. »Prinzessin.« Er klopfte die Asche von seiner Zigarre.

Früher einmal hätte diese Begrüßung spöttisch geklungen. Sie trat hinaus auf den Balkon und stützte die Arme auf die steinerne Brüstung. »Guten Abend«, erwiderte sie leise.

Trotz der Entfernung zwischen ihnen konnte sie im silbernen Mondlicht sein Grinsen sehen. Wie leicht es ihm nun fiel, zu lächeln. Selbstsüchtig wünschte sie sich, der Grund für diese neue Leichtigkeit in seinem Leben zu sein. Zu wissen, dass sie Niall etwas von dem Glück und der Freude gebracht hatte, die auch ihr gefehlt hatten – bis er gekommen war.

»Kannst du nicht schlafen?«, erkundigte sie sich.

»Ich dreh noch eine letzte Runde übers Grundstück.«

Sie bettete ihre Wange auf ihren Arm. »Du arbeitest immer.«

»Ich kenne nichts anderes.«

Das stimmte nicht. Er kannte Kämpfe und Streit und Tod und Schmerz. Wie sehr wünschte sie sich, sie könnte diese Erinnerungen in ihm löschen und sie durch neue ersetzen, die sie beide enthielten!

»Der Baum dort muss gefällt werden. Das hätte schon längst passieren müssen«, erklärte er, und sie runzelte die Stirn. »Der Mann, der in dein Zimmer eingedrungen ist, hätte das ohne ihn niemals geschafft.«

Sie musterte flüchtig die Eiche, die ihn so störte. Der alte Baum stand dort, solange sie sich erinnern konnte. Er passte eigentlich nicht mitten in die Innenstadt von London, und genau deshalb hatte sie ihn immer gemocht. »Wenn er wild entschlossen war, dann hätte ihn auch das Fehlen dieses Baumes nicht davon abgebracht.«

Er runzelte die Stirn. »Es hätte ihn mindestens aufgehalten.«

»Wage es ja nicht«, ermahnte sie ihn. Eine steile Falte bildete sich zwischen seinen Augenbrauen. »Mit meinem Vater zu sprechen.«

Die Andeutung eines Lächelns spielte um seine Lippen. »Ich habe nicht gesagt, dass ich mit ihm reden wollte.«

Sie schnaubte. »Das musst du auch gar nicht, Niall.« Irgendwann hatten ihre Gedanken begonnen, sich in ähnliche Richtungen zu bewegen, die so gar nicht zu der eisigen Distanziertheit zwischen ihnen ganz am Anfang passten. »Ich dachte, du gehst mir aus dem Weg«, gestand sie leise.

Er zögerte, die Zigarre auf halbem Weg zum Mund. Ah, dann hatte sie recht gehabt. Niall zog noch einmal an der Zigarre und atmete langsam einen perfekten weißen Rauchring aus. »Ich könnte dir nicht aus dem Weg gehen, selbst wenn ich es wollte, Prinzessin.«

Wenn ich es wollte … Was hieß, er wollte es nicht. Es war lächerlich, dass ihr bei diesem irgendwie vagen Halb-Kompliment so leicht ums Herz wurde … Und doch war es alles, was sie je von ihm haben würde. Diana setzte sich auf die Brüstung, und mit einem Fluch ließ Niall seine Zigarre fallen. »He, bist du von allen guten Geistern …« Er brach jäh ab, ließ den Satz unbeendet. Es war eine Rücksichtnahme, die man von Niall Marksman eher nicht erwartete. »Geh wieder rein, Diana«, wies er sie an.

Vielleicht hätte sie diese Worte vor ein paar Monaten beachtet. Sicherlich, bevor ihre Mutter nach Bedlam gebracht worden war. Töchter von Herzögen kletterten nicht an Bäumen hinab, und ganz bestimmt nicht, um sich mit einem Mann im Garten zu treffen. Vielleicht hätte sich Diana auch noch nach der Einweisung ihrer Mutter von diesen Erwartungen an sie abhalten lassen. In den Monaten seitdem jedoch hatte sie die Kontrolle über ihr Leben zurückerrungen, und es gefiel ihr.

Sie streckte einen Arm aus und fasste nach dem langen Ast, der bis zum Balkon reichte. Sie konzentrierte sich und zog sich darauf. Ihr Herz stockte und machte einen erschreckten Satz, als er unter ihr ein Stück nachgab. Rasch rutschte sie weiter zum Stamm.

Niall war mit zwei Schritten unter dem Baum, fluchte dabei lästerlich. Mit hochgezogenen Röcken kletterte Diana geschickt an der Eiche hinunter. Das Gefühl der rauen Rinde unter ihren Händen versetzte sie zurück in die vergessenen Tage ihrer Kindheit.

Sobald ihre Füße den Boden berührten, war Niall an ihrer Seite. »Was …?«

»Als ich noch ein Mädchen war, wollte meine Mutter mich nicht in den Garten lassen.« Er erstarrte. Diana rieb sich geistesabwesend die Arme und spazierte ein Stück durch das taufeuchte Gras. Die Kühle unter ihren bloßen Füßen war angenehm beruhigend. »Es war mir nur gestattet, in Begleitung meiner Gouvernante herzukommen, um etwas über Blumenarrangements und Gemälde mit Blumen zu lernen.« Sie trat auf den Kiesweg. Die Steinchen bohrten sich schmerzhaft in ihre Fußsohlen. Ohne weiter darauf zu achten, ging sie zu den tiefrosafarbenen Rosen. »Mitten in der Nacht bin ich dann hier hinausgeschlichen. Ich bin über die Brüstung gestiegen.« Sie drehte sich um und deutete auf den Balkon. »Und bin dann genau diesen Baum runtergeklettert.«

Sie spürte Niall mehr, als dass sie ihn hörte. »Was hast du getan, wenn du hier draußen warst?«, fragte er.

»Ich hab an den Blüten gerochen und dann jedes Mal eine einzelne Rose stibitzt.« Ein leises Lachen entwich ihr. »Es war eine so kleine Rebellion, aber ich hab es so genossen. Bis …« Ihr Blick richtete sich in die Ferne, auf einen Rosenstrauch, der von Unkraut beinahe erstickt wurde.

Du wirst nie wieder diesen Boden betreten. Nie wieder. Töchter von Herzögen klettern nicht auf Bäume wie gewöhnliche Kaminkehrerjungen.

»Bis?«, hakte er nach. Er legte ihr die Hände auf die Schultern und zog sie mit dem Rücken an sich, wie es ein Liebhaber tun mochte.

»Sie hat herausgefunden, dass ich mich rausgeschlichen hab, und hat den Ast, der am dichtesten vor mein Fenster reichte, absägen lassen.« Das war das letzte Mal gewesen, dass sie auf diesem Weg in den Garten gelangt war.

Sie lehnte sich an Niall und wechselte das Thema. »Morgen ist Rykers und Penelopes Dinnerparty.« Natürlich wusste er das. Niall wusste alles darüber, wo sie wann sein würde. Sie biss sich auf die Zunge, um nicht die Frage zu stellen, die ihr auf den Lippen lag. Würde er sie begleiten? Nicht als Leibwächter in Rykers Diensten, sondern einfach als ein Mann, der Zeit mit ihr verbringen wollte?

Seine Muskeln zuckten. »Ja.« Nur die eine Silbe, die nichts darüber verriet, was er wirklich dachte.

»Ich glaube, sie versuchen, sich im Ehestiften zu üben«, sagte sie halblaut. Sie warf ihm einen Blick zu. Der angespannte Zug um seinen Mund und die harten Augen verrieten ihr, dass ihre Vermutung richtig war. Sie wandte den Kopf ab und richtete ihre Aufmerksamkeit auf die Sterne am Nachthimmel. Wenn sie hier in diesem halb überwucherten Garten stand und zu ihnen hochschaute, konnte sie sich beinah vorstellen, dass sie und Niall woanders waren. Vielleicht auf dem Land. Weit weg von London und den Erwartungen, die ihnen beiden hier überallhin folgten.

»Dein Bruder möchte, dass du beschützt wirst«, bemerkte Niall schließlich. »Er glaubt, ein ehrenwerter Gentleman wird das tun …« *Wenn ich fort bin.* Die Worte hingen fast hörbar zwischen ihnen, obwohl sie überhaupt nicht ausgesprochen worden waren.

Verärgerung regte sich in ihr. Verteidigte er wirklich Rykers geheime Pläne? »Ich habe aus erster Hand gelernt, wie ehrenwert Gentlemen tatsächlich sind.« Andererseits waren da Niall und seine Brüder, die größere Loyalität und Treue bewiesen hatten als die gesamte gute Gesellschaft zusammen. »Deshalb werde ich nicht heiraten.« Sie hielt inne. »Und ganz gewiss keinen vornehmen Herrn.«

Oder überhaupt jemanden. Das wenigstens war der Entschluss, den sie vor einem Jahr gefasst hatte. Den Traum von einer Ehe aufzugeben war leicht gewesen, weil um sie herum nichts Gutes gewesen war. Und dann hatte sie Niall getroffen, und er war irgendwie bis in ihr Herz vorgedrungen und hatte dafür gesorgt, dass sie wieder fühlte, sich nach etwas sehnte und sich Dinge wünschte … All die Gefahren, denen sie sich nie hatte aussetzen wollen.

»Es gibt ein paar gute Männer«, wandte Niall ein. Doch seine Worte klangen irgendwie gezwungen.

Ihr Magen zog sich zusammen. Wollte er sie etwa einem anderen anhängen, damit er nicht länger verantwortlich für sie war? »Oh?« Sie hob eine Augenbraue.

»Deinen Schwager.«

Ja, Helena hatte das Glück gehabt, aus Liebe zu heiraten. Es entging Diana allerdings nicht, dass er Ryker nicht ebenfalls in diese Kategorie eingeordnet hatte.

»Und?«, fragte sie.

Er rieb sich die Stirn. »Ich bin sicher, da sind noch viel mehr«, erwiderte er.

Diana rührte sich in seinen Armen und ließ den Blick über sein Gesicht wandern. »Ist es das, was du glaubst? Dass ich einen ehrenwerten Gentleman heiraten sollte?«

Ein Muskel an seinem Kinn zuckte, und seine Miene wurde verschlossen. »Es zählt nicht, was ich denke.«

»Für mich schon«, antwortete sie schnell. In dieser Zeit, in der er hier gewesen war, war er für sie so viel mehr geworden als nur ein Leibwächter. Er war der einzige wahre Freund, den sie in ihrem Leben gekannt hatte, und sie musste wissen, dass es ihm etwas ausmachte, wenn sie einen anderen heiratete.

Niall griff in seinen Rock und zog eine weitere Zigarre heraus. Diana nahm sie ihm einfach aus den Fingern und warf sie weg. War ihm eigentlich klar, dass er seine Gedanken und Gefühle hinter diesen Stumpen versteckte?

Er schaute mit gerunzelter Stirn der Zigarre hinterher, verschränkte dann die Arme vor der Brust. Wusste er nicht, dass sie keinen anderen Mann wollte als ihn? Dass er der Einzige war, dem sie ihre Zukunft anvertrauen würde, in dem Wissen, dass er sie beschützen und ihr die Kontrolle gestatten würde, die ihr im Laufe ihres bisherigen Lebens versagt geblieben war? »Ist es das, was du möchtest?«, wiederholte sie.

Er biss die Zähne zusammen. »Ich …« Ihr Herz drohte vor Anspannung auszusetzen. »Ich möchte, dass du in Sicherheit bist.«

In Sicherheit.

So ein leerer, bedeutungsloser Wunsch. Sie machte einen Schritt von ihm fort. Schlang die Arme um sich und schaute über seine Schulter. Zum Himmel hoch. Überallhin, nur nicht in seine Augen, die immer so viel mehr sahen.

Bevor er in ihr Leben getreten war, war ihr Weg klar gewesen. Sie wollte die Freiheit, zu erforschen und Glück abseits der erstickenden Umgebung der guten Gesellschaft zu finden. Mit Helenas Hilfe hatte sie eine Passage gebucht und … und Niall war bloß eine flüchtige Begegnung in ihrem Leben, bevor sie an Bord des Schiffes ging und fortsegelte.

Alles hatte sich geändert. Seit Niall bei ihr war, hatte sie nur kurz an diese bevorstehende Reise gedacht. Ihr wurde die Kehle eng. Wie würde es sein, wenn sie nicht länger die Straßen Londons trennten, sondern ein ganzer Ozean?

Er hob die Hand, streichelte ihr die Wange. Diese raue, schwielige Handfläche, die Hand eines Kämpfers, der viele Härten gekannt hatte. Hände, die das bedeutendste Glücksspiel-Imperium der Stadt aufgebaut hatten. Und Hände, die gezwungen gewesen waren, zu töten. »Ich möchte, dass du glücklich bist«, erklärte er heiser.

Natürlich, er glaubte, dass es einer dieser angesehenen Gentlemen war, der ihr dieses schwer zu findende Geschenk machen könnte.

»Ich werde mit keinem Adligen glücklich werden.« Sie sprach ungeduldig weiter, beachtete seinen Einwand gar nicht. »Sind dir in deinem Club irgendwelche wirklich ehrbaren begegnet?«, fragte sie mit einem Zynismus, bei dem sich eine Falte zwischen seinen Brauen bildete. Himmel, sogar ihr Vater stand als Beweis für die Verdorbenheit vornehmer Herrschaften. »Ich werde mich niemandem anvertrauen, Niall.« Ihre Stimme brach, und sie schaute rasch weg. Sie hatte vor ihm ihre Seele entblößt. Sie würde jetzt nicht zulassen, dass er sie zusammenbrechen sah.

»Du hast Angst, und daher hast du geschworen, niemals zu heiraten, aber eines Tages wirst du einen Gentleman treffen, der nicht wie dein Vater ist. Einen Mann, der dich glücklich machen wird und der dir all die Dinge geben kann, die du dir wünschst.«

Ich habe ihn bereits gefunden.

Es versetzte ihr einen Stich ins Herz. Eine unnötige Erinnerung daran, dass sie für Niall nie mehr gewesen war als eine Aufgabe, die er übernommen hatte. Er mochte sie mögen, wie er es behauptet hatte. Er mochte es genießen, mit ihr zu sprechen, ihr sogar Sachen über sich anzuvertrauen. Doch er würde ihr niemals sein Herz überlassen. Vielleicht war er unfähig, dieses Organ, dem so übel mitgespielt worden war, irgendjemandem zu schenken.

Diana trat näher, hob die Hände. »*Du* machst …«

Er wich hastig zurück, als wollte er so den Worten entkommen, die ihr auf der Zunge lagen. »Du solltest wieder in dein Zimmer gehen.«

Sie würde nicht um seine Zuneigung betteln. Noch würde sie sich vor ihm demütigen. »Ich verstehe.« Und sie verstand in der Tat nur allzu gut, mehr, als sie wollte. Mit einem zittrigen Nicken drehte sie sich auf dem Absatz um. Sie kam allerdings bloß bis zum Baumstamm. Niall streckte die Hand aus, umschlang ihr Handgelenk mit festem Griff und drehte sie wieder um.

Diana atmete scharf ein.

»Was glaubst du zu verstehen?« Irgendeine schwer zu fassende Empfindung verdunkelte Nialls Augen, ließ die saphirblauen Iris beinah schwarz erscheinen.

Sie schluckte. »Dir ist es egal, ob ich heirate.«

»Da irrst du«, flüsterte er, legte eine Hand auf den Baumstamm und hielt sie so gefangen. »Wenn ich daran denke, dass du verheiratet bist, auch nur daran, dass ein Mann dich umwirbt, möchte ich ihn mit bloßen Händen in der Luft zerreißen.«

Ihr blieb der Mund offen stehen.

Niall hob seine andere Hand und strich ihr erneut über die Wange. »Ich bin kein feiner Lord. Ich bin nicht fähig zu Ritterlichkeit und Zurückhaltung. Ich kann dich nicht haben, aber ich will auch nicht, dass ein anderer dich bekommt.« Ihr stockte der Atem, und sie legte den Kopf in den Nacken, sehnte sich nach seinem Kuss.

Er fluchte und schob sie hinter den Baumstamm. »Still«, befahl er dicht an ihrem Ohr.

Dianas Puls hämmerte, als er rasch die Pistole zückte und lautlos in die Mitte des Gartens trat.

»Ein Diener hat behauptet, er hätte jemanden hier draußen rumschleichen gehört.« Adairs leise Erklärung von der Vorderseite des Gartens her enthielt eine gesunde Prise Überraschung.

Nialls Bruder.

Nialls Antwort war nicht zu verstehen, weil er zu weit von ihr entfernt stand. Sie spähte um den Baumstamm herum und sah ihn mit dem anderen Mann sprechen.

»Du wirst faul«, stellte Adair fest, nahm die angebotene Zigarre, die Niall ihm hingehalten hatte, und zündete sie an einer Laterne an.

»Ich bin nicht rumgeschlichen«, verteidigte sich Niall, und ihre Lippen zuckten wegen seiner jungenhaften Verärgerung. Ihn mit seinem Bruder zu sehen, dieses Geplänkel, zeigte ihr Niall in einem neuen, bislang unbekannten Licht.

Adair schmunzelte. »Vielleicht nicht, aber selbst wenn du das nicht getan hast, hast du sonst immer darauf geachtet, dich möglichst lautlos zu bewegen.«

Diese ernüchternde Erinnerung daran, wie Nialls Leben früher gewesen war, erfüllte Diana mit schmerzlicher Trauer. Wie musste es gewesen sein, stets auf alles zu achten, was man tat oder sagte … Und die größte Sorge war dabei nicht, welche hässlichen Gerüchte über einen kursierten, sondern ob man den nächsten Tag erlebte.

»Ryker möchte dich dorthaben«, erklärte der andere gerade. »Er möchte uns alle dabeihaben.«

Niall verzog spöttisch das Gesicht. »Zuerst kommt Helena mit ihrem Ball, und jetzt tut Ryker das Gleiche mit dieser verdammten Dinnerparty.«

Sie erstarrte, als sie begriff, dass sie inzwischen von Lady Penelopes Abendgesellschaft sprachen.

»Penelope gibt sie zu dem Zweck, das Mädchen zu verheiraten.« Adair zog an seiner Zigarre. »Je eher sie unter der Haube ist, desto früher steht es uns beiden frei, zurückzukehren. Das müsste dir doch gefallen.«

Diana umklammerte den Baumstamm, und die raue Borke schnitt ihr in die Hand, und erst als Niall antwortete, konnte sie den angehaltenen Atem ausstoßen. »Ich interessiere mich nicht dafür, wann ich zurückkehren kann, sondern einzig für Lady Dianas Sicherheit.«

Adair ließ seine Zigarre fallen und trat sie mit dem Stiefelabsatz aus. »Natürlich.« Seine weißen Zähne blitzten hell in der Nacht. »Nur wäre es grundsätzlich schon vorzuziehen, wenn sie in Sicherheit und mit einem feinen Herrn verheiratet wäre, damit wir zurückkönnen.« Er stieß Niall mit dem Ellbogen an.

Ihr Bruder, ihr Vater, ihre Schwägerin, Adair – sie alle redeten so unbekümmert davon, dass Diana irgendeinen Gentleman wie Lord Maxwell heiraten sollte. Sie sahen in so einem Mann Wohlstand, Macht und Einfluss. Wie sehr sie sich alle irrten. Der Earl of Maxwell besaß nicht mal einen Bruchteil der Macht und des Einflusses, über die Niall Marksman verfügte.

Nachdem sie von dem Verrat ihres Vaters erfahren hatte und hatte miterleben müssen, wie leicht er seine Frau nach Bedlam geschickt hatte, war in Diana der Entschluss gereift, niemals zu heiraten. Bis sie Niall getroffen hatte, hatte sie gar nicht gewusst, dass es Männer wie ihn gab. Treue Männer, die sich allem und jedem entgegenstellen würden, was ihre Familie bedrohte. Männer, die wahre Partner im Leben sein würden.

Und sie wollte ihn.

In ihrem Leben … und für immer.

Eigentlich müsste sie bei dieser Erkenntnis Angst verspüren, und doch, wenn er gehen würde, wollte sie all die Momente auskosten, die sie mit ihm nur haben konnte.

Adair machte sich auf den Weg zur Tür, und sie hielt den Atem an, als er stehen blieb und noch einmal zu Niall zurückschaute.

»Ich komm bald nach.«

Er nickte und verschwand im Haus.

Niall stand wie angewurzelt an der Stelle, starrte auf die Tür, und dann, nach einem endlosen Augenblick, kam er zum Baum zurück.

»Los. Du musst in dein Zimmer zurück«, erklärte er in einem Ton, in dem ein Kindermädchen mit seinem störrischen Schützling reden würde. Er schwang sich auf einen niedrigen Ast und zog sie mühelos hoch. Schweigend kletterten sie den Rest des Baumes hoch, bis er ihr oben über das Balkongeländer half.

Er war so wild entschlossen, sie von sich zu stoßen.

Wie konnte sie ihm begreiflich machen, dass er sie in seinem Leben brauchte?

Kapitel 19

Niall half Diana über die Brüstung und folgte ihr ins Zimmer. Seit er hier eingetroffen war, war er zu verschiedenen Tages- und Nachtzeiten in diesem Raum gewesen. Irgendwie war es jedoch in diesem Moment, außerhalb der gründlichen, eher formellen Durchsuchungen, anders. Spannung hing fast greifbar in der Dunkelheit, betont durch Dianas hörbares Atmen.

Von dem verzweifelten Wunsch getrieben, diese aufgeladene Stimmung zu brechen, wandte sich Niall der vertrauten Aufgabe zu, suchte alles noch einmal ab. Während er methodisch das Zimmer abging, spürte er ihre Augen auf sich, wie sie jeder seiner Bewegungen folgte.

Sein Blick glitt zu dem Mahagoni-Himmelbett, und er begab sich zu dem beeindruckenden Möbelstück. Die weißen Laken und die ebenso weißen Bezüge, die zurückgeschlagene Bettdecke waren überaus verführerisch, als ob das Schicksal sich einen Scherz auf seine Kosten erlaubte und ihn heimlich verlachte. Er schloss kurz die Lider.

»Was ist?«, erkundigte sich Diana halblaut, und ihre heisere Altstimme klang näher, was ihm verriet, dass sie sich bewegt hatte.

Es gelang ihm, den Kopf zu schütteln. »Ich sollte gehen.«

Sie kam zu ihm, und der Duft von Blumen und Unschuld hüllte ihn ein. »Bleib.«

Dieses eine Wort, die eine Silbe, spülte über ihn hinweg, übte eine verheerende Wirkung auf ihn aus. Er schluckte trocken.

Diana nahm seine Hand, und unter ihrer zarten Berührung öffnete er seine Hände, die er zuvor zu Fäusten geballt hatte. Sie zog sie auf ihre Brust. Ihr Herz klopfte unter seinen Fingern in einem stetigen, schnellen Rhythmus. »Ich hab gesagt: Bleib, Niall«, wiederholte sie mit ihrer Sirenenstimme, die gleichzeitig flehte und befahl. Es gab tausendundeinen Grund, weswegen er gehen sollte.

Sie war Rykers Schwester, ihr Rang kam gleich nach dem Königshaus, und allein ihre Abstammung bildete einen unüberwindbaren Graben zwischen ihr und Niall.

Aber es gab einen Grund, zu bleiben – sie. Er war ein Bastard in jedem Sinn des Wortes, denn trotz all dieser Gründe begehrte er sie.

Mit einem Stöhnen kapitulierte Niall, bedeckte ihren Mund mit seinem. Diana schmolz in seinen Armen dahin, presste sich mit ihrem Busen an seine harte Brust, während sie den Kuss voller Leidenschaft erwiderte. Sie öffnete die Lippen, um ihn einzulassen, und er berührte mit seiner Zunge ihre, schluckte ihre atemlosen Laute. Ihr Atem roch köstlich – betörend und süß.

Diana schlang ihm die Arme um den Hals, und mit einer Kühnheit, die ihm das Blut schneller durch die Adern fließen ließ, legte sie den Kopf schief, als ob sie ihm näher sein müsste. Als ob sie sich nach diesem Moment so lange gesehnt hätte wie er. Er hob sie auf die Arme und trug sie zum Bett, legte sie darauf.

Sein Brustkasten hob und senkte sich hektisch, so wie damals, als er vor den Konstablern davongelaufen war, die ihn hatten einsperren wollen. Niall wich mehrere Schritte zurück, ließ ihr die Gelegenheit, ihre Meinung zu ändern. Obwohl es ihm, wenn sie das tun sollte, sehr schwerfallen würde, zu gehen, es härter sein würde als irgendein Kampf, den er auf der Straße ausgetragen hatte. Dennoch würde er ihr nie wegen dieser Entscheidung Vorwürfe machen. Er wusste sehr wohl, dass sie Besseres verdiente, als mit einem Mann ins Bett zu gehen, an dessen Händen Blut klebte.

Diana stützte sich auf die Ellbogen und musterte ihn unter ihren goldblonden Wimpern hervor, eine Frage in ihrem Blick.

»Sag mir, dass ich gehen soll«, stieß er heiser hervor. Er hatte von dem Tag an, an dem er einem anderen hungrigen Kind Essen gestohlen hatte, erkannt, dass er allein nach St. Giles gehörte. »Erinnere mich daran, dass es mir nicht zusteht, dich anzufassen.« Und zwar aus Gründen, die mit mehr zu tun hatten als dem gesellschaftlichen Unterschied zwischen ihnen. Es hatte zu tun mit ihrer Verbindung zu Ryker und Helena.

»Niall«, flüsterte sie und setzte sich mit raschelnden Röcken auf. »Wie kann es sein, dass du es immer noch nicht weißt?«

Er blickte sie fragend an.

Diana schaute ihm direkt in die Augen. »Diese vornehmen Herren, zu denen du mich immer abschieben willst … Sie verfügen nicht auch nur über einen Bruchteil des Mutes, der Ehre oder inneren Stärke, die du allein im kleinen Finger hast.« Sie streckte eine Hand nach ihm aus. »Ich will dich.«

Ich bin verloren. Niall schlüpfte aus seinem Rock und warf ihn irgendwohin. Er segelte durch die Luft und landete auf dem Boden. Und bei jedem ausgezogenen Stiefel und jedem anderen abgelegten Kleidungsstück schaute Diana ihn an. Er kam zum Bett und darauf, hielt vor ihr inne, die Hände über ihr.

Sie griff nach ihnen, verschränkte ihre Finger mit seinen. »Du bist der einzige Mann, der mich nicht wie eine zerbrechliche Porzellanfigur behandelt hat. Und wage es nicht, daran jetzt auf einmal etwas zu ändern.« Sie richtete sich auf ihre Knie auf, rutschte näher, schlang die Arme um seinen Hals und küsste ihn.

All seine Vorbehalte lösten sich in Luft auf.

Sein Puls dröhnte laut in seinen Ohren, während er den Kuss erwiderte, mit seinen Händen über ihren Körper strich, den Schwung ihrer Hüften erkundete. Er wich zurück, und sie schrie leise auf, bemühte sich, ihn wieder an sich zu ziehen. »Du bist so wunderschön«, flüsterte er und zog eine Spur aus Küssen von ihrem Mundwinkel zu ihrem Ohr. Er knabberte an ihrem Ohrläppchen, und sie gab einen atemlosen Laut von sich, halb Stöhnen, halb Lachen.

»Sch«, ermahnte er sie flüsternd.

»Das kitzelt.«

Er umfasste ihre Pobacken und drückte sie leicht, zog sie näher. Ihre Lippen teilten sich zu einem kleinen Keuchen. »Es ist nicht meine Absicht, dich zum Lachen zu bringen, Liebste«, erklärte er, und dann verblasste alle Belustigung in ihren ausdrucksvollen Augen, sodass nur noch ein Verlangen übrig blieb, das seinem eigenen gleichkam. Er bedeckte ihren Mund erneut, begann ein leidenschaftliches Duell. Das Blut sammelte sich in seinem Schaft, als sie seine Umarmung kühn erwiderte. Er hatte mit der Reihe winziger Knöpfe an ihrem Rücken zu kämpfen, und seine Hände zitterten.

Ich zittere.

Er, der als junger Mann Huren auf der Straße genommen hatte und dann Geliebte im Club gehabt hatte, musste nun feststellen, dass er sich demütig fühlte und unsicher auf eine Art und Weise, wie er es noch nie zuvor in seinem ganzen Leben getan hatte. Da er keine Hoffnung sah, die winzigen Perlenknöpfe heil aufzubekommen, riss er in seiner Ungeduld einfach daran, und sie flogen in alle Richtungen, landeten auf der Decke und dem Holzfußboden, rollten herum. Er verzehrte sich danach, sie endlich nackt vor sich zu sehen, und er schob ihr Oberteil und ihr Hemd nach unten. Eine feine Röte überzog Dianas Haut, und sie verschränkte rasch die Arme vor sich. »Nicht«, verlangte er, hielt sie auf.

Sie ließ die Arme sinken.

»So wunderschön«, flüsterte er. Beinahe ehrfürchtig umfing er eine köstlich gerundete Brust, rieb mit dem Daumen darüber. »So wunderwunderschön«, stieß er heiser hervor, bevor er die Spitze in den Mund nahm.

Ihr keuchender Atem war in der nächtlichen Stille überlaut zu hören, und als sie ihm die Hände ins Haar schob, ihn dicht bei sich festhielt, genoss er ihre kühne Ermutigung. Er intensivierte seine Zärtlichkeiten, bis ihr Stöhnen im Raum widerhallte, und wandte seine Aufmerksamkeit dann ihrer bislang vernachlässigten Brust zu.

»Niall«, flehte sie, klammerte sich in sein Haar.

»Ich habe das hier vom ersten Moment an, in dem ich dich gesehen habe, tun wollen«, gestand er atemlos an ihrer Brust.

Er fuhr mit einer Hand zwischen ihre Schenkel und streichelte sie im Schritt. »Beim ersten Mal im Club?« Sie wimmerte und spreizte ihre Beine für ihn.

Trotz des Feuers, das in ihm brannte, musste er grinsen. Wie typisch für sie, dass sie ihm Fragen stellte, obwohl sie vor Verlangen kaum mehr klar denken konnte – Diana Verney, wie sie leibte und lebte. »Da noch nicht«, räumte er ein, drang mit einem Finger in sie ein.

Ihr stockte der Atem, und sie zuckte in seinen Armen. »Auf der Gasse hinter dem Club?« Mit wunderbarer Hingabe begann sie ihre Hüften in einem langsamen Rhythmus zu bewegen, hob sich seiner Liebkosung entgegen.

Ihm stand der Schweiß auf der Stirn von der Anstrengung, sich zu beherrschen, und er kniff die Augen zu, versuchte sich auf ihre Frage zu konzentrieren. »Mein dritter Tag hier«, gelang es ihm hervorzupressen, und er schob einen weiteren Finger in sie.

Sie schrie auf, und er schluckte das Geräusch mit seinem Kuss, der kein Ende nehmen wollte.

»Du bist mit wiegenden Hüften über den Flur gegangen«, flüsterte er an ihrem Mund, streichelte weiter ihre empfindsamste Stelle. »Dabei hast du gesungen.«

»Wirklich?«, erkundigte sie sich mit fest geschlossenen Augen, und ihre Bewegungen wurden fahriger. Sie stand dicht davor, das spürte er.

»Aber es war nicht bloß dein Hüftschwung.« Er ließ Küsse auf ihren Hals herabregnen und verhielt dann mit dem Mund dicht über ihrer Brustspitze.

Diana wimmerte und gab einen flehenden Laut von sich, während sie versuchte, ihn zu der aufgerichteten Knospe zu dirigieren. »Was war es …« Ihre Frage endete in einem Zischen, als er mit der Zunge über die Spitze strich.

»Du hast mich zum Tee eingeladen.« Zu der Zeit hatte ihn seine eigene Schwäche beschämt, dass er so von ihr bezaubert gewesen war, weil sie über das Böse, das ihm anhaftete, hinweggesehen hatte. Jetzt erkannte er, dass das der Moment gewesen war, in dem sie ihm das Herz gestohlen hatte. In dem sie bewiesen hatte, dass sie anders war als alle anderen, die nur ein Ungeheuer in ihm sahen. »Und ich bin dir seitdem rettungslos verfallen.« Dieses Geständnis stieß er atemlos hervor, während er sich die Hosen abstreifte und sie ans Fußende beförderte.

Sie streichelte mit den Fingerspitzen seine vernarbte Wange. »Niall«, flüsterte sie, ließ ihren Blick über sein Gesicht wandern. »Ich …«

Aus Angst vor den Worten, die sie gleich aussprechen würde, bedeckte er ihren Mund mit seinem und streichelte sie weiter. Es würde später noch genug Zeit sein für die Wirklichkeit. Später würde er sich dem stellen, was sie hier getan hatten, und den Gefühlen, die in seiner Brust tobten. Für den Moment war dies alles, was er wollte – sie auf diese primitive, raue Art an sich zu binden. Er presste seine Handwurzel zwischen ihre Beine, und sie zuckte unter seiner Berührung.

Sie unterbrach den Kuss. »Ich möchte alles von dir spüren«, keuchte sie an seinen Lippen, während sie energisch am Saum seines Hemdes zog.

Diese Bitte und ihre unmissverständlichen Bemühungen hatten den gleichen Effekt wie der Eimer Schmutzwasser, der einmal in seine Richtung ausgeschüttet worden war, als er auf den Stufen auf der Rückseite eines Ladens eingeschlafen war.

Er schnappte nach Luft und löste sich von ihr. Seine Brust hob und senkte sich unter der Macht seines Verlangens und seiner Angst. »Was tust du da?« Seine Stimme klang rau, und die Erregung in Dianas ausdrucksvollen Augen schwand.

»Niall?« Sie starrte ihn verwirrt an.

Zu sehen, wie verletzt sie war, war so, als hätte ihm jemand ein Messer in den Bauch gerammt. Er fuhr sich frustriert mit einer Hand über die Stirn. »Du musst mich nicht sehen«, erklärte er barsch, griff nach ihr.

Sie fasste nach seiner Hand. »Nein.« Diana hielt inne, warf ihm einen bedeutungsvollen Blick zu. »Ich *möchte* dich sehen. Alles von dir.«

Entsetzen schnürte ihm die Kehle zu, und er versuchte, drum herumzuschlucken. Er hatte seinen vernarbten Körper niemals vor irgendjemandem entblößt. Weder die Frauen, die er in sein Bett geholt hatte, noch seine Brüder hatten jemals die hässlichen Spuren der Misshandlungen auf seinem Körper zu Gesicht bekommen. Die Worte, die dort eintätowiert waren. Wenn er sich so Diana zeigte, würde ihn das auf eine Weise verletzlich machen, wie er es nie zuvor gewesen war.

Hätte sie ihn bedrängt und Forderungen gestellt, hätte er seine Hose genommen, sie wieder angezogen und wäre gegangen, selbst wenn es ihn umgebracht hätte. Stattdessen lag sie geduldig da, ihren Körper vor ihm ausgebreitet – an ihren Absichten bestand kein Zweifel. Sie vertraute ihm und bat ihn im Gegenzug um das gleiche Geschenk.

Verzweifelt sah sich Niall in diesem Zimmer um, das einer Prinzessin würdig war. Das hier war nicht einfach Vertrauen. Es war eine Sache, ihr mit Worten die Taten zu beschreiben, für die er unweigerlich in der Hölle schmoren würde. Es war jedoch etwas völlig anderes, den sichtbaren Beweis für das Böse in ihm vor ihr zu entblößen.

Er rang mit sich. Momente verstrichen, und dann griff er mit tauben Fingern nach dem Saum seines Hemdes. Er würde das Geschenk ihrer Unschuld erst annehmen, wenn sie ihn mit all seinen Fehlern hatte sehen können. Immer noch unfähig, ihren Blick zu erwidern, warf Niall das Hemd auf den Boden und wartete.

Die Matratze knarrte ganz leise, als Diana zu ihm kam. Schließlich war sie so dicht vor ihm, dass er ihre Körperwärme spüren konnte. Ein Seufzen kam über ihre Lippen. »O Niall«, flüsterte sie, und ihre Fingerspitzen glitten zu einer der vielen Narben, die seine Haut verunzierten. Er verzog das Gesicht, als sie mit dem Zeigefinger sanft über ein zackiges Mal in Form eines Blitzes fuhr. Dann verharrte sie über den vier Worten, die über sein Herz tätowiert waren: *Töten oder getötet werden.* Minuten mochten zu Stunden geworden sein, als sie schließlich mit unfassbarer Zärtlichkeit über die Buchstaben strich. Sie senkte den Kopf.

»Nein«, flüsterte er, kannte sie so gut, dass er wusste, was sie vorhatte.

Ohne seinem Einspruch Beachtung zu schenken, küsste sie jede einzelne Narbe. Als ob sie mit der zarten Liebkosung die Erinnerungen heilen könnte und die Albträume und die Wunden selbst. Aber vielleicht war das die Macht, die sie besaß, denn in ihren Armen dachte er nicht an die Dämonen seiner Vergangenheit … Er dachte einzig an sie.

Diana setzte sich auf und richtete ihre Aufmerksamkeit auf die eine Narbe, die sie bislang vernachlässigt hatte. Die hier stammte nicht von einer Kugel oder einer Klinge, sondern war eingebrannt. Ihre Lippen zitterten, dann glitzerten Tränen in ihren Wimpern.

Früher einmal hätte er diese Tropfen mit Spott bedacht, als Zeichen ihrer Schwäche betrachtet und sie von sich gestoßen. Er hatte nie zugelassen und würde das auch niemals tun, dass er ein Objekt ihres Mitleids wurde. Dennoch, bei dem Schmerz in ihren Augen pochte sein Herz unter dem Beweis dafür, dass sie mit ihm litt.

»Es tut nicht mehr weh«, zwang er sich zu sagen, als sie mit den Fingerspitzen über das »D« rieb, dass für immer in seine Brust gebrannt war. Das Zeichen des Mannes, der ihn zum Töten gezwungen hatte und der in den geschätzt ersten zehn Jahren seines Daseins sein Herr und Meister gewesen war.

»Vielleicht«, flüsterte sie und hob ihren Blick von der alten Wunde zu seinem Gesicht. »Aber das hat es einmal, und ich vermute, jetzt tut es sogar noch mehr weh, nur auf andere Art und Weise.« Wie recht sie hatte, wie klug sie war, diese Frau, die keine Angst davor hatte und sich nicht schämte, von Gefühlen zu sprechen.

Seine eigenen Schreie hallten in seiner Erinnerung wider, vermischt mit Diggorys Gelächter, als er das glühende Eisen auf Nialls Brust gepresst hatte. Er kämpfte darum, weiterzuatmen, die alten Schrecken hinter sich zu lassen …

Als Diana ihren Mund auf die aufgeworfene Haut presste, riss er bei der zärtlichen Berührung die Augen auf.

»Er ist fort. Lass ihn gehen«, drängte sie. »Er wird dir nie wieder etwas antun.«

Er verspannte sich. Und dann traf ihn die Wahrheit ihrer Worte wie ein Schlag, beraubte ihn der Luft in seinen Lungen. Er hatte sein Leben in Furcht verbracht. Er hatte sie noch lange, nachdem er Diggorys Klauen entkommen war, verspürt. Innerhalb der Mauern des »Hell & Sin« hatte Niall gegen die tief sitzende Angst kämpfen müssen, dass sein Imperium zugrunde gehen könnte und er wieder verzweifelt und hungernd auf den Straßen leben müsste, am Ende gar dazu gezwungen, wieder zu töten. Die gleiche Angst hatte jedes Mal ihr Haupt gehoben, wenn jemand den Club unterwandert hatte und es zu einem Zwischenfall gekommen war. Und all die unterdrückten Albträume waren nach dem Anschlag auf Penelopes Leben mit Macht an die Oberfläche gedrungen. Das war der Grund, warum er fortgeschickt worden war. Es ergab Sinn – endlich.

Diana fuhr mit dem Zeigefinger über das verhasste »D«. »Jedes Mal, wenn du dieses Zeichen siehst, denke nicht an ihn, sondern an mich.« Sie hob den Kopf und schaute ihn an. »Denke an diese Nacht in meinen Armen.«

Mit einem Stöhnen verschloss ihr Niall den Mund mit seinem. Sein Schwanz pochte an ihrem Bauch, und er schob sie unter sich. Wieder fand er das Zentrum ihrer Weiblichkeit und streichelte sie dort, bis ihr Keuchen in dem stillen Zimmer widerhallte. Ihr Körper spannte sich, ihre Bewegungen wurden verzweifelter.

»Bitte«, flehte sie, fuhr ihm mit den Fingernägeln über den Rücken. Sie spreizte die Beine, und mit einem scharfen Einatmen legte er sich dazwischen, positionierte sich an ihrem Eingang. Das Blut pulsierte in seinem Schwanz, und das Verlangen, sich einfach tief und fest in sie zu stoßen, wurde beinahe unwiderstehlich.

»Langsam«, flüsterte er, fast mehr zu sich selbst als für sie. Dann schob er sich Stück für Stück in sie, glitt in ihre heiße Enge. Er erstarrte, als er gegen ein Hindernis stieß, das ihn von der Seligkeit trennte. »Ich will dir nicht wehtun«, keuchte er heiser, senkte seine Stirn auf ihre.

»Das könntest du niemals«, hauchte sie.

Er küsste sie und durchbrach das Häutchen. Sofort versteifte sie sich, und er verschluckte ihren Ausruf.

Ihr Schmerzenslaut durchdrang den Nebel des Verlangens, der seine Sinne einhüllte, verhalf ihm zu flüchtiger Kontrolle, obwohl alles, was er tun wollte, war, sich hart und schnell in sie zu stoßen.

»Ich … Ich hab mich geirrt«, erklärte Diana mit fest zusammengekniffenen Augen. »Das hat w-wehgetan.«

Bei dem leichten Beben ihrer wohlgeformten Lippen und dem Anblick der einzelnen Träne, die ihr über die Wange rann, durchströmte ihn eine Woge der Zärtlichkeit. »Es tut mir so leid, Liebste«, flüsterte er an ihrem Ohr. Er zog eine Spur von Küssen von ihrem Ohrläppchen über ihr Gesicht zu ihrer Stirn. Dann über ihre Wange zu ihren Lippen.

Ihre Zungen nahmen den uralten Tanz auf. Dianas Stöhnen ging in atemloses Flehen über, und er fing an, sich zu bewegen. Er zog sich zurück und glitt dann wieder in sie, wieder und wieder. Langsam. Ließ ihr Zeit, sich an das Gefühl von ihm in ihr und an seine Größe zu gewöhnen. Sie schlang die Arme um ihn und hielt ihn fest. Dann begann sie sich seinen Stößen entgegenzuheben, und sie bewegten sich gemeinsam, im selben Rhythmus. Diana bog den Rücken durch, drängte sich gegen ihn.

Sie versteifte sich, und ihre inneren Muskeln zogen sich um ihn zusammen. O Gott, lange würde er sich nicht mehr beherrschen können.

»Komm für mich«, bat er und fasste zwischen sie, um sie an der Stelle zu streicheln, an der alle Empfindungen zusammenliefen.

Diana schrie auf, und er folgte ihr zum Höhepunkt und in das Meer der Seligkeit.

Keuchend stützte sich Niall auf die Ellbogen, damit er sie nicht erdrückte. Ihre und seine Brust hoben und senkten sich im gleichen Rhythmus, und ihre Herzen klopften heftig.

Seine Leidenschaft war gestillt, und prompt drängte sich die Wirklichkeit in den Vordergrund. Gütiger Gott, er hatte ihr wehgetan. Er lehnte sich zurück, aber das zufriedene Lächeln auf ihren Lippen hielt ihn davon ab, die Worte auszusprechen, die ihm schon auf der Zunge gelegen hatten.

»Ich habe niemals irgendetwas wie das empfunden«, murmelte sie, und mit geschlossenen Augen sah sie aus wie eine satte Katze, die sich am Sahnetopf gütlich getan hatte.

Und er, Niall Marksman, ein Mann, der nicht mal einen richtigen Namen hatte, musste lächeln, verspürte keinen Anflug von Schuld, Wut oder Furcht, die sie zuvor so richtig in ihm gesehen hatte. Er hauchte einen Kuss auf ihren Mund und rollte sich zur Seite, zog sie an sich.

Später wäre noch genug Zeit, über die Narrheit nachzudenken, die sich hier entfaltet hatte, aber er wollte diesen Moment nicht mit der Realität ruinieren. Er strich ihr mit der Hand über den Bauch, streichelte ihre seidenweiche Haut. Angefangen bei ihrer Abstammung bis hin zu ihrem Körper war sie in jeder Hinsicht das Gegenteil von ihm. Trotzdem hatte sie mehr in ihm gesehen als er in sich selbst.

Ein leises Schnarchen drang in seine schweifenden Gedanken.

Sie schlief.

Er streckte die Hand aus und zog die Decke unter ihnen hervor und über ihren nackten Körper. Dabei ließ er seinen Blick auf ihren sanften Rundungen verweilen. Seine Männlichkeit regte sich wieder, wollte sie erneut kosten.

Er verkniff sich ein Stöhnen.

Es war Zeit, zu gehen. Später würde er sich mit dem auseinandersetzen müssen, was geschehen war. Aber jetzt musste er fort, bevor er hier entdeckt wurde. Es war eine Sache, wenn sie ihm ihre Tugend schenkte. Es war etwas völlig anderes, ihren Ruf rettungslos zu ruinieren, was unweigerlich dazu führen würde, dass sie verstoßen würde.

Zögernd schwang Niall die Beine über die Kante ihres Bettes und stand auf. Mit einem schlaftrunkenen Laut kuschelte sich Diana tiefer unter die Decke, suchte die Stelle, wo er gerade noch gelegen hatte. Während er sich hastig ankleidete, behielt Niall sie im Auge. Ihr leises Schnarchen war der einzige Laut im ganzen Zimmer, auf eine Art und Weise rührend, die ihm zuvor als zutiefst gefährlich erschienen wäre.

Niall ging zu dem eleganten Frisiertisch, griff nach seinem Rock … und erstarrte.

Ein Blatt Papier wirkte im schwachen Licht des Zimmers auffallend hell.

Diana entfuhr ein lauteres Schnarchen, lenkte ihn kurz ab. Nachdem er sich vergewissert hatte, dass sie weiter tief und fest schlummerte, wandte er sich wieder dem Blatt zu.

Es stand ihm nicht zu, hier herumzuschnüffeln, und ganz gewiss ging ihn auch ihre Korrespondenz nicht das Geringste an.

Dennoch …

Niall fasste danach und überflog es.

> Mylady …
> Die ursprünglich vereinbarten Reisedaten mussten angepasst werden. His Lady's Honor wird eine Woche früher in See stechen.
> Kapitän Nathaniel …

Niall zerknüllte das Blatt in seiner Hand. »Was zur Hölle ist das?«, fragte er wütend.

Diana fuhr hoch. Die Decke rutschte ihr auf die Hüften, entblößte ihre Brüste, und wenn er nicht eine so sengende Wut verspürt hätte, hätte ihr unglaublich verführerischer Anblick keinen Raum für etwas anderes als den Wunsch gelassen, zu ihr zu gehen. Sie rieb sich die Augen. »Was tust du …?« Er marschierte zu ihr, und sie verstummte schuldbewusst. »Oh, das.«

War das alles, was sie dazu zu sagen hatte? Er konzentrierte sich auf seinen Zorn, der alle Verletztheit überlagerte, und schleuderte ihr das Blatt entgegen, das raschelnd auf ihrer Decke landete. »Das ist der Grund, warum du einen Leibwächter für sechs Wochen gebraucht hast«, hielt er ihr vor, als alles plötzlich Sinn ergab. Sie war zu Ryker gekommen, hatte schon alles geplant gehabt.

Mit gerunzelter Stirn fasste Diana nach dem Blatt Papier und nahm es an sich, während sie mit der anderen Hand nach dem Laken griff und sich bedeckte. »Du und Ryker habt angenommen, es sei bis zum Ende der Saison. Und ich habe keinen Grund gesehen, weshalb ich euch auf euren Irrtum aufmerksam machen sollte«, erklärte sie so nüchtern, dass er darunter wankte.

Niall stolperte einen Schritt rückwärts und blickte sich um, fühlte sich völlig verloren, so wie er es als kleiner Junge getan hatte, als er seinen ersten Diebstahl begangen hatte. »Du hast während all dieser Zeit keinen Grund gesehen, mich darüber in Kenntnis zu setzen?«, verlangte er zu wissen, als er sich wieder zutraute, normal zu sprechen und nicht zu schreien. In all diesen Wochen, die sie gemeinsam verbracht hatten, in denen sie einen Weg in sein Herz gefunden hatte, sich seine Freundin genannt hatte – er wand sich innerlich –, hatte sie die ganze Zeit vorgehabt, nach St. George's zu fahren, wo auch immer zur Hölle das lag.

Schließlich besaß sie doch noch den Anstand, rot zu werden. Sie spielte mit dem Blatt Papier in ihren Fingern, dem verdammten Zettel, der ihre gemeinsame Zeit für beinahe beendet erklärte. »Ich habe daran gar nicht mehr so sehr gedacht, seit du in mein Leben gekommen bist, Niall«, antwortete sie leise. Sie erhob sich, schlüpfte in einen Morgenrock und wickelte sich fest darin ein.

Er strich sich mit einer Hand durchs Haar, stieß ein hohles Lachen aus. »Ich fühle mich geehrt, Liebste.«

Sie schnitt eine Grimasse angesichts seines Spottes, aber er weigerte sich, sich schuldig zu fühlen. Sie war in seinen verfluchten Club gekommen, hatte seine Welt auf den Kopf gestellt, ihn gezwungen, ihre zu betreten, war in sein Herz geschlüpft, und die ganze Zeit hatte sie nie vorgehabt, über den Anfang des Sommers hinaus hierzubleiben.

Sein Magen hob sich, und er wandte sich abrupt um, konnte sie nicht länger anschauen. Die eine Person ansehen, der er je getraut und die er geliebt hatte … Sie wollte an Bord eines Schiffes gehen und aus seinem Leben segeln. Das war ein Verlust, der anders war, als wenn sie heiraten würde, denn dann bliebe sie in London. Das hier würde ein Abschied werden, durch den sie ein Ozean und die halbe Welt trennen würden.

Die Dielenbretter knarrten, und er wurde rot. Er hatte es versäumt, zu merken, dass sie zu ihm kam. Sie raubte ihm sogar seine von der Straße geschärften Sinne, die ihn so lange am Leben gehalten hatten. Zögernd legte sie eine Hand auf seinen Ärmel. »Komm mit mir.«

Er lachte leise, und es klang so leer, wie er vor sechs Wochen gewesen war, ehe sie in sein Leben geplatzt war.

Diana stellte sich vor ihn. »Ich meine es ernst«, erklärte sie halblaut. »Komm mit mir«, wiederholte sie.

Komm mit mir.

Von hier fort.

St. Giles und den Club und seine Geschwister und alle, die von ihm abhängig waren, verlassen. Er gab einen angewiderten Laut von sich und trat rasch fort, brauchte Abstand zwischen ihnen. Musste sich einmal mehr schützen. »Du weißt, ich kann nicht einfach gehen, Diana. Mein Leben ist hier.«

Sie verzog das Gesicht, und er hätte sie genauso gut geschlagen haben können, so groß war der Schmerz, der ihm aus ihren Augen entgegenstarrte. Das zu sehen riss ihn innerlich entzwei. Weckte in ihm den verzweifelten Wunsch, dass er ein besserer Mann für sie wäre. Einer, der sie verdiente. Dann richtete sie sich auf und konfrontierte ihn mit der gleichen ruhigen Stärke, die sie schon bei ihrer Begegnung in der Gasse hinter dem Club gezeigt hatte. »Bau dir ein neues Leben auf, zusammen mit mir.«

Ihre Worte hingen in der Luft, mächtig und verführerisch. Sie saugten alle Energie aus seinen Gliedern und beraubten ihn der Fähigkeit, zu sprechen, klar zu denken. Was sie da von ihm erbat … Einfach alles hinter sich zu lassen, seine Arbeit im »Hell & Sin«, und mit ihr mitzugehen, auf alles zu verzichten – auch auf die Stabilität, die er brauchte.

Sie berührte mit den Fingerspitzen seine Lippen. »Du musst darauf nicht jetzt antworten, Niall.«

»Nein. Ich hab Zeit, bis dein verdammtes Schiff ablegt«, schleuderte er ihr entgegen.

Ohne mit der Wimper zu zucken, sprach Diana weiter. »Hier gibt es kein gutes Leben mehr für mich.«

»Aber hier ist eines für mich, und du willst, dass ich das einfach aufgebe.« Sie zuckte zusammen, und er zwang sich, über diesen Beweis für ihren Schmerz hinwegzugehen. »Alles, weil ich deine Pläne aufgedeckt habe.« Er deutete aufgebracht auf das Blatt Papier, das sie in ihren weißen Händen hielt.

»Ich hätte es dir erzählt. Ich …« Sie keuchte, als er sie bei den Schultern packte und leicht schüttelte.

»Wann?«, rief er. »Wann hättest du es mir erzählt?«

Oder war er so unwichtig, dass sie einfach gefahren wäre und keinen weiteren Gedanken an ihn verschwendet hätte, an den Bastard aus St. Giles, dem sie ihre Unschuld geschenkt hatte? Diese spöttische Frage ging ihm durch den Sinn, brannte wie Salz auf einer offenen Wunde. Als sie weiter schuldbewusst schwieg, ließ er sie jäh los, und sie stolperte rückwärts, stützte sich am Fußende ihres Bettes ab.

Sein Blick fiel auf den Blutfleck auf dem Laken, und ihm wurde schlecht. »Oder war es vielmehr, dass du einfach einen groben Kerl zwischen deinen Schenkeln haben wolltest?«, hielt er ihr vor, und seine Zunge war so schwer, dass er die Frage kaum herausbekam.

Diana presste das Blatt an ihre Brust. »Wie kannst du das nur fragen?«, flüsterte sie entsetzt. »Ich lie…«

»Nicht«, verlangte er, schaute zu der Wand, die sie von Oswyn trennte. Wenn er nicht völlig den Verstand verloren hätte, würde es ihm nicht egal sein, dass der alte Mann zweifellos mehr mitbekommen hatte, als sicher war, aber wenn es um Diana ging, vergaß er alle Vernunft. »Speise mich nicht mit leeren Worten ab.«

»Sie sind nicht leer, Niall«, flehte sie, hob die Hände. »Ich liebe dich. Das weißt du doch sicherlich.«

Unfähig, den Blick von der Nachricht zu nehmen, lachte er erneut auf. »Du liebst mich so sehr, dass du es mir nicht sagen konntest und einfach so gegangen wärst.« Mit einem angewiderten Laut kehrte er ihr den Rücken zu.

Diana stieß einen frustrierten Schrei aus und folgte ihm, wedelte mit dem Blatt wie mit einer Waffe, stellte sich zwischen Niall und die Tür. »Wie kannst du es wagen? Wenn ich dir davon erzählt hätte, hättest du mir nie gestattet zu gehen. Du hättest es Ryker gepetzt oder meinem Vater.«

Trotz ihrer Befürchtung hätte er es nie dem alten Herzog erzählt, denn er hatte schon vor langer Zeit erkannt, dass ihr Vater bloß noch der Schatten eines Mannes war und dass man ihm nicht die Aufgabe überlassen konnte, sie zu beschützen. »Deinem Vater hätte ich nichts verraten.«

»Na gut. Dann eben Ryker.«

Niall antwortete darauf mit unnachgiebigem Schweigen. Er hätte sie niemals einfach allein gehen lassen, mit einem Schiff in See stechen, auf dem ihre einzige Gesellschaft Schurken und lüsterne Seeleute wären.

Etwas von dem Leuchten in ihrem Blick verblasste, ihre Schultern sanken herab. »Du hättest mich nicht gehen lassen«, flüsterte sie und richtete ihre ausdrucksvollen Augen auf ihn. »Aber du willst mich gar nicht in deinem Leben. Nicht wirklich, Niall. Das hast du gerade selbst gesagt.«

Diese Worte ließen ihn erstarren.

Ein schiefes schmerzliches Lächeln trat auf ihre Lippen. »Du weißt, dass ich recht habe.« Sie atmete stockend ein. »Auch wenn ich mich irren möchte. Komm mit mir.«

Und da er unfähig war, das Wirrwarr von Gefühlen und die vielen Fragen, die in ihm umherwirbelten, auseinanderzusortieren, schüttelte er den Kopf. »Ich … Ich kann nicht …« Er griff nach der Türklinke, als sie wieder sprach, ihn zurückhielt.

»Du bist ein Feigling, Niall Marksman.«

Er fuhr herum. Sie hatte ihn, Niall Marksman, einen Mann, der Kehlen aufschlitzte, Pistolen abfeuerte und die feinen Herrschaften der Londoner Gesellschaft um den Inhalt ihrer Taschen erleichtert hatte, beschuldigt, Angst zu haben.

Und doch, in diesen Räumen hatte sie seine Unerschrockenheit als Mythos entlarvt.

»Du redest mit mir über Angst, aber so anders bist du gar nicht«, forderte sie ihn heraus. »Du hast zugelassen, dass Diggory und deine Ängste dich in deinem Club einsperren.«

Wut erfasste ihn. »Wie kannst du es wagen?«, fuhr er sie an. »Ich habe vor nichts Angst.« Außer vor ihr. Sie hatte einfach so alle Schutzwälle, die er um sich errichtet hatte, eingerissen.

»Es zu behaupten macht es noch nicht wahr.« Sie gab nicht nach. »Du hast so lange in deinem Club gelebt, dass du Angst hast, dich in die Welt außerhalb davon vorzuwagen«, redete sie weiter, ohne sich um seinen Einwurf zu kümmern. »Du könntest überallhin gehen, und doch entscheidest du dich, das nicht zu tun.«

»Du weißt absolut gar nichts darüber, Prinzessin«, entgegnete er. Es gab Leute, die sich auf ihn verließen. Ein Imperium, das Frauen, Männern und Kindern von der Straße Sicherheit gab, für Essen in ihren Mägen sorgte und …

»Ich weiß, dass du Angst hast.«

Ihre leise Äußerung schien alle Luft aus dem Zimmer zu saugen, durch schwere, beinahe greifbare Anspannung zu ersetzen. Ein Muskel zuckte an seinem Augenwinkel, und sie berührte ihn ganz leicht mit der Fingerspitze. »Und trotz all deiner Vorstellungen, dass wir beide so unterschiedlich sind, sind wir uns tatsächlich ähnlicher, als du wahrhaben willst.« Sie ließ die Hand sinken.

»Wir sind uns überhaupt nicht ähnlich, Diana«, widersprach er. »Nicht auf die Arten und Weisen, die für die Gesellschaft wichtig sind.«

Und damit ging er. Er schloss die Tür hinter sich, schuf damit eine physische Barriere zwischen ihnen, während er über ihre Vorwürfe nachdachte.

Oswyn starrte ihn an, und sein Blick verriet nichts. Niall spürte, wie ihm in einer Mischung aus Verlegenheit und Beschämung Hitze in den Nacken stieg.

Er war nicht weiter als einen Schritt weit gekommen.

»Das hätte nich' passieren dürfen.« Oswyns Tadel spiegelte genau seine Überlegungen wider.

Niall versteifte sich. Der andere mochte recht haben, aber Dianas Ruf wäre in Fetzen, wenn bekannt würde, dass sie mit einem ehemaligen Straßenjungen und Taschendieb, dem es irgendwie gelungen war, sich Zutritt zu den geheiligten Hallen von Mayfair zu verschaffen, das Bett geteilt hatte. »Ich weiß nicht, wovon du redest«, erwiderte er mit gedämpfter Stimme.

Der Wachmann, der zu den ersten Angestellten des Clubs gehört hatte, bewies Unerschrockenheit und sagte, was zu sagen kein anderer in Nialls Diensten je gewagt hätte. »Das darf nich' wieder passieren, und behaupte nich', du wüsstest nich', wovon ich rede, Niall«, entgegnete Oswyn, verlor seine gewohnte Ruhe. Der kahlköpfige Wachmann schaute sich verstohlen um, trat dann vor. »Wenn de im Bett von Blacks Schwester erwischt wirst, wird sich der Club davon niemals erholen. Männer wie wir«, er deutete mit der Hand auf sich und Niall, »wir heiraten nich' die Töchter von Herzögen. Wir heiraten Huren und Dienstmädchen, *falls* wir überhaupt heiraten.«

Ein bitterer Geschmack breitete sich auf Nialls Zunge aus. Er wusste, sein Freund hatte recht. Hasste ihn dafür. Hasste sich selbst sogar noch mehr dafür, dass er so viel von sich in einer so kurzen Zeit an eine Frau verloren hatte, auf die er kein Recht hatte. *Vielleicht zählt es nicht. Sie will mehr mit dir … Will eine Zukunft.* Sobald der Gedanke nach vorn drängte, schob er ihn zurück. Welche Zukunft konnte er ihr schon bieten? Solange sie an ihn gebunden war, würde sie ständig in Gefahr schweben und nicht nur vorübergehend wie im Moment mit dem unbekannten Angreifer.

Eine Hand berührte ihn an der Schulter, und er blickte ausdruckslos auf die vernarbten Finger. »Lass es bleiben. Dein Geheimnis is' sicher. Wir haben mehr Schuld auf uns geladen als das.« Ja. Mord, Diebstahl und zahllose andere Sünden. »Trotzdem isses Zeit, die Finger von der Frau zu lassen. Außer du hast vor, sie zu heiraten.« Die Ironie dieser rauen Worte bedurfte keiner Bestätigung oder Leugnung von Niall.

Komm mit mir.

Unweigerlich schaute er einmal mehr zu ihrer Zimmertür.

Oswyns Fluch zerriss die Stille. »Du denkst doch nich' wirklich daran, die Kleine zu heiraten?«

Um seinen Händen etwas zu tun zu geben, rückte Niall sein Halstuch gerade. »Ich denke, es geht dich absolut nichts an, was ich denke«, sagte er mit der kultivierten Stimme, die jeder für echt halten würde. Er kannte Oswyn vielleicht sein ganzes Erwachsenenleben lang und vertraute ihm die Sicherheit im Club an, aber er würde ihm nicht Rede und Antwort stehen. Und sicherlich nicht hier, mitten auf dem Korridor von Wilkinsons Stadthaus.

Ein uncharakteristisches Aufblitzen von Gefühlen stand in Oswyns Augen. Er war gekränkt. »Denkste, du wärst mir gleichgültig? Dein Bruder und du, ihr habt mir Arbeit gegeben, als ich keine andere Zukunft hatte als den Tod auf der Straße.«

Eine neue Welle aus Schuldgefühlen drang auf Niall ein. Er verzog das Gesicht. Gütiger Gott, er hatte in den fast fünf Wochen, die er hier verbracht hatte, mehr über Gefühle und all das unbequeme Zeug gesprochen als in den dreißig oder einunddreißig Jahren seines Lebens vorher. »Ich weiß, Oswyn«, erwiderte er leise. So, wie er auch wusste, der lästige Mann hatte recht, was Diana anging.

»Da is' der Club«, erklärte Oswyn. Spürte er, dass Niall zweifelte? »Selbst wenn du das Mädchen heiratest, wird die Gesellschaft es nie gern sehen, dass einer von uns es wagt, die Hand nach einer von ihnen auszustrecken.«

Und zu viele hingen von ihm und seinen Brüdern ab. Die Wahrheit war nicht zu übersehen.

»Sie is' Rykers Schwester«, erklärte Oswyn überflüssigerweise.

»Meinst du, Ryker hätte etwas gegen eine Ehe, wegen meiner Herkunft?«, fragte Niall drohend, wünschte sich verzweifelt eine Gelegenheit, sich abzureagieren.

»Nee«, antwortete Oswyn ruhig und ließ seine Knöchel knacken. »Seit seiner Heirat lässt er alles zu und denkt gar nicht an die, die auf ihn angewiesen sind.«

Männer, Frauen und Kinder, die darum gekämpft hatten, in St. Giles zu überleben, und letzten Endes Sicherheit im Club gefunden hatten. Niall brachte all das in Gefahr – für Diana.

»Außerdem«, fuhr Oswyn fort und unterbrach Nialls Überlegungen, »du kannst nich' zwischen beiden Welten hin- und herwechseln. Entweder bist du Rykers Gast und wirst für das Mädchen ehrenwert und angesehen« – Niall hätte schon taub sein müssen, um die Skepsis in Oswyns Tonfall zu überhören –, »oder …« *Oder du gibst sie auf.* »Du lässt mich den Herzog und seine Tochter zu Rykers Gesellschaft kutschieren und fängst damit an, auf Abstand zu gehen.«

Komm mit mir …

Sein Herz, das verfluchte Organ, das sich als echt und ganz erwiesen hatte, überraschend intakt, schlug ihm bis zum Hals.

»Ich bin ihr Leibwächter«, presste er durch seine plötzlich enge Kehle.

Oswyn verzog verächtlich das Gesicht. »All deine Brüder werden da sein. Und ich. Ihr wird kein Leid geschehen.«

Niall zögerte. »Ich hab noch nicht entschieden, was ich morgen tun werde«, erwiderte er ausweichend. Diana konnte nichts passieren, solange Ryker, Calum oder Adair anwesend waren. Die eigentliche Bedrohung galt ohnehin nicht Diana, sondern Niall und bestand daraus, gezwungen zu sein, während einer formellen Abendgesellschaft anwesend zu sein, deren Gästeliste gleich mehrere Gentlemen aufwies, die einzig deswegen geladen worden waren, weil sie als zukünftige Ehemänner für Diana infrage kamen.

Der treue Wachmann bedachte Niall mit einem langen Blick, dann sprach er fast barsch weiter. »Du tötest nich', Niall«, erinnerte er ihn. »Nich' mehr.« Es war keine Verurteilung in seinem Ton. »Du weißt genau, ich werd nich' zögern, einen Mann für sie umzubringen.«

Ja, das wusste er. Oswyn und Nialls Brüder, sogar Helena, waren in gewisser Weise stärker als er selbst aus der Zeit mit Diggory hervorgegangen.

»So wie du weißt, was du tun musst, Niall«, murmelte Oswyn, drückte ihm die Schulter.

Ja, er wusste es.

Ich muss sie aufgeben.

Kapitel 20

Am nächsten Abend machte Diana genau das, was sie früher jeden Abend getan hatte. Sie stand vor dem Spiegel, während ihre Zofe ihr beim Ankleiden half.

Als sie sich schließlich hinsetzte, betrachtete sie ihr Gesicht im Spiegel. Die dunklen Schatten unter den geröteten Augen. Die blassen Lippen. Bemerkte ihre Zofe – oder auch der Rest der Welt –, wie tieftraurig sie war? Oder schaute niemand genau genug hin, um mehr zu entdecken als das, was an der Oberfläche war?

Nur Niall hatte ganz genau hingeschaut … und sie gesehen.

»Heben Sie ein wenig das Kinn, Mylady«, bat Meredith und klang unbeschwert und fröhlich, drehte ihr den Kopf in die gewünschte Richtung, wie sie es bei einem kleinen Kind tun würde. »So.« Die Zofe setzte ihr eine mit Rubinen verzierte Tiara auf. Es war ein Schmuckstück, das einer Königin würdig gewesen wäre oder, wie Niall sie zuerst spöttisch, dann liebevoll genannt hatte, einer Prinzessin.

»Brauchen Sie sonst noch etwas, Mylady?«

»Das ist alles«, erwiderte sie automatisch, während ihr Blick an den Rubinen hängen blieb.

Meredith knickste. »Ich werde Seine Gnaden informieren, dass Sie gleich herunterkommen.« Und damit verließ das Mädchen das Zimmer. Als sie die Tür hinter sich schloss und Diana endlich allein war, wandte sie ihre Aufmerksamkeit erneut ihrem Spiegelbild zu.

Seit dem letzten Abend benahm sich Niall ihr gegenüber ganz geschäftsmäßig und sachlich. Er war ihr nicht aus dem Weg gegangen, aber er war auch nicht derselbe Mann, der in den letzten Wochen ihr Freund geworden war – und sie trauerte um den Verlust dieser Nähe. Denn sie wusste, ohne dass er es ihr mit Worten bestätigte, was dieser Abstand zwischen ihnen bedeutete. Er würde nicht mit ihr kommen. Sein Leben war hier. Und, was noch schlimmer war, er betrachtete sie nicht als Teil davon, weil ihm die Unterschiede zwischen ihnen immer viel zu wichtig sein würden.

Ein leises Klopfen am Fenster unterbrach ihre Gedanken, und sie drehte sich auf ihrem Hocker um. Ihr sank das Herz.

Niall klopfte erneut leicht gegen das Fenster und hob die Augenbrauen in einer stummen Bitte.

Und obwohl sie wusste, was es bedeutete, dass er ohne formelle Abendkleidung draußen vor den Balkontüren war, nämlich dass er offensichtlich nicht vorhatte, heute Abend Rykers Dinnerparty zu besuchen, lächelte sie. Sie stand auf und hob das Kinn zur Begrüßung.

Geräuschlos öffnete er die Tür und schlüpfte in ihr Zimmer. Wie konnte sich ein Mann von seiner Größe und Kraft mit solcher Lautlosigkeit bewegen? Er schloss die Glastür hinter sich und stand völlig reglos da.

Diana brach das Schweigen. »Du wirst nicht mitkommen«, stellte sie fest.

Er schüttelte leicht den Kopf. »Bei meinen Brüdern und Oswyn wirst du sicher …«

Sie unterbrach ihn mit einer schnellen Handbewegung. »Ich mache mir keine Sorgen um meine Sicherheit.« Vor vier Wochen hatte sie das getan. Vor vier Wochen hatte sie gedacht, dass sie ihre Sicherheit gewährleisten und dann das Schiff nach St. George's besteigen müsste. Doch inzwischen hatte sich alles geändert. Diana blieb eine Handvoll Schritte von Niall entfernt stehen. »Ist das der Grund, warum du dich in mein Zimmer geschlichen hast?«, fragte sie. »Um mir mitzuteilen, dass du nicht mit zu Ryker gehen wirst, und mir zu versichern, dass ich sicher sein werde?«

Sag, dass es nicht allein das ist. Sag, dass du über mein Angebot nachgedacht hast und mich begleiten wirst, wenn ich in See steche.

Der bedauernde Ausdruck in seinen Augen verriet ihr jedoch, dass er etwas ganz anderes sagen würde. »Ich habe noch nie eine Frau wie dich gekannt«, begann er leise, und diese Worte enthielten einen Abschied. Es fühlte sich an, als befände sich ihr Herz in einem Schraubstock, während er ihr mit der Rückseite seiner Fingerknöchel über die Wange strich. »Von dem Moment an, in dem ich dich auf der Gasse hinter dem Club erwischt habe, wie du dich an mir vorbeischleichen wolltest, hast du meine Welt auf den Kopf gestellt«, murmelte er, und sie drehte ihr Gesicht in seine Liebkosung. »Ich hatte für alles und jedes, was irgendwie mit der vornehmen Welt zusammenhängt, nur Abscheu und Verachtung übrig … Aber du warst ganz anders als diese Lords und Ladys, die ich zu hassen gelernt habe. Ich habe nie darüber nachgedacht, St. Giles zu verlassen, und ich habe ganz sicher nie darüber nachgedacht, London zu verlassen.« Ihr Herz hob sich und sank dann bei seinen nächsten Sätzen sofort wieder. »Und niemals zuvor haben mich die Opfer gereut, die nötig waren, um den Club am Laufen zu halten – bis jetzt. Ich kann hier nicht weg, Diana.«

Der Schraubstock zog sich noch weiter zusammen, machte es ihr unmöglich, irgendetwas anderes zu tun, als hastig zu atmen. »Nein«, entgegnete sie schließlich, als sie wieder sprechen konnte. »Du kannst gehen, Niall.« Sosehr es sie auch schmerzte, sie trat von ihm weg, und sein Arm fiel zurück an seine Seite. »Aber es ist deine Entscheidung, zu bleiben.« Genauso wie er sich entschieden hatte, sie nicht in seine Welt zu lassen. Genau wie er seinen Club statt eines Lebens mit ihr gewählt hatte.

Er verzog das Gesicht. »Diana …« Nur dass keine weiteren Worte kamen. Was sollte er auch sagen? Außer er änderte seine Meinung aus irgendeinem ungewollten, nutzlosen Schuldgefühl heraus, das sie ihm mit ihren Vorwürfen eingeflößt hatte.

»Es ist in Ordnung, Niall.« Wie hatte sie diese Lüge über die Lippen gebracht? Wie konnte sie so ruhig herauskommen, wo sie doch innerlich zerbrach?

Niall betrachtete forschend ihr Gesicht und öffnete den Mund, als wollte er etwas erwidern, schloss ihn jedoch wieder. Mit ein paar lautlosen Schritten kehrte er zur Balkontür zurück.

»Niall«, rief sie ihn, als er die Hand nach dem Griff ausstreckte.

Er warf einen fragenden Blick zurück.

Sie eilte zu ihm und stellte sich zwischen ihn und den Ausgang. Sie hob sich auf die Zehenspitzen und presste ihre Lippen in einem flüchtigen Kuss auf seine. Es war eine ganz zarte Berührung, die ihr Lebewohl besiegelte. »Danke«, sagte sie leise.

Er schüttelte den Kopf.

»Du hast mir geholfen, zu erkennen, dass ich nicht meine Mutter bin.« Diana berührte mit den Fingerspitzen die Stelle, an der er vor langer Zeit von dem grausamen Schuft verbrannt worden war. »Irgendwann wirst auch du erkennen, dass du nicht Diggory bist, ebenso wenig, wie dich die Taten bestimmen, die zu begehen du gezwungen warst, um zu überleben.« Und erst dann, wenn ihm das gelang, konnte er den nächsten Schritt machen und neu beginnen. Vielleicht mit einer Frau, die er genug liebte, um sie in seine Welt mitzunehmen oder sogar seine eigene zu verlassen. O Gott. Ihr Herz brach wieder und wieder.

Er schluckte krampfhaft. »Diana …«

»Geh«, drängte sie ihn und schenkte ihm ein Lächeln, das sich anfühlte, als würden ihre Gesichtsmuskeln darunter reißen. »Oder ich fange noch an zu glauben, dass du mich magst.«

Ein schmerzhaftes Lachen kam über seine Lippen, und er lehnte seine Stirn kurz gegen ihre. »O Diana …«

Die Klinke an ihrer Zimmertür wurde heruntergedrückt. Damit blieb ungesagt, was auch immer er hatte erwidern wollen. Sie schauten beide zur Tür.

»Mylady?«, fragte Meredith von der anderen Seite. »Seine Gnaden hat mich geschickt, um nach Ihnen zu sehen.«

Es war an der Zeit.

»Ich komme sofort«, rief sie zurück.

Schnelle, sich entfernende Schritte verrieten, dass das Mädchen gehorchte. Diana wandte sich zu Niall zurück und erschrak.

Die Balkontür stand offen, der Spalt war gerade breit genug, dass ein Mann hindurchpasste. Sie sah nach draußen und konnte erkennen, wie Niall im Garten ankam. Sie starrte ihm hinterher, bis er in den Schatten verschwunden war.

Sie zog die Tür zu, verschloss sie und verließ ihr Zimmer auf zitternden Beinen, eilte durch die Korridore und nach unten, wo ein Lakai mit ihrem Umhang wartete.

»Diana«, begrüßte ihr Vater sie mit einem geistesabwesenden Lächeln und schaute mit ausdrucksloser Miene auf das Ziffernblatt der goldenen Uhr.

Das war es. Drei Silben. Ihr Name. Und kein einziges weiteres Wort, während sie sich zur Kutsche begaben und sich schließlich in Richtung von Rykers Stadthaus in Bewegung setzten.

Diana saß ihrem Vater gegenüber auf der samtbezogenen Bank und starrte ihn an. Während die Kutsche über die gepflasterten Straßen fuhr, flackerte das Licht der Straßenlaternen, an denen sie vorbeikamen, auf den Zügen ihres Vaters. Sein Gesicht hatte mehr Falten, eine Folge seiner Traurigkeit und der Tragödie des letzten Jahres. Seine früher so freundlich blickenden Augen wiesen eine Leere auf, die jede Wärme verdrängt hatte.

»Als ich noch ein Mädchen war …«, begann sie leise, während das Rattern der Räder auf dem Kopfsteinpflaster die Kutsche füllte. Endlich sah ihr Vater sie an. »Da habe ich den Unterricht in Mathematik verabscheut.« Anders als Helena, deren Gehirn dazu gemacht schien, Zahlen zu verarbeiten, hatte Diana nie Zugang dazu gefunden. »Aber ich war fasziniert von Shakespeare. Hast du das gewusst?«, fragte sie.

»Nein, hab ich nicht«, erwiderte er mit einem melancholischen Ausdruck in seinen traurigen Augen.

Als Mädchen hatte sie ihn vergöttert. Als Frau sah sie nun, dass sie Erwartungen an ihn gestellt hatte, denen kein einfacher Sterblicher jemals gerecht werden konnte. Irgendwann in ihrem Leben hatte sie begonnen, Ehre mit Gehorsam zu verwechseln, und wichtige Teile von sich verloren. Bis Niall in ihr Leben getreten war.

Ihre Finger schlossen sich krampfhaft um ihr Retikül. »Es ist mir jetzt gerade erst klar geworden, Papa.«

»Was ist dir klar geworden?«, fragte er mit rauer Stimme und mit mehr Gefühl, als er gezeigt hatte, seit ihre Mutter weggeschafft worden war.

»Ich war nie die Tochter, die du dir wirklich gewünscht hast …«

Er gab einen protestierenden Laut von sich, aber sie sprach weiter.

»Ich war die Tochter, die zu haben du dich verpflichtet gefühlt hast.«

»Das stimmt nicht«, widersprach er mit gequälter Miene.

Früher einmal hätte der Anblick seines Leids jedes weitere Wort von ihr erstickt. Aber sie war nicht länger die pflichtbewusste Tochter, die sein Glück über ihr eigenes stellte.

»Wirklich nicht?«, erwiderte sie mit ausdrucksloser Stimme. »Du hast Helenas und Rykers Mutter geliebt. Meine Mutter …« Sie biss sich auf die Innenseite ihrer Lippe und zwang sich dann weiterzureden. »Meine Mutter war die Frau, die du niemals hättest heiraten sollen, was du aber trotzdem getan hast. Weil ihr nur auf Rang und Status geschaut habt, habt ihr beide alles verloren – auch eure Chance auf die Liebe. Die echten Familien, die ihr hättet haben können.« Delia Banbury, die Frau, die die Geliebte ihres Vaters gewesen war, hatte nichts als Leid durch ihre Beziehung mit ihm erfahren.

Die blauen Augen des Herzogs, die denen seiner drei Kinder so ähnlich waren, füllten sich mit Tränen. »Ich bedaure vieles, Diana.« Ihr Magen zog sich zusammen, während er sprach. »Ich habe viele Male genau das Gleiche gedacht. Was, wenn ich deine Mutter nie geheiratet hätte? Was, wenn ich stattdessen Helenas und Rykers Mutter zur Frau genommen hätte?« Vor ihrem geistigen Auge entstand ein Bild von den dreien zusammen, eine idyllische Familie, zu der Diana nie gehört hätte. »Aber dann hätte es dich niemals gegeben, Diana, und ich würde niemals darauf verzichten wollen, dich zu kennen oder in meinem Leben zu haben, selbst für das Glück, das ich mit Delia hätte haben können.« Er legte seine Hand auf ihre, und sie starrte auf seine behandschuhten Finger. »Es tut mir so leid, dass ich dir im letzten Jahr kein guter Vater gewesen bin.«

Tränen brannten unter ihren Lidern. Es war so lange her, dass ihr Vater sie wirklich gesehen hatte … oder mit ihr gesprochen. »Es ist schon gut«, flüsterte sie. Er hatte so viel verloren und noch mehr getrauert. Das hatte ihn verändert. Sie konnte ihm seine Abwesenheit in den letzten Jahren nicht vergeben, aber sie konnte sie verstehen. Sein Leid hatte er sich jedoch ganz allein zuzuschreiben.

»Ich werde nicht irgendeinen von den Gentlemen dort heiraten«, sagte sie leise, und er runzelte die Stirn bei ihrem plötzlichen Themenwechsel.

»Es ist einfach nur ein Dinner, um zu sehen, ob ihr zusammenpasst«, versicherte er ihr und tätschelte ihr die Hand.

»Ich möchte keinen Ehemann aus der guten Gesellschaft.« Wie er es war. Die Worte hingen so deutlich zwischen ihnen in der Luft, als hätte sie sie laut ausgesprochen.

Ihr Vater zuckte zusammen.

»Ich werde weggehen, Vater«, fuhr sie fort.

Er runzelte die Stirn. »Weggehen? Wohin …? Was …?«

»Mit Helenas und Roberts Cousin, Captain Stone.«

Ihr Vater kratzte sich verwirrt am Kopf.

Natürlich würde er den Namen nicht erkennen. So war er im letzten Jahr gewesen – er hatte die Welt um sich herum gar nicht wahrgenommen. Inklusive seiner eigenen Tochter. Bevor Niall in ihr Leben getreten war, hatte sie die Teilnahmslosigkeit ihres Vaters als ihren Charakterfehler betrachtet. Nicht mehr. Sie war nicht verantwortlich für die Taten ihrer Eltern, genauso wenig, wie Niall verantwortlich war für die Taten, zu denen er von Diggory gezwungen worden war. Sie atmete tief ein. »Ich werde weggehen, Papa.« Ob ihm das gefiel oder nicht.

Er wandte sich ihr abrupt zu. »Du kannst nicht einfach weg. Du … Du … Du bist eine junge Dame.«

Natürlich war das seine Meinung. So dachte die gesamte gute Gesellschaft. Nur Niall war anders. Ihr Herz zog sich zusammen. »Hier gibt es nichts für mich.« Niall würde niemals ihr gehören, und in ihrem goldenen Käfig zu bleiben, wenn er in seine Welt zurückkehrte, würde Diana umbringen. So wollte sie nicht werden. Nicht noch einmal.

»Nicht einmal Mr Marksman?«

Sie öffnete die Lippen. Angesichts der Zurückgezogenheit, in der er gelebt hatte, hatte sie gedacht, dass ihr Vater nicht mehr als sein eigenes Leid wahrgenommen hätte.

Seine Augen schimmerten traurig. »Ich habe dich vernachlässigt, aber ich bin kein Narr. Er ist dir wichtig.«

Nein, er war ihr nicht »wichtig«. Sie liebte ihn. Sie schluckte krampfhaft und nickte leicht. Bevor er sich so abgeschottet hatte, hätte sie ihm vielleicht anvertraut, wie es in ihrem Herzen aussah … Auch den Schmerz, den es ihr bereitete, dass Niall sie nicht in sein Leben lassen wollte. Doch zu viel stand jetzt trennend zwischen ihnen.

»Du wirst nicht für ihn bleiben?«

»Gefällt es dir nicht?«, fragte sie vorsichtig.

Er runzelte die Stirn. »Ich würde es lieber sehen, wenn du einen guten, ehrbaren Gentleman findest, der dich glücklich macht und bei dem du in Sicherheit bist.«

Diana blickte ihn betrübt an. All die Jahre des Glücks, die sie verloren hatte, einfach weil sie die Erwartungen erfüllt hatte, die ihr Rang mit sich brachte. »Du hast nichts gelernt«, flüsterte sie in die Stille. Früher war er stets freundlich zu allen gewesen, sowohl zu seinen Bediensteten als auch zu denen, die in der Gesellschaft rangmäßig unter ihm standen. Wie hohl diese Freundlichkeit tatsächlich gewesen war. »Du, der du meine Mutter geheiratet hast statt der Frau, die du in Wahrheit geliebt hast, willst, dass ich mich an einen Adeligen binde?« Ihre Stimme zitterte vor Wut. Angesichts dessen, was ihm geschehen war, wagte er es immer noch, einen Titel mit »Ehre« gleichzusetzen? Sie hatte immer geglaubt, dass ihr Vater blind für sie sei.

Jetzt fand sie heraus, dass er blind für alles war, was wirklich zählte.

»Ich werde nicht über diesen Jungen urteilen«, erklärte ihr Vater mit mehr Gefühl, als er in letzter Zeit in irgendeiner ihrer Unterhaltungen gezeigt hatte. »Aber kein Vater«, fuhr er fort, »würde jemals Mr Marksman für seine Tochter aussuchen.« Er sprach sanft, so wie er ihr Dinge erklärt hatte, als sie noch ein kleines Mädchen gewesen war.

Sie hatte einen bitteren Geschmack im Mund. »Dann sind diese Väter Narren.« Denn jeder kleine Teil von Niall war mehr wert als die gesamte Aristokratie zusammen.

»Ich will, dass du glücklich bist.«

Niall macht mich glücklich. London und diese erstickende Gesellschaft zu verlassen würde mich glücklich machen …

Doch nur das Letztere konnte sie bekommen.

»Diana …«

Was immer ihr Vater als Nächstes sagen wollte, wurde jäh unterbrochen, als die Kutsche abrupt anhielt.

Diana griff nach der Kante des Sitzes, um zu verhindern, dass sie nach vorn fiel.

Ihr Vater zog den Vorhang zurück. »Was …?«

Die Kutschentür wurde aufgerissen, und Oswyn steckte seinen Kopf herein. »Ärger, Euer Gnaden.«

»Ärger?«, keuchte ihr Vater.

Der Mann hielt Diana eine Hand hin. »Sie müssen mit mir kommen.«

Sie streckte schon die Hand aus und erstarrte dann, konnte den Blick nicht von seinen harten Zügen abwenden, die ähnlich von Narben gezeichnet waren wie Nialls. Doch es waren nicht die weißen Male, die ihre Aufmerksamkeit erregten, sondern vielmehr der verschlagene Ausdruck in seinen Augen. Ein Schauer lief ihr über den Rücken, und sie versuchte, von ihm wegzurücken.

»Welche Art von Ärger?«, wollte ihr Vater wissen und lehnte sich vor. »Das hier ist nicht Mayfair. Wo zum Teufel sind wir?« Diana sah an ihm vorbei hinaus auf die Straßen von St. Giles.

Was …?

Mit einem wilden Fluch versetzte Oswyn ihrem Vater einen Hieb gegen die Schläfe, und mit einem überraschten Laut sackte er auf seinem Sitz zusammen.

Diana blieb fast das Herz stehen.

Lauf.

Sie griff nach ihrem Retikül und versuchte zu der gegenüberliegenden Tür zu gelangen. Sie drückte sie auf, sprang hinaus, hielt mühsam das Gleichgewicht. Sie ignorierte den Schmerz, der von ihren Knöcheln ausstrahlte, und rannte über die Straße.

Sie schaffte nicht mehr als drei Schritte.

Zwei Gestalten folgten ihr, kamen immer näher. Große, grobschlächtige Fremde mit pockennarbigen Gesichtern – Männer, die besser in Albträume als auf die Straßen von London zu passen schienen.

Keuchend schaute Diana sich um. Ihre Panik verdoppelte sich, als sie die reglosen Gestalten des Kutschers und des Lakaien auf ihren Plätzen sah. Sie blieb stehen.

»Das is' besser«, knurrte Oswyn, der vor den beiden anderen bei ihr war. »Du kannst nirgendwohin.« Der kräftige Wachmann kam zu ihr herüber und packte sie am Arm. »Du hast es mir nich' leicht gemacht. Uns allen nich'. Jetzt komm …« Seine Stimme ging in einen Schrei über, als sie Nialls Dolch hervorzog und ihm in die Hand rammte.

Aus seinem Griff befreit, wirbelte Diana herum und stürmte weg von den großen Fremden, die sich auf sie stürzen wollten.

Sie stieß einen lauten Schrei aus und rannte los … stolperte jedoch und fiel der Länge nach hin. Die Luft wich aus ihren Lungen, und einen Moment lang konnte sie nicht atmen. Nialls

Dolch entglitt ihrer Hand und rutschte laut klappernd über das Kopfsteinpflaster. Tränen traten ihr in die Augen, und sie kämpfte gegen den Schmerz, der ihr den Rücken hochstrahlte, während sie versuchte, wieder auf die Füße zu kommen.

Oswyn war schon da. Wut flammte in seinen Augen auf. Er schlug zu und traf sie seitlich am Kopf.

Silberne Flecken tanzten vor ihren Augen, und ein lautes Summen füllte ihre Ohren. Diana nahm noch vage eine Gruppe von Fremden wahr, die schnell miteinander redeten, dann gaben ihre Knie nach. Und dann war da nichts mehr.

Kapitel 21

Niall hatte keine ruhige Nacht gekannt, seit er in den Haushalt des Herzogs gekommen war.

Jetzt lag er in dem Gästezimmer, das ihm zugeteilt worden war, auf dem Bett – einem Bett, das, wenn er ehrlich sein sollte, verdammt bequem war – und starrte zu den bunten Malereien an der Decke empor.

Versuchte, nicht an Dianas kaum verhohlenen Schmerz zu denken, als er ihr Angebot abgelehnt hatte.

Versuchte, nicht daran zu denken, wie er sich weggeschlichen und ihre Kutsche beobachtet hatte, bis sie mit ihrem Vater und Oswyn weggefahren war.

Versuchte, nicht an sie in dem verdammt verführerischen Abendkleid aus amethystfarbener Seide mit dem verdammt tiefen Dekolleté zu denken, wie sie neben irgendeinem namenlosen Gentleman saß, einem Mann, den ihre Familie und die ganze Gesellschaft für den perfekten Partner für die Tochter eines Herzogs halten würden.

Versuchte es …

Und scheiterte kläglich.

Niall legte sich die Hände aufs Gesicht. »Du solltest nicht hier sein«, grollte er.

Adairs leises Lachen hallte durch den Raum. Adair hatte einen beträchtlichen Teil seines Lebens damit verbracht, in die Häuser von Londons reichsten Bewohnern einzudringen, und war ein Meister darin, dabei beinahe lautlos vorzugehen. »Du hast mich gehört.«

Nialls Leben hatte oft davon abgehangen, selbst den leisesten Laut wahrzunehmen, und diese Fähigkeit hatte er nie abgelegt. »Ich höre alles«, murmelte er und ließ die Arme sinken. Er setzte sich auf die Bettkante.

Angetan mit einem saphirblauen Abendrock und einer Brokatweste schien sich Adair etwa so wohl zu fühlen, als sei er gezwungen worden, nur mit Unterhemd bekleidet durch das Haus des Herzogs zu spazieren. »Ich gehe.« Niall erwiderte nichts. Stattdessen zog er seinen Rock aus und warf ihn über einen Stuhl in der Nähe, doch er rutschte seitlich auf ein goldfarbenes Seidenkissen und blieb dort liegen.

»Ich vermute, das bedeutet, dass du nicht vorhast mitzukommen«, murmelte sein Bruder und zerrte unbehaglich an seinem Halstuch.

»Es gibt keinen Grund für mich, dort zu sein«, stellte Niall fest und wich Adairs Blick aus. »Oswyn begleitet sie, und Ryker, Calum und du werdet dort sein.« Warum konnte sein Bruder nicht einfach verschwinden? Niall wollte sich nicht unterhalten. Nur regten sich in ihm mit einem Mal Schuldgefühle. *Ich sollte mit ihr dort sein.* Und dieses Bedürfnis hatte nichts mit seinem Pflichtbewusstsein zu tun. In seiner Zeit hier war sie ihm wichtig geworden. Er liebte sie. *Ich liebe sie.*

Sein Magen hob sich, und er konzentrierte sich darauf, ruhig weiterzuatmen. Aber er konnte dem Gedanken nicht entkommen. Er hatte sich verliebt.

Adair sah sich im Raum um, stieß sich von der Tür ab und ging zu dem geschnitzten Eichenschreibtisch. »Bist du dir sicher?«, fragte er nach.

Niall war sich seit vier Wochen bei nichts mehr sicher gewesen. Seit er Diana kennengelernt hatte.

»Ich möchte lieber nicht einen ganzen Abend an einem Tisch voll mit …« Adairs Worte verklangen, als sein Blick auf der Tischplatte von Nialls Schreibtisch hängen blieb. Er betrachtete den einen Gegenstand, der darauf lag. »Hübsch«, stellte er fest.

Hitze kroch Niall den Hals hoch, er trat ans Sideboard und goss sich ein Glas Brandy ein. »Ich werde nicht mitkommen«, erklärte er und wich so der Frage aus.

Adair betrachtete ihn weiter und richtete sich nach einem Moment auf. »Dann überlasse ich dich heute Abend deiner eigenen Gesellschaft. Ich vermute, dass du dich auf eine kleine Pause von deinen Aufgaben freust. Warum sonst hättest du Oswyn gebeten, für dich einzuspringen?«

Nialls Körper spannte sich. »Ich habe nicht …« *Lass dich nicht provozieren. Lass dich nicht provozieren.* Seine Brüder hatten immer gewusst, wie sie ihn auf die Palme bringen konnten. Geteiltes Leid war halbes Leid, und Adair war entschlossen, ihn mit sich in die Höhle des Löwen der guten Gesellschaft zu schleppen.

Mit einem resignierten Seufzen zog Adair erneut an seinem Halstuch. Er hob die Hand und öffnete die Tür.

Dianas Zofe stolperte in den Raum. Mit geröteten Wangen sah sie zwischen Niall und Adair hin und her. »E-entschuldigen Sie b-bitte, Mr M-Marksman.« Das nervöse Stottern, das sie stets in seiner Gegenwart befiel, war auch mit der Zeit nicht besser geworden. Das Mädchen gab sich große Mühe, ihm aus dem Weg zu gehen. Das einzige Mal, dass sie ihn freiwillig aufgesucht hatte, war an dem Tag gewesen, an dem Diana nach Bedlam gefahren war. Sie schluckte hörbar.

Niall stellte sein Glas abrupt ab. »Was ist los?«

»D-da ist jemand, der verlangt, Sie zu sehen.« Sie senkte die Stimme zu einem schockierten Flüstern. »Ein Kind.«

Adair warf ihm einen verwirrten Blick zu. »Warum sollte ein Kind dich sehen wollen?«

Niall runzelte die Stirn. »Ich weiß es nicht.« Jedenfalls nicht hier. Im »Hell & Sin« gab es viele verzweifelte Jungs und Mädchen, die Arbeit im Club suchen. Aber diese Straßenkinder würden nicht hierherkommen.

Meredith zerdrückte den Stoff ihres Rocks in den Händen. »Smith.« Sie warf einen Blick zu Adair. »Der Butler«, erklärte sie überflüssigerweise. »Er hat versucht, die Kleine wegzuschicken, aber ihre Antwort lautete nur, dann müsse er sie schon mit einem Tritt in den« – sie errötete stärker – »A-Allerwertesten hinausbefördern«, fügte sie atemlos hinzu. »Nur hat sie in Wahrheit ›Arsch‹ gesagt, und jetzt trommelt Smith die Lakaien zusammen und …«

Niall durchquerte den Raum mit drei langen Schritten. Er hastete an dem Mädchen vorbei. Merkwürdige Vorkommnisse konnten Gefahren bedeuten, die nur ein Narr ignorieren würde.

Sie rannten den Flur entlang. Mit jedem Schritt wurden die Rufe und Flüche lauter und mehr. Fragen wirbelten durch Nialls Kopf. Er und Adair erreichten den obersten Treppenabsatz. Bei dem Anblick, der sich ihnen unten im Foyer bot, blieben sie abrupt stehen. Eine kleine Gestalt stritt sich lautstark und unflätig mit dem Butler, der vier oder fünf Jahrzehnte älter war als sie.

»Wenn du mich anfasst, bei Gott, schneid ich dir die Eier ab«, kreischte das Mädchen und fuchtelte mit einem gefährlich aussehenden Messer vor dem Butler herum. Zwei in scharlachrote Livreen gekleidete Lakaien, die herbeigeeilt kamen, hielten mitten im Lauf inne und sahen sich unsicher an, ehe sie sich an den Rand zurückzogen.

»Dies ist das Stadthaus des Duke of Wilkinson.« Diese Ermahnung des Butlers wurde ruiniert von dem Zittern in seiner Stimme und der Geschwindigkeit, mit der er zur Seite sprang.

Das Mädchen schnaubte. »Ist mir scheißegal, und wenn es Gottes Königreich selbst wäre«, verkündete sie, und die Stimme kam Niall irgendwie bekannt vor. Er versuchte sie einzuordnen. »Ich gehe hier nicht weg, bis …« Sie blickte hoch. Das Mädchen schob die Kapuze ihres blauen Umhangs zurück, enthüllte ein vertrautes Gesicht mit Brille. Sie betrachtete ihn abfällig. »Wird verdammt noch mal auch Zeit«, murmelte sie.

»Du suchst mich«, stellte er fest.

»Marksman«, begrüßte sie ihn, und bei ihr klang der Name wie ein Fluch. »So treffen wir uns wieder.« Der Butler griff nach ihrem Arm, und sie zeigte mit dem Kinn auf ihn. »Sag diesem Bastard, dass er mich loslassen soll, oder mein Bruder wird euch beide aufschlitzen und euch eure Gedärme zum Abendbrot servieren.«

»Ihr Bruder?«, fragte Adair aus dem Mundwinkel.

»Killoran«, murmelte Niall und stieg die Treppe hinunter.

»Killoran?«, wiederholte Adair fassungslos und folgte ihm hastig.

Wenn das Mädchen hier entdeckt werden würde, würde es einen Krieg geben, der nicht enden würde, bis auch das letzte Mitglied von Killorans Bande oder Nialls Familie tot war.

»Ja, Killoran«, rief sie ihnen zu. »Der mutigste und mächtigste Herr der Unterwelt, und ganz sicher der großartigste Spielhöllenbesitzer im ganzen Königreich. Wer bist du?«, wollte sie von Adair wissen, als die beiden Männer vor ihr stehen blieben. »Auch egal«, murmelte sie. »Wo können wir uns ungestört unterhalten?«

Dieses winzige Mitglied des Killoran-Clans drang in das Haus eines Herzogs ein und verlangte eine Unterredung. Niall war von zu vielen Jungs, die kleiner als dieses Mädchen waren, verletzt worden, um nicht zu wissen, dass Wachsamkeit angebracht war.

Smith unternahm einen weiteren Versuch, das Mädchen zu fassen, und sie trat ihm gegens Schienbein. Der ältere Mann stöhnte und sank zu Boden, als wäre er erschossen worden.

Cleo Killoran verdrehte verächtlich die Augen. »Du da, schau, dass du wegkommst«, befahl sie. »Ich muss mich hier um wichtige Dinge kümmern. Kannst du das nicht sehen, du Schwachkopf?«

Smith richtete sich auf und blickte zu Niall.

Niall gab ihm mit einer Handbewegung zu verstehen, dass er sich entfernen und die anderen Diener mitnehmen solle. »Was willst du?«, wandte er sich an das Mädchen, sobald sie allein waren.

Miss Killoran spitzte die Lippen. »Ich habe von deinem fürchterlichen Temperament gehört, Marksman. Es ist wirklich so übel wie dein Gesicht.«

Adair betrachtete sie mit offen stehendem Mund.

»Was ist denn mit dem los?« Sie zeigte mit dem Messer auf Adair. »Bist du dämlich?«

Zu jeder anderen Zeit wäre Niall von diesem Auftreten beeindruckt und amüsiert gewesen, das selbst Adair sprachlos gemacht hatte. »Ich frage dich nicht noch einmal …«

»Und ich werde dieses Gespräch nicht mitten in der Eingangshalle führen.« Sie sah sich um. »Eine sehr elegante Eingangshalle. Aber trotzdem eine Eingangshalle.«

Als beide Männer weiter schwiegen, funkelte sie Niall an. »Du *willst* mit mir reden. Dringend. Vertrau mir.«

»Das Wort ›Vertrauen‹ von den Lippen eines Killoran«, murmelte Adair, was ihm einen fiesen Tritt eintrug.

Er knurrte.

»Fünf Minuten«, gestand Niall ihr zu. Er bedeutete ihr, vorzugehen.

Argwohn stand in ihren braunen Augen, und sie schüttelte den Kopf. »Ich werde dir nicht gestatten, hinter mir zu laufen.«

»Und ich werde ganz sicher keiner Killoran mit einem erschreckenden Mangel an Manieren, aber einem Messer in der

Hand und einer Pistole in den Röcken erlauben, hinter *mir* zu laufen.«

Sie waren in einer Pattsituation. Ein verächtlicher Laut drang über ihre Lippen. »Ihr könnt beide zur Hölle fahren.« Sie zog sich die Kapuze wieder über den Kopf, verbarg ihre braunen Locken. »Ich bin nicht hergekommen, um mich mit einer von Blacks hitzköpfigen Wachen abzugeben. Nicht einmal, um über eine bestimmte Lady zu reden, die du nicht wirklich gut bewacht hast.« Miss Killoran wandte sich zu Tür.

Plötzlich schienen alle Energie und Luft aus dem Raum gesaugt zu werden.

Der Atem gefror Niall in den Lungen, und er griff nach dem Mädchen. Sie schlüpfte mühelos unter seinem Arm hindurch und zog ihre Pistole. »Versuch das noch mal, Marksman, und ich töte nicht nur dich, sondern auch deinen Bruder.« Sie warf Adair einen abfälligen Blick zu. »Deinen genauso hässlichen Bruder.«

»Was hast du damit gemeint?«, fragte Niall barsch und kämpfte gegen die Panik, die sich in ihm breitmachte.

Adair packte ihn an der Schulter. »Sie ist eine Killoran«, erinnerte er ihn. »Lady Diana ist in Sicherheit.«

»Nicht hier«, mahnte Killorans Schwester und ignorierte Adair komplett.

Mit rasendem Puls führte Niall sie durch die Korridore zum Studierzimmer des Herzogs. Er wusste nicht, was er glauben sollte – das, was Adair gesagt hatte, oder das, was das Mädchen angedeutet hatte.

Sobald sie die Tür hinter sich geschlossen hatten, sprach Cleo Killoran weiter: »Du bist in mein Haus gekommen und hast meine Familie bedroht.«

Er straffte die Schultern. »Geht es darum? Ein Besuch, wie ich ihn deinem Bruder abgestattet habe?«

»Du hast es hier nicht mit einem Kind zu tun, Marksman«, fuhr sie ihn an. »Ich bin fast achtzehn und übe in meiner Spielhölle mehr Macht aus, als du es je in deiner tun wirst.«

Er verbarg seine Überraschung. Achtzehn? Das zarte Geschöpf mit dem wilden Lockenschopf sah wie das verwöhnte Kind eines Lords aus und nicht wie eine Frau, die in einem Etablissement der Halbwelt aufgewachsen war. Niall verschränkte die Arme vor der Brust.

»Ich bin hier, um neue Bedingungen zwischen unseren Spielhöllen auszuhandeln. Ich helfe dir und den Deinen …«, sie warf einen Blick zu Adair, der an der Tür Wache stand, »und du versprichst im Gegenzug, Killoran niemals etwas anzutun.«

Niall antwortete auf diesen Vorschlag mit stoischem Schweigen. Das Wort eines Mannes war heilig. Wenn jemand so ein Versprechen gab, hielt er sich daran … oder gefährdete sein Leben.

»Ist das der Grund, warum du hier bist?«, fragte Adair ausdruckslos. »Um für deinen Bruder zu betteln?«

Die junge Frau zog die Augenbrauen zusammen. »Wir betteln nicht.« Sie schaute wieder zurück zu Niall, beschloss wohl, Adair weiter zu ignorieren. »Wir stehen jedoch zu unserem Wort. Ich habe Informationen über eine Lady, die ihr beschützt.« Sie schnaubte abfällig. »Oder das solltet ihr zumindest. Du bist kein besonders guter Leibwächter, Niall Marksman.«

Niall richtete sich gerade auf.

»Ah, ich sehe, jetzt habe ich deine ungeteilte Aufmerksamkeit.«

Cleo Killoran schien seine Sorge zu gefallen, und sie drehte mit befriedigter Miene das Messer müßig in ihren Händen.

»Ich höre«, sagte er brüsk und kämpfte die ganze Zeit gegen die Aufregung, die in ihm tobte.

»Jemand möchte die Dame tot sehen. Es ist keiner von unseren Männern«, fuhr sie fort und wich zurück, als er sich auf sie stürzen wollte. »Und wenn du mir dein Wort gibst … nenne ich dir Namen.«

Nialls Brust hob und senkte sich hastig. »Wer?«

»Ich will dein Wort«, verlangte sie. »Und ich will einen Gefallen.«

»Alles.« Sie hätte nach seinen Anteilen am »Hell & Sin« fragen können, und er hätte sie ihr überlassen.

»Niall«, donnerte Adair, eine Warnung lag in dem Wort.

Ja, zu jeder anderen Zeit müssten Waffenstillstände und Abmachungen mit Killoran in der ganzen Gruppe diskutiert werden. Doch in dem Moment, in dem Cleo Killoran hereingekommen war und angedeutet hatte, dass Diana in Gefahr war, waren all diese alten Regeln außer Kraft gesetzt worden.

»Ich habe Schwestern. Wir haben keine Verbindung zum Adel wie ihr.« Das verächtliche Verziehen der Lippen verriet eine Abneigung, die Nialls eigenen Gefühlen der Aristokratie gegenüber in nichts nachstand. »Ich will Einladungen für meine Schwestern und dass sie in die Gesellschaft eingeführt werden. Sind wir uns da einig?«

Es war ein Versprechen, das er eigentlich nicht geben konnte. Es war eins, das dazu führen würde, dass Helena und Penelope und ihre Familien ihre Häuser einigen der skrupelloseren Bewohner Londons öffnen mussten. Aber er hätte den letzten intakten Rest seiner Seele verkauft, um dafür zu sorgen, dass Diana in Sicherheit war. »Einverstanden.«

Cleo Killoran betrachtete ihn mit viel zu alten Augen und nickte langsam. Sie spuckte sich in die Hand und hielt sie ihm hin.

Niall ergriff sie automatisch und schüttelte sie fest, besiegelte damit ihre Abmachung. »Ich will Namen.«

Adairs wilder Fluch hallte von den Wänden des Studierzimmers wider. »Wie soll sie überhaupt an diese Information gekommen sein, Niall?«

»Ich habe Ohren«, erwiderte sie und funkelte ihn wütend an. »Und es gibt mehr Männer wie dich«, sie deutete mit dem Kinn auf Adair, »die glauben, dass eine Frau kein Gehirn hat, und in ihrer Anwesenheit offen sprechen.« Die junge Frau zog ihre Hand zurück und nannte ihm den Namen. »Diggory.«

Das laute Ticken der Uhr war das einzige Geräusch im Raum. Das war der Name, den sie ihm nannte? »Diggory ist tot«, sagte Niall scharf.

»Pah!« Miss Killoran zog die Klinge durch die Luft, und er machte einen Schritt von dem glitzernden Dolch weg. »Das Problem mit Black und all seinen Leuten ist, dass er nur Männern Macht zugesteht und damit auch nur sie als Gefahr wahrnimmt.«

Wovon redete sie?

»Es ist Diggorys Frau.« Sie sprach langsam wie mit einem Dorftrottel.

Diggorys … Niall erstarrte. Amelie Diggory. Sie war nicht so viele Jahre älter als Niall selbst gewesen, als er mit ihnen zusammengewohnt hatte. Nachdem Diggory sie für Rykers Mutter verlassen hatte, war sie ein echter Drachen geworden. Und nach den Gerüchten, die auf der Straße herumerzählt wurden, war sie verhaftet und auf ein Schiff nach Australien gebracht worden.

»Unmöglich«, antwortete Adair für ihn. »Die ist vor Jahren deportiert worden.«

»Und jetzt ist sie wieder da.« Cleo Killoran schürzte die Lippen. »Und sie war etwa so glücklich, meinen Bruder als Chef von Diggorys Reich vorzufinden, wie sie es darüber war, festzustellen, dass Diggory tot ist, weil er wieder mal die schmutzige Arbeit für die Duchess of Wilkinson erledigt hat.«

Endlich ergab alles einen Sinn, als das Mädchen die Puzzleteile an die richtige Stelle schob. Die Person, die Rache für Diggorys Tod suchte, war niemand anders als seine Witwe.

»Er hatte es verdient, zu sterben«, erklärte Adair in die Stille hinein.

»Ich hab nie etwas anderes behauptet«, erwiderte Killorans Schwester. »Dennoch hat sich die Herzogin einen mächtigen Feind gemacht.« Sie hielt Nialls Blick. »Auge um Auge.«

Niall fühlte sich, als hätte er einen Fausthieb in den Magen erhalten. »Diana«, flüsterte er.

So beiläufig, als würden sie vom Wetter sprechen, nickte die junge Frau. »Sie hat sie in ihre Gewalt gebracht.«

Für einen langen Moment hingen diese sieben Worte in der Luft. Niall blinzelte, während er versuchte, sie zu verstehen. Ein lautes Summen, wie von einem Schwarm Fliegen an einem heißen Tag in London, war in seinen Ohren.

»Unmöglich.«

Kam dieses Wort von ihm oder Adair?

»Du hast die Loyalität meiner Leute infrage gestellt«, warf ihm Miss Killoran vor. »Du solltest dir lieber mal deine eigenen genauer ansehen. Dein Mann Oswyn bringt sie eben jetzt zu Madam Diggory.«

Der Boden schwankte unter Nialls Füßen, und er streckte die Hand aus, um sich auf der Sofalehne abzustützen. O Gott. »Unmöglich«, wiederholte er. Das konnte nicht sein. Sie war bei Ryker und Penny auf einer Dinnerparty.

»Hier.« Miss Killoran griff in ihren Umhang und zog einen kleinen Zettel heraus. »Das ist ihr Aufenthaltsort.«

Er nahm das Stück Papier mit tauben Fingern entgegen und überflog hastig die Information darauf.

Adair griff um ihn herum und nahm ihm das Papier aus den Händen. »Es ist eine gottverdammte Falle«, warnte er und funkelte Killorans Schwester wütend an. »Oswyn würde uns niemals so verraten.«

Die junge Frau funkelte genauso wütend zurück. »Jemand hat euch betrogen, seit mein Bruder an die Macht gekommen ist.«

Während Adair und Miss Killoran Beleidigungen austauschten, raste Niall in Gedanken ein Jahr zurück. Zu der Nacht, in der Oswyn seinen Posten aufgegeben hatte. Helenas jetziger Ehemann, der Duke of Somerset, war die Treppe hinauf zu den Privaträumen der Besitzer gewandert, und ihre Schwester und Buchhalterin Helena war infolge der sich daraus ergebenden Ereignisse fortgeschickt worden. Den Brief, der in Pennys Zimmer platziert worden war, hatte ihr Rykers frühere Beziehung mit Clara enthüllt. Niall zerdrückte das Papier in seinen Händen und versuchte zu ergründen, was wahr und was falsch war in dieser plötzlich so unsicheren Welt.

»Ganz sicher glaubst du ihr doch nicht«, herrschte Adair ihn an.

Cleo Killoran schwang die Röcke und zog sich die Kapuze wieder über den Kopf. »Macht, was ihr wollt. Es ist ihr Leben.«

Nialls Magen zog sich zusammen. *Denk nach … Denk nach …*

»Komm mit mir zu Rykers Dinnerparty. Wir werden Diana dort finden, und dann kannst du alles vergessen, was die kleine Zecke behauptet hat.«

»Die Zecke?«

Während Cleo Killoran und Adair sich weiter stritten, kam Niall eine Erinnerung.

Schade, dass de ihn nur an der Schulter erwischt hast …

Plötzlich lief die Zeit ganz langsam, blieb stehen und raste dann in atemberaubender Geschwindigkeit weiter. »Ich habe seine Schulter gar nicht erwähnt«, flüsterte er.

»Niall?«

Er hörte die Frage kaum. Verloren in seinen eigenen wirren Gedanken, arbeitete Niall sich durch den Morgen, der auf den Überfall auf Diana gefolgt war, bis zu dem Treffen mit seinen Brüdern und Oswyn. Oswyns wilde Beschuldigungen. Und dabei hatte er nie erwähnt, wo genau er den Bastard verletzt hatte. Was nur bedeuten konnte …

»Er wusste es«, flüsterte er rau. Die Worte presste er zwischen zusammengebissenen Zähnen hervor.

Adair fasste ihn am Arm. »Was meinst du?«

Niall drehte sich um und packte seinen Bruder bei den Schultern. »Es ist Oswyn«, keuchte er, während Panik in ihm aufwallte. »Er ist der Verräter. Der, der uns hintergangen hat.« Er ließ Adair los und stolperte rückwärts, fühlte sich wie ein kleines Schiff in einem entfesselten Sturm auf dem offenen Meer. Er fuhr sich mit den Händen durchs Haar. »Das war der Grund, warum er mir geraten hat, heute Abend nicht mitzukommen.« Und er hatte sie allein losgeschickt. Niall stieß einen gequälten Laut aus, der eher zu einem verwundeten Tier als zu einem Menschen gepasst hätte, lief aus dem Zimmer und brüllte nach seinem Pferd.

»Ganz sicher wirst du diesem Mädchen doch nicht einfach glauben?«, rief Adair ihm hinterher.

»Sorg dafür, dass sie sicher nach Hause kommt«, befahl Niall ihm und schaute danach nicht mehr zurück.

Kurze Zeit später galoppierte er durch die stillen Straßen Londons. Zum ersten Mal in seinem Leben hoffte er, dass er tatsächlich in die Irre geführt worden war und dass er in eine Falle tappen würde.

Denn wenn dem nicht so war und Killorans Schwester recht hatte, dann hatte er Diana in den Tod geschickt. Zum ersten Mal in seinem Leben hier auf Erden betete Niall.

Kapitel 22

Diana wurde durch einen heftigen Tritt in den Magen geweckt.

Sie schnappte vor Schmerz nach Luft und versuchte sich aufzusetzen. Es war, als wäre sie in einen dichten Nebel gewandert, und sie musste mehrmals blinzeln, bis sie ihre Umgebung klarer sehen konnte. Und ihr wieder einfiel, warum ihre Arme an den Handgelenken gefesselt waren.

Dann kam alles mit Macht zurück. Oswyns Verrat und ihre Entführung.

»Du bist wach.« Ein weiterer Tritt folgte auf diese Äußerung, und Diana atmete zischend ein, rollte sich zusammen. Sie bemühte sich verzweifelt, ihre Peinigerin mit den eisenbeschlagenen Stiefeln klarer zu erkennen. Aber ihr Kopf pochte quälend an der Stelle, wo sie getroffen worden war.

»Du hast es mir nicht leicht gemacht, Mädchen«, fuhr die Frau in ihrem rauen Cockney-Dialekt fort. »Es war fast leichter, aus der Strafkolonie hierher zurückzukommen, als dich umzubringen.«

»Danke«, krächzte Diana. Sie hasste diese Heiserkeit, die ihre Angst verriet. Sie wollte so stark und unerschrocken sein wie Niall, sich einfach nicht unterkriegen lassen.

Der älteren Frau entwich ein überraschtes Lachen. »Du bist nicht auf den Mund gefallen.« Sie trat Diana erneut in die Seite, was der wieder ein Keuchen entlockte.

Schmerz breitete sich von der Stelle aus, und Diana presste die Lider fest zusammen, wollte nicht, dass dieser Frau die Genugtuung zuteilwurde, ihre Tränen und ihr Entsetzen zu sehen.

Als der Schmerz endlich nachließ, zwang Diana ihre Augen wieder auf und schaute sich rasch in ihrem behelfsmäßigen Gefängnis um. Es war ungefähr halb so groß wie ihr Atelier und enthielt eine fleckige Matratze, ein paar kaputte Stühle, einen Tisch. Zudem zwei Männer. Einer davon der Verräter. Wut erfüllte sie, weil der Kerl Niall und all seine Geschwister hintergangen hatte.

»Dir sagt die Unterbringung nicht zu«, spottete die Frau, lenkte damit Dianas Aufmerksamkeit von Oswyn weg, der mit dem Rücken zu ihr stand und die Tür bewachte.

Diana zwang sich, statt seiner die Fremde anzusehen. Die Frau war hager, hatte schmutzige Wangen und ungekämmtes, fettiges schwarzes Haar. Dennoch wiesen ihre Züge eine erstaunliche, beinahe klassische Schönheit auf. »Sie irren. Woran ich mich störe, ist nicht die Unterbringung, sondern die Gastgeberin.«

Die Fremde lachte, und der klare, glockenhelle Klang stand in heftigem Widerspruch zu dem Bösen, das in ihren smaragdgrünen Augen glomm. »Du bist nicht, was ich mir unter einer Herzogstochter vorgestellt hatte.«

Diana zog ihre zusammengebundenen Hände dichter an sich, versuchte, sich aus den Fesseln zu befreien. »Ich fürchte, ich bin Ihnen gegenüber im Nachteil.« Sie hielt inne und hob ihre Hände. »Mehrfach sogar, wenn man genau sein möchte.«

Die Frau zog ein Messer vorn aus ihrer Schürze und hob es.

Diana duckte sich, aber die Frau durchtrennte nur die Fesseln, befreite sie. Sie biss sich auf die Lippe, als das Blut ihr schmerzlich zurück in die Arme flutete.

»Amelie Diggory«, erklärte die ausgemergelte Frau, woraufhin Diana überrascht nach Luft schnappte. Die Frau schnitt eine Grimasse. »Sogar du, die Tochter eines Herzogs, kennst seinen Namen.«

Angesichts ihrer Entführung war heute wahrscheinlich der Tag, an dem Diana ihrem Schöpfer gegenübertreten würde. Diese Erkenntnis sollte lähmendes Entsetzen mit sich bringen. Doch der Himmel mochte ihr beistehen, sie wollte verdammt sein, wenn sie zuließ, dass diese schreckliche Frau glaubte, es sei irgendetwas anderes als Abscheu für Diggory, was ihr diese Reaktion entlockte. Selbst wenn es ihren eigenen Tod beschleunigte. »Natürlich kenne ich ihn«, antwortete sie mit schmalen Lippen. »Ihr Vater hat vielen, die ich liebe, Leid gebracht.«

Amelie Diggory schlug sich mit dem Griff ihres Messers in die flache Hand. »Mein Vater?«, höhnte sie. »Mac war nicht mein Vater. Er war mein Mann.«

Ihr Mann? Himmel, die Frau konnte nicht viel älter als dreißig sein.

»Er hat mich geheiratet, als ich vierzehn war.«

Dianas Magen hob sich. Sie war nur ein Kind gewesen. Trotz der Tatsache, dass diese Frau sie entführt hatte und sie töten wollte, verspürte sie Mitleid mit ihr.

Sie schrie auf, als Amelie Diggory sie an den Haaren packte und daran auf die Füße zerrte. Tränen sprangen Diana in die Augen, als die andere sie näher an sich zog. Ihre Nasen berührten sich beinahe. »Deine Mutter, diese Hexe, hat ihm die Frau gebracht«, spie sie förmlich aus.

»Delia Banbury«, flüsterte Diana, der Name kam ihr beinah automatisch über die Lippen. Rykers und Helenas Mutter. Wieder erhoben die Verbrechen der Duchess of Wilkinson ihr hässliches Haupt. Sie würden immer da sein, würden für immer ihren dunklen Schatten auf Dianas Leben und das ihrer Geschwister werfen.

Ihre Peinigerin ließ sie plötzlich los, versetzte ihr einen harten Stoß. »Diggory hatte keine Verwendung mehr für eine Straßenhure, als er eine feine Dame haben konnte. Letzten Endes hab ich sie mir aber doch vom Hals geschafft«, fügte sie mit einem gleichgültigen Achselzucken hinzu. »Hab ihr genug Gift verabreicht, bis sie unter der Erde war.«

Diana, die einige Schritte zur Seite gestolpert war, bekam bei diesem Geständnis eine Gänsehaut. O Gott. Das war das Böse, von dem Niall gesprochen hatte. Es ging weit über die Verbrechen ihrer Mutter hinaus, reichte bis in die Hölle hinab. Sie entfernte sich vorsichtig weiter von der Irren, blieb dann aber plötzlich stehen.

Eine Handvoll brennende Kerzen beleuchtete ihr Gefängnis, und ihr Licht fiel auf eine Wand. Wie magisch davon angezogen, begab sich Diana zu der Fläche mit dem rissigen Putz. Mit dem Finger fuhr sie über die vielen daraufgekritzelten Zeichen. Und wusste Bescheid.

Sie lehnte ihre Stirn gegen die Mauer, kämpfte darum, weiter Luft zu bekommen.

Dies war der Ort, den Niall als Junge sein Zuhause genannt hatte. Dies war die Wand, an der er gezwungen gewesen war, seine Morde festzuhalten. Sie biss sich auf die Unterlippe und ließ die zitternden Arme sinken. Der Gedanke an ihn und seine Stärke trotz der Dunkelheit seines Lebens drang in jede Faser ihres Wesens, verlieh ihr Kraft. Sie wappnete sich und drückte den Rücken durch, drehte sich zurück zu Diggorys Witwe und erwiderte ihren Blick unerschrocken. »Warum lassen wir nicht die Geschichtsstunde sein, und Sie erklären mir stattdessen, warum ich hier bin?«

Amelie Diggory schnaubte. »Für deine Unverschämtheit könnte ich dich töten.«

Diana zwang sich zu einem Lächeln. »Kommen Sie«, spottete sie. »Sie planen ohnehin, mich umzubringen.« Aber warum?

»Auge um Auge«, wiederholte ihre Peinigerin, fuchtelte mit der Klinge herum. »Vielleicht sollte ich dir erst ein Auge ausstechen. Hm?«

Dianas Mut schwand. Die rücksichtslose Irre wollte, dass sie heulte und um Gnade flehte.

»Ich bin aus Australien zurückgekommen und musste feststellen, dass deine Mutter meinen Mann einfach nicht in Ruhe lassen konnte. Hat ein zweites Mal seine Hilfe in Anspruch genommen, um Helena auszuschalten. Wollte ihm für den Job gutes Geld zahlen.«

Den Job. Helenas Ermordung. Galle stieg Diana in der Kehle hoch, und sie schluckte sie hinunter. Wie leicht diese Frau über den Tod von Dianas Schwester sprach. »Sie sind ein Ungeheuer«, flüsterte sie.

»Ich bin das Ungeheuer? Deine Mutter ist es, die den Mord in Auftrag gegeben hat.« Sie zog die Augenbrauen bedrohlich zusammen. »Bloß hat sie nicht bezahlt. Wollte nicht mit dem Geld rausrücken, bis die Tat vollbracht war. Und wer letztendlich dafür bezahlt hat, war mein Diggory.«

Muss zahlen. Muss zahlen. Muss zahlen … Dann ist die Schuld bezahlt.

Diese wahnsinnigen Wiederholungen ihrer Mutter hallten in ihrer Erinnerung wider. Diana atmete scharf ein. Ihre Mutter hatte nicht von Helenas Tod gesprochen, sondern von der Schuld, die sie bei dieser Frau hier hatte.

Dianas Leben war verwirkt. Es war so gewesen seit dem Moment, in dem ihre Mutter sich vor all diesen Jahren mit Diggory zusammengetan hatte.

Amelie Diggory verzog das Gesicht. »Ich sehe, jetzt verstehst du es.«

Diana suchte in sich nach einer mutigen Erwiderung, aber ihre Zähne klapperten zu laut, daher schlang sie einfach nur die Arme um sich.

Es gab einen Unterschied zwischen der Vermutung, dass jemand einem nach dem Leben trachtete, und den Fakten, die zweifelsfrei belegten, dass dem so war. Zu erkennen, dass jeden Augenblick die Klinge in einen gestoßen und umgedreht werden würde, bis man den letzten gequälten Atemzug machte.

Sie biss sich auf die Innenseite der Wange, bis sie Blut schmeckte.

Ich will nicht sterben … Nicht hier. Nicht so. Nicht durch die Hände dieser Frau.

Direkt darauf folgte die schmerzliche Erkenntnis, dass sie Niall niemals wiedersehen würde. Sein Gesicht erschien vor ihrem geistigen Auge. Niall mit seinem tief sitzenden Verantwortungsgefühl würde sich die Schuld daran geben, weil er Oswyn vertraut hatte. Sie straffte die Schultern, fasste einen Entschluss. Sie würde nicht zulassen, dass er sich ihren Tod anlastete. »Warum haben Sie mich herbringen lassen?«, verlangte sie zu wissen. »War es, weil Ihre Helfershelfer so oft gescheitert sind?«

Beide Männer richteten sich auf, schauten sie böse an.

Amelie Diggory lachte leise. »Du hast ein ziemlich aufgeblähtes Bild von deiner Wichtigkeit. Wenn ich zuvor vorgehabt hätte, dich zu töten, wäre genau das längst passiert. Es wäre nur nicht befriedigend gewesen, wenn ich es schnell getan hätte. Ich wollte, dass du weißt, es ist unausweichlich. Und dann wollte ich dein Gesicht sehen, während ich dich wie einen Fisch aufschlitze.«

Dianas Magen zog sich unwillkürlich zusammen, und sie erstarrte, als Amelie Diggory die Messerspitze auf ihren Bauch richtete. Die scharfe Klinge glitt mühelos durch den Stoff ihres Kleides und bohrte sich schmerzlich in ihre weiche Haut.

»Und ich wollte, dass deine Mutter weiß, dass es passieren wird und dass es nichts gibt, was sie unternehmen kann, um es zu verhindern. Durch sie habe ich alles verloren, und heute Nacht zahle ich es ihr mit gleicher Münze heim.«

Der Trick besteht darin, darauf zu warten, dass der andere einen Fehler begeht, und diesen Fehler dann gnadenlos auszunutzen.

Diana reckte trotzig das Kinn und blickte über ihre Schulter zu den Wachen im vorderen Teil des Raums.

»So also vergiltst du meinem Bruder und Niall ihre Loyalität, Oswyn?«, erkundigte sie sich spöttisch. Er versteifte sich. »Nach allem, was sie für dich getan haben?«

»Allem, was sie getan haben?«, fragte er dröhnend und schaute sie ungläubig an. »Glaubste das wirklich? Von Anfang an war ich bei ihnen und bin doch nie mehr gewesen als ein einfacher Wachmann.«

Diana ballte die Hände zu ordentlichen, festen Fäusten. »Sie haben dir Sicherheit und Stabilität gegeben«, erwiderte sie und forderte ihn unerschrocken heraus.

»Halt deine verdammte Fresse«, brüllte er sie an und machte wütend mehrere Schritte auf sie zu.

Amelie Diggory fuhr zu ihm herum. »Genug. Du sagst nichts, es sei denn, ich erlaube es dir. Es ist völlig gleichgültig, was die kleine Hexe meint. Haben wir uns da verstanden?«

Diana handelte kurz entschlossen und schlug der Frau mit der Faust gegen die Schläfe. Die schrie auf, während ihr das Messer aus den Fingern glitt, dann stolperte sie und fiel auf die Knie. Das Blut rauschte Diana in den Ohren, doch sie nutzte die Verwirrung aus und warf sich auf das Messer, gerade als Oswyn nach seiner Waffe griff.

Aber er war alt und abgelenkt und langsam.

Diana packte Amelie Diggory an den Haaren und zerrte sie hoch. »Fallen lassen«, verlangte sie keuchend, presste der Frau ihr eigenes Messer an die Kehle.

»Du kannst mich nicht töten«, höhnte die Ältere.

Von der Vorderseite des Raumes erklang ein leises Klicken. Diana richtete den Blick kurz auf den anderen Wachmann. »Waffe fallen lassen, und dann verschwinden Sie«, ordnete sie mit einem stählernen Unterton in der Stimme an. »Oder ich schneide ihr die Kehle durch. Ich werde es tun.« Um das zu unterstreichen, ritzte Diana mit der Klinge die Haut.

Auch wenn die Frau sich bemühte, sich nichts anmerken zu lassen, verriet das Muskelspiel an ihrer Kehle, wie viel Angst sie in Wahrheit hatte. Sie nickte kaum merklich, und der pockennarbige Kerl warf seine Waffe zu Boden und verschwand.

»Und jetzt du, Oswyn.«

»Der geht nirgendwohin«, rief Amelie Diggory.

Dianas Stimme wurde schriller. »Ich hab gesagt: Verschwinde.«

In dem Moment flog die Tür mit solcher Wucht auf, dass sie laut gegen die Wand knallte.

Diana wurde das Herz weit, als Niall auf der Türschwelle erschien, ein finsterer Krieger auf der Suche nach Rache.

Amelie Diggory nutzte den kurzen Moment, in dem Diana abgelenkt war, packte sie am Handgelenk und verdrehte ihr den Arm. Das Messer fiel zu Boden. Die Waffe weiter auf Niall gerichtet, brachte Oswyn die Klinge schnell an sich und reichte sie Diggorys Ehefrau.

»Also, wenn das nicht Niall Marksman ist, der Herr der Unterwelt höchstpersönlich. Du bist gerade rechtzeitig gekommen, um dabei zuzusehen, wie ich Wilkinsons Tochter aufschlitze.«

* * *

Niall hatte so viel Schreckliches erlebt, dass er geglaubt hatte, er sei unterdessen immun dagegen.

Doch da hatte er sich geirrt.

Dort zu stehen und zuschauen zu müssen, wie Amelie Diggory Diana ein Messer an die Kehle drückte, war ein Schrecken, der ihn bis zu seinem letzten Atemzug verfolgen würde.

Flüchtig begegnete sein Blick ihrem. O Gott. Die Furcht, die er in ihren Augen sah, traf ihn tiefer, als es eine Klinge je könnte.

»Amelie«, begrüßte er die Frau, die kaum älter war als er selbst. Nachdem er aus Diggorys Klauen entkommen war, hatte er nicht an die Leute gedacht, die zurückgeblieben waren. Er hatte alles in seiner Macht Stehende getan, um die dunkelsten Erinnerungen zu vergraben und von vorn zu beginnen. Bloß um jetzt mit dem Schauplatz seiner Kindheit konfrontiert zu werden. Und einem Menschen aus seiner Vergangenheit.

»Nimm die Waffe runter, Marksman«, verlangte Amelie.

Er kämpfte um den Anschein von Ruhe, erinnerte sich an jede einzelne Lektion, die er mit Ryker, Calum und Adair gelernt hatte. Lektionen, die ihn am Leben gehalten hatten. »Wenn du ohnehin entschlossen bist, sie zu töten, warum sollte ich dann meine Waffe runternehmen?«

Diana erblasste.

»Das is' 'ne Lüge«, rief Oswyn. »Er liebt sie.«

Niall setzte ein hartes, freudloses Lächeln auf. »Ich liebe niemanden.« Das war ebenfalls eine Lüge. Sein Herz schlug nur für die Frau, der gerade eine Klinge an die Kehle gehalten wurde, und wenn sie hier starb, konnten sie ihn genauso gut mit umbringen, denn er würde ohnehin aufhören zu existieren.

»Du warst mit ihr im Bett«, erwiderte Oswyn und machte einen hastigen Schritt auf ihn zu, fort von Diana.

»Ich war mit vielen Frauen im Bett, Oswyn.« *Du verdammter Verräter.* Niall bezwang mit Mühe den schier überwältigenden Wunsch, den anderen mit bloßen Händen zu ermorden. Oswyns Tod war besiegelte Sache, und er würde bald kommen.

Amelie Diggory spitzte die Lippen. »Du bist ein Narr, Oswyn. Wenn du glaubst, dass es ihm irgendetwas bedeutet, wenn er mit einer gelangweilten feinen Dame schläft, die Lust auf einen rauen Kerl von der Straße hat.« Sie lachte, und der Laut klang harsch und leer, so wie es bei ihm früher einmal gewesen war. Mit jedem Lachen erbebte die Klinge an Dianas Kehle. »Dir hat nie viel an irgendjemandem gelegen. In der Beziehung warst du Diggory immer am ähnlichsten.« *Du bist nicht Diggory.* »Aber du bist hier«, fuhr sie nachdenklich fort.

Unfähig, Dianas Blick zu begegnen, da er befürchtete, am Ende die Beherrschung zu verlieren, nickte Niall kaum merklich. »Sie ist Blacks Schwester, und wenn ich sie nur tot von hier fortschaffen kann, ist meine Zukunft im ›Hell & Sin‹ Geschichte.« Er zwang die falschen Worte über seine Lippen.

Warum habe ich ihr so lange widerstanden? Warum habe ich nicht das Geschenk genommen, das sie mir angeboten hat?

Wie ein eisernes Band schnürte es sich um sein Herz zusammen. Sie sollten genau in diesem Moment bei Rykers dämlicher Dinnerparty sein, gemeinsam eine Veranstaltung der guten Gesellschaft durchleiden … und in ein paar Tagen an Bord eines Schiffes gehen, zu einem Ort segeln, wo es rosafarbenen Sand und himmelblaues Wasser gab, all dies hinter sich lassen.

»Sie muss sterben. Die Schuld muss beglichen werden.« Die andere vertraute Lektion, die Diggory all den Jungen und Mädchen eingebläut hatte, die für ihn gearbeitet hatten.

»Sicherlich bist du nicht so dumm, zu glauben, dass du einfach damit davonkommst, die Tochter eines Herzogs zu töten?«, höhnte er.

Die Muskeln in Amelies Arm spannten sich, und vor Panik begann sein Herz schneller zu klopfen. Verzweifelte Leute taten verzweifelte Dinge. Er selbst war der Beweis dafür.

»Es ist egal, ob ich damit davonkomme oder nicht.« In dieser Erklärung schwang ein Anflug von Hysterie mit. »Ich hab keine Angst vor dem Tod.«

»Alle haben Angst vor dem Tod«, wandte Diana leise ein, und er fluchte.

»Halt deine gottverdammte Klappe, du Miststück«, kreischte Amelie und drückte die Klinge fester gegen Dianas Haut.

Die biss sich auf die Unterlippe.

»Sieht ganz so aus, als hätten wir hier eine Pattsituation«, räumte Niall ein. »Ich muss erst Oswyn töten, damit wir uns darauf konzentrieren können, die Sache zwischen uns zu klären.«

Der Wachmann lachte so heftig, als hätte er den besten Witz überhaupt gehört. »Du kannst weder mich noch sonst jemanden töten, Marksman. Du hast niemanden mehr getötet, seit du dieses Loch verlassen hast.«

Das entsprach der Wahrheit. Nialls Hände verkrampften sich um den Griff seiner Pistole. Das Metall lag kühl in seiner Hand. *Schluck den Köder nicht …*

Des Katz-und-Maus-Spiels mit Amelie Diggory müde, spannte Niall den Hahn seiner Pistole. »Verrat mir, was du willst.«

»Ich will sie tot sehen. Ich will, dass sie für Diggorys Tod bezahlt.«

»Diggory hat seinen Lohn von der Herzogin bekommen. Es war seine Entscheidung, die letzten Endes zu seinem Tod geführt hat.«

Amelie fauchte wütend, dann riss sie die Augen auf. »Oswyn«, kreischte sie und zeigte mit dem Messer in Richtung Tür. Ein Pistolenschuss dröhnte im Raum.

Mit rasendem Herzen blickte Niall zum Eingang des Zimmers, wo Adair mit ausgestrecktem Arm stand, eine Schusswaffe in der Hand, deren Mündung noch qualmte. Die Ablenkung der anderen Frau ausnutzend, riss Diana sich los und packte sie am Handgelenk.

Das Messer fiel zu Boden, und sie versuchten beide, es zu erreichen. Diana war schneller. Niall und Adair stürmten vorwärts und blieben dann jäh stehen, als Amelie eine Pistole aus ihrer Schürzentasche fischte.

Das leise Klicken, mit dem sie den Hahn spannte, klang überlaut im Raum, ehe sie mit der Mündung auf Dianas Rücken zielte.

»Diana!«, schrie Niall. Mit bebendem Arm hob er seine Waffe und drückte ab.

Amelies Lippen formten ein erstauntes O, während ihre Pistole klappernd auf dem Boden landete und sie selbst tot zusammenbrach.

Es war vorbei.

Kapitel 23

An den beiden Tagen, die auf Dianas Entführung folgten, hatte es im Stadthaus des Duke of Wilkinson einen stetigen Strom von Besuchern und Gästen gegeben. Konstabler waren gekommen, um nicht nur mit ihr, sondern auch mit ihrem Vater über die Entführung zu sprechen. Wenn einem Herzog und seiner Tochter ein Ungemach zustieß, erregte das die Aufmerksamkeit der guten Gesellschaft. Doch Nialls und Adairs Heldentat an jenem Tag? Nun, jedenfalls hatte sich der König nicht ähnlich zur Dankbarkeit verpflichtet gefühlt wie zuvor bei Ryker, der allerdings auch der uneheliche Sohn eines Herzogs war.

Es war eine weitere Bestätigung, warum Niall diese Welt hasste. Und warum Diana dieses Gefühl teilte. Es war zudem eine deutliche Erinnerung an den Standesunterschied zwischen ihnen, der Niall irgendwie wichtiger war, als er ihr je sein würde.

Sie saß am Fenster, das auf den Garten ihrer Mutter hinausging, die Wange auf die angezogenen Knie gelegt, den Seidenstoff kühl unter ihrer Haut. Ihr Blick wanderte zu den Skizzen und angefangenen Gemälden, die überall im Zimmer herumstanden.

Von dem Ort, zu dem sie ungeachtet der Missbilligung ihres Vaters segeln würde.

Allein.

Denn trotz all der Besucher, unter denen tatsächlich auch ihr Bruder Ryker häufig gewesen war, hatte es einen Mann nicht zu ihr geführt.

Niall.

Am Morgen nach dem *Grand Événement*, wie die Klatschblätter es bezeichnet hatten, hatte Diana sich eingeredet, dass Niall vollauf mit Besprechungen und Fragen zu ihrer Entführung beschäftigt sein würde. Als es Nachmittag wurde und er immer noch nicht erschienen war, sagte sie sich, dass die Sicherheit im Club natürlich vorging. Die Leute, die auf seine Geistesgegenwart und seine Fähigkeiten angewiesen waren. Schließlich waren er und seine Geschwister von jemandem verraten worden, dem sie vertraut und den sie für einen Freund gehalten hatten. Unter diesen Umständen konnte Niall nicht einfach gehen und Diana seine Aufwartung machen.

Am zweiten Tag musste sie sich schließlich der schmerzlichen Erkenntnis stellen: Er würde nicht kommen. Und es war nicht, weil sie ihm gleichgültig wäre, wie er es Amelie Diggory gegenüber behauptet hatte. Denn sie gehörte nicht zu den jungen Frauen, die zu dumm waren, um zu begreifen, was genau vor ihrer Nase geschah. Er hatte sein Leben riskiert und war an einen Ort zurückgekehrt, der seine dunkelsten Albträume beherbergte, um sie zu retten. Nein, es verhielt sich keinesfalls so, dass ihm nichts an ihr lag.

Es war vielmehr so, dass ihm nicht *genug* an ihr lag.

Tränen brannten ihr unter den Lidern, und sie blinzelte sie weg. Sie hasste diese nutzlosen Tropfen.

Schritte erklangen auf dem Flur, und ihr Herz hob sich. Sie riss den Kopf hoch und blickte zur Zimmertür. Aber dann rutschte das dumme, hoffnungsvolle Organ wieder zurück an seinen vorbestimmten Platz.

Der Butler stand mit Lady Penelope neben sich auf der Schwelle. Sie war eine Frau mit gütigen Augen, die dennoch scharf sahen. »Lady Chatham«, verkündete er und ging, ließ sie allein.

Diana richtete sich auf und schwang die Beine von der Bank. Sie stellte die Füße auf den Boden und stand auf. »Myl…«

»Ich möchte doch hoffen, du willst mich nicht wieder mit ›Mylady‹ anreden«, erklärte Penelope mit einem sanften Lächeln. »Ich gehöre nicht zu diesen sterbenslangweiligen Geschöpfen, die auf Förmlichkeiten bestehen.«

»Nein«, murmelte Diana. Eine junge Frau, die einen Fremden heiratete, um ihren Ruf zu retten, und dann, ohne mit der Wimper zu zucken, ihren Wohnsitz in der Spielhölle ihres Gemahls aufschlug, musste mit einer gehörigen Portion Mut und Unerschrockenheit geboren worden sein, die Diana gerade erst dabei war, in sich zu finden.

Ihr Gast verharrte auf der Schwelle.

»Möchtest du nicht hereinkommen und Platz nehmen?«, erkundigte sich Diana verspätet.

»Allerdings. Danke schön.«

Diana wappnete sich für besorgte Blicke, eine mitfühlende Miene … die jedoch ausblieben. Und etwas daran, dass sie nicht mit Samthandschuhen angefasst wurde, wie es Ryker, die Dienstboten und ihr Vater taten, nahm ihr eine Last von den Schultern.

»Ich hoffe, es macht dir nichts aus. Mein Ehemann ist bei deinem Vater, und ich dachte, mein Besuch bei dir ist schon längst überfällig«, erklärte Penelope, während sie näher trat. Auf dem Weg zu dem Sofa, auf das sie sich setzen wollte, befand sich ein Hindernis, und sie blieb stehen.

Diana folgte ihrem Blick zu dem, was sie aufgehalten hatte.

»Darf ich?«, fragte Penelope und deutete auf die Leinwände.

Diana nickte zögernd. Abgesehen von Niall, ihren Zeichenlehrern und den Bediensteten, die dafür verantwortlich waren, diesen Raum sauber zu halten, hatte noch niemand ihre Arbeiten zu Gesicht bekommen.

»Die sind wirklich gut«, erklärte Penelope und betrachtete die Skizze von St. Giles. Auf Dianas gemurmelte Dankesworte hin warf ihre Schwägerin ihr einen kurzen Blick über die Schulter zu und richtete ihre Aufmerksamkeit dann wieder auf das Bild. »Ich bin nicht einfach bloß höflich«, sagte sie mit einer Offenheit, die Diana das erste Lächeln seit zwei Tagen auf die Lippen zauberte. »Meine Schwägerin, die Countess of Sinclair, ist eine begnadete Künstlerin. Sie war früher meine Gouvernante und hat uns einiges über Kunst beigebracht. Obwohl meine Schwestern und ich furchtbare Schülerinnen waren und wir nichts zustande gebracht haben, was auch nur im Entferntesten an Juliets Werke heranreicht. Aber unter ihrem Einfluss habe ich immer sehr gern gemalt, selbst wenn ich nicht mal ansatzweise dein Talent habe.«

Diana hatte in den letzten Nächten wenig Schlaf gefunden, war immer wieder hochgeschreckt. Doch selbst wenn das nicht der Fall gewesen wäre, so vermutete sie stark, hätte Penelope Blacks Geplauder dennoch die gleiche leicht schwindelig machende Wirkung auf sie gehabt.

Penelope schlenderte weiter ins Zimmer und blieb vor der Darstellung eines regnerischen Tages im nahezu verlassenen Hyde Park stehen. Mit unverhohlener Neugier beugte sie sich vor und betrachtete sie genauer.

»Hättest du gerne eine Erfrischung?«, presste Diana hervor, wollte verzweifelt jede Aufmerksamkeit von dem Bild ablenken, das sie und Niall gemeinsam zeigte.

Penelope drehte sich um und schüttelte den Kopf. »Nein, danke.«

Diana atmete erleichtert auf, als die andere schließlich Platz nahm.

Schweigend saßen sie sich eine Weile gegenüber, und Diana betrachtete die hübsche Frau, die ihr Bruder geheiratet hatte. Sie besaß eine angeborene Freundlichkeit, die so viele ihrer Standesgenossinnen vermissen ließen. Diana schämte sich, weil sie trotzdem neidisch auf sie war, denn Penelope wusste sicher, wie es Niall an den beiden letzten Tagen ergangen war. Und auch, wie er die Zeit verbracht hatte, während Diana selbst das nur vermuten konnte.

»Wie geht es ihm?«, erkundigte sie sich leise. Sobald ihr die Frage über die Lippen gekommen war, wurden ihre Wangen ganz heiß. »Ihnen«, verbesserte sie sich hastig. »Wie geht es Mr Marksman und Mr Thorne?«

Penelope warf einen Blick auf das Bild vom Hyde Park, und als sie Diana dieses Mal wieder anschaute, stand in ihren Augen ein wissender Ausdruck. »Gut«, antwortete sie mit ungewohnter Ernsthaftigkeit. »Er wurde von dem Konstabler zu den Vorfällen befragt, und seitdem ist er …« *Im Club beschäftigt.*

Schmerz durchbohrte Dianas Herz, so echt, als hätte Penelope diese Worte ausgesprochen.

Als ein Dienstmädchen eintrat und ein Tablett mit Kuchen und Tee brachte, atmete sie auf. Das Mädchen stellte alles ab, machte einen Knicks und verschwand. »Hättest du gern etwas?«, wandte sich Diana an ihre Schwägerin, sah ihr aber nicht ins Gesicht.

»Bitte.« Als Penelope die angebotene Tasse entgegennahm, redete sie weiter. »Meine Mutter hat schon oft gesagt, ein wenig englischer Tee könne allen Kummer der Welt heilen.« Mit einem Anflug von Verschmitztheit fügte sie mit einem verschwörerischen Flüstern hinzu: »Natürlich hat sie dabei nicht berücksichtigt, dass der Tee in Wirklichkeit ja aus Indien kommt.«

Diana schenkte sich ebenfalls ein und starrte in die Flüssigkeit. Wie merkwürdig. Erst war sie aus einer Kutsche entführt worden, dann mit einem Messer bedroht und schließlich von Niall und Adair gerettet worden, und jetzt saß sie hier in diesem Salon bei einer Tasse Tee und machte Konversation mit einer eleganten jungen Dame.

»Vor ein paar Monaten«, sagte Penelope plötzlich, »als ich Ryker geheiratet habe, bin ich in den Club gezogen. Niall war furchtbar verärgert über meine Anwesenheit dort.«

Diana musste daran denken, wie Niall anfangs zu ihr gewesen war. Aufbrausend. Voller Verachtung. Ja, so wie sie ihn kennengelernt hatte, wäre Niall alles andere als erfreut darüber, wenn jemand in sein Reich eindrang. Zumal, wenn es eine vornehme Dame war.

»Ich war wild entschlossen, ihn davon zu überzeugen, mich zu mögen«, fuhr Penelope fort. »Nachdem ich angegriffen worden war, hat er mich verbunden und durch die Straßen zum Club getragen. Von da an hat er mich als vollwertiges Familienmitglied betrachtet.« Ihre Augen funkelten amüsiert. »Wenn auch eines, bei dem er weiter auf der Hut war.«

»Nachdem du sein Leben gerettet hast, werden dir auf immer Nialls Respekt und seine Treue gehören«, stellte Diana leise fest. Er würde ihr diese mutige Tat nie vergessen, unverbrüchlich zu ihr stehen und ihr Freund sein.

»Ja«, räumte Penelope ein. Sie rutschte auf dem Sitz nach vorn. »Er hat nach dir gefragt.«

Bei diesem Eingeständnis hoben sich Dianas Brauen. »Wirklich?« Was hatte er gesagt? Waren es lediglich höfliche Nachfragen gewesen?

»Ja, allerdings«, bestätigte Penelope mit einem Nicken. »Beide Male, nachdem mein Mann von einer Besprechung mit deinem Vater zurückgekehrt ist. Niall hat ihn mit Fragen förmlich bestürmt. ›Was ist mit Diana?‹«

Diana hob fragend den Kopf.

»Niall stellt keine Fragen über andere. Nicht einmal über seine eigenen Geschwister. Über dich jedoch …«, sie lächelte milde, »hat er es getan. Mehrere Male.«

Dianas Finger ballten sich unwillkürlich im Stoff ihrer Röcke zu Fäusten, und um sich zu beschäftigen, nahm sie ihre Tasse. »Du machst mehr daraus, als es ist«, erwiderte sie leise, tat nicht so, als wüsste sie nicht, was die andere meinte.

»Möglicherweise«, räumte Penelope ein. »Aber ich glaube das nicht.«

Schwere Schritte vor dem Salon bewahrten Diana vor einer Antwort.

Ihr Vater räusperte sich, und beide Damen erhoben sich. »Lady Chatham«, begrüßte er sie mit einer Förmlichkeit wie zwischen zwei Fremden, die sich begegneten, nicht einer jungen Frau und ihrem Schwiegervater.

So war Dianas Vater geworden. Wegen seiner Unfähigkeit, etwas anderes zu sehen als den alten Titel, hatte er so viel mit Ryker, Helena und ihren Familien versäumt. So war er vor zweiunddreißig Jahren gewesen, als er eine andere als seine wahre Liebe geheiratet hatte. Und so war er auch immer noch seiner eigenen Tochter gegenüber.

»Euer Gnaden«, grüßte ihn Penelope. »Ich nehme an, mein Ehemann wartet auf mich.« Sie nahm Dianas Hände in ihre und drückte sie. Dann war sie fort, ließ Diana und ihren Vater allein.

Ihr ganzes Leben lang hatte Diana geglaubt, ihr Vater sei so ganz anders als ihre Mutter. Er hatte immer gelächelt, während ihre Mutter stets ernst und streng gewesen war. Er war freundlich zu seinen Bediensteten, während die Herzogin sie nicht einmal eines Blickes gewürdigt hatte. Aber auf so viele Arten und Weisen waren sie sich sehr ähnlich. Auf Arten und Weisen, die niemals gut sein konnten.

Ihr Vater steckte die Daumen in seine Westentaschen und wippte auf den Füßen vor und zurück. »Dein Bruder war da, um mit mir zu reden.«

»Er gibt sich große Mühe«, räumte sie ein. Obwohl er jeden Grund hatte, Diana zu verabscheuen. Er hätte ihr die Schuld an den Taten ihrer Mutter geben können, die ihn so viel gekostet hatten, dennoch tat er das nicht. Er bot ihr Hilfe an, glaubte ihr.

»Er ist ein guter Junge«, erklärte ihr Vater, und in seinen blauen Augen sammelten sich Tränen. Dann schien er sich jedoch zu besinnen, schloss die Tür und kam zu ihr. Er bedeutete ihr, sich zu setzen, ließ sich dann auf dem Stuhl vor dem Sofa nieder.

»Wir haben ausführlich über deinen Wunsch gesprochen, London zu verlassen.« Ihr Vater hielt inne. »Angesichts all dessen, was geschehen ist, wäre es, glaubt er …« Die Muskeln in seinem Gesicht verzogen sich zu einer Maske des Schmerzes. »Wir glauben, es wäre tatsächlich am besten für dich, wenn du eine Reise unternimmst. Für den Moment wenigstens.«

Ihre Lippen teilten sich, und sie versuchte, etwas zu sagen. Doch ihr Vater kam ihr zuvor.

»Was ich damit meine, ist, ich werde dir, wie von dir erbeten, Geld zur Verfügung stellen. Wenn es dich glücklich macht, England zu verlassen, nach …«, er machte eine vage Handbewegung, »all dem, was geschehen ist mit deiner Mutter, und meiner Vernachlässigung und dem, was in diesen letzten Wochen alles vorgefallen ist, dann möchte ich, dass du gehst. Für dich selbst.«

Er bot ihr alles, was sie sich seit mehr als einem Jahr wünschte. Die Möglichkeit, über ihr persönliches Vermögen selbst zu bestimmen und die Welt zu erkunden, über die sie bislang nur in Büchern gelesen hatte. In See zu stechen, zu malen und zu entdecken, ob St. George's tatsächlich ein Land mit rosafarbenem Sand und himmelblauem Wasser war. »Danke, Papa«, antwortete sie leise.

Er nickte bestätigend. »Ich hatte unrecht in Bezug auf Mr Marksman. Es war unverzeihlich von mir, anzudeuten, dass er deiner wegen seiner Abstammung nicht würdig ist.« Ihr Vater seufzte tief. »Als ich nach deiner Entführung zu mir kam, habe ich nicht irgendwelche Gentlemen um Hilfe gebeten, die ich in der Vergangenheit als meine Freunde bezeichnet hab.«

Männer, die sich nach dem Skandal um seine Frau von ihm abgewandt hatten. Diana ließ das unausgesprochen. Er war genug verletzt worden. Trotz seiner Fehler wollte sie nicht, dass er litt.

»Die einzigen Menschen, bei denen ich darauf vertrauen konnte, dass sie dich retten würden, waren Ryker und seine Brüder.« Ihr Vater warf ihr einen langen, gequälten Blick zu. »Während ich also zu ihnen eilte, dachte ich daran, wie du als kleines Mädchen gewesen bist. Du warst immer so fröhlich, Diana.« Seine Stimme brach, und Tränen brannten ihr unter den Lidern.

»Bei deinem Lächeln bildeten sich Grübchen in deinen Wangen, und deine Augen strahlten.« Es war sein Lächeln gewesen. »Aber das habe ich jetzt seit fast einem Jahr nicht mehr gesehen. Und ich war zu selbstsüchtig, um es zu bemerken, bis du fort warst. Dann war alles, woran ich denken konnte, dass ich mir, wenn du alles heil überstehst, im Leben nichts mehr wünsche als dein Glück«, fuhr er fort, und seine Schultern bebten unter einem Schluchzen. »Und es würde mich nicht mehr stören, wenn Mr Marksman dich auf deiner Reise nach St. George's begleitet. Ich möchte sie dir ermöglichen.«

Jetzt liefen Diana die Tränen ungehindert über die Wangen. »O Papa«, flüsterte sie und ging zu ihm. Sie hielt ihn, während sie beide weinten.

Er legte die Arme um sie. »Es tut mir so leid«, sagte er mühsam. »Es tut mir so leid, dass ich nicht für dich da war. Dass ich dich und deine Mutter zuvor im Stich gelassen hab. Dass …«

»Sch«, flüsterte sie und drückte ihn, so wie er es bei ihr getan hatte, wenn sie sich als kleines Mädchen das Knie aufgeschlagen hatte und in seiner Umarmung Trost gesucht hatte. »Ich verzeihe dir.«

Und endlich breitete sich beruhigender Friede in ihr aus.

Er hatte ihr beinahe alles gegeben, was sie sich gewünscht hatte. Aber selbst ihr Vater konnte ihr nicht geben, was sie sich am meisten ersehnte – Niall Marksmans Herz.

* * *

Die Arme hinter dem Rücken verschränkt, betrachtete Niall das Gedränge in den Spielsalons des »Hell & Sin«.

Alle Tische waren voll besetzt, und die Gäste spielten um hohe Summen. Überall erklangen Gläserklirren und das Klappern von Würfeln. Spirituosen, Wein und Champagner flossen in Strömen.

Er war fast fünf Wochen nicht hier gewesen und erst seit einem Tag zurück, und doch hatte sich nichts geändert. Alles war seinen gewohnten Gang gegangen, als sei er nie fort gewesen.

Niall fing den Blick des Earl of Maxwell auf, der an seinem Privattisch Brandy trank. Und Niall musste wieder an den verfluchten Ball denken, als der junge Adelige mit Diana in den Armen über die Tanzfläche gewirbelt war. Wäre er der Mann, der ihr den Hof machen würde? Der sie umwerben würde? Der am Ende ihre Hand zur Ehe gewinnen würde? Er schloss kurz die Augen.

Alles hatte sich geändert.

»Es fühlt sich gut an, nicht wahr?«

Abgelenkt von seinen Überlegungen, schaute er zu Adair. Der wirkte entschieden erleichtert, Mayfair hinter sich gelassen zu haben und wieder in St. Giles zu sein.

»Zurück zu sein«, führte Adair aus und deutete auf die Flächen voller Gäste. »Die Geräusche und wie es riecht. Das ist zu Hause.«

Zu Hause. Niall ließ sich die Worte durch den Kopf gehen. Merkwürdig. Dieser Ort hatte für ihn in den vergangenen Jahren Sicherheit bedeutet und Stabilität, aber er hatte ihn nie als »zu Hause« betrachtet. Das war etwas, das besser in ein Märchenbuch passte, ein Name für ein Gebäude, in dem Familien lebten und lachten und Erinnerungen schufen. Wohingegen der Club das nie hatte leisten können. Nicht für Niall.

In der Mitte des großen Salons wurde es laut, und alarmiert von dem unerwarteten Lärm sahen beide Männer gleichzeitig zum Roulettetisch. Mehrere Gentlemen klopften einem glücklichen Gewinner auf die Schultern und winkten eines der Animiermädchen herbei, um den Anlass feuchtfröhlich zu begehen.

Etwas von seiner Anspannung wich aus Niall.

Ja, alles hier war so, wie es stets gewesen war. Tag für Tag, Minute für Minute, immer gleich auf jede Art und Weise. Diese Gleichförmigkeit hatte seine Sicherheit gewährleistet … aber gleichzeitig verhindert, dass er wirklich lebte.

Du hast so lange in deinem Club gelebt, dass du Angst hast, dich in die Welt außerhalb vorzuwagen. Du kannst überallhin gehen, und doch entscheidest du dich, das nicht zu tun.

Niall ließ den Blick noch einmal über die Menge schweifen. Calum stand bei einem Kartengeber am Farotisch und unterhielt sich mit ihm. Junge Frauen liefen zwischen den Tischen umher, schenkten Drinks aus und gingen weiter. Es war vertraut. Es war sicher. Genau so, wie er sein Leben mochte, nachdem er sich von Diggory befreit hatte. Erneut wanderte sein Blick durch diesen wunderbaren Spielclub, errichtet mit Blut, Schweiß und dem Drama der Londoner Straßen.

»Keine Probleme«, murmelte er vor sich hin.

»Es hat keine gegeben in den zwei Tagen seit *ihrem* Besuch hier«, räumte Adair ein.

Cleo Killoran. Die zierliche Frau, die Niall zu Diana geführt hatte und den finsteren Plan gegen sie und das »Hell & Sin« aufgedeckt hatte. Dafür gehörte Cleo Killoran und jedem Einzelnen, den sie zu ihrer Familie zählte, Nialls immerwährende Dankbarkeit. Killorans kleine Schwester hatte auch das scheinbar Unmögliche geschafft und einen Frieden zwischen den rivalisierenden Etablissements angebahnt.

Lord Maxwell erhob sich mit dem Glas in der Hand und schlenderte durch den Club. Von seiner eleganten Abendkleidung über das makellose Gesicht bis zu dem Rang, der seiner Familie vor langer Zeit von irgendeinem König verliehen worden war, war er alles, was Niall nie sein würde. Früher einmal hatte ihn das gestört. Doch jetzt nicht mehr.

»Es wird keine Probleme mehr geben«, sagte er halblaut, verfolgte den gemächlichen Weg des Earls, tat ihn dann ab. »Wenigstens nicht welche, für die Killoran verantwortlich ist.« Das hieß nicht, dass Killoran seine Bemühungen, ihnen Gäste abspenstig zu machen, einstellen würde. Aber Niall würde sein Leben darauf verwetten, dass alle Sabotageversuche dank der Absprache zwischen ihren Familien endgültig der Vergangenheit angehörten.

Adair schnaubte. »Das wird die Zeit zeigen.«

Früher einmal war Niall genauso zynisch gewesen. Bis Diana in sein Leben geplatzt war. Sein Herz schmerzte vor Sehnsucht, sie wiederzusehen. »Entschuldigst du mich bitte?«, erkundigte er sich.

Adair hob überrascht die blonden Augenbrauen. »Natürlich.«

Ja, denn in ihrer wohlgeordneten Welt hätte Niall niemals etwas so Unerhörtes getan, wie seine Schicht an jemand anders abzutreten – sei es Calum, Ryker oder Adair. Mit einem letzten Blick in den Club nickte Niall Adair zu. Er bahnte sich seinen Weg zwischen den Menschen hindurch, die ihm sogleich Platz machten, ihn nicht ansahen und sich beeilten, aus seiner Nähe zu kommen.

Die Furcht, die andere vor ihm zeigten, hatte seit Dianas Entführung und Nialls raschem, tödlichem Eingreifen noch zugenommen, nachdem die Geschichte sich herumgesprochen und in jede Klatschkolumne Eingang gefunden hatte.

Diesen Tod von seinen Händen – so Gott wollte, der letzte – würde er allerdings niemals bereuen. Niall erreichte die Rückseite des Clubs und wäre beinahe mit Calum zusammengestoßen. »Ryker möchte dich sprechen.«

Niemand wollte jemals in Ryker Blacks Büro einbestellt werden. Das endete meist mit Degradierung und dem Verlust von Posten. Früher einmal hätte das Nialls Wut geweckt, aber diese Zeiten waren vorbei. Niall nickte und wollte um ihn herumgehen, doch Calum streckte eine Hand aus und hielt ihn zurück. »Es ist gut, dich wieder hierzuhaben.«

Nialls Kehle wurde eng, sodass er kein Wort herausbekam. Er brachte immerhin ein Lächeln zustande, auch wenn es sich mehr nach einer schiefen Grimasse anfühlte als nach irgendetwas anderem. Dann ging Calum. Niall verharrte noch einen Moment lang einfach nur dort, in der Geräuschkulisse des Clubs. Er warf einen weiteren Blick hinter sich, sah Calum bei Adair stehen und mit ihm reden. Mit einem kleinen Lächeln setzte Niall sich in Bewegung und machte sich an den vertrauten Weg die Stufen empor zu den Privaträumen.

Er erreichte Rykers Büro und zögerte einen Moment. Es lag eine seltsame Endgültigkeit in der Luft. *Du musst das hier nicht tun.* Er hob die Hand und klopfte energisch an.

»Herein.« Rykers dröhnende Antwort drang durch das schwere Eichenholz.

Niall drückte die Klinke und öffnete die Tür, hinter der ihn ein ebenfalls vertrauter Anblick erwartete: Ryker hinter seinem Schreibtisch, wie er über einem von vielen Rechnungsbüchern hockte. Er hob den Kopf. »Niall«, begrüßte er ihn und schob das Buch beiseite. Es war ihr erstes echtes Treffen seit Nialls Rückkehr aus Mayfair.

Er trat ein und schloss die Tür hinter sich. Während er zu dem Lehnstuhl ging, der vor Rykers ordentlich aufgeräumtem Mahagonischreibtisch stand, fielen ihm wieder die Veränderungen auf, die Rykers Ehefrau in diesen heiligen Hallen vorgenommen hatte. Vor seiner Verbannung aus dem Club hatte er ebendiese Veränderungen voller Verachtung betrachtet. Als Zeichen von Rykers Schwäche nicht nur seiner Frau gegenüber, sondern im ganzen Aufbau dieses Clubs. Jetzt hingegen sah er die Vasen voller Blumen als Zeichen des Glücks und der Fröhlichkeit, die Penelope mitgebracht hatte.

Ryker deutete auf den Stuhl. »Soweit ich es verstanden habe, bist du mit deinem Teil der Untersuchungen fertig.«

Darum also war er hergebeten worden. »Ja«, bestätigte er. Es waren bloß ein paar Fragen gewesen, die er und Adair zu dem Schicksal der beiden Schläger von der Straße hatten beantworten müssen, und die Ermittlungen waren rasch abgeschlossen gewesen. »Unsere Aussagen haben gereicht.« Der Gesellschaft war der Tod von zwei Männern wie Niall und allen anderen, die zu irgendeinem Punkt in ihrem Leben in Diggorys Unterschlupf gehaust hatten, nicht wichtig. Er hatte gedacht, dass die ganze Welt ihn und seine Familie genauso betrachtete, doch Diana hatte ihm aufgezeigt, dass das ein Irrtum war.

Ryker drückte die Schultern nach hinten. »Ich hab mit ihnen gesprochen, genau wie der Herzog. Sie werden euch nicht länger belästigen.« Er lächelte kurz. »Wilkinson und ich haben dafür gesorgt, dass du ungehindert weiterarbeiten kannst, keine weiteren Ablenkungen fürchten musst.«

Wilkinson. Niall hatte nie viel über die angespannte Beziehung nachgedacht, die Ryker zu seinem Vater hatte. Wäre Niall der Sohn eines solchen Mannes, hätte er an seiner Verachtung und seinem Hass festgehalten? Nachdem ihm die Augen geöffnet worden waren für die vielen Grauschattierungen im Leben, war er sich nicht mehr so sicher.

Sein Bruder verschränkte die Arme vor der Brust und starrte ihn prüfend an. »Bist du …« Er schnitt eine Grimasse. Ja, gleichgültig, wie sehr Niall und Ryker durch den Einfluss guter Frauen verändert worden waren, sie würden nie zu den Männern gehören, denen es leichtfiel, über die eigenen Empfindungen zu reden. »Macht es dir etwas aus, welche Rolle du …«

»Nein«, unterbrach Niall ihn rasch und aufrichtig. »Ich bedaure nichts.« Und das stimmte. Nicht, wo das Ergebnis Dianas Überleben gewesen war.

Ryker klopfte mit den Fingerspitzen auf die Ärmel seines schwarzen Rockes. »Gemäß den Aussagen der Ermittler haben sie fünf Männer gefasst, die für Amelie die Schmutzarbeit erledigt haben.« Er hielt inne. »Wir waren alle blind in Bezug auf Oswyn.«

Niall nickte.

Ryker stand auf, ging zum Sideboard und schenkte sich Brandy ein. Er drehte sich um und hielt das Glas hoch, aber Niall winkte ab.

»Ich habe dir noch nicht angemessen dafür gedankt«, bemerkte Ryker, nachdem er wieder auf seinen Platz zurückgekehrt war, »dass du meine Schwester gerettet hast.« Er lehnte sich in seinem Stuhl zurück und hielt das Kristallglas zwischen seinen Fingern.

»Ich will deinen verdammten Dank nicht«, entfuhr es Niall. Hitze breitete sich in ihm aus. Es stimmte, Diana war anfangs eine Verpflichtung gewesen. Ein unerwünschter Auftrag. Doch das hatte sich rasch geändert.

Unter halb gesenkten Lidern musterte Ryker ihn. »Hast du dich hier gut wieder eingelebt?«, fragte er, und was er meinte, war klar – etwas hatte sich verändert, *Niall* hatte sich verändert.

Niall nickte knapp, dann fuhr er rastlos fort, seinen Blick durch das Zimmer wandern zu lassen. *Du hast so lange in deinem Club gelebt, dass du Angst hast, dich in die Welt außerhalb davon vorzuwagen. Du kannst überallhin gehen, und doch entscheidest du dich, das nicht zu tun.*

Dianas Worte gingen ihm durch den Kopf, so deutlich und echt wie in dem Moment, als sie sie ausgesprochen hatte. Vor ein paar Tagen. Oder war es schon ein ganzes Leben her?

Er räusperte sich, griff in die Brusttasche seines Rockes und holte mehrere zusammengefaltete Seiten hervor. Er reichte sie Ryker, der sie entgegennahm.

»Du brauchst ein neues Konzept für die Sicherheitsüberprüfung bei den Wachleuten, die wir eingestellt haben«, begann er, während Ryker die erste Seite auffaltete und überflog. »Einfach Männer einzustellen, weil sie von der Straße kommen wie wir auch, reicht nicht. Du musst genauer nachhaken.«

Ryker las die erste Seite, verweilte bei den einzelnen Wörtern.

»Das ist eine neue Einteilung für die Türsteher und Sicherheitsleute«, erklärte Niall, als Ryker sich dem zweiten Blatt zuwandte. »Wir sind davon ausgegangen, dass sie ohne Pause arbeiten. Das war zwar günstig für unsere Ausgaben, doch unfair den Männern gegenüber. Außerdem musst du die genauer überprüfen, die am engsten mit Oswyn zusammengearbeitet haben. Herausfinden, was sie wussten. Wenn überhaupt etwas.« Die meisten waren über diesen Verrat entsetzt gewesen. »Männer aus Seven Dials können den Konstablern Sachen verschweigen, aber uns zu täuschen ist viel, viel schwieriger.«

Sein Bruder schob die Blätter zusammen und legte sie vor sich.

Du hast so lange in deinem Club gelebt, dass du Angst hast, dich in die Welt außerhalb davon vorzuwagen.

Niall holte tief Luft und stieß sie langsam wieder aus. »Adair muss die Aufsicht über die Sicherheit übernehmen.«

Rykers Schultern spannten sich. »Du zweifelst doch gewiss nicht weiterhin an dir? Meine Schwester lebt einzig deinetwegen. Du hast zwei Anschläge auf sie vereitelt, und es gibt niemanden, dem ich mehr traue, Niall.« Er schaute ihn unverwandt an. »Nicht einen.« Da Calum Rykers rechte Hand gewesen war, seit sie einander gefunden hatten, bedeuteten Niall Rykers Worte viel.

Er legte seine Hände auf die Armlehnen seines Stuhles. »Das weiß ich.« Wieder wich er Rykers Blick aus. In den Wochen, in denen er fort gewesen war, hatte er im Geiste Rykers Verbindung zu Diana hintangestellt. Jetzt, wieder im Club und in seiner Gegenwart, musste er sich dem stellen, was er getan hatte – er war nicht nur mit der Schwester seines Bruders im Bett gewesen, sondern hatte sich auch in sie verliebt.

»Du scheinst mir nicht mehr in die Augen schauen zu können, Niall.« Rykers Stimme war ganz ernst. »So ein Verhalten zeigst du sonst nie.«

Das tat ein Mann, wenn er Gewissensbisse hatte, und daran gab es nichts zu deuteln: Niall *hatte* Gewissensbisse. »Ich liebe deine Schwester«, stieß er rasch hervor.

Völlig verblüfft lehnte sich Ryker in seinem Stuhl zurück. Wäre dies irgendein anderes Gespräch gewesen und das Thema irgendetwas anderes als Diana Verney, hätte Niall laut aufgelacht über den vor Überraschung sprachlosen Ryker.

»Du magst die Aristokratie nicht«, stellte sein Bruder schließlich in die Stille hinein fest.

»Nein, das tue ich nicht. Oder habe es nicht getan«, verbesserte Niall sich schnell. »Ich dachte, sie wären alle gleich.« Er holte stockend Luft und blickte sich um, fuhr sich mit einer Hand durchs Haar. »Diana ist jedoch anders.« Sie hatte ihm gezeigt, dass Stellung und Herkunft nichts über den Charakter oder den Wert eines Menschen aussagten.

Rykers mitternachtsschwarze Brauen senkten sich. Missbilligte er es? Das sollte er. Jeder Bruder, der etwas auf sich hielt, würde etwas dagegen haben, wenn sich Niall in seine Schwester verliebte. Niall zog ein weiteres Blatt Papier aus seiner Rocktasche und schob es über den Schreibtisch. »Das ist der Grund, warum ich hier bin«, erklärte er ernst.

Ryker betrachtete kurz die Handvoll Zeilen, und angesichts dessen, was sie bedeuteten, sollte Niall irgendetwas fühlen. Bedauern. Trauer. Furcht. Und doch … verspürte er nichts davon. Stattdessen war da nur diese große, hoffnungsvolle Leichtigkeit um sein Herz.

»Was ist das?«

»Meine Kündigung.«

Das Stirnrunzeln seines Bruders vertiefte sich, und er schob das Blatt zurück. »Die akzeptiere ich nicht.« Das sagte er mit der Unnachgiebigkeit, die ihn zum Anführer ihrer kleinen Bande auf den Straßen Londons gemacht hatte.

»Ich bitte dich nicht um Erlaubnis. Ich muss das tun.« Er schüttelte den Kopf. »Ich *will* es tun«, korrigierte er sich. Und wieder war da keine Furcht. »Wenn sie mich denn nimmt.« *Wenn ich es nicht alles ganz furchtbar vermasselt habe vor drei Tagen, als ich den Club über ein gemeinsames Leben mit ihr gestellt habe.* »Ich werde sie heiraten.« Niall schob das Kinn vor.

Ryker, der gerade sein Glas zum Mund führte, erstarrte mitten in der Bewegung.

»Ich heirate sie«, wiederholte Niall. Wenn sie zustimmte. »Ich liebe sie.«

Der andere Mann, sein Freund, der ihn vor dem unvermeidlichen Tod und weiterer Dunkelheit gerettet hatte, stellte sein Glas wieder hin, sagte nichts. Ließ auf die Ankündigung bedeutungsschwangeres Schweigen folgen.

Dann: »Du liebst sie.«

Von rastloser Energie erfüllt, sprang Niall auf und begann auf und ab zu laufen. »Eigentlich sollte ich niemanden wollen, brauchen oder lieben.« Selbst bei seinen Brüdern und seiner Schwester hatte er Mauern errichtet, um sein Innerstes abzuschirmen. Diana hatte jeden dieser armseligen Verteidigungswälle mit einem einzigen Tritt umgestoßen. »Sie bringt mich zum Lachen und weckt in mir den Wunsch, ein besserer Mensch zu sein.«

»Du bist schon ein guter Mensch, Niall«, warf Ryker in ernstem Ton ein. »Du erkennst es bloß selbst nicht.«

Niall blieb jäh stehen und blickte seinen Bruder an. »Du wusstest es.«

Die Andeutung eines Lächelns lag um Rykers Lippen. »Anfangs habe ich geglaubt, du wärest zu sturköpfig, um den Posten Calum zu überlassen, aber nach ihrem Tanz mit Maxwell?« Er lachte. »Ja, mir kam es so vor, als machtest du dir etwas aus ihr.« Sein Lächeln verblasste. »Ich war mir nur nicht darüber im Klaren, ob du imstande sein würdest, das rechtzeitig zu begreifen.«

Rechtzeitig? Niall runzelte die Stirn.

»Ihr Schiff läuft heute aus.« Ryker nahm einen Brief mit dem Siegel des Herzogs und warf ihn Niall über den Schreibtisch hin. »Das ist von Wilkinson gekommen. Offenbar ist der Kapitän gezwungen, schon heute Nachmittag in See zu stechen.«

Alle Luft wich aus Nialls Lungen, und er griff nach dem Schreiben. *Nein.* Das Schiff, auf dem sie fortsegeln wollte, würde nicht vor …

»Der Herzog dachte, du solltest es wissen, und hat mich darüber unterrichtet. Hat mich darum gebeten, dafür zu sorgen, dass du es erfährst. Falls es wichtig ist.«

Die Erde begann sich in einem wilden Wirbel zu drehen. »Falls es wichtig ist?«, brüllte er. Er marschierte zum Schreibtisch und beugte sich darüber, zerrte seinen Bruder auf die Füße. »Warum hast du so lange damit gewartet, es mir zu sagen?«, keuchte er hervor, während die Panik sein Herz rasen ließ. *Warum hast du so lange damit gewartet, zu ihr zu gehen?*

»Möchtest du lieber hierbleiben und mit mir über meine Wahl des richtigen Zeitpunkts dafür, dir das mitzuteilen, streiten?« Ryker blickte zur Standuhr. »Oder willst du lieber am Kai ankommen, bevor ihr Schiff ablegt?«

Unter einem ganzen Schwall von Flüchen ließ Niall ihn los. Was zur Hölle brauchte man für eine solche Reise? Er hatte nie Londons Stadtgrenzen verlassen. Eine Stunde. Er hatte sechzig Minuten, bevor ihr Schiff ablegte. Nichts. Er hatte keine Zeit, irgendetwas zu packen. Nicht wenn er mit ihr an Bord des Schiffes gehen wollte. Sein Puls raste. Er rannte zur Tür und riss sie auf.

Davor prallte er mit seiner Schwägerin zusammen, die aufkeuchte und rückwärtsstolperte, sich gerade noch abstützen konnte. Nur das, was sie getragen hatte, fiel zu Boden. »Niall«, sagte sie mit ihrem stets vorhandenen Lächeln auf dem Gesicht.

»Penny«, murmelte er und lief um sie herum.

»Ich glaube, du wirst das hier brauchen«, rief sie, während er fast schon am Ende des Flures angekommen war.

Er drehte sich zu ihr.

Penelope hielt eine Reisetasche hoch. »Die meisten Leute reisen mit Truhen und Koffern, aber das hier wird reichen müssen.« Sie strahlte ihn an.

Gefühle schnürten ihm die Kehle zu, und er eilte zu ihr zurück, um sich die – er kniff die Augen zusammen – *mit Blumen gemusterte* Reisetasche zu holen.

»Es sind leider Blumen drauf«, erklärte sie. »Außer mir reist hier sonst niemand«, redete sie weiter. Calum und Adair standen am anderen Ende des Korridors hinter Penny. Niall betrachtete diese zusammengewürfelte Gruppe Menschen, die er Familie nannte. Menschen, die ihn offensichtlich besser kannten als er sich selbst. »Danke«, rief er heiser. »Ich …«

Penelope stellte sich auf die Zehenspitzen und küsste ihn auf die Wange. »Das hier ist kein Abschied für immer. Nach deiner großartigen Reise wirst du natürlich mit Diana heimkehren.« Er blinzelte, war so verwirrt wie immer von ihrem Wortschwall. »Ich möchte nicht bis in alle Ewigkeit die einzige Dame innerhalb dieses Clubs sein.«

»Penelope«, mahnte Ryker.

Sie riss die Augen auf. »Ja, richtig. Richtig.« Sie bemächtigte sich Nialls freier Hand, nahm sie zwischen ihre und drückte sie. »Geh zu ihr. Es wäre sehr unromantisch, wenn du sie verpasst und sie ohne dich absegelt.«

O Gott. Er wurde sich der verstreichenden Zeit bewusst.

»Dein Pferd ist fertig gesattelt«, rief Calum. »Ich folge dir und bringe ihn wieder her. Dir bleibt nicht mehr viel Zeit, wenn du vorhast, an Bord des gleichen Schiffs wie deine Lady zu gehen.«

An Bord des Schiffes mit seiner Lady.

Wenn sie ihn nahm.

Grinsend stürmte Niall zur Treppe.

»Heirate sie«, schrie ihm Penelope nach. »Du musst sie unbedingt heiraten.«

Das hatte er vor.

Nur Augenblicke später lenkte Niall Chance durch die geschäftigen Straßen von St. Giles, dicht gefolgt von Calum auf seinem Pferd. Was, wenn er zu spät kam? Warum um alles in der Welt hatten sie so lange damit gewartet, es ihm zu sagen?

Es ist dein eigener Fehler, du verdammter Narr. Er war so damit beschäftigt gewesen, alles in Ordnung zu bringen und vorzubereiten, dabei hätte er zuerst zu ihr gehen und ihr seine Liebe gestehen sollen, so wie sie es verdiente.

Er schob entschlossen das Kinn vor. Nichts würde ihn davon abhalten, rechtzeitig bei ihr zu sein. Nichts …

Chance wieherte schmerzvoll, begann mit dem rechten Hinterlauf zu lahmen.

Verdammte Hölle.

Das treue Tier blieb schnaubend stehen, und mit sinkendem Herzen schwang Niall sein Bein über den Sattel und stieg ab. Er führte den Hengst an den Straßenrand. Dieses Pferd war bei ihm seit dem Moment, in dem sie den Club gekauft hatten. Er ging in die Hocke und fuhr mit den Händen über das Bein.

Chance warf den Kopf wild hin und her, und Niall erhob sich. »Sch«, beruhigte er das Tier. Er nahm Chance' Gesicht zwischen seine Hände und streichelte ihm über die Nase, rieb ihm die Stelle, die er so mochte.

»Ich kümmere mich um ihn«, versprach Calum und reichte ihm die Zügel seines Pferdes. »Ich lasse ihn später abholen«, erklärte er. »Such dir jemanden am Kai, der bis dahin aufpasst, aber du musst gehen«, drängte er ihn. »Sofort.«

Das riss Niall aus seiner Erstarrung. Er schwang sich in den Sattel von Calums Pferd, beugte sich vor und trieb das Tier an. Er ritt, so schnell es ging, durch das Gewühl aus Karren, Kutschen und Fußgängern, achtete nicht weiter auf die wütenden Rufe, die ihm folgten. Der Sommerwind fuhr ihm ins Gesicht, beschwichtigend und ruhig im Gegensatz zu der Panik, die in ihm herrschte. *Sei noch da … Sei noch da …*

Nach einem nahezu endlos scheinenden Ritt riss Niall an den Zügeln seines Pferdes, brachte es jäh zum Halten. Das Tier bäumte sich auf, landete hart wieder auf seinen Hufen. Niall schaute sich suchend um und entdeckte einen Straßenjungen in der Nähe.

»Du da«, rief er, während er hinabsprang. Der Junge kam herbeigelaufen. »Nachher kommt ein Mann dieses Pferd abholen. Kümmere dich bis dahin gut darum.« Er reichte dem Kind einen Beutel Münzen, den es voller Staunen entgegennahm.

Seine Reisetasche im Stich lassend, rannte Niall weiter durch den Hafen, suchte mit den Augen die Schiffe ab. Die weißen Segel flatterten im Sommerwind, ein erhebender Anblick. Verzweifelt rannte er weiter. Er fasste einen Seemann am Arm, woraufhin der erschreckt nach Luft schnappte. *»His Lady's Honor«*, keuchte er.

Der Mann schüttelte den Kopf und machte sich los.

Niall setzte seine verzweifelte Suche fort, sprach andere Passanten an.

»His Lady's Honor?«, wiederholte ein junger Bursche mit goldenen Locken. »Sie ist dort drüben …«

Niall folgte seinem ausgestreckten Arm, und sein Herz sank. *Nein.* Er ließ den anderen Mann so abrupt los, dass der rückwärtsstolperte.

Niall hastete zum Ende des Anlegers. »Diana«, schrie er. »Diana.« Das war alles, was er rausbrachte. Ein Wort. Ihr Name. Er erreichte das Kai-Ende, während ihr Schiff langsam weiter die Themse entlangsegelte. »Diana!«, brüllte er, und Kaufleute und Seemänner machten einen weiten Bogen um ihn.

Atemlos beugte er sich vor, stützte sich mit den Händen auf den Knien ab. Hastig schnappte er nach Luft, füllte seine brennenden Lungen damit. Er genoss den Schmerz, gab sich ihm hin. Sie war fort. Er war zu spät gekommen. *Du Narr. Du gottverdammter Narr …*

»Diana«, rief er noch einmal.

»Ja, Niall.«

Er wandte sich um, und alle Geräusche des Hafens um ihn herum verblassten zu einem entfernten Summen. Er musste sich diese Worte eingebildet haben, und doch … Er starrte auf die kleine Gestalt in dem grünen Umhang, die nur zehn Schritte entfernt stand.

»Diana«, flüsterte er.

Sie trat zu ihm, und ihr Umhang wehte im Wind. Sie blieb vor ihm stehen.

»Du bist nicht an Bord«, stellte er heiser fest.

»Nein«, erwiderte sie leise, und unter einer weiteren Brise lösten sich mehrere Locken aus ihrem Haarknoten.

Mit bebenden Fingern strich er sie zurück. »Was ich gesagt habe … Das war nicht …« Er versuchte es erneut. »Was ich zu Amelie gesagt habe, habe ich nicht so gemeint …«, krächzte er. »Es war … Ich wollte nur …«

Diana legte ihm die Fingerspitzen auf die Lippen, brachte ihn zum Schweigen. »Ich weiß, Niall.«

»Ich habe Sachen in Ordnung gebracht, damit ich mit dir kommen kann.« Seine Worte überschlugen sich. »Und dann hat der verdammte Kapitän deines Schiffes den Zeitpunkt vorverlegt, an dem es auslaufen sollte, und mein Pferd hat gelahmt, und da war …« Er schluckte trocken. »Ich dachte, du wärst fort«, stieß er hervor, kniff die Augen zu, war sich noch nicht sicher, ob er sie sich am Ende nicht doch bloß eingebildet hatte. Er schaute zu dem Schiff, das weit draußen dahinsegelte und dabei immer kleiner und kleiner wurde. »Ich dachte, ich hätte dich verpasst.«

Diana streichelte seine Wange, zwang ihn, ihren Blick zu erwidern. »Ich war schon fast an Bord«, erklärte sie leise. »Dann allerdings habe ich es begriffen.«

Gefühle schnürten ihm die Kehle zu. »Begriffen?«

»Ich möchte das himmelblaue Wasser sehen und den rosafarbenen Sand und die Welt außerhalb Londons.« Sie hob den Kopf und blickte ihm tief in die Augen. So viel Liebe strahlte ihm daraus entgegen, dass ihm die Brust ganz eng wurde. »Aber ich möchte dich dabei an meiner Seite haben. Ich war auf dem Weg, dich zu holen. Um zu versuchen, dich zu überzeugen. Zu versuchen …« Er verschloss ihr den Mund mit seinem, küsste sie zärtlich, wollte ihr die Liebe beweisen, die er für sie empfand.

»Ich möchte bei dir sein«, erklärte er heiser, als er sich endlich wieder von ihr löste, senkte seine Stirn auf ihre. »Ich möchte reisen und keine Angst mehr haben. Und wenn ich mit dir zusammen bin, dann sorgst du dafür, dass ich keine Angst mehr habe.« Früher einmal hätte er sich dafür geschämt, diese Worte auch nur zu denken, ganz zu schweigen davon, sie auszusprechen. »Du hast mir gezeigt, dass Liebe stärker ist als Hass und … Ich liebe dich, Diana. Mein Herz gehört für immer dir, und daran wird sich nie etwas ändern.«

Ein Lächeln zitterte auf ihren Lippen. »Ich liebe dich auch, Niall Marksman.« Sie verschränkte ihre Finger mit seinen. »Lass uns gemeinsam gehen und die Welt erkunden.«

Und in seiner Brust breitete sich eine Leichtigkeit aus, die bis in jede Faser seines Wesens drang.

Ich bin zu Hause.

Danksagung

Vor Jahren, als ich mein erstes Buch geschrieben habe, hat der »Hell & Sin«-Club zum ersten Mal zu mir gesprochen. Ich hab mir Helden und Heldinnen vorgestellt, die am Rande der Gesellschaft leben, jedoch mit der vornehmen Welt Berührungspunkte haben. Über die Jahre hat mir die »Hell & Sin«-Reihe keine Ruhe gelassen.

Letzten März dann hat Alison Dasho es mir zusammen mit dem ganzen Team bei Montlake Romance ermöglicht, diese Reihe zu verwirklichen. Meinen Lektoren, dem Cover-Designer und dem Marketing-Team sage ich Danke dafür, dass diese Reihe entstehen konnte. Ich fühle mich so geehrt, Teil der Montlake-Familie zu sein.

Und vor allem danke ich Ihnen, meinen Lesern, für Ihre wunderbare Unterstützung.

33417731R00228

Printed in Poland
by Amazon Fulfillment
Poland Sp. z o.o., Wrocław